Susan Cooper

The Dark is Rising Sequence

Silver on the Tree

translated by Sayako Asaba

闇の戦い

4

樹上の銀

スーザン・クーパー

浅羽莢子 訳

評論社

闇の戦い4

樹上の銀

SILVER ON THE TREE

by

Susan Cooper

マーガレットに

第三章において、サー・モーティマー・ウィーラによるカーレオンのローマ時代の円形劇場《げきじょう》発《はっ》掘《くつ》を勝手に一九二八年から現代に移《うつ》させていただきました。また、第四部に登場する剣《けん》エイリアスに付せられました五行詩は、かつてロバート・グレイヴズ氏により、古代アイルランドの「アマギンの歌」の結句として提示《ていじ》されたものです。

スーザン・クーパー

年も死にゆく死者の日に
風砕《くだ》く鳥の戸をくぐり
いと若《わか》き者　古山《こざん》を開くべし
風見る銀眼《ぎんめ》を供《とも》とせる
鴉《からす》の童子《どうじ》より火は走り
〈光〉は金の琴《こと》を得ん

チョウゲンボウ鳴くカドヴァンの道の
佳《よ》き湖に眠《ねむ》る者
灰色王《はいいろおう》の影凄《かげすご》くとも
金の琴の歌にぞ眼ざめ
駒《こま》に打ち乗り馳《は》せ参《さん》じん

失《う》せし国より光射《さ》す時
六騎士《きし》天翔《あまが》け、六のしるし燃え
夏至《げし》の木高くそびゆる下にて
ペンドラゴンの刃《やいば》に〈闇《やみ》〉斃《たお》れん

ア・マエント・アル・マナゾエズ・アン・カヌー、
アク・ア・マエル・アルグルアゼス・アン・ドード

もくじ

第四部　夏至の木

第一部　〈闇〉の寄せ手の攻め来る時

夏至前夜

ウィルは、ページをめくりながら言った。

「この人は大青《たいせい》がお気に入りだったんだ。こう書いてるよ——いいかい——『大青ヲ煎《せん》ジテ飲マバ、壮健《そうけん》ナル者即《すなわ》チ田園ノ民等《たみ》、重労働ト粗食《そしょく》ニ馴染《なじ》ミタル者ノ創傷《そうしょう》ニ効験《こうけん》アリ』だって」

「つまり、ぼくや女王陛下《へいか》の海軍の仲間一同みたいな連中に効《き》くんだな」

スティーヴンが言った。そして極《きわ》めて注意深く、丈長《たけなが》で頭でっかちな草の茎《くき》をさやから抜《ぬ》き出《だ》すと、野原に寝《ね》そべってそれをかじりだした。

「大青か」ジェイムスが桜色《さくらいろ》になった丸ぽちゃの顔から汗《あせ》の膜《まく》を拭《ぬぐ》った。「古代ブリトン人が体に塗《ぬ》りたくった青いもののことだろ?」

ウィルが言った。

「ジェラードはこの本の中で、大青の花は黄色いって言ってるよ」

ジェイムスは少しいばって言った。

「おい、ぼくのほうがおまえより一年よけいに歴史を勉強してるんだぜ。青い色を出すのに使ったことはわかってるんだ」

間があった。ジェイムスは付《つ》け加《くわ》えた。「青いクルミをいじると指が黒くなるだろ」

「まあ、いいや」ウィルは言った。ばかに大きな、ビロードのようにけばだった蜂《はち》が、花粉《かふん》をびっしりつけたまま、本の上に舞《ま》いおりて元気なくページの上をよたよた横切った。ウィルは、眼《め》の上にかぶさる茶色くまっすぐな前髪《まえがみ》をかきあげ、そっと吹いて蜂を木の葉に移《うつ》らせた。寝ころがっている野原の向こうの川の上に動くものがあって、それを眼がとらえた。

「見て！　白鳥だ！」

暑い夏の日そのままのものうげな動きで、二羽の白鳥が音もなく漂《ただよ》っていった。小さな航跡《こうせき》が川岸をなめた。

「どこだい？」

ジェイムスが聞いたが、見るつもりがないのは明らかだった。

「川のこのあたりが好きなんだよね。いつも静かだもの。大きなボートは土曜でも主流からそれてはこないしね」

「誰《だれ》か、釣《つ》りに行かないか？」と言ったものの、スティーヴンはあおむけに寝そべったまま動かず、長い片脚《かたあし》をもう片脚に交差《こうさ》させて、細長い草の茎を歯の間からゆらゆらさせていた。

「ちょっと待てよ」ジェイムスはあくびをしながら体を伸《の》ばした。「ケーキを食べすぎた」

「母さんのピクニック弁当は相変わらず豪勢《ごうせい》だからな」スティーヴンは寝返りを打ち、灰色《はいいろ》がかったみどりの川をながめた。「ぼくがおまえたちの年頃《としごろ》には、テムズ川のこのあたりでは、釣りなんてまるでできなかった。汚染《おせん》でね。いいほうに向かうものもあるんだな」

「微々《びび》たるもんだよ」ウィルが草の中から陰気《いんき》に言った。

スティーヴンはニヤッとした。手を伸ばして、小さな赤い花をつけた細いみどりの茎を折《お》り取《と》ると、重々しく差し上げた。

「紅《べに》ハコべだ。『晴れなら咲《さ》いて、雨ならしぼむ、貧《まず》しき者の風見花』さ。お祖父《じい》ちゃんに教えてもらったんだよ。おまえたちがお祖父ちゃんを知らないのは残念だな。ウィル、おまえのジェラード氏は、こいつについてなんて言ってる?」

「うん?」ウィルは体の片側を下にして、疲《つか》れたマルハナバチが翅《はね》をたたみこむのを見ていた。

「本だよ」ジェイムスが言った。「紅ハコべ」

「ああ」ウィルは、パリパリと音のするページをめくった。「あった。へえ、すごいや。『汁《しる》ハウガイ及《およ》ビ喉《のど》ノ洗滌《せんじょう》ニ用イラルレバ頭ノ毒《どく》ヲ清メ、鼻孔《びこう》ヨリ吸入《きゅうにゅう》サルレバ歯痛《しつう》ヲ根治《こんじ》ス。後者ニ臨《のぞ》ミテハ逆方《ぎゃくほう》ノ鼻孔ヲ通ジテオコナワバ効験更《さら》ナリ』」

「逆方の鼻孔ね。当然だ」スティーヴンが、まじめくさって言った。

「毒蛇《どくへび》に咬《か》まれたのや、その他《た》の毒を持つ生物に対して解毒剤《げどくざい》の役目をする、とも言ってるよ」

「そいつは頭がおかしいんだ」

「違《ちが》うよ」ウィルは穏《おだ》やかに言った。「三百年ほど年を食ってるだけさ。終わりのほうに傑作《けっさく》があるよ。バーナクル種の雁《がん》はバーナクル（フジツボ）から孵化《ふか》するって、大まじめで書いてるんだ」

「カリブ海に行ったら驚《おどろ》いただろうね」スティーヴンが言った。「フジツボは何百万とあるが、バーナクル種の雁は一羽もいないんだから」

ジェイムスが言う。

「休暇《きゅうか》が終わったら兄さんもカリブに行くの？」

「お偉《えら》い方々の命ずるままさ、相棒《あいぼう》」と、スティーヴンは紅ハコベをシャツの一番上のボタン穴《あな》に通し、ひょろ長い体をほぐした。「さあ、行こう。釣りだ」

「すぐ行くから、兄さんたち先に行ってて」ウィルはのんびりと寝ころんだまま、ふたりが竿《さお》を組み立て、針《はり》や浮《う》きを結《ゆ》わえつけるのを見守った。草に隠《かく》れて見えないバッタが細く鳴いていた。夏の低い虫の声にかぶさる高い独唱《どくしょう》で、眠《ねむ》たげな、気持ちの休まる声だった。ウィルは、幸せそうにためいきをついた。日の光、夏の盛《さか》り、そしてそのどちらよりもいいのは、一番上の兄が海から帰ってきていることだ。世界はウィルにほほえみかけ、何をとっても、これよりよくはなりえない、と思われた。まぶたが下がるのを感じ、慌《あわ》てて眼を開けた。再び充《み》ち足《た》りた眠気に垂《た》れ下《さ》がり、再びむりやり開けた。一瞬《いっしゅん》、なぜ気楽に眠《ねむ》り込《こ》むままにできないのだろう、と不審《ふしん》に思った。

そして悟《さと》った。

二羽の白鳥が再び川に出ていた。白い体をゆったりと動かし、上流へと漂っていく。ウィルの頭上では木々が、遠い海の波さながらに、そよ風にためいきをついていた。大カエデのきみどりの小花が、周囲の長い草の上に、ひとむらずつ散らばっている。指の間から花を落としながら、ウィルは数ヤード先に立って釣糸を竿につけている背《せ》の高いスティーヴンを見た。その向こうの川で、白鳥の一羽が、つれあいをゆっくりと引《ひ》き離《はな》すのが見えた。鳥はスティーヴンの前を通過した。

ところが、通過する際に、スティーヴンの体の陰《かげ》に隠れなかったのだ。兄の体の輪郭《りんかく》を通して、白い鳥の姿《すがた》がはっきりと見えた。

そしてさらに、今度は鳥の輪郭を通して、それまではなかった急な斜面《しゃめん》が見えた。草深く、木は生《は》えていない。

ウィルは生つばを呑《の》み込《こ》んだ。

「スティーヴ?」と言ってみた。

長兄は、すぐ前にいて糸に先糸を結びつけていたし、ウィルの声は大きかった。にもかかわらず、兄には聞こえなかった。ジェイムスが釣針《つりばり》を安全なようにコルク柄に取り付けながら、釣竿をまっすぐに、だが低く持って通り過ぎようとした。その体を通して、白鳥たちが、相変わらずかすかなもやを通してのように見えていた。ウィルは起き上がり、ジェイムスが通る時に釣竿に手を伸ばしてみた。指は何も存在《そんざい》しないかのように木部を通り抜けた。

そしてウィルは、恐《おそ》れと喜びのうちに悟った。自分の生の眠っていた部分が、再びはっきりめざめたのだと。

兄たちは、野原を斜《なな》めに横切って川へ向かった。その幻《まぼろし》めいた体を通して、ウィルにとってこのとらえどころのない時間のひとこまの中で唯一《ゆいいつ》実在し、実体を持つ土地が見えた。あの草深い斜面だ。両端《りょうはし》は、ぼやけてしまっている。斜面にいくつもの人影《ひとかげ》が見えた。せわしなげに走りまわり、何か緊急《きんきゅう》の事態《じたい》に迫《せま》られているかのようだ。じっと見つめると、見えなくなってしまう。焦点《しょうてん》のはっきりしない眠い眼でながめると、陽《ひ》にまだらになって慌てている彼《かれ》らがすっかり見えた。

小柄《こがら》な黒髪の人々だった。遠くはるかな時代に属《ぞく》しているのだ。青、みどり、または黒の長上着をまとっている。白衣の女がひとりいて、首に鮮《あざ》やかな青の玉飾《たまかざ》りを巻いているのが見えた。皆《みな》で槍《やり》や矢や道具類や棒《ぼう》を束《たば》にしている。けものの皮で壺《つぼ》を包んでいる。肉らしい干《ひ》からびて波打った切れ端を集めて、いくつもの包みにしている。何匹《びき》かの犬が一緒《いっしょ》だった。毛がふさふさして、鼻づらが短くとがった犬。子どもたちが走り回っては呼《よ》び交《か》わし、犬の一匹が頭を上げて吠《ほ》えたが、音は聞こえなかった。ウィルの耳には、ブーンという低い虫の声にかぶさるバッタのさざめきしか届《とど》かなかった。

犬のほかには、けものは見えなかった。これらの人々は旅人なのだろう。ここに住んでいるのではなく、通過する途中《とちゅう》なのだ。といっても、彼らが彼らの時代に立っていたその土地が、テムズ谷でも今ウィルのいるあたりだったのか、それともまるで違う場所なのか、それさえわからなかった。だがひとつだけ、いきなりはっきりしたことがあった。彼らはひとり残らず、ひどく怯《おび》えていたのだ。

彼らはしばしば不安げに頭を上げ、東のほうを見やった。ほとんど互《たが》いに口をきかず、慌《あわただ》しく作業を続けた。何かが、誰かが迫っていて、彼らをおびやかし、先を急がせているのだ。人々は逃《に》げようとしているのだ。気がつくとウィルも焦《あせ》りを感じだし、急げ、どんな災《わざわ》いが近づいているにせよ早くのがれろ、と念《ねん》じていた。どんな災いが……ウィルもまた東のほうを見た。だが、何を見たか言い切るのは難《むずか》しかった。異様《いよう》な二重の風景が広がっていた。くっきりとした斜面の曲線が、ウィル自身の時代の平たい畑や生垣《いけがき》の霧《きり》のような淡《あわ》い線や、かすかなテムズのきらめきを通して見えている。白鳥たちは、まだいると同時にいないのだった。一羽が優美《ゆうび》な首を水面に垂れた。窓《まど》ガラスに映《うつ》る像《ぞう》のように亡霊《ぼうれい》めいて……

……突如《とつじょ》、白鳥は本物になった。実体を持ち、不透明《ふとうめい》になった。ウィルはもはやほかの時代をのぞいてはいなかった。旅人たちは消え、何千年も昔のもうひとつの夏の日の中に見えなくなってしまった。ウィルは眼を閉《と》じ、記憶《きおく》が薄《うす》れてしまう前に彼らの何かをとらえようと必死になった。壺のひとつが、青銅《せいどう》の鈍《にぶ》い光沢《こうたく》を帯びて光ったのが思い出された。黒く鋭《するど》い火打石のかけらを先端《せんたん》につけた矢の束。白衣の女の浅黒《あさぐろ》い肌《はだ》と眼と、その首のまわりの玉飾りの鮮やかに光る青さが思い出された。何にも増《ま》して、漂っていた不安感が思い出された。

長い草の中で本を手にして立ち上がると、足が震《ふる》えているのがわかった。頭上の木の中で、見えないウタツグミが高らかな歌を繰《く》り返《かえ》した。ウィルはおぼつかない足取りで川に向かった。ジェイムスの声に迎《むか》えられた。

「ウィル！　こっちだ！　見にこいよ！」

ウィルは、声のしたほうに、がむしゃらに向きを変えた。釣りの純粋派《じゅんすいは》スティーヴンは、立ったまま蚊針《かばり》を巧妙《こうみょう》に投げていた。釣糸がささやくように空《くう》を切った。ジェイムスは針にミミズをつけているところだったが、それを下に置《お》いて、勝《か》ち誇《ほこ》ったように、エラを通して束ねられた小さなスズキ三尾《び》をかかげた。

「すごい」ウィルは言った。「早いね、釣るのが！」

言ったことを悔《くや》む間もなく、ジェイムスが片眉《かたまゆ》を吊《つ》り上《あ》げた。

「べつに早かないよ。おまえ、眠ってたのか？　竿を取ってこいよ」

「ううん」ウィルは、問いと命令の両方に答えた。振《ふ》り向《む》いて一瞥《いちべつ》したスティーヴンが、ふいに自分の糸をたるませた。そして、眉をひそめてウィルを見つめた。

「ウィル？　おまえ、大丈夫《だいじょうぶ》か？　顔色が——」

「少し気分が悪いんだ」ウィルは言った。

「陽射《ひざ》しだな。座《すわ》ってその本を読んでる間、首の後ろにあたりっぱなしだったんだろう」

「たぶん」

「イギリスでも陽射しは相当強くなるんだぜ、相棒。燃えるような六月。おまけに夏至《げし》の前の日とあっちゃ……しばらく日陰に横になっておいで。それから、レモネードの残りを飲むんだ」

「全部かい？」ジェイムスが憤然《ふんぜん》とした。「ぼくらはどうなるのさ？」

スティーヴンは蹴《け》とばすまねをした。

「もう十匹スズキを釣り上げたら、帰りに何か飲ませてやるよ。ウィル、行きなさい。木陰にはいっておいで」

「わかった」とウィル。

「あの本はおかしいって言っただろ」ジェイムスが言った。

ウィルは再び野原をよぎり、大カエデの下のひんやりした草の上、弁当の残りのそばに腰《こし》をおろした。レモネードをプラスチックのコップからゆっくりとすすりながら、落ち着かなげに川をながめた――が、全て平常通りだった。白鳥たちは行ってしまっていた。蚊が空中に舞っている。世界は、熱気にかすんでいた。頭が痛《いた》んだので、ウィルはコップを置き、草の中に仰向《あおむ》けに寝そべって上を見た。頭上では木の葉が躍《おど》り、枝が息づき、前に後ろに、前に後ろにゆれ、青空を背《せ》にみどりの紋様《もんよう》をさまざまに変えてみせていた。ウィルはてのひらを眼に押《お》しあて、過去からひらめきでた、走り回るかすかな人々を思い出し、彼らの不安を思い出した……。

あとになっても、その時眠ってしまったのかどうかは、はっきりしなかった。そよ風のためいきが次第に大きく、荒々《あらあら》しくなったように思われた。ふいに、頭上に見える木々が変わった。橅《ぶな》の木になった。ハート型《がた》の葉が、大カエデや樫《かし》よりも激《はげ》しく渦《うず》を巻いて躍《おど》り狂《くる》っている。それに、川まで続く並木《なみき》ではなく、木立と化していた。川はなくなっていた。匂《にお》いも音も。左右どちらを見ても広々とした空があるばかりだった。ウィルは、起き上がった。

木々に埋《う》められたテムズの谷をはるかに見おろす、なだらかな草深い斜面にいた。周囲の橅木立が小山の頂《いただき》に帽子《ぼうし》のようにかぶさっている。かたわらの、短く弾力《だんりょく》のある草の中には、金色のカラスノエンドウが生えている。巻き上がった花のひとつから、小さな青い蝶《ちょう》がひらひらとウィルの手に舞い移り、また去っていった。もはや谷間の野原には、暑苦しい虫の声はなく、代わりに、はるか上の方から風をついて、ヒバリの歌が湧《わ》き上《あ》がり、こぼれてきた。

その時、どこからか、声が聞こえた。ウィルは首をめぐらせた。人の列が急ぎ足で小山を登ってきたのだった。次々に木や繁《しげ》み伝いに小走りに駆《か》け、ひらけた斜面に出るのを避《さ》けている。最初の二、三人がちょうど、小山の途中の奇妙《きみょう》な深い穴にたどりついた。やぶが上までびっしりと生い繁ってい るので、人々がそこに立ち止まって枝を引きのけなかったなら、気がつかなかったことだろう。人々は、ごわごわした黒っぽい布包みを山のように背負《せお》い込《こ》んでいた——慌しく包みすぎたため、中身が突《つ》き出《で》ているのが見えた。ウィルはびっくりした。黄金の椀《わん》あり、皿あり、盃《はい》あり、宝石でびっしり埋められた金の十字架《じゅうじか》あり、金銀の丈高い燭台《しょくだい》あり、金や宝石の織《お》り込《こ》まれたつややかな絹《きぬ》の衣《ころも》や布あり。とりどりの宝物は果てしなくあるように思われた。人々は包みをひとつずつ縄《なわ》で結わえ、順に穴の中におろした。修道僧《しゅうどうそう》の衣をまとった男が監督《かんとく》らしく見えた。指示したり、説明したりしながら、たえず周囲の土地を落ち着かなげに見張っている。

小さな男の子が三人、僧の突き出した腕《うで》に指示されて、小山の頂上までせかせかと登ってきた。ウィルはのろのろと立ち上がった。だが、少年たちはちらりとも見ずに通り過ぎ、その無視《むし》のしかたがあまりにも徹底《てってい》していたので、この過去においては、自分は単《たん》なる傍観者《ぼうかんしゃ》で、人々には見ることはおろか、感じることもできないのだとわかった。

少年たちは木立のはずれで立ち止まり、谷の向こうに眼をこらしていた。明らかにそこで物見《ものみ》をするよう、よこされたのだ。不安げにかたまって立っている彼らを見ながら、ウィルが、聞くことに精神を傾《かたむ》けると、ただちに声が頭の中にこだましだした。

「こっちからは誰も来ないよ」

「今のところはね」

「一刻《いっとき》ぐらいかかるだろうって伝令は言ってたよ。父上に言うのを聞いたんだ。何百人もいるんだって。恐ろしいやつらで、〈いにしえの道〉に沿《そ》ってしたい放題《ほうだい》なんだって。ロンドンも焼かれたってさ。黒い煙《けむり》が大きな雲になって立《た》ち昇《のぼ》ってるのが見えた――」

「つかまえた者の耳を切り落とすんだぜ。相手が男の子ならね。おとなの男はまっぷたつに切《き》り裂《さ》かれるんだ。女たちにはもっとひどいことをするんだぞ――」

「父上には、やつらの来るのがわかってたんだ。そう言ってたもの。先月、東で雨の代わりに血が降《ふ》ったんだって。それに、竜《りゅう》が空を飛ぶのを見た連中がいるって」

「異教徒《いきょうと》の悪魔《あくま》どもが来る前には、いつもそういう前触《まえぶ》れがあるんだ」

「宝物を埋めてどうするのさ？　取りに戻《もど》ってくる者なんかいないのに。悪魔どもに追い出された者は、二度と戻ってきたりしないんだ」

「今度は違うかもしれないぜ」

「これから、どこへ行くんだろう？」

「知るか。西のほう――」

切迫《せっぱく》した声に呼《よ》び戻《もど》されて、少年たちは走った。穴に包みを隠す作業は終わり、何人かは、すでに急ぎ足に小山を下っていた。最後の数人が、大きな平たい火打石の塊《かたまり》を穴の上に押し上げる光景から、ウィルは眼を離せなかった。それほど大きい火打石は見たこともなかった。石を穴の口に一種の蓋《ふた》のようにきっちりはめこむと、その上に草が生えたままの土を広げた。そばのやぶの枝が引《ひ》き寄《よ》せられ、上をおおった。あっという間に、隠し場所は痕跡《こんせき》をとどめず、斜面には慌しく作業が進められたことを物語る跡《あと》さえ残らなかった。と、男たちのひとりが大声を上げて急を告げ、谷の向こうを指さした。小山の彼方《かなた》から、太い煙の柱が立ち昇っていた。途端《とたん》に慌てふためいて、人々は、草におおわれた白亜質《はくあしつ》の斜面をはねたりとんだりしながら逃げだした。僧めいた人物も、ほかに負けず、狼狽《ろうばい》してあたふたと走っていた。

そして、ウィルはといえば、胃《い》がひっくり返るほど強烈《きょうれつ》な不安感に襲《おそ》われていた。一瞬、それらの逃亡者《とうぼうしゃ》に劣《おと》らずまざまざと、残酷《ざんこく》な暴力《ぼうりょく》による死への動物的な恐怖《きょうふ》をおぼえた。苦痛《くつう》と、傷《きず》つけ合うことと、憎《にく》しみへの恐怖を。否《いな》、憎しみよりもさらにひどいもの、破壊《はかい》と虐待《ぎゃくたい》と他人を怯えさせることから喜びを得る、ぞっとするような空虚《くうきょ》な精神への恐怖だった。この人たちに、何か恐ろしい脅威《きょうい》が迫っているのだ。少し前にウィルが見た、べつの遠い昔の影めいた人々に迫っていたように。東の方角から、その脅威は再び立ち上がり、吠えたけりながら攻め寄《よ》せ《せ》てきているのだ。

「来るぞ」ウィルは煙の柱を見つめながら声に出して言った。煙を立てている者たちが小山の頂を越《こ》えて来た時に起こるであろうことを、思《おも》い描《えが》くまいとした。「来るぞ――」

ジェイムスの声には奇妙な興奮《こうふん》が溢《あふ》れていた。

「来ないよ。ピクリとも動かないぜ。おまえ、眼がさめたのか？　見ろよ！」

スティーヴンが言った。「なんて変わった生き物だろう！」

声は頭の上のほうから聞こえた。ウィルは涼《すず》しい草の上に仰臥《ぎょうが》していたのだった。我《われ》に返って震えが止まるまでに、少しかかった。片肘《かたひじ》をついて起き上がると、数歩離れたところに、竿や魚や餌《えさ》バケツを抱《かか》えたスティーヴンとジェイムスが立っていた。ふたりは警戒《けいかい》しながらも、魅《み》せられたように何かを見つめていた。ウィルは虫の音すだく暑い野原の方に首を伸ばし、ふたりの見ているものを見ようとした。そして、息を呑んだ。眼のくらむような恐怖の大波に、精神が引きちぎられかけたのだ。ほんの少し前、十世紀《せいき》もはるかな昔でありながら、息が届くくらい身近でもあったあの場所で、ウィルを侵《おか》したのと同じ恐怖だった。

十ヤード先の草の中に、小さな黒い動物が、じっと動かずに立ってウィルを見ていた。しなやかな、贅肉《ぜいにく》のない動物で、体長一フィート半ぐらい、長い尾《お》とくねくねカーブを描く背を持っている。テンかイタチに似《に》ていたが、どちらでもなかった。なめらかな毛皮は、鼻から尾まで真っ黒で、まばたきもしない黒い眼は、間違えようもなくウィルに据《す》えられていた。そして、その動物から感じられる脈《みゃく》打《う》つ強烈な敵意と悪があまりにもすさまじかったので、そんなものが存在すると信じるのさえ難しかった。

ジェイムスが、ふいに歯の間でスーッと音をたてた。

黒いけものは動かなかった。ウィルを見つめ続けた。ウィルも座《すわ》ったまま見つめ返し続け、脳裏《のうり》に鳴《な》り渡《わた》り続ける理屈《りくつ》も何もない恐怖の叫《さけ》び声《ごえ》に、すっかりとらわれていた。視《し》野《や》の隅《すみ》に、かたわらにじっと立っているスティーヴンの背の高い姿が意識された。

ジェイムスが小声で言った。

「なんだかわかった。ミンクだよ。最近このあたりに姿を見せだしたんだ――新聞で見た。イタチに似てるけど、もっとたちが悪いんだって。あの眼を見ろよ――」

衝動的《しょうどうてき》に緊張を破《やぶ》り、ジェイムスは言葉のないわめき声をけものに浴《あ》びせて、釣竿で草を薙《な》いだ。すばやく、だが少しも慌てずに、黒ミンクは向きを変え、野原を抜けて川へ向かった。長い背中が大《だい》蛇《じゃ》のように、異様で不快なすべるような身のこなしでうねっていった。ジェイムスは、竿を握《にぎ》りしめたままあとを追っていった。

「気をつけろ」スティーヴンが鋭い声を上げた。

ジェイムスはどなった。

「さわらないよ。竿があるから……」ずんぐりした柳《やなぎ》の木立を過ぎ、川岸に沿って姿を消した。

「気に入らないな」スティーヴンが言った。

「ぼくも」ウィルは、けものがしつこい黒い眼で自分を見つめながら立っていた野原の一画を見、身震いした。「気味悪いや」

「ミンクのことだけじゃない。あれがミンクだったとしてだが」

スティーヴンの声には、聞き慣れぬ響《ひび》きがあり、それがウィルをハッと振り返らせた。立ち上がろうとしたが、長身の兄は隣《となり》にしゃがみ込み、両腕を膝《ひざ》に乗せて、手で釣糸の切れ端についたテグスをいじりだした。

テグスを指に巻きつけてはほどき、巻きつけてはほどいた。

「ウィル」スティーヴンは、奇妙に緊張した声で言った。「話がしたいんだ。今、ジェイムスがあの動物を追っかけているうちに。帰省《きせい》して以来、ずっとふたりきりになろうとしてたんだが――今日なら、と思ったのに、ジェイミーが釣りをしたがったもんで――」

兄が言葉の海の中に溺《おぼ》れ、つっかえるさまはウィルを面くらわせ、不安にさせた。ウィルにとって常に、充足《じゅうそく》し、完成《かんせい》し、成熟《せいじゅく》したもの全ての象徴《しょうちょう》であった冷静なおとなの兄だけに。やがてスティーヴンは頭を上げ、けんか腰といってもいい態度でウィルを見すえた。ウィルも、おどおどしながら見返した。

スティーヴンは言った。

「おととし、ジャマイカに駐留《ちゅうりゅう》していた時に、クリスマスと誕生日《たんじょうび》兼用《けんよう》の贈《おく》り物《もの》として、ぼくはおまえに、西インド諸島《しょとう》の謝肉祭《しゃにくさい》用の大きな仮面《かめん》を送った」

「うん、もちろん」ウィルは言った。「すてきだよ、あれ。きのうも、みんなで見てたじゃない」

スティーヴンは無視して続けた。

「あれをくれたのは年寄《としよ》りのジャマイカ人で、そいつは謝肉祭の真っ最中にいきなり現われて、往来でぼくをつかまえたんだ。ぼくの名を言い、仮面をおまえに渡すように言った。どうしてぼくを知っているのかたずねると、『われわれ〈古老〉には独特《どくとく》の顔つきがある。家族にも多少はそれが出る』と言った」

「そのことなら知ってるよ」ウィルは明るく言い、のどを虚《うつ》ろにしている不吉な予感を呑み込んだ。

「仮面と一緒に手紙をくれたじゃない。おぼえてないの？」

「ぼくがおぼえているのは、見ず知らずの他人の言葉にしちゃえらく妙だったってことだ。〈古老〉、われわれ〈古老〉。特別な名前みたいだった——そういう言い方だった」

「まさか。きっと——お爺《じい》さんだったんでしょう、その人？」

「ウィル」スティーヴンは、冷ややかな青い眼で弟を見た。「キングストンを船出する時、その老人が艦《かん》にやってきた。どうやって説得《せっとく》されたのか知らないけど、使いがぼくを呼びにきた。老人は桟橋《さんばし》に立ってた。黒い黒い顔と白い白い髪をしてた。使いに立った乗組員を黙《だま》ってじっと見つめ続けて追《お》っ払《ぱら》うと、『弟に、海の島々の〈古老〉の用意はできている、と伝えてくれ』とそれだけ言って、行ってしまった」

ウィルは無言だった。続きがあるのはわかっていた。見ると、スティーヴンの手は握りしめられ、一方の親指がこぶしの上を無意識に往復《おうふく》していた。

「それから」スティーヴンの声が少し震えた。「ここへ戻る途中でジブラルタルに寄港《きこう》して、半日上陸した時のことだ。見たこともない男に、道で声をかけられた。隣に立っていたんだ。信号待ちの最中で——背がとても高くて痩《や》せていて、アラブ人らしかった。なんて言ったかわかるか？『ウィル・スタントンに、南の〈古老〉の用意はできている、と言ってくれ』だと。そしてそのまま、人混《ひとご》みの中に消えてしまった」

「そう」ウィルは言った。

いきなりスティーヴンの手の上の親指が動きを止めた。兄は、自由になったばねのようにさっとすばやく立ち上がった。ウィルも慌てて立ち上がったが、明るい空を背にした陽灼《ひや》けした顔の表情が読みとれず、眼をしばばたたいた。

「ぼくの頭が狂いだしてるのか、おまえが何か妙ちきりんなことに巻き込まれてるのか、どっちかだ」と、兄は言った。「どっちにせよ、『そう』のひとことだけってことはないだろう。気に入らないと言ったはずだぞ。全く気に入らない」

「問題はね」ウィルは、ゆっくりと言った。「説明しようとしても、信じちゃくれないだろうってことなんだ」

「試してみろよ」

ウィルは、ためいきをついた。スタントン家の九人の子どものうち、ウィルは末っ子、スティーヴンは長子で、十五の歳《とし》の開きがあり、兄が家を出て海軍にはいるまでは、幼《おさな》いウィルは、黙ってどこへでも大好きな長兄についてまわったものなのだ。今、永久に終わらなければいいと願っていたものが終わろうとしているのが、ウィルにはわかった。

ウィルは言った。「本当にいいの？　笑わない？　決め……つけたりしない？」

「しないとも」

ウィルは深呼吸《しんこきゅう》した。「じゃ、話すよ。こうなんだ……ぼくらが住んでるこの世界は、人間の、普《ふ》通《つう》の人間の世界なんだ。大地には、いにしえの魔術《まじゅつ》があるし、自然の生物には荒魔術《あらまじゅつ》があるけど、世界がどうあるべきか決めるのは人間なんだ」兄を見ようとはしなかった。必ず表われるであろう表情の変化を見たくなかったのだ。「だけど、この世界の彼方には、宇宙《うちゅう》があって、上なる魔法の掟《おきて》で縛《しば》られてる。どの宇宙もそうあるべきなんだよ。そして、上なる魔法の下には、ふたつの……極《きょく》……があって、それを〈光〉と〈闇《やみ》〉と呼んでる。そのふたつは、ほかの力に支配されているんじゃなくて、単に存在してるんだ。〈闇〉は、暗い本質に従《したが》って人間に影響《えいきょう》をおよぼし、ついには人間を通して地球を支配することをめざしている。〈光〉の役目は、そうならないようにすることだ。〈闇〉は何度も何度も攻めて来ては追い返された。けど、もうじき最後の攻撃《こうげき》をしかけてくる。今度は今までになく危険《きけん》が大きい。そのために着々と力を蓄《たくわ》えてきていて、もうほとんど用意ができているらしい。だから、今度こそ、ぼくらは永久に追い払い、人間の世界を自由にしなくちゃならないんだよ」

「ぼくら?」スティーヴンは無表情に言った。

「ぼくらは、〈古老〉なんだ」今やウィルは、力強く自信をもって言った。「ぼくらは大きな輪をつくってる。世界じゅうに、世界の彼方にまでいるんだ。あらゆる所、あらゆる時間の片隅から出てくる。最後に生まれたのがぼくで、十一歳《さい》の誕生日に〈古老〉としての力にめざめた時、輪は完全になったんだ。それまでは、ぼくも何も知らなかった。けど、もう時が近づいてきている。だから、兄さんに確認《かくにん》の――ある意味では警告《けいこく》の――伝言がことづけられたのさ。たぶん、兄さんが会ったのは、輪の中でいちばん年を取っている三人のうちのふたりだと思うな」

スティーヴンが、相変わらず抑揚《よくよう》のない声で言った。

「ふたり目はたいして年寄りには見えなかった」

ウィルは兄を見上げ、「ぼくだってそうは見えない」とだけ言った。

「あたりまえだろ」スティーヴンは腹立《はらだ》たしげに言った。「おまえはぼくの弟で、年は十二歳。生まれた時のことだって、おぼえてるんだぜ」

「ある意味でだけだよ」ウィルは言った。

スティーヴンは、へきえきしたように眼の前の人物を見た。青いジーンズをはき、古びたシャツを着て、まっすぐな茶色い髪を片眼の上にボサッと垂らした、がっちりした小さな男の子を。

「ウィル、ばかみたいな遊びはもう卒業してもいい歳だ。自分で言ったことを信じてるみたいな口ぶりだったぞ」

ウィルは平然と言った。「じゃ、そのふたりの使いはなんだったと思うのさ、兄さん。ぼくがダイヤの密輪《みつゆ》や、麻薬組織《まやくそしき》のひとりだとでも？」

スティーヴンは呻《うめ》いた。

「わからないんだ。夢《ゆめ》だったのかもしれない……本当に頭がどうかしちまったのかもしれない」軽く言い流そうとしてはいたが、声には間違えようもない張りつめたものがあった。

「ううん、違うよ」ウィルは言った。「夢を見たんじゃないよ。ほかにも……警告が……きはじめている」一瞬口をつぐみ、三千年も昔の時代からおぼろげに浮かび上がった不安げな気ぜわしい人々と、そのあとの、デーン人の略奪者《りゃくだつしゃ》の襲来《しゅうらい》を怯えながら見張っていたサクソン人の少年たちのことを考えた。それから悲しげにスティーヴンを見た。

「兄さんには荷が重すぎた。それくらいわかっているべきだったのに。わかってはいたんだろうな。けど、〈闇〉に知られずに伝言をよこすには、口伝《くちづ》てにするしかないんだ。あとのことはぼくに任せたってわけか……」スティーヴンの顔の、理解しかねるという表情が耐《た》え難《がた》い警戒《けいかい》の色を帯びだすと同時に、ウィルはすばやく兄の腕をつかみ、指さした。「見て——ジェイムスだ」

スティーヴンは、半ば反射的《はんしゃてき》に振り返った。動いたはずみに足が、背後《はいご》の木々や生垣の中から野原まで伸びていたイバラの低い繁みをかすった。すると、地面に広がったみどりの繁みの中からふいに、華奢《きゃしゃ》な白い蛾《が》がひらひらと雲のように舞い上がった。羽毛のようなものにおおわれ、この上なく美しい、驚嘆《きょうたん》すべき蛾たちだった。何百も何百も、つきることなく舞い上がり、やさしい吹雪《ふぶき》のようにスティーヴンの頭と肩《かた》を取り巻いた。びっくりしたスティーヴンは追い払おうと腕をばたつかせた。

「じっとして」ウィルがそっと言った。「そんなことしちゃだめだよ。じっとして」

スティーヴンは、片腕を不安そうに頭の前にかざしたまま、動きを止めた。その体の上を、周囲を、小さな蛾は飛び交い、めぐりめぐり、旋回《せんかい》し、浮遊《ふゆう》し、かたときも翅を休めず、下のほうへ漂っていった。雪片《せっぺん》から造られた繊細《せんさい》な鳥さながらで、声もなく、亡霊めき、小さな翅の一枚一枚が繊細な純白の羽根五枚の透《す》かし細工《ざいく》だった。

スティーヴンは片手で顔をかばったまま、ほうけたように突っ立っていた。

「なんてきれいなんだ！　しかし、こんなにたくさん……なんなんだい？」

「トリバガだよ」ウィルは別れの言葉にも似た、愛情のこもった奇妙に残念そうな眼で兄を見た。「シロトリバガだ。古い言い伝えによると、記憶を運び去ってくれるんだよ」

スティーヴンの不審《ふしん》そうな頭のまわりを、最後にもう一度流れるようにめぐると、白い蛾の雲は分散し、煙のようにちりぢりになり、最初と同じように不思議に一致《いっち》した動きで生垣の中に姿を消した。葉に包み込まれ、見えなくなった。

ジェイムスが、背後からドタドタとやってきた。

「ふう！　えらい追っかけっこだったよ！　やっぱりミンクだった——そうとしか思えない」

「ミンク？」スティーヴンはいきなり、水から出てきたばかりの犬のように頭を振った。

ジェイムスが、まじまじと見つめた。「あのミンクだよ。あの小さな黒い動物さ」

「ああ、そうだった」スティーヴンは、まだぼうっとした様子で慌てて言った。「うん。じゃ、やっぱりミンクか」

ジェイムスは、勝ち誇ってはちきれんばかりだった。「まず間違いないと思う。ついてたなあ！　オブザーバー紙の記事を読んで以来ずっと眼を光らせてたんだ。害獣《がいじゅう》だから注意するようにって、書いてあったんだよ。鶏《にわとり》や、いろんな鳥を食うんだ。誰かが何年も前にアメリカから連れてきて、毛皮を取るつもりで殖《ふ》やしたんだけど、何匹かが逃げだして野生化したんだ」

「どこに行ったの？」ウィルがたずねた。

「川にとびこんだ。泳げるとは知らなかったな」

スティーヴンがピクニック用のかごを取り上げた。「魚を持って帰る時間だ。レモネードの罎《びん》をこっちへくれ、ウィル」

ジェイムスが即座《そくざ》に言った。

「帰りに何か飲ませてくれるって言ったよね」

「もう十四つかまえたらって言ったんだ」

「七匹だってそう変わらないよ」

「大違いだね」

「けちなんだな、船乗りって」

「ほら」ウィルが壜でつついた。「結局、全部飲みゃしなかったよ」

「飲めよ、海綿小僧《かいめんこぞう》」スティーヴンは言った。「終わらせちゃえよ」かごの隅で籐《とう》がほどけかけていたので、ジェイムスがレモネードをごくごく飲んでいる間に、スティーヴンは編《あ》み直《なお》そうとした。

ウィルが言った。

「分解しそうだね、そのかご。まるで〈古老〉の持ち物だったみたいだ」

「誰のだって?」とスティーヴン。

「〈古老〉だよ。おととし、ジャマイカからあの大きな謝肉祭用のお面と一緒にくれた手紙に書いてあったじゃない。あれをくれたお爺さんが言ったことさ。おぼえてないの?」

「まるっきり」スティーヴンは機嫌《きげん》よく言い、「昔のことすぎるよ」とクスッと笑った。「あれはおかしな贈り物だったよな。マックスが学校でこしらえてくる物みたいだ」

「うん」ウィルは答えた。

三人はのんびり家へ向かった。長い羽根のような草を通り抜け、次第に長くなる木々の影を通り抜け、大カエデのきみどりの花の中を通り抜けて。

家への道は曲がりくねっていた。まず野原を抜《ぬ》け、曳船道《ひきふねみち》に沿《そ》って自転車の置《お》いてある所まで。それからカーブの多い緑陰《りょくいん》の小路に沿って。樫《かし》や大カエデやハコヤナギが両側に高々とそびえ、侵略《しんりゃく》してきたヒルガオを星のようにちりばめた、スイカズラもかぐわしい生垣《いけがき》の後ろには、家々が眠《ねむ》っていた。遠くのほうから、もっと忙《いそが》しい、せわしない世界のざわめきが聞こえ、テムズ谷にまたがる自動車道を、一瞬《いっしゅん》のうちに走り去る車が見えた。午後も遅《おそ》くなり、地平線はかすんで見えず、ブヨの群れが暖《あたた》かい空気中に舞《ま》っていた。

わが家から半マイルほど離《はな》れたハンタークーム小路に沿って自転車をこぎ、ウィルの好きな、レンガで縁取《ふちど》られた火打石壁《かべ》の家々の前を通り過ぎかけた時、ジェイムスが急ブレーキをかけた。

「どうしたの？」

「後輪だよ。もってくれると思ったんだけど、どんどん空気が抜けてるんだ。家に着けるくらいまで膨《ふく》らませなきゃ」

ジェイムスがポンプをはずす間、ウィルとスティーヴンは待った。人の声が、道の先のほうからかすかに聞こえてきた。道は、その先で、小さな橋を渡《わた》る。橋は、農地をうねうね流れてテムズにはいる小川の上にかかっている。水の流れは、ほとんどいつものろのろしていて、川と呼《よ》ぶのもはばかられるほどだったが、ウィルは一生のうちで一度だけ、あるとんでもない一日、それが奔流《ほんりゅう》となるのを見たことがあった。のんびりと自転車を川のほうにこいでいってみたが、今日は走る水音はせず、小川は浅《あさ》く、たゆたったままきらめき、池のようにみどりの浮《う》き草《くさ》がいっぱいだった。

話し声が近づいてきた。ウィルは、小さな橋から身を乗り出した。下の土手を小さな男の子が息を切らせて駆《か》けてきた。身長の半分もある、ピカピカの革《かわ》の楽譜《がくふ》入れが足にぶつかっている。三人の少年が、どなったり笑ったりしながら追ってくる。ふざけているのだととったウィルが背《せ》を向けかけるや、最初の少年は橋の側面に行く手を阻《はば》まれ、体をひねり、足をすべらせかけ、追手に向き直った。遊びではない、必死の気迫《きはく》があった。浅黒い肌《はだ》を持ち、身なりはきちんとしている。追手の少年たちは白人で、だらしのない服装《ふくそう》だ。追手の言葉が聞き取れるようになった。ひとりは、猟犬《りょうけん》のようにわめいていた。

「パー公（パキスタン人の蔑称）――パー公――パー公！　来いよ、来いよ！　パー公――」

体を硬《こわ》ばらせている小さな人影《ひとかげ》の前で、三人は急停止《きゅうていし》した。追手のうちふたりは、ウィルと同じ学校の生徒とわかった。ふてぶてしいふたり組で、よくもめごとを起こし、運動場でしじゅうけんかを売っている連中だ。追われていた少年に、片割《かたわ》れがいやらしい薄笑《うすわら》いを浴《あ》びせた。

「あいさつもなしかい、パー公よ？　何を怖《こわ》がってるんだよ？　どこへ行ってきたんだ？」

少年は片側に身をひねり、脇《わき》をすり抜けて逃《に》げようと駆けだしたが、追手のひとりがすばやく横にとび出してさえぎった。楽譜入れが地面に落ち、小柄《こがら》な少年が拾おうとかがむと同時に、汚《よご》れた大足が取手を踏《ふ》んづけた。

「ピアノの稽古《けいこ》かよ？　パー公がピアノを弾《ひ》くとは知らなかったぜ、なあ、フランキー？　例《れい》の妙《みょう》ちきりんなポロンポロンいう楽器だけかと思ったぜ、キ〜コ、キ〜コ——」と、へたなバイオリン弾きのような音をたてながらぐるぐる回ると、残りのふたりは、感じの悪い笑い声をあげ、ひとりが楽譜入れを拾い上げて、拍手《はくしゅ》代わりに叩《たた》き鳴らした。

「カバンを返してください」小柄な少年は、歯切れはいいが小さな声で悲しげに言った。

大きいほうの少年が、楽譜入れを小川の水の上高くかかげた。

「取りに来いよ、パー公、取りに来い！」

ウィルは憤然《ふんぜん》として叫《さけ》んだ。

「返してやれ！」

少年たちは、パッと振《ふ》り向《む》いたが、ウィルを見ると安心した顔になった。

「よけいな口出すな、スタントン！」

ほかの少年もばかにして笑った。

「能《のう》なし！」ウィルはどなった。「小さい子ばかりいじめて——返してやれ、さもないと——」

「さもなきゃなんだよ？」少年は、自分より小さいもうひとりの少年を見てニヤリとした。そして手を開き、楽譜入れが川に落ちるに任せた。

少年の仲間は、笑い転げ、歓声《かんせい》をあげた。小柄な少年は、泣《な》きだした。ウィルは、口もきけないほど腹《はら》が立って、自転車を脇に押《お》しのけたが、それ以上動くより早く、長い手足がつむじ風のように脇を駆け抜け、スティーヴンのひょろりとした長身が土手を駆けおりていた。

少年たちは散らばったが、遅《おそ》すぎた。わずか四、五歩でスティーヴンは大将格《たいしょうかく》をつかまえ、両肩《りょうかた》をとらえて、小声で「カバンを取《と》り戻《もど》してこい」と言った。

ウィルは、その静かな声にこめられた抑制《よくせい》された怒《いか》りに気づき、動かずに見守ったが、いじめっ子のほうは、すっかり自分の力を過信《かしん》していた。スティーヴンの腕《うで》の中で体をよじると歯をむいた。

「頭確《たし》かか？　黒んぼなんかのためにずぶ濡《ぬ》れになれってのかよ？　あいつら猫飯《ねこめし》を食うんだぜ？俺《おれ》がそんな——」

残りの文句は、言う暇《ひま》も与《あた》えられなかった。すばやく手を持ちかえると、スティーヴンはふいに少年を宙《ちゅう》に浮かせ、小川の汚《きたな》いみどりの水に放り込んだ。

水音がし、沈黙《ちんもく》があった。小鳥が楽しげに頭上でさえずった。土手のふたりの少年は身じろぎもせず、大将が水草と泥水《どろみず》を滴《したた》らせながらのろのろと立ち上がるのを見つめた。流れていないに等しい小川は、膝《ひざ》まできた。いじめっ子は、無表情にスティーヴンを見てから、身をかがめて平たい革の楽譜入れを拾い上げ、腕をいっぱいに伸《の》ばしてしずくの垂《た》れるそれを差し出した。スティーヴンが小柄な少年に返してやると、少年は黒い眼《め》を皿のようにして受け取り、ひとことも言わずに身をひるがえして逃げていった。

スティーヴンは向きを変え、土手を登って道に戻った。長い足で針金《はりがね》の柵《さく》をまたぎ越《こ》すと同時に、まじないでも解《と》けたかのように、水中に突《つ》っ立《た》ったままの少年が我《われ》に返った。少年はぶつぶつつぶやきながら、しぶきをあげて土手に戻った。いくつかの悪態《あくたい》に続いて、怒《いか》り狂《くる》った叫び声が聞こえた。

「俺よりでかいからって、大きな顔しやがって!」

「自分のことを棚《たな》にあげて、よく言うよ」スティーヴンは悠然《ゆうぜん》とそう言うと、自転車にまたがった。

少年はわめいた。「今に見てろ、俺の親父につかまったが最後――」

スティーヴンは足を止め、橋のふもとまで進むと身を乗り出した。「もとの牧師館《ぼくしかん》に住んでるスティーヴン・スタントンだ。親父さんに伝えてくれ。いつでも好きな時に話をつけにこいってな」

返事はなかった。その場を離れると、ジェイムスがウィルのかたわらに近づいてきて、にこにこしながら、「みごとだったな」と言った。「最高だった」

「うん」ウィルはペダルを踏みながら言った。「けど――」

「なんだい?」

「ううん、なんでもない」


「その子、マニー・シン坊《ぼう》やらしいわね」スタントン夫人は、糖蜜菓子《とうみつがし》に大きなナイフを差し入れながら言った。「村はずれに新しく建った、公営住宅の一軒《けん》に住んでるはずよ」

「知ってるわ」メアリーが言った。「シンさんってターバンを巻いてるでしょ?」

「そうよ。パキスタン人じゃないのよ。インド人——シーク教徒ね。だからって変わりはないわ。その三人、なんてひどい子たちかしら」

「あいつら、誰《だれ》に対してもひどいんだぜ」と、今まさに切り分けられようとしている自分の菓子の大きさを期待をこめて見ながら、ジェイムスが言った。「人種も肌の色も宗教も関係なし——誰彼《だれかれ》かまわずぶんなぐるんだ。自分たちより背の低い相手ならね」

「今日は相手を……選んでいたようだが」スティーヴンが静かに言った。

「でも、水の中に放《ほう》り込《こ》むことはなかったんじゃないかしら」母親が穏《おだ》やかに言った。「カスタードをみんなに回して、ウィル」

「リッチー・ムアったら、その子のことを、猫飯食いって呼んだんだよ」と、ウィル。スティーヴンが言った。「あの川の深さが十フィートあったらな」

ジェイムスが言った。「母さん、まだひと切れ残ってるよ」

「父さんのぶんよ」スタントン夫人が言った。「眼を離しなさい。父さんが遅くまでお仕事してるのは、あなたに夕食をさらわれるためじゃないのよ。ジェイムス、がつがつしないで。メアリーだって、もっとゆっくり食べてますよ」スタントン夫人はハッと頭を上げ、耳をすました。「あれ、なに?」

全員が、外から聞こえたそのかすかな物音を耳にしていた。再び、前よりも大きく聞こえた。家の裏庭《うらにわ》の鶏《にわとり》が鳴きわめいている遠い声。いつもの不平や要求の鳴き声ではなく、怯《おび》えたかん高い鳴き方だった。

即座《そくざ》に子どもたちは走りだした。ジェイムスも、糖蜜菓子のことは忘れてしまった。裏口から最初にとび出したのはウィルだった――が、途端《とたん》に、だしぬけに立ち止まったので、スティーヴンとジェイムスは踏みまどい、転びかけた。兄たちは先を急いだが、ウィルには敵意の存在《そんざい》、濃密《のうみつ》な悪意の存在が周囲にひしひしと感じられ、動くこともままならなかった。立ちつくしたまま震《ふる》えていた。強風に逆《さか》らうようにその感覚に抗《あらが》いつつ、ウィルはよろめきながら兄たちに続いた。頭が鈍《にぶ》り、働かなくなったように感じられた。前にもこんなことがあった、と思った……。が、思い出している暇《ひま》はなかった。

庭で叫び声があがり、走り回る足音が、怯えた鳥の鳴き声を通して聞こえた。おぼろな黄昏《たそがれ》の薄闇《うすやみ》の中で、スティーヴンとジェイムスが何かを追い回しているかのように行きつ戻りつしているのが見えた。近づくと、小さな黒っぽい体がしなやかにすばやくくねり、ふたりの間をすり抜けるのを見たように思った。スティーヴンが棒《ぼう》をつかみ、その影をひっぱたいたが、当らなかった。棒は地面を打ち、割れた。鶏の囲いに熊手《くまで》がたてかけてあった。ウィルは熊手をつかみ、さらに近づいた。けものはウィルの足もとをかすめた。音もたてずに。

「つかまえろ、ウィル！」

「ぶんなぐれ！」

足が走り、鶏がわめき、庭は薄闇の中でぶつかりあう灰色《はいいろ》の人影だらけだった。一瞬、満月が、梢《こずえ》にかかった巨大《きょだい》な黄色い弧《こ》として眼に映《うつ》った。それもつかのま、ジェイムスが再びぶつかってきた。

「こっちだ！　つかまえろ！」

ちらりとだが、はっきり見えた。「またミンクだ！」

「決まってる！　こっちだってば！」

逃げ道を必死に捜《さが》して身をくねらせるうち、ミンクはふいに、ウィルと囲いにはさまれた形になった。

白い牙《きば》がきらめいた。ミンクは身を硬ばらせて立ちすくみ、にらんだと思うと、突然絶叫《とつぜんぜっきょう》した。怒り狂った金切り声はウィルの頭をつんざき、裏口からとび出した時に感じた圧倒《あっとう》されんばかりの悪の存在を、どっと呼び戻した。ウィルはたじろいだ。

「今だ、ウィル、今だ！　思いっきり！」

兄たちが、ふたりでどなっていた。ウィルは熊手を高く振りかざした。ミンクはウィルを見すえ、再び金切り声をあげた。ウィルは、ミンクを見つめた。〈闇〉は立ち上がりつつある。眷族《けんぞく》を一匹《ぴき》殺したくらいで、〈闇〉の蹶起《けっき》は封《ふう》じられはしない。熊手が手から落ちた。

ジェイムスが大きく呻《うめ》いた。スティーヴンが、ウィルのかたわらに駆《か》け寄《よ》った。ミンクは牙をむき、襲《おそ》うかのようにスティーヴンめがけて突っ込んだ。ウィルは恐怖《きょうふ》に息を呑《の》んだが、ぎりぎりのところで、けものは方向を変え、スティーヴンの足の間を駆け抜けた。それでもなお、すぐに自由めざして逃げようとはしなかった。怯えてかたまっていた鶏の一団に突っ込むと、一羽の首根っこをとらえ、頭の後ろにがぶりと咬《か》みついたので、鶏はたちまちぐったりとなった。ミンクは鶏を放り出すと、夜の闇に逃げ去った。

ジェイムスは、やるかたのない怒りに足を踏み鳴らした。「犬だ！　犬どもはどこだ？」

勝手口でひとすじの光がゆらめいた。「毛を刈《か》ってもらいに、バーバラがイートンへ連れてったのよ」母親の声がした。「父さんを迎《むか》えに回ったので、遅くなってるの」

「くそォ！」

「同感ね」母親は、穏やかに言った。「でもしかたがないわ」と、明かりを持ったまま進み出た。「被《ひ》害《がい》の程度《ていど》を見てみましょ」

損害《そんがい》は、かなりのものだった。ヒステリックになっている騒々《そうぞう》しい若《わか》い牝鶏《めんどり》と死んだ仲間とをえりわけてみると、丸々ふとった死骸《しがい》が六つ、ずらりと並《なら》んだ。どの鶏も、後頭部の凶暴《きょうぼう》なひと咬みでやられていた。

メアリーが、わけがわからないというように言う。

「でもこんなに何羽も？　なぜこんなにたくさん？　そのくせ、ただの一羽も持って帰ろうとしなかったなんて」

スタントン夫人も当惑《とうわく》して首を振った。

「狐《きつね》なら一羽を殺して、すぐにくわえて逃げるわ。そのほうが理屈《りくつ》には合ってるわね。ミンクだったって？」

「確かだよ」ジェイムスが言った。「新聞に載《の》ってたんだ。それに、きょうの午後、川のそばで一匹見たもの」

スティーヴンがそっけなく言った。

「うちの鶏を殺すだけで、楽しかったみたいだな」

ウィルは一同から少し離れて、納屋《なや》の壁にもたれていた。

「殺すのが好きなんだ」

ジェイムスが指を鳴らした。

「新聞にもそう書いてあったぜ。ミンクが害獣《がいじゅう》とされる理由さ。ある種のイタチを除《のぞ》けば、殺すために殺すけものは、ミンクだけなんだって。腹が減《へ》ってるとは限《かぎ》らないんだ」

スタントン夫人は、死んでぐったりとなった鶏を二羽つまみあげた。

「さて」と、思い切りよくきっぱり言った。「中へ運んで。なんとか対処《たいしょ》するしかないわ。あのけだものがいちばんいい卵《たまご》の産み手を選んで殺したのでありませんように。今度戻ってきたら……スティーヴ、ほかの鶏をねぐらに入れてくれる？」

「いいよ」

「手伝うよ」ジェイムスが言った。「ひどい——運がよかったね、スティーヴ。兄さんのことも咬むつもりかと思った。なんで咬まなかったんだろ？」

「ぼくの肉はまずいのさ」スティーヴンは空を見上げた。「あの月を見ろよ——懐中電灯《かいちゅうでんとう》もいらないくらいだ……来いよ。板に釘《くぎ》に金槌《かなづち》だ。鶏囲いをミンクのミの字もはいれないようにしてやる」

「戻ってきやしないよ」と言ったウィルは、忘れられたまま、スティーヴンのボタン穴《あな》でしおれている紅《べに》ハコベの花を見ていた。「毒獣《どくじゅう》に対して効《こう》あり。戻ってきやしないよ」

ジェイムスがのぞき込んだ。

「おまえ、様子が変だぜ。大丈夫《だいじょうぶ》か？」

「あたりまえだろ」ウィルは、頭の中の混乱《こんらん》と闘《たたか》った。「あたりまえだ。あたり……」

頭がぐるぐる回っていた。めまいに似《に》ていたが、時間の感覚、今と前後の感覚まで破壊《はかい》されつつあるようだった。ミンクは行ってしまったのだろうか？　それともまだ、追い回してる最中か？　まだ来てもいないのだろうか——もうじき襲撃《しゅうげき》され、鶏どもが大騒《おおさわ》ぎしだすのだろうか？　それともウィルのほうが……まるでべつの……場所にいるのだろうか……？

ウィルは、いきなりかぶりを振った。まだだ。まだだ。「父さんの道具箱なら納屋の中だよ。移《うつ》したんだ」

「なら、来いよ」スティーヴンは先に立って、そぐわないがムードが出るというので納屋と呼ばれている、木の物置小屋にはいっていった。彼らの家はもともと牧師館で、農場だったことは一度もなかったのだが、農場育ちの母親が飼育《しいく》している鶏や兎《うさぎ》だけで雰囲気《ふんいき》はがらりと変わったものになっていた。

ジェイムスが電灯のスイッチを入れると、三人は立ち止まって眼をしばたたいた。それから金槌やペンチ、太い釘や針金、それに厚さが半インチもある半端《はんぱ》な板切れを、何枚かかき集めた。

「これならぴったりだ」スティーヴンが言った。

「父さんが先週、新しい兎小屋をこしらえたんだ。その残りだよ」

「明かりはつけっぱなしにしとけ。外まで届《とど》くから」

ほこりっぽい窓《まど》から、ひとすじの光が夜に射《さ》し出た。兄弟は、ミンクがもぐり込んだ鶏囲いの向こう端に回り、針金を切り、板を継《つ》ぎ合《あ》わせ始めた。

「ウィル——板がもう一枚ないか見てきてくれ。これより一フィートぐらい長いやつがいい」

「わかった」

ウィルは、月に照《て》らされた庭をよぎって、納屋から伸びている黄色い光をめざした。背後《はいご》で、まだざわついている鶏の声にかぶさるように、スティーヴンの金槌の規則《きそく》正しい槌音が響《ひび》いた。

と、再び頭の中が逆巻《さかま》き、五感が混乱に陥《おちい》り、風が顔に吹きつけるように感じられた。トントントン……トントントン……槌音が変化し、鉄が鉄にぶつかっているような、虚《うつ》ろな金属音《きんぞくおん》と化したかに思われた。よろめいて、納屋の壁によりかかった。光のすじは消えていた。月も。変化は、そのほかにはなんの予告もなしに訪れた。時間の移動《いどう》はあまりにも完璧《かんぺき》に行われたので、あっという間に、スティーヴンもジェイムスも、見慣れた物も動物も木も、片鱗《へんりん》すら見えなくなっていた。

夜は一段《いちだん》と暗さを増《ま》していた。軋《きし》るような音がしていたが、何かはわからなかった。相変わらず壁にもたれているのに気づいたが、肌ざわりが違《ちが》っていた。板に触《ふ》れていた指は、今や四角い大石を積んでしっくいで固《かた》めたものに触れていた。空気はウィル自身の時代同様、暖かい。壁の反対側から、話し声が聞こえた。男がふたり。どちらの声も、ウィルにとっては、家族の者が見たことも触れたこともない彼の人生の裏側からやってきた、なつかしくてたまらない声だったので、うなじの産毛《うぶげ》が逆立ち、歓《よろこ》びが痛《いた》いまでに胸《むね》にせり上がってきた。

「ではバードンにて」低い、抑揚《よくよう》を欠いた声。

「致《いた》し方《かた》ない」

「押《お》し戻《もど》せるとお思いか？」

「わからぬ。そちはどうじゃ？」第二の声も同じくらい低かったが、温《あたた》かい感情が軽みを与えていた。心から面白《おもしろ》がっているような響きがあった。

「思います。わが君、あなたさまなら押し戻せましょう。というても一時《いっとき》のこと。きゃつらを押し戻すことはできても、きゃつらの後《うし》ろ楯《だて》なる自然の勢力が、敗北に長く甘《あま》んじていたことは、いまだかつてありませぬ」

温かい声はためいきをついた。「いかにも。この島は滅《ほろ》びるであろう、もし万一……そのほうの申す通りじゃ、わが獅子《しし》よ。まだ幼《おさな》い頃《ころ》より余《よ》にはわかっておった。あの日――」

言葉が途切《とぎ》れた。長い間があった。

第一の男がそっと言った。「お考えにならぬことです」

「では知っておるのか？　誰にも語ったことはなかったが。ふむ。だが、そちらなら知っていて当然じゃな」男は静かに笑った。面白がっているというより愛情のこもった笑い方だった。「そちもあの場所にいたのか、〈古老〉よ？　そちもか？　いたに決まっておるな」

「おりました」

「ブリテン島の誇《ほこ》る男たちが、ことごとく殺されたのだ。ひとり残らず。ただ一度の集会にて三百人の英傑《えいけつ》が斃《たお》れた。三百人じゃ！　刺《さ》され、縊《くび》られ、殴《なぐ》り殺された。合図ひとつで――余はかの男が合図するのを見さえしたのじゃ。知っておるか？　余は七歳《さい》の子わっぱじゃった……。皆《みな》、死んだ。わが父も。血が流れ、草は紅《あか》く染《そ》まり、〈闇〉はブリテン島の上に勢力を伸ばし始めた――」あとは言葉にならなかった。

低い声が重々しく、冷たく言った。「それも永久には続きませぬ」

「おう、天にかけて、続かせはせぬ！」第二の声の持ち主は、再び自制心《じせいしん》を取り戻していた。

「数日のうちに、バードンにて証明《しょうめい》してみせようぞ。バードンの山《モンス・バドニクス・モンス・フェリクス》は幸いの山という。希望を持たねば」

「召集《しょうしゅう》はすでに始まりました。陛下《へいか》の忠実《ちゅうじつ》なるブリテン島の隅々《すみずみ》から、人が集まっております」第一の声が言った。「今宵《こよい》は〈輪〉を召集する運びになっております。この大いなる危機《きき》に立ち向かう〈古老〉の輪です」

ウィルは名前を呼ばれたかのように、姿勢を正した。今やこの時代に浸《ひた》りきっていたので、呼ばれる必要さえなかった。思考すら存在せず、ただ意識だけがあった。振り向くと、石壁に切られた入口の周りから光が洩《も》れきらめいているのを見た。入口に歩《あゆ》み寄《よ》ってみると、槍《やり》と剣《けん》で武装《ぶそう》した人物がふたり、戸の両側に控《ひか》えているのを見てぎょっとしたが、どちらも動かず、直立不動の姿勢《しせい》を取ったまま、じっと前方を見つめていた。

ウィルは手を伸ばして、入り口に垂《た》れ下《さ》がっていた重い厚織《あつおり》の幕《まく》を横に引き開けた。まばゆい光が燃えて眼を射《い》た。眼をしばたたいて、腕《うで》を前にかざす。

「おお、ウィル」より低いほうの声が言った。「おはいり、おはいり」

ウィルは前に進み出、眼を開けた。そして立ったまま、尊大《そんだい》な鷲鼻《わしばな》と、ふさふさと豊《ゆた》かな白髪《はくはつ》を持ち、マントに包まれた背《せ》の高い人物にほほえみかけた。久しく会ったことのないふたりだった。

「メリマン！」ウィルと男は歩み寄り、抱《だ》き合《あ》った。

「その後どうかな、〈古老〉よ?」長身の男は言った。

「元気にしてます。ありがとう」

「〈古老〉から〈古老〉へのあいさつか」と、もうひとりの男がそっと言った。「最初かつ最年長の者と、最後かつ最も若年《じゃくねん》の者。余も歓迎《かんげい》するぞ、ウィル・スタントンよ」

ウィルは澄《す》んだ青い眼と陽に灼《や》けた顔、短いごましおのひげ、まだ茶色だが白いものがすじのように混《ま》じっている髪《かみ》を見た。そして片膝《かたひざ》をつき、頭を垂れた。「わが君」

相手は軋《きし》る革製《かわせい》の椅子《いす》から身を乗り出し、あいさつ代わりにウィルの肩にわずかに触れた。「会えて嬉《うれ》しいぞ。立て、師のもとへ行くがよい。このひとときは、そちらふたりだけのものじゃ。せねばならぬことはたんとある」

男は立ち上がると、短いマントを一方の肩越《かたご》しに押しやり、戸口に歩み寄った。柔《やわ》らかい履《は》き物《もの》は、モザイク模様《もよう》の床《ゆか》の上で音もたてなかった。メリマンの長身よりも頭ひとつ低かったが、いかなる人よりも高く感じさせる威厳《いげん》があった。「余はこれまでのところ、何人集まったかを聞きに参る」と戸口で振り向くと、衛兵《えいへい》が敬礼する槍音にかぶせるように言った。

「一日一夜《ひとひひとよ》じゃ。わが獅子よ、急げ」

そう言い残して、マントをひるがえすと、姿《すがた》を消した。

「あの衛兵たち、ぼくが誰かも聞かなかったよ」ウィルが言った。

「来ると知らされていたのだよ」ウィルを見おろしたメリマンの骨張《ほねば》ったいかつい顔には、微笑《びしょう》が浮かんでいた。それからいきなり頭をそらし、すばやく息を吸《す》い込《こ》み、また吐《は》き出《だ》した。「ああ、ウィル――どんな具合だな、第二の蹶起は？　今ここで起きているのが第一の蹶起なのだが、雲行きは思わしくない」

「わけがわからないんだけど」

「わからぬと？〈古老〉よ。私があれだけ教えたのに、〈仙術《せんじゅつ》の書〉をしばらく前に学んだというのに、いまだに、時間がいかに人間の意識ではとらえ難《がた》いか理解できぬのか？　まだ人間に近すぎるのかもしれぬな……ふむ」メリマンは湾曲《わんきょく》した肘掛《ひじか》けを持つ長椅子に、唐突《とうとつ》に腰《こし》をおろした。天井《てんじょう》の高い四角い部屋には家具はほとんどなく、しっくい壁には夏の田園風景が、陽光と畑と金色の収《しゅう》穫《かく》が鮮《あざ》やかに描《えが》かれていた。「ウィル、人間の時間の中において、〈闇〉は二度蹶起する。一度は君が人間として生まれた時代に、今一度はそれより十五世紀《せいき》さかのぼる、今ここでだ。わが君アーサーは、ここで大勝利を勝ちとらねばならぬ。その勝利は侵略《しんりゃく》してくる殺戮者《さつりくしゃ》どもを、彼らを駆り立ててぃる〈闇〉から切り離せるまで続かなくてはならぬのだ。この、二度の蹶起のそれぞれから島を守るにあたって、君と私には果たさねばならぬ役割がある。君の役割と私の役割は、全く同じなのだ」

「けど——」

メリマンは逆立った白い片眉《かたまゆ》を上げ、ウィルを横眼で見た。「君ともあろうものが、未来から来た者が、どうやって——人間のばかげた言い方を借りれば——すでに起きてしまったことに参加ができるのか、私に聞くつもりなら……」

「とんでもない。聞かないよ。ずっと前にあなたが言ったことをおぼえてる——」ウィルは顔をしかめて記憶《きおく》をさぐり、正しい文句を捜《さが》し求《もと》めた。「全ての時間は共存しているって言ったんだ。過去は未来へと続く道だが、にもかかわらず、未来が過去に影響《えいきょう》を与えることも時としてありうる」

メリマンのいかめしい顔に、かすかな賞賛《しょうさん》の笑《え》みがひらめいた。「従《したが》って、今こそ〈光の輪〉が召集されねばならぬ。呼びかけるのはウィル・スタントン、〈しるしを捜す者〉、時間の、ある一点において〈光〉の六つのしるしを輪につなぎ合わせ得た者だ。〈輪〉を召集するわけは、ただ一度の呼びかけによって、アーサーの時代のこの世の民《たみ》と、君がやってきた時代の民との両方を助けるためなのだよ」

「つまり、しるしをつないだあとで輪にかけた、ものすごくややこしい魔法《まほう》を解《と》いて、しるしを隠《かく》し場所《ばしょ》から取ってこなきゃならないんだね。方法がぼくにわかるといいけど」

「私もそれが気がかりだ」メリマンもいささか重い口調で言った。「君にできねば、しるしは、あれらを護《まも》っている上なる魔法の力で〈時〉の外に持ち去られ、この大事において〈光〉の握《にぎ》っている唯《ゆい》一《いっ》の切《き》り札《ふだ》が、永久に失われてしまうことになる」

ウィルは生つばを呑《の》みくだした。「けど、ぼく自身の時代でやらなきゃならないね。しるしをついで隠したのはあの時代なんだから」

「決まっておる。わが君アーサーが急げとおおせられたのも、そこなのだ。行け、ウィル、なすべきことをするのだ。一日一夜、地球の時間でわれらに与えられたのは、それだけだ」

メリマンは立ち上がり、ひとまたぎで部屋を横切ると、ウィルの腕を古代ローマ人があいさつ代わりにしたようにがっしとつかんだ。黒い眼が、深いしわの刻《きざ》まれた、風変わりないかつい顔から火と燃えて見おろしていた。「私はそばにいるが、手伝ってやる力はない。気をつけるのだよ」

ウィルは背を向けて戸口に向かい、幕を引き開けた。外の夜空には、相変わらず金属的な槌音、鉄が鉄を打つ音がかすかに鳴り響いていた。

「ウェイランド・スミスは、今日は遅くまで仕事をしている」背後でメリマンがそっと言った。「馬の蹄鉄を打っているのではない。この時代には、馬はまだ蹄鉄など打たれない。剣や斧《おの》や短剣《たんけん》を打っているのだ」

ウィルは身震《みぶる》いし、ひとことも言わずに黒い夜の中に出ていった。頭がぐるぐる回り、風が頬《ほお》に吹きつけた——と、再び、月が前方の空に大きな淡《あわ》いオレンジのように浮かび、ウィルの腕には板切れがあり、前方から聞こえる槌音は、板に釘を打ち込む槌音だった。

「ああ」スティーヴンが顔を上げた。「それならぴったりだ。ありがとう」

ウィルは進み出て、板切れを手渡した。

屋根裏《やねうら》にあるウィルの寝室《しんしつ》の空気は温《あたた》かくよどみ、夏の熱気がこもっていた。仰向《あおむ》けに寝《ね》そべったまま、ウィルは階下《かいか》の深夜のささやき声や、食器の触《ふ》れ合《あ》う音に耳を傾《かたむ》けていた。最後まで起きていた者たちが——低い声から察するに、父親とスティーヴンらしかったが——寝仕度《ねじたく》をしているのだった。この部屋はもとはスティーヴンの寝室だったので、ウィルは持ち物を注意深く片付け、正当な主人が休暇《きゅうか》中住めるようにしたのだが、スティーヴンはかぶりを振《ふ》った。「マックスが留守《るす》だから、あいつの部屋に泊《と》まるよ。今じゃぼくは、さすらいの民《たみ》なんだ、ウィル。この部屋は全部おまえのものだよ」

最後のドアが閉《と》じられ、最後までガラスに映《うつ》っていた明かりも消えた。ウィルは腕時計《うでどけい》を見た。真夜中を過ぎている。夏至《げし》の日が訪れてから、数分たっている。半時間も待てば足りるはずだ。傾斜《けいしゃ》した天井《てんじょう》の天窓《てんまど》からは、星は見えなかった。月の光に洗《あら》われた空が見えるだけで、その地味な明るさが、部屋の中まで射《さ》し込《こ》んでいた。

家じゅうが眠《ねむ》りにくるまれた頃《ころ》、ウィルはようやくパジャマのまま階段《かいだん》を忍《しの》びおりた。軋《きし》むとわかっている段は、足を伸《の》ばして隅《すみ》の所をそろそろと踏《ふ》んだ。両親の寝室の前まで来ると、ハッと凍《こお》りついた。父親のいびきが次第に高くなったと思うと、半ば眼ざめた唸《うな》り声《ごえ》がし、寝返りを打つ衣ずれの音に続いて、再びすやすやと寝入るのが聞こえた。

ウィルは闇《やみ》の中で微笑《びしょう》した。〈古老〉にとって、家じゅうの者を停止《ていし》した〈時〉の中に送り込み、現《うつ》し世《よ》を離《はな》れた、決して破《やぶ》られぬ眠りを与《あた》えることはなんでもなかった。だが、そうしたくはなかった。それでなくても、今夜はさまざまな形で〈時〉をいじくらねばならないだろう。

次の階段を静かにおりて、玄関《げんかん》ホールへと進んだ。捜《さが》している絵は、大きな玄関ドアのすぐ内側の壁《かべ》、帽子掛《ぼうしか》けと傘立《かさた》てのそばにかかっている。小さな懐中電灯《かいちゅうでんとう》を持ってきたのだが、必要ないのがわかった。ホールの窓から銀色に射し込む月光が、絵の中の見慣れた人々の全てを見せてくれた。

小さい頃から、傘立てによじのぼらなければ、黒っぽい木彫《きぼ》りの額《がく》の中が見えないほど小さかった頃から、ウィルはこの絵に夢中《むちゅう》だった。ビクトリア時代の版画《はんが》で、暗い茶色の濃淡《のうたん》で描《えが》かれていたが、最大の魅力《みりょく》は、こみいった細部が、すさまじいまでに精密《せいみつ》に描きだされていることだった。流れる花文字で「カーレオンのローマ人」と題され、何か複雑《ふくざつ》な建物の建設《けんせつ》風景を現わしていた。到《いた》る所で人間の集団が綱《つな》を引いたり、頑丈《がんじょう》な木のくびきをはめられた牛を導いたり、切り石をしかるべき位置《いち》にはめこんだりしている。石を敷《し》きつめた中央の床《ゆか》が完成《かんせい》している。なめらかな楕円形《だえんけい》で、柱に支えられたアーチに囲まれている。その向こうには、壁か階段らしいものが立ち上がりかけている。すばらしい揃《そろ》いの服装《ふくそう》をしたローマ人兵士が、正確《せいかく》に切り出された石の積みおろしとはめこみを監督《かんとく》している。

ウィルは、ある特定の兵士を捜していた。前景の右端《みぎはし》で柱に寄《よ》りかかっている百卒長《ひゃくそつちょう》だ。この忙《いそが》しい建設風景の中で、動いていないのはこの男だけだった。細部まではっきり描き込まれた顔は生々しく、少しばかり悲しげで、絵の外の遠い所を見つめていた。その悲しげな近寄《ちかよ》り難《がた》さが、幼《おさな》いウィルに、駆《か》けずり回る男たちを全部集めたよりも、この仲間はずれのひとりの人物への関心を抱《いだ》かせてやまなかったものだ。しるしを隠《かく》すのにメリマンがこの男を選んだのもそこだった。

メリマン。ウィルは階段に腰《こし》をおろし、あごを手で支えた。よく考えを練《ね》らなければならない。メリマンと自分が、どうやって六つのしるしをつないだ輪を――〈光〉の最も強力な（そして最も狙《ねら》われやすい）武器を隠しおおせたかを思い出すのは簡単《かんたん》だった。このローマ人の時代に戻《もど》り、今眼《め》の前に掛かっている絵の石の間に、ウィルは自らしるしをすべり込ませたのだ。人目を避《さ》けて安全に隠れていられる、〈時〉に埋《う》もれた場所に。だがそれを思い出すのと、逆転《ぎゃくてん》させるのとは別問題だ……。

ウィルは考えた。唯一《ゆいいつ》の方法はもう一度繰《く》り返《かえ》してみることだ。もう一度行って、しるしを隠すためにしたことを、全部もう一度してみなくちゃ――それから、そこでおしまいにする代わりに、もう一度取り出す方法を見つけなくちゃ。

ウィルは興奮《こうふん》し始めていた。たとえメリマンが来たとしても、やるのはぼくなんだ。居合《いあ》わせることはできるが、手伝う力はない。そう言ったもの。だから、何かを言ったりしたりすべき瞬間《しゅんかん》がきても、教えてくれることはできないわけだ。メリマン自身、その瞬間だってことに気づかないかもしれない。ぼくだけが〈光〉のためにその瞬間を選べるんだ。もし失敗したら、これ以上はどうにもならない……。

ぞっとするほど無慈悲《むじひ》な責任の重さに押《お》しひしがれ、興奮はしぼんでしまった。しるしを解《と》き放《はな》つ魔法《まほう》には鍵《かぎ》がひとつしかない。それを見つけられるのはウィルだけなのだ。だがどこで、いつ、どうやって？

い、い、どこで、いつ、ど、ど、どうやって、

ウィルは立ち上がった。魔法から抜《ぬ》け出《だ》す道は、あと戻りすることによってのみ発見できる。従《したが》って、まず第一に、魔法を行った時を再現《さいげん》しなければならない。〈時〉を逆転させ、一年前に過ごした数時間をもう一度生きるのだ。あの時、ウィルをかたわらに立たせてメリマンは――。

メリマンは何をしたのだっけ？　正確に真似《まね》なくちゃ。

懐中電灯を下に置くと、ウィルは壁の絵の前に立ち、思い返した。片手を伸ばして額にかけた。それから、身じろぎもせずに精神を集中させ、絵の中ほどにいる数人の男たちを見つめた。どこか見えない地点に一個の切り石を運ぼうと綱を力いっぱい引っ張っている男たち。ウィルは頭からあらゆる

邪念《じゃねん》を追《お》い払《はら》い、ほかの物や音に対して五感をふさぎ、ひたすらに見つめた。

　すると徐々《じょじょ》に、綱の軋る音、規則《きそく》正しい号令、石と石のこすれあう音が耳の中で大きくなり、ほこりと汗《あせ》と牛糞《ぎゅうふん》の匂《にお》いがした――そして絵の中の人々は動きだした。ウィルの手は、もはや木の額縁《がくぶち》にかかってはおらず、牛の引く石を積んだ荷車の木枠《きわく》をつかんでいた。ウィルは、カーレオンのローマ人たちの世界に踏《ふ》みだした。その時代の少年として、暑い夏の日に備えて白麻《しろあさ》の短い衣《ころも》を涼《すず》しげにまとい、不揃いな四角い敷石《しきいし》を、サンダルをはいた足の下に感じながら。

「それ引け……それ引け……」石は、ころの上でじわりじわりと前進した。調子は違《ちが》っても、同じような号令がほかの集団からもあがり、空気中に鳴《な》り響《ひび》いた。兵士と労働者、浅黒《あさぐろ》い肌《はだ》とほこりにまみれたピンクの肌、ちぢれた黒髪《くろかみ》とまっすぐな金髪《きんぱつ》、皆《みな》力を合わせて働いている。石と石がぶつかり合っては悲鳴をあげ、人間も動物も力をふりしぼるごとに呻《うめ》いた。そして、メリマンが背後《はいご》からウィルの耳にささやいた。

「時がきたら環《わ》をはずせるよう、用意しておきなさい」

　下を見ると、金環《きんかん》につながれた〈光〉の六つのしるしが、ベルトのように衣の腰《こし》に巻きついていた。きらめく環のしるしのうち、あるものは光り、あるものはくすんでいたが、いずれも形は同じだった。十字に仕切られた円。鈍《にぶ》い青銅《せいどう》、黒ずんだ鉄、焦《こ》げた木。輝《かがや》く黄金、きらめく火打石、そして片時も忘れたことのない、時には夢《ゆめ》にまで見る最後のひとつ、澄《す》んだ水晶《すいしょう》からなり、繊細《せんさい》な記号や紋様《もんよう》の刻《きざ》まれた、雪を封《ふう》じ込《こ》んだ氷の輪さながらの水のしるし。

「おいで」メリマンが言った。

ウィルの脇《わき》をさっと通り過ぎたメリマンは、くるぶしまで届《とど》く暗青色のマントに長身を包んでいた。湯気をたてている牛を通《とお》り越《こ》して、その向こうの柱まで行き着くと、そこには百卒長がひとりたたずんでいて、男たちの一団が荷車のいちばん上の花崗岩塊《かこうがんかい》に革紐《かわひも》や綱を巻きつけるのを見守っていた。ウィルも、目立つまいとしながらメリマンに続いた。

「はかどっておりますな」メリマンが言った。

ローマ人が振り向いたのを見ると、ウィルが生まれてこのかた毎日のように前を通ったあの重々しい絵の中の男だった。キラキラする黒い眼が、鼻の高いひきしまった顔の中からメリマンを見た。

「ああ」と男は言った。「ドルイド教の祭司《さいし》どのか」

メリマンは、わざと儀式《ぎしき》張った会釈《えしゃく》をした。

「私をなんと見るかは人によって異《こと》なります」と、かすかに微笑しながら言った。

兵士は考え深げにメリマンを見た。

「変わった国だ。蛮族《ばんぞく》と魔法使い、泥《どろ》と詩。おぬしの国は変わった国だ」と、顔がさっと緊張《きんちょう》した。話している間も、関心の一部分は荷車に向けられていたのだ。「気をつけろ！　おまえ、セクストゥス、そっちの端の綱が――」

男たちが群がり、片側に危《あぶな》っかしく傾《かたむ》いたまま吊《つ》りおろされていた石の平衡《へいこう》を取《と》り戻《もど》そうとした。石は無事に着地し、その一団の指揮官《しきかん》は、片手を上げて礼を言った。百卒長はうなずき、眼は離《はな》さないながらも緊張を解いた。べつの荷車が、長い木の梁桁《はりげた》を満載《まんさい》してゴトゴトと通り過ぎた。

メリマンは、前にそびえつつある建物をながめやった。視《し》野《や》が広がったので、半ば完成《かんせい》した円形劇《げき》場《じょう》だとわかった。壁は石、座の部分が木でできた座席が、幾層《いくそう》も中央広場から大きな曲線を描《えが》いて立ち上がっている。

「ローマは才能豊かな国ですな。私どもにも石を扱《あつか》う技術《ぎじゅつ》が多少はあります。〈光〉に捧《ささ》げられた巨大な石の輪に匹敵《ひってき》するものはありませぬ。しかし、信仰《しんこう》のためばかりか、日々の暮《く》らしにまで関わることとなると、ローマの石工の腕前は――あなたがたの家や水路、石管や街路《がいろ》や大浴場《だいよくじょう》ときた日には……友よ、私どもの生活様式を変え始めたように、私どもの街々《まちまち》をも変えてしまいますな」

兵士は肩《かた》をすくめた。

「帝国《ていこく》は絶《た》えず広がっている」そう言うと、ウィルを見た。ウィルはメリマンのかたわらをつかず離れず、長い石を荷車からおろそうと片側に吊り出している人たちを見ていた。

「おぬしの子か?」

「私の知識をいくらか学び取ろうとしている者です」メリマンは眉《まゆ》ひとつ動かさずに言った。「弟子にして一年になりますが、先行きが楽しみです。あなたのご先祖《せんぞ》が来られる前の時代からの古い血筋《ちすじ》の者ゆえ」

「わしの先祖はここには来なかった」百卒長は言った。「わしは帝国の生まれではない。七年前にローマ本国から来たのだ。第二派遣隊《はけんたい》に召集《しょうしゅう》されてな。昔のことだ。ローマは帝国そのもの、帝国はローマそのものだというが、そうはいうても……」と、ふいにウィルにほほえみかけた。厳《きび》しい顔に明るさを添《そ》える、親切な微笑だった。「師匠《ししょう》によく仕えているか、坊《ぼう》？」

「努力してます」ウィルは答えた。ラテン語の折り目《おめ》正しい用法を真似るのは楽しかった。〈古老〉には世界じゅうのあらゆる言語同様容易《ようい》にしゃべれる言語だったが、母国語である英語と共通している部分があるだけに、とりわけ快《こころよ》かった。

「この建物に関心があると見えるな」

「すばらしいと思います。石のひとつひとつが隣《となり》のとぴったり合うように切られていて。はりを支える石だってそうです。それに作業の丹念《たんねん》で正確《せいかく》なことったら――どうすればいいかよくわかってるんですね――」

「全てあらかじめ決められているのだ。帝国じゅう、どこでも同じことだよ。これと全く同じ円形劇場が、スパルタからブリンディジウムまで、ここと同じような二十もの要塞《ようさい》都市に建てられている。おいで、見せてやろう」

ウィルの肩をつかみ、メリマンにもついてくるように眼で合図すると、中央広場の砂《すな》だらけの床を横切って、半ば完成したアーチへと導いた。次第にせり上がる座席層の中に設《もう》けられた八つの入口のひとつだった。「第三班《ぱん》があの次の石を運び上げればわかるが、ここにはまるようになっている——動かないようにはめこまれるのだよ——」

アーチの片側に、石を積み重ねた柱が立ち上がりだしていた。見守るうちに、次の石が四人の汗だくの兵士に引かれてころの上を近づいてきた。何人かが唸《うな》りながら力をふりしぼって、完成しつつあるアーチの定められた場所に押し上げた。ほかの石よりもはるかに大きく、でこぼこでてっぺんに大きな窪《くぼ》みがあったが、外に向いた四つの面のうち、ひとつは珍《めずら》しく平らでゆったりとしていた。刻《きざ》まれた文字が見えた。COH．X．C．FLAV．JULIAN。

「フラヴィウス・ユリアヌス麾下《きか》百人組、第十歩兵隊により建設さる」メリマンが言った。「みごとだ」そして、〈古老〉独特《どくとく》の精神に語りかける声なき声で、ウィルに「あの中に。今だ」と言った。と同時につまずき、不器用にも百卒長の肘《ひじ》にぶつかった。ローマ人は礼儀正しく振り返ってメリマンを支えた。

「どうした？」

ウィルは、すばやくしるしをつないだベルトを腰からはずし、石のてっぺんの虚《うつ》ろな窪みに落とし込んだ。次の石がその上に乗るはずだ。光る金属《きんぞく》が見えなくなるように、ウィルは手早く土や小石を上にかぶせた。

「失礼しました」メリマンが言っていた。「たいしたことでは——サンダルが——」

兵士が振り向いた。男たちが次の石を引きずってきた。ウィルがさっと脇《わき》へのくと、石は呻き、軋りながら定位置に納《おさ》まった。そしてしるしの輪は、ローマ帝国のこの事業が存在《そんざい》する限り秘匿《ひとく》されるよう、石の棺《ひつぎ》に封《ふう》じ込《こ》められたのだった。

ウィルの精神のさめている部分は、全てをメリマンと自分が以前にしたことの魔法による再現として見ていたが、今や突然《とつぜん》、意識の中に割り込んできた。今だ！　とその部分は言った。このあと、どうした？　最初の時には、このほかに行動らしい行動はしなかった。しるしを隠した日には、ウィルはこのあとじきに、自分の時代に戻ったのだ。貴重な輪を安全な隠し場所に残したまま、〈時〉の流れの中を未来へと送られて。となれば、今どうしてもさぐりださねばならぬ秘密《ひみつ》、輪を取り戻すための大切な鍵は、このすぐあとに続く（ローマ時代の）数分間に隠されているに違いない。どれがそうだろう？

ウィルが、すがるようにメリマンを見た。だが高い鉤鼻《かぎばな》の上の黒い眼は、無表情だった。これはメリマンの仕事ではない。ウィルのつとめなのだ。ひとりで果たさねばならない。

とはいえ、メリマンがまだここに残っていることには何か理由があってもいいはずだ。メリマン自身は意識しなくても、何かの役割を果たしてくれるのかもしれない。そうだとすれば、その役割を発見し、使えるものは使うのがウィルのつとめだ。

どこで、いつ、どうやって。

百卒長が大声で指示を与えると、最も手近にいた男たちが回れ右をして、次の石を取りに歩み去った。

彼《かれ》らを見送りながら、ローマ人は急に身震《みぶる》いし、マントを肩にしっかり巻きつけた。

「みなブリテン島生まれの者ばかりだ」と、苦笑まじりにメリマンに言った。「おぬしと同じで、この気候《きこう》をなんとも思っておらぬ」

メリマンが、同情めいた聞き取れぬ音を口の中でたてた。すると、理由らしい理由も思いつかないのにウィルの首すじの産毛が逆立《さかだ》った。ほかに語る術《すべ》を持たない感覚からの警告《けいこく》のように。ウィルは、神経《しんけい》を張りつめさせて待った。

「この国の島々ときたら」ローマ人は言った。「みどりなのは認《みと》める。みどりが多いのも不思議はない。こう絶《た》え間《ま》なく雲と霧《きり》と湿気《しっけ》と雨に見舞《みま》われては」と、ためいきをついた。「やれやれ、骨《ほね》が痛《いた》んでならぬ」

メリマンがそっと言った。「痛むのは骨ばかりではありますまい……日の照《て》る国に生まれた方にはお辛《つら》いことでしょうな」

百卒長は、木の座席や石の柱越しに何もない空間を見つめ、どうしようもないと言いたげに悲しげにかぶりを振った。

ウィルが、自分のものとも思えぬ澄《す》んだ高い声でたずねた。

「お国はどんなところですか?」

「ローマか? 大いなる都だ。だが、わしの家は都の外、田舎《いなか》にある――地味だがいい家だ――」と、ウィルを一瞥《いちべつ》した。「息子《むすこ》がひとりいる。もう、おまえと同じくらいの背丈《せたけ》になっていることだろう。最後に会った時は両手で放り上げ、受け止められるほどだった。それが、今ではケンタウロス(ギリシャ神話に登場する半人半馬の生き物)のように馬を乗りこなし、魚のように泳ぎが得意だと、妻が言ってよこした。今この瞬間にも、わしの地所の近くの川で泳いでいるかもしれぬ。わしが育ったところで育てたかったのだ。皮膚《ひふ》に熱い陽射《ひざ》し、蟬《せみ》の鳴き声に満ちた空気、空を背に黒く立《た》ち並《なら》ぶ糸杉《いとすぎ》……丘《おか》はオリーヴの木で銀色におおわれ、段々畑《だんだんばたけ》にはぶどう棚《だな》がある。今もぶどうが熟《う》れつつあるだろう……」

望郷《ぼうきょう》の念《ねん》が、肉体的な苦痛《くつう》にも似《に》て脈打《みゃくう》っていた。ウィルはハッと気づいた。答えは、この雰囲《ふんい》気《き》の中にあるのだ。この一瞬の、素朴《そぼく》なむきだしの憧《あこが》れに、見ず知らずの他人《たにん》の眼と耳に対して何のてらいもなくさらけ出されたひとりの男の、最も深く、最も素朴な思いに。これこそ、ウィルを運んでくれる道なのだ。

ここで、今、こうやって!

ウィルは海に飛び込むがごとく憧れの中に、男の心痛に自らの精神を飛び込ませた。水が頭の上で一体となるがごとく、男の感情はウィルを呑《の》み込《こ》んだ。世界が渦巻《うずま》いた。石も曇天《どんてん》もみどりの野原も旋回《せんかい》し、変化し、以前といささか異なる状態《じょうたい》に落ち着いた。故郷《こきょう》恋《こい》しさにあふれた声が、再び耳に静かに響《ひび》いていた。だが、前とは違う声だった。

声も違っていたが、言語も変化していて、母音を長く伸ばした、歯切れの悪い癖《くせ》のある英語と化していた。夕方になっていて、頭上の空は、月に洗われた暗い銀色、あたりには影《かげ》が垂《た》れ込《こ》めている。物の形と影が、判別《はんべつ》し難く溶《と》けあっていた。

だが今度の声にも、全く同じ痛いほどの郷愁《きょうしゅう》がこもっていた。

「……太陽と砂と海ばかりなんだ。フロリダもあの辺はね。ぼくの住んでたあたりは、どこもかしこも花だらけで。夾竹桃《きょうちくとう》、ハイビスカス、それにポインセチアが大きな赤い繁《しげ》みになってる。クリスマス用のちっぽけな鉢《はち》に閉じこめられてるんじゃなくて。浜辺《はまべ》では、風がココヤシの間を吹いて、葉っぱがパラパラ音をたてるんだよ。雨みたいに。ぼくが君の歳《とし》には、綱につかまるみたいにヤシの葉にぶらさがったもんだ。故郷にいれば、今頃は親父と釣《つ》りに出ているな――親父は、長さ四十フィートの船を持ってるんだ。おふくろの名前を取って〈ベツィ嬢《じょう》〉号って呼《よ》んでる。マングローヴの林の中の水路を通って出航《しゅっこう》するとね――マングローヴは水の中の森みたいなもので濃《こ》いみどり色をしてる。水もみどりだけど、湾《わん》に出て沖《おき》のほうまで行くと、深い深い青に変わる。そりゃきれいなんだ。アウトリガーを上げて糸を垂れて楽しむうちに、カツオやイルカが釣れる。運がよけりゃアジもな。観光客はみんな、バショウカジキかキングフィッシュを釣りたがるけど。故郷を出る前の日に、六十ポンドも目方があるキングフィッシュを釣ったんだぜ。ジニーが――ぼくの彼女《かのじょ》だけど――写真を撮《と》ってくれたっけ」

ウィルには、今や群がる雲が月を横切るたびに明るくなったり暗くなったりしている空を背にした、声の主の輪郭《りんかく》が見えた。痩《や》せた青年で、長い髪を太いポニーテールに束《たば》ねている。静かな声は思い出をたどり続けた。

「もう八か月もジニーに会ってない。八か月といや長いぜ。帰って会える最初の日に何をするか、全部計画を立ててあるんだ。そればっかり考えてる。のんびりした長い一日を過ごすんだ。日の光を浴《あ》びて、泳いだり浜辺に寝そべったり。サーフィンもいいな。ピートの店でビールとハンバーガーを食って。ピートのハンバーガーは最高にいけるんだぜ。でかくて汁気《しるけ》たっぷりで、ジニーの好物《こうぶつ》なんだ……ジニーはそりゃ美人なんだ。長い金髪。スタイル抜群《ばつぐん》で。毎週手紙をくれる。一緒《いっしょ》に来なかったのは、親父さんの心臓《しんぞう》が弱いせいで、彼女にすれば――ああ、ジニーは最高だよ」青年は言葉を途切《とぎ》らせ、首を振った。「やあ、ごめんよ。しゃべりだしたら止まらなくなっちまって。こんなに……友だちが恋しいなんて、自分でも気づかなかった。ここで発掘《はっくつ》してるのは楽しいけど、帰れるとなったらやっぱり嬉《うれ》しいな」

青年の背後で、丸味を帯びた草深い丘が地平線の役割を果たしていた。だが、全く不思議なことに、前と同じ場所にいるという気がウィルにはしてならなかった。ふたつの場所をつなぐ感情の、アメリカ人の声にこめられた想いのせいかもしれない。だが……。

　メリマンの機嫌《きげん》のいい声が、ほの明るい夜の中で雰囲気を壊《こわ》した。

「この子がふるさとのことをたずねたのがきっかけらしいね。ここに来て長いのかね？」

「作業が終わる頃には、一年いたことになります。長いといっても、たかが知れてますね」青年は照れを隠すようにてきぱきした口調になった。「ええと、そうでした、ご案内しなけりゃ。ちょっとしかおられないのが残念ですよ、教授《きょうじゅ》――朝のほうがよく見ていただけるものがどっさりあるんです」

「うむ、まあ」メリマンは、あいまいに言った。「先約《せんやく》があるもので……ここだと言ったね？」

「待ってください。カンテラを取ってきます。懐中電灯よりそのほうが――」アメリカ人は、小さな木の物置と見える箱型の建物の中に姿を消した。窓に明かりがパッと灯《とも》ったと思うと、意外にもシュウシュウ音をたてている耐風灯《たいふうとう》を高くかかげて戻ってきた。三人の周囲に投げかけられた光の池の中で、足もとの草と、メリマンの足がズボンの上にゴム長靴《ながぐつ》をはいているのが見てとれた。その向こうに、杭《くい》や綱や目印代わりのだらんとした小旗がいくつも突《つ》き出《で》ている。ウィルが天然の丘だと思ったのは草深い塚《つか》で、今しも発掘作業が行われていたのだ。あたりは大きな、ひと切れが切り取られたばかりの泥ケーキさながらの様相を呈《てい》していた。発掘現場の内側、塚の奥深《おくふか》く切り込んでいるあたりに、いくつかの石が見えた。四角い敷石が敷かれているらしい床。崩《くず》れたアーチの散乱《さんらん》した石。かつて木の座席が置かれていた、せり上がる石の層《そう》……。

他人の渦巻く感情がウィルの精神から離れ、代わりに驚《おどろ》きと安堵《あんど》と歓《よろこ》びが、春の潮《うしお》のように流れ込んできた。石を見れば、しるしを魔法から解き放つ秘密が、しかるべき瞬間にとらえられたのがわかった。

「今度の発掘の背景は、もちろんご存知ですね、リオン教授」若《わか》いアメリカ人は言った。「この塚は、今までずっと〈アーサー王の円卓《えんたく》〉と呼ばれていました。根拠《こんきょ》は当然ながら皆無《かいむ》でしたが、発掘許可《きょか》が誰《だれ》にもおりなかったんです。資金《しきん》もなかったんですが、それは今度のフォード財団《ざいだん》との契約《けいやく》で片付きました。で、ようやく中にはいってみて、何を見つけたと思います？　アーサー王の円卓どころか、ローマ時代の円形劇場ですよ」

「作業が終わるまでに、ミトラ神殿《しんでん》も見つけたとしても驚かんね」メリマンはウィルが初めて聞く、妙《みょう》にきびきびした専門家《せんもんか》らしい声で言った。「なんといっても、カーレオンは主要な要塞だったのだから――野蛮《やばん》なブリトン人を、霧ともやの中に閉《し》め出《だ》しておくためのね」

アメリカ人は笑った。「霧やもやはそれほど気にならないんです。雨と――雨が降《ふ》ったあとの泥がどうもね。ローマ帝国を築《きず》いた昔の連中は、確《たし》かに石の扱い方を心得てましたよ。ほら、これがお話しした石の文字板です――フラヴィウス・ユリアヌス百卒長とその部下たちですよ」

耐風灯が音をたて、影が躍《おど》った。青年はふたりを巨大な石を積んだ肩まで届く柱へと導いた。高さ、大きさとともに抜きん出た石が見えた。刻まれた文字は、今では年月に傷《いた》めつけられている。掘《ほ》り出《だ》されたばかりで、上の石が片側にずれてさらけだされた部分には、土が一インチほどの深さにまだ積もっていた。

メリマンがポケットから小さな懐中電灯を取り出し、文字の刻まれた石塊を（ウィルに言わせればその必要もないのに）照らした。「きれいに残っているな」と几帳面《きちょうめん》らしく言った。「きれいに残っている。これ、ウィルや、見てごらん」そう言うと、ウィルに明かりを渡した。

「入口は八つあったとぼくらは見ています」アメリカ人が言った。「全部こういう石細工のアーチでしょう。こいつは、主要なふたつのうちのひとつに違いありません——今日の午後、土をどけ始めたばかりなんです」

「すばらしい」メリマンが言った。「それでは、先程《さきほど》聞かせてくれたもうひとつの文字板を見せてくれんかね？」ふたりは、洞窟《どうくつ》にも似た発掘現場の片側へと歩み寄り、同時に黄色い光の池をも運び去った。ウィルは動かなかった。足もとを確認《かくにん》するために一秒間《びょうかん》だけ懐中電灯をつけたが、すぐに消した。今やウィル自身の時代、最初に旅立った時から数秒とたっていない、もとの夏至《げし》の日だとわかった。暗闇の中で手を伸ばし、十六世紀ほど前に、ローマ帝国が崩れ去って以来そこにあった土を掻《か》き分《わ》け、砕《くだ》けたアーチの大石の窪みにさぐり入った。すると指が十字に仕切られた金属の輪に出会った。懐中電灯を置《お》いて両手で土を掘ると、ウィルは金環でつながれたしるしの輪を取り出した。

音がしないように、輪と金環をいっぱいに伸ばしたまま丹念《たんねん》に土をふるい落とすと、ウィルは眼を上げた。メリマンと若い考古学者は、現場の何ヤードも向こうにいて、ゆらめく光としか見えなかった。興奮のあまりのどがつまるのをおぼえながら、ウィルはベルト状《じょう》のしるしの輪を腰に巻いて留《と》め、隠すようにセーターを引きおろした。それからランプの明かりめざして歩きだした。

「ああ、では」メリマンがさらりと言った。「もう失礼しなくては」

「すごく面白《おもしろ》いですね」ウィルは元気よく、熱をこめて言った。

「よく立ち寄ってくださいましたね」若いアメリカ人は、とある垣根《かきね》の後ろに止めてある自動車へとふたりを連れていった。「リオン博士、お会いできたのは光栄でした。ほかの者もいれば、もっとよかったんですが——サー・モーティマーがさぞ残念がるでしょう——」

慌《あわただ》しく別れのあいさつを交わし、メリマンの腕を敬意と勢いをこめて上下にゆさぶりながら、青年はふたりを車に乗り込ませた。ウィルは、「フロリダってすてきな所らしいですね。じきに戻れるようお祈《いの》りしてます」と言った。

が、考古学が最初の感情をアメリカ人青年の頭からすっかり追い払ってしまっていた。うなずき、あやふやに微笑すると、青年は姿《すがた》を消した。

メリマンは、ゆっくりと道に沿《そ》って車を走らせた。それまでとはまるで異なる声でたずねた。

「手に入れたか?」

「無事に手に入れたよ」とウィルが言うと、力強い手がウィルの肩をぎゅっとつかみ、離れた。もはや師匠と弟子ではなかった。二度ともとの立場に立つことはない。ふたりとも、遠い昔から運命づけられていたつとめを果たすために〈時〉の外にいる〈古老〉であり、ただそれだけだった。

「今夜でなきゃだめなんだ。それも早いうちに」ウィルが言った。「ここでできると思う？　今すぐに？」

「できると思う。ふたつの時代は、われらの存在と共通の場所によって結ばれている。それと、何よりも、君のみごとな仕事ぶりによってな。できると思う」メリマンは口をつぐみ、車の向きを変えると発掘現場へと引き返した。ふたりは車をおり、一瞬、黙《もく》したままたたずんでいた。

それから連れだって暗がりに歩み入り、掘り出されたアーチや壁をよけて草深い塚のてっぺんに登った。月を隠して流れる雲のせいで、今や真っ暗な空のもと、塚の頂《いただき》にふたりは立った。ウィルは腰から〈光の輪〉のしるしである十字に仕切られた輪をつづったベルトをはずし、両手で差し上げた。時間と空間が溶け合い、真夏の一瞬、二十世紀と四世紀がひと呼吸の前半と後半となった。澄んだ静かな声で、ウィルは夜に呼ばわった。「〈古老〉よ！　〈古老〉よ！　今こそ永遠に、二度目にして最後となるよう輪をつなげ。〈古老〉よ、時が来た！　〈闇〉が、〈闇〉の寄せ手《よせて》が攻めて来る！」

声は力強くほとばしった。高くかかげたしるしのうち、水晶のしるしに星の光が白い火のようにきらめいた。突然、沈黙《ちんもく》を守っている草深い塚の上にいるのは、彼らふたりばかりではなくなった。世界じゅうから、歴史のあらゆる時点から、ありとあらゆる年格好《としかっこう》の男女が夜の中にひしめいて集まった。きらめく大いなる群衆《ぐんしゅう》がそこにいた。地球の〈古老〉たちが、六季節前に彼らの面前でしるしをつなぐ儀式が行われた時以来、初めて顔を合わせたのだ。闇はざわめいた。形を成さぬつぶやきがあたりにあふれた。言葉を使わずに、意志の伝達が行われているのだった。

メリマンとウィルは、人で満ちた夜の丘辺に並んで立ち、残るひとりの〈古老〉を待った。その人の存在こそ、この大集団を溶接《ようせつ》して究極的《きゅうきょくてき》な魔法の道具となすもの、〈闇〉を打ち負かす力となるものなのだ。

人々は待った。星が出て夜空は明るくなったが、その人は来なかった。

きらめく人影がつぶやきゆらめくと、風景そのものがぼやけるように見え、居合わせる全ての同士と一体となったウィルの精神は懸念《けねん》に満たされた。

メリマンは、しわがれた小声で言った。「こうなることを案じていた」

「老女は?」ウィルにはどうしようもなかった。「老女はどこ?」

「老女は?」風にも似て聞きとり難い、長いささやき声が暗がりを走った。「老女はどこだ?」

ウィルは小声でメリマンにたずねた。「おととしの年の変わり目には、輪つなぎの儀式にいらしたのに。どうして今度はいらっしゃらないの?」

「おそらく体力がおありにならないのだろう。〈闇〉への抵抗《ていこう》で力をすり減《へ》らしてしまわれたのだ——老女がどうやって力を使い果たされたか、君もよく知っているだろう。しるしをつなぐ儀式には、無理を押して来られたが、そのあと立ち去られるだけの力も残っていなかったのを忘れたか？」

「おぼえてる」ウィルは、ミソサザイのようにかぼそい、小柄《こがら》で華奢《きゃしゃ》な姿が、今のメリマンと同じようにウィルのかたわらに立って、〈古老〉の大集団を見おろしていたのを思い出した。「だんだん……薄《うす》れて、そのまま消えてしまわれたっけ」

「まだ消えてしまわれたままらしい。手の届かぬところにおられるのだ。呪文《じゅもん》におおわれたこの島国の、全ての年月が合わさってなんらかの魔法を働き、その助けを借りてお連れできる時まで、老女は来られぬだろう。このようなことは初めてだし、二度と再び起きぬだろうが、今度ばかりは老女のほうで、ただの人間の助けを必要としておられるのだ」

メリマンは背すじを伸ばした。フードをかぶった影のような長身が、夜空を背に柱さながら黒々と立っていた。淡々《たんたん》とした話しぶりだったが、その声は夜を満たし、大群衆の眼に見えぬ頭の上で繰《く》り返《かえ》しこだまして聞こえた。

「誰にわかる？」メリマンは言った。「断言《だんげん》できる者がいようか？　おお〈古老〉の輪をなす者たちよ、断言できる者がいようか？」

すると夜の中から、ひとつの声が発せられた。深く美しいウェールズなまりの声。豊かでビロードのようになめらかで、話しぶりも唄《うた》のように上がり下がりした。

「ア・マエント・アル・マナゾエズ・アン・カヌー」と声は言った。「アク・ア・マエル・アルグルアゼス・アン・ドード。訳《やく》せば、山々唄い、老女来たる」

おぼろげな群衆がどよめき、ウィルは聞きおぼえのある文句に思わず歓びの声を上げた。「あの詩だ！　そうだった！　海から取ってきたあの古い詩の文句だ」だが、急にまじめになった。「けど、どういう意味なの？　あの文句はみんな知ってるけど――メリマン、何を意味してるの？」

この問いは、そよ風の立つ海のささやきやためいきにも似た多くの声によって繰り返された。強いウェールズなまりが考え深げに言った。「山々が唄う時に老女はおいでになる、ということだ。ひとつだけおぼえていてほしい。この文句は、われら全員が用いる〈いにしえの言葉〉ではなく、はるかに若い言語で伝えられてきたのだ――若いといっても、人間の言語としては最も古いもののひとつを用いて」

メリマンがそっと言った。「ありがとう、わが友ダヴィズよ」

「ウェールズ語」ウィルが言った。「ウェールズ」再び雲が月を横切りだした黒い虚空《こくう》を見つめて、正確な言い回し、正しい考え方を捜し求めながら、ためらいがちに言った。「ウェールズに行かなきゃならない。ウェールズの中でも、前に行ったあそこに、それから、そこで正しい方法を、瞬間を見つけなきゃ……どこか山の中で、なんとかして。そうすれば老女が来てくださる」

「そして、われらは完全にひとつとなり」メリマンが言った。「全ての探索《たんさく》の終わりが始まるのだ」

「ポブ　フイル、ウィル・スタントン」豊かなウェールズなまりが闇の中でやさしく言った。「ポブフイル。幸運を祈る……」そのまま薄れて、風の柔らかい泣き声の中に消えていった。ウィルを取り巻く群衆も薄れて消え、ふたりだけを残していった。なめらかな草におおわれた塚の上に、ウィルが生まれた時代の夏至の日の、暗さを増しつつある夜半に。

ウィルが言った。「けど、ぼくが呼び寄せられたのは第一回の戦いのためでしょう？　アーサーの時代の〈闇〉との戦いのためなのに……援軍《えんぐん》を連れていくのに一日一夜しか時間がないのに、とても間に合わないよ。アーサー王はどうなるの？　バードンであるはずの戦は？　何が――」ウィルは言葉を途切らせ、〈古老〉ならぬ人間ならではの文句を中断させた。

メリマンがあとを続けた。「何が起きるか、となー？　何が起きる、何が起きた、何が起きつつあるのか、とな？　束《つか》の間《ま》の勝利があるのだよ。短い間だが、息をつく暇《ひま》が与えられる。わかるはずだよ、ウィル。全てはもとのまま、変わることはないのだ。アーサーの時代は〈光〉の輪の援助を受ける。ひとたび召集された以上、多くのことを成しとげるだろう。だが老女の唱《とな》える呪文なしには究極の力への到達は叶《かな》わぬ。従って、バードンにてこの島のために勝ちとられるアーサーの平和はほどなく失われ、世界はしばし〈闇〉の影の下に消えるかに見えるだろう。そしてそれから脱《だっ》し、再び没《ぼっ》し、再び脱し、人間が歴史と呼ぶものを通じてそれが繰り返されるのだ」

ウィルが言った。「老女が来られるまで」

「老女が来られるまで」メリマンが言った。「ペンドラゴンの剣《けん》を探《さが》す手助けは、あの方がしてくださる。〈光〉の最後の魔法を働かす水晶の剣だよ。それによって、〈闇〉はついに敗退《はいたい》するのだ。君に手を貸す者は五人いる。事の当初から、この重大事を成しとげるのは六人、六人のみとされている。この地球に生を受けた六人の者が、六つのしるしに助けられて成しとげるのだ」

ウィルは引用した。「〈闇〉の寄せ手の攻め来る時、六たりの者これを押し返す」

「いかにも」メリマンは、ふっと倦《う》み疲《つか》れた声になった。「苦しい戦いに対して、たったの六人」

ウィルは衝動的《しょうどうてき》に詩の一連全部を引用した。自分の〈古老〉としての力が成長するにつれ――大昔のことのように思えたが――次第に明かされた古い預言詩《よげんし》だった。

闇の寄せ手の攻め来る時
六たりの者　これを押し返す
輪より三たり、道より三たり、
木、青銅、鉄、水、火、石、
五たりは戻る　進むはひとり

最後の行にくると、初めて聞くかのようにゆっくりした口調になった。

「メリマン？　最後のところ、どういう意味？　考えるたびに疑問《ぎもん》しか浮《う》かんでこないんだ。五たりは戻る。進むはひとり……誰のことなの？」

　メリマンは夜のしじまにたたずんでいた。顔は影に隠され、声も静かで感情を欠いていた。

「確かなことなど何ひとつないのだ、〈古老〉よ。預言においてもな。あることを意味するかと思えば、べつのことを指す。結局のところ、人間にも意志はあるのだ。よきにしろ悪《あ》しきにしろ、表に出すにしろ内にこもるにしろ、自分の取るべき道を自分で決めることはできる……。ひとりというのが誰かは、私にもわからぬ。最後まで誰にもわからぬだろう。そのひとりが……ひとりで……進みだすまで」我《われ》に返ったメリマンは、ウィルをも夢《ゆめ》から引き戻そうとするかのように、しゃんと背すじを伸ばした。「その時が来るまでには、長い道のりがある。最後の勝利を得るためには、辛い思いをせねばならぬだろう。もうわが君アーサーのもとに戻らねば。しるしと、しるしだけに呼び寄せられる〈輪〉の力を携《たずさ》えてな」

　メリマンが星の光に洗われた夜の中でやっと見分けられる手を差し出すと、ウィルは十字に仕切られた六つの輪、黒っぽい木と青銅と鉄と、その間できらめく黄金と石と水晶とをつづったベルトを渡《わた》した。

「頑張《がんば》ってね、メリマン」ウィルは静かに言った。

「頼《たの》んだぞ、ウィル・スタントン」メリマンの声は硬《かた》く、辛そうだった。「夏至のこの時刻《じこく》のおのが場所に戻るがよい。行くべき所へは自然と導かれるだろう。数世紀を隔《へだ》てて、それぞれのつとめに励《はげ》もう。時間の波を通し、永遠に渦巻く池の中で触れ合っては別れ、別れては触れ合いながら。じきにまた会えるだろう」

片腕を上げたと思うと、メリマンの姿は消えた。星がぐるぐる回り、夜が渦巻き、ウィルは月の光に照らされて、わが家の玄関ホールに立っていた。カーレオンに円形劇場を建設しているローマ人を描いた、ビクトリア朝のセピア色の版画の額に手をかけたまま。

夏至当日

ウィルは芝生《しばふ》の最後の一面を、思いきりのスピードで刈《か》り、力つきてあえぎながら芝刈り機のハンドルの上に崩《くず》折《お》れた。汗《あせ》が鼻の脇《わき》をつたい流れ、湿《しめ》った裸《はだか》の胸《むね》に細かな草の切《き》れ端《はし》が張りついていた。

「ふう！　きのうよりまだ暑いや！」

「日曜ってのは、いつだって土曜より暑いんだ」ジェイムスが言った。「ことに、むしむしする小さな教会のある村に住んでる場合にはな。ジェイムス・スタントンの法則とでも呼《よ》んでくれ」

「おいおい」より糸と木ばさみに手をふさがれたスティーヴンが通りかかった。「それほどひどくなかったぜ。それにたちの悪い小僧《こぞう》っ子《こ》にしちゃ、おまえたちふたりとも、相変わらず天使みたいに聖《せい》歌隊《かたい》で唄《うた》ってたじゃないか」

「それもぼくの場合は長いことじゃないさ」ジェイムスはいくらか得意《とくい》げだった。「声変わりが始まったもの。頌詠《しょうえい》の最中に声が割れちまったのに気がついた？」

「また戻《もど》ってくるよ」ウィルが言った。「テノールになってね。賭《か》けてもいい」

「たぶんな。ポールもそう言ってくれてる」

「ポールが練習してるよ。ほら！」

薄《うす》れゆく夢《ゆめ》のように遠く、音階《おんかい》やアルペッジオをさざなみのように往復《おうふく》する柔《やわ》らかく澄《す》んだフルートの音色が家の中から聞こえていた。ルピナスの間で羽音をたてる蜂《はち》や刈りたての草の甘《あま》い匂《にお》い同様、風のない暑い午後の一部のように感じられた。突然《とつぜん》、音階は長く美しい旋律《せんりつ》に取って代わられた。繰《く》り返《かえ》される旋律に、芝生を半ばよぎったところでスティーヴンは心を奪《うば》われ、じっと立ち止まったまま耳を傾《かたむ》けた。

「なんてうまく吹くんだろう！　なんて曲だい？」

「モーツァルトだよ。フルート協奏曲《きょうそうきょく》第一番」ウィルが言った。「この秋に国青楽と一緒《いっしょ》に演奏《えんそう》することになってるんだ」

「国青楽？」

「国立青年楽団さ。おぼえてないの？　音楽アカデミーに進学する前からポールは何年も団員だったじゃない」

「そういえば。ずっと留守《るす》にしてたんで忘れてた……」

「その演奏会に出られるの、すごい名誉《めいよ》なんだぜ」ジェイムスが言った。「会場はなんと王立音楽ホールなんだ。ポールから聞かなかった？」

「ポールがどんなやつか知ってるだろ？　自分からなんか言うもんか。新しいフルートかい？　いい音色だ。ぼくの耳でも違《ちが》いがわかる」

「ミス・グレイソーンがおととしのクリスマスにポールにくれたんだ」ウィルが言った。「館のミス・グレイソーンさ。お父さんがフルートを集めてたんだって。見せてもらったっけ」

「ミス・グレイソーン……なつかしいなあ。頭の切れる、口の悪い人だった——まるで変わってないんだろうな」

ウィルは微笑《びしょう》した。「永久に変わらないいさ」

「まだ子どもだった頃《ころ》、館のアーモンドの木に登ってるところをつかまったっけ」スティーヴンは思い出し笑いをした。「木からおりてきたら、降《ふ》って湧《わ》いたみたいにミス・グレイソーンがいるじゃないか。車椅子《くるまいす》に腰《こし》かけてさ。あれにかけてるところを人に見られるのが大嫌《だいきら》いだって聞いてたが。『お若《わか》いの、うちの木の実を食べるのは猿《さる》だけだよ』って言われたもんだ——いまだに聞こえるくらいだ——『その歳《とし》じゃ、火薬猿《かやくざる》になるのも無理だろうがね』って」

「火薬猿？」

「ネルソン提督《ていとく》の時代には海軍の少年兵はそう呼ばれてたんだ——大砲《たいほう》につめる火薬を取りにいくのが仕事だったんでね」

「じゃ、ミス・グレイソーンは兄さんが海軍にはいるってこと知ってたの？」

「まさか。ぼく自身まだ知らなかったのに」スティーヴンはいささか面くらっていた。「妙《みょう》な偶然《ぐうぜん》だな。考えたこともなかったが——もう何年もあの人のことなんか忘れてたし」

だがいつもながら、ジェイムスの頭はすでにまるで別方向に突《つ》っ走《ぱし》っていた。「ウィル、あの小さな角笛《つのぶえ》はどうなったんだい？ ポールにフルートをくれたのと同じ年におまえにくれたやつさ。なくしたのか？ 思いっきり吹いたこともなかったじゃないか」

「まだあるよ」ウィルは静かに言った。

「取ってこいよ。楽しめるぜ」

「そのうちいつかね」ウィルは芝刈り機をぐるりと回し、ふいを突かれたジェイムスの手にハンドルを押《お》し込《こ》んだ。「そら——兄さんの番だ。前庭はぼくがやったんだから、裏庭《うらにわ》はやってよ」

「そういう決まりだからな」父親が雑草《ざっそう》を積んだ手押し車を押して通りすぎた。「公平ってもんだ。重荷は分け合わなきゃ」

「ぼくの重荷のほうが重いんだけどな」ジェイムスは悲しげに言った。

「そんなことはないさ！」

「実を言うと、その通りなんだ」とウィル。「一度測ってみたんだ。裏の芝生のほうが前のより横五フィート、縦《たて》十フィートも広かった」

「そのぶん木が多いだろうが」スタントン氏は芝刈り機の前部から草受けをはずし、中身を手押し車にあけた。

「それだけ余計《よけい》に手間がかかるんだぜ」ジェイムスはますます悲しげにしおれてみせた。「迂回《うかい》しなきゃならないし、あとで木の周りだけ手でやらなきゃならない」

「さっさとやりなさい」父親は言った。「こっちが泣《な》きたくなってくる」

ウィルは草受けを取り返して芝刈り機にはめ直し、「さよなら、兄さん」と明るく言った。

「おまえもまだすんだわけじゃないぞ」スタントン氏が言った。「スティーヴンがバラを結《ゆ》わえるのにひとりで苦労《くろう》している」

前庭の花壇《かだん》に沿《そ》った壁《かべ》のあたりからかすかな悪態《あくたい》が聞こえた。蔓《つる》バラの大きく広がった枝に囲まれたスティーヴンが親指の血を吸《す》っていた。

「そうらしいね」ウィルは言った。

父親はニヤッとすると手押し車の取手をつかみ、ジェイムスと芝刈り機をうながして車回しを歩きだした。ウィルが芝生を横切りだしたところへ、姉のバーバラが玄関《げんかん》から出てきた。

「もうじきお茶よ」

「よかった」

「外でいただくことにしたの」

「ますますいいや。スティーヴがバラとけんかしてるよ。手伝いに行こうよ」

赤い花を房《ふさ》のようにこぼれんばかりに連ねて咲《さ》かせた蔓バラは、表の道路に沿った古い石垣《いしがき》の上を這《は》って伸《の》びていた。三人は注意しながら最も伸び放題に広がった枝をほぐし、小石まじりの土に棒《ぼう》を打ち込み、波打つ花房が地面に触《ふ》れないように枝を結わえつけた。

「あ、痛《いた》っ！」バーバラが叫《さけ》んだのはこれで五回目だった。むきだしの背中《せなか》に反抗的《はんこうてき》な枝が細い赤いすじをつけたのだ。

「自分のせいだよ」ウィルはつれなかった。「もっと厚着してないからさ」

「日光浴用なのよ。せっかくのお陽《ひ》さまなんですもの」

「裸ってのは人間さまのするかっこじゃねえです」弟はまじめくさって言った。「まともじゃねえ。ご近所衆《きんじょしゅう》に顔向けできねえです」

バーバラはウィルを見やった。「何よ。あんたのほうがよっぽど薄着――」と憤慨《ふんがい》して言いかけたが、ふいに口をつぐんだ。

「鈍《にぶ》いなあ」スティーヴンが言った。「気がつくのが遅《おそ》いよ」

「知らないわよ、もう」

車が道を通りかかった。急にスピードを落としたと思うと停止《ていし》し、それからゆっくりとバックし始めて三人のところまで戻ってきた。運転者はエンジンを止め、助手席越《ご》しに身を乗り出すと、あごのいかつい赤ら顔を窓から突き出した。

「スティーヴン・スタントンというのはそこの大きい君かね？」と陽気さをぎごちなく装《よそお》ってたずねた。

「そうですよ」スティーヴンは石垣の上から支《ささ》え棒《ぼう》に最後の一打ちをくれた。「何かご用ですか？」

「ムアという者だが、何か先日、うちのせがれのひとりと面倒《めんどう》があったとか」

「リッチーだよ」ウィルが言った。

「ああ」スティーヴンは石垣からとびおりて車のそばに立った。「ムアさん、初めまして。息子《むすこ》さんを川に放り込んだ件《けん》ですね」

「汚水《おすい》だった。シャツを台なしにしてくれた」

「よければ新しいのを買ってお返ししますよ」スティーヴンはさらりと言った。「サイズは何号ですか？」

「冗談《じょうだん》はよしにしよう」男は無表情に言った。「白黒をはっきりさせたいだけだ。君みたいないい若い者が子ども相手に悪ふざけするなんて妙じゃないか」

「悪ふざけしたんじゃありません、ムアさん。息子さんが、川に放り込まれても仕方がないことをしてるように、ぼくには見えたんです」

ムア氏は、片手を汗の光っている広い額《ひたい》に走らせた。「かもな。かもしれん。あれはきかないやつだから、蹴《け》とばされりゃ蹴り返すぐらいはしかねん。で、せがれは君に何をしたんだ？」

「自分で言わなかったんですか？」ウィルがたずねた。

ムア氏は低い石垣越しに、ちっぽけで取るに足りないカブト虫でも見るようにウィルを見た。「リッチーが話してくれたことぐらいで川に放り込まれてちゃたまらん。おおかた嘘《うそ》っぱちだと思ったからこそ、はっきりさせにきたんだ」

「息子さんは小さな男の子をいじめていたんです」スティーヴンが言った。「細かいことまで繰《く》り返《かえ》す必要はないと思いますが」

「ふざけていただけだとあれは言ってるが」

「いじめられていた子には面白くもなんともなかったでしょうよ」

「指一本触れなかったと言っとる」

「楽譜《がくふ》のつまった楽譜入れを川に投げ込んだだけです」ウィルがぶっきらぼうに言った。

「う――ん」ムア氏はためらい、無意識に車の窓《まど》を指でコツコツ叩《たた》いた。「共有地に住んでるインド人の子だったそうじゃないか」

スタントン家の三人は、黙《だま》りこくって男を見つめた。男はきょとんとした顔で見つめ返した。やがてバーバラが、小声で穏《おだ》やかに言った。「だったらどうだとおっしゃるんですか？」

男に答える暇《ひま》も与《あた》えず、子どもたちの背後《はいご》からスタントン氏が愛想《あいそ》よく言った。「こんにちは」

「こんにちは」ムア氏は頭をめぐらせた。声に安堵《あんど》の響《ひび》きがあった。「ジム・ムアというもんです。

たった今、お宅《たく》のお子さんと――」

「聞こえましたよ」スタントン氏は下におろした手押し車の縁《ふち》にもたれ、パイプとマッチを取り出した。「あの日の事件については、スティーヴンのしたことは少々行き過ぎだったと私も思ってます。とはいえ――」

「要するに連中の言うことは信用がならんのですよ。わかるでしょう?」車中の男は微笑した。相手が同意するものと確信《かくしん》しているのだった。

沈黙《ちんもく》があった。スタントン氏はパイプに火をつけた。そして一、二服し、マッチを吹き消すと、こう言った。「おっしゃる意味がわかりかねますが」

スティーヴンが冷ややかに言った。「信用するしないの問題じゃありませんでした。ぼくがこの眼《め》で見たことを信じたままです」

ムア氏は気づかわしげながら、いかにもおとなしい温厚《おんこう》さを保ってスタントン氏を見ていた。「その子は、たいしたことでもないのに大騒《おおさわ》ぎしたんでしょうな。ご存知《ぞんじ》でしょう? 連中はいつだって、何かと文句を言い立ててるんですから」

「全くです」ロジャー・スタントンは丸い顔に静かな表情を浮《う》かべて言った。「うちの子たちなんかいつもです」

「ああ、いや、いや」ムア氏は勢い込んで言った。「お宅のお子さんたちはそんなことないでしょう。

あたしが言ったのは、子どもじゃなくて黒んぼたちのことですよ」

再び訪れた沈黙に気づきもせず、強引にムア氏はしゃべり続けた。「仕事でしじゅう見かけてるんです。人事担当《たんとう》なもんでね――テムズ製作所《せいさくしょ》の。長年の経験で、インド人やパー公についてあたしの知らないことったら、数えるほどもありゃしません、もちろん、個人的《こじんてき》にはなんとも思ってませんよ。中にはえらく頭のいい、教養《きょうよう》のあるのもいる。このあたしも去年、記念病院《きねんびょういん》でインド人の医者に手術《しゅじゅつ》してもらいましたがね――なかなか利口《りこう》なやつでしたよ」

バーバラが前と変わらぬ非の打ちどころのない小さな声で言った。「それではきっと、インド人やパキスタン人の親友もおありになるでしょうね」

父親が警告《けいこく》するようにすばやくにらんだが、バーバラの言葉はムア氏の刈り上げた頭の上を通り過ぎたも同然だった。いかにも十七歳《さい》の美少女を甘やかす、陽気で眼の高いおとなの男性、といった態度まるだしでバーバラに笑いかけた。「いや、とてもそこまではいかんね！　正直言って、連中はここにいるべきじゃないと思ってるんですよ。連中も西インド諸島《しょとう》から来たやつらも。なんの権利《けんり》があるってんです。ただでさえ失業者であふれてるってのに、イギリス人に回されるはずの仕事を横取りして……」

スティーヴンが静かに言った。「組合ってものがありますよ、ムアさん。手をこまねいているわけじゃありません。それに横取りされたと言われている仕事の大部分は、イギリス人がやりたがらなかったものです――でなければ移民《いみん》のほうがうまくやれるとか」

男は恨《うら》みと嫌悪《けんお》のこもった眼でスティーヴンを見た。分厚いあごが片意地そうに張った。

「君も例のお人好《ひとよ》しどものひとりか。お説教《せっきょう》はたくさんだね。本物をいやというほど見てるんだ。パー公の一家が寝室《しんしつ》の二間っきりない家を借りたとする。あっという間に友だちや親戚《しんせき》が十六人も転がりこむ始末だ。兎《うさぎ》と変わらん。そのうち半分は国立病院でただ赤《あか》ん坊《ぼう》を産む。イギリス人の納税者《のうぜいしゃ》の金でな」

「あなたがかかったインド人のお医者をおぼえてますか?」スティーヴンが相変わらず静かな声で言った。「移民の医者や看護師《かんごし》がいなければ、国立病院はあすにでも崩壊《ほうかい》しますよ」

ムア氏は侮蔑的《ぶべってき》な音をたてた。「黒んぼについてあたしにものを教えようってのかい? 先刻承知《せんこくしょうち》してるよ」

スティーヴンは石垣にもたれ、ラフィア糸の切れ端を指にはさんでひねった。「カルカッタを知ってますか、ムアさん? おおぜいの物乞《ものご》いに足をつかまれ、呼びかけられたことがありますか? このウィルの半分しかない子どもたち、片腕《かたうで》や片眼を失《な》くした、木琴《もっきん》みたいなあばら骨《ぼね》と腫物《はれもの》の臭《にお》う足を持った子たちですよ。あんな打ちひしがれた所に住んでたら、ぼくなら、自分の子どもはましな国で育てようと決心すると思いますね。その国が二百年近くもぼくの国を搾取《さくしゅ》してたとあれば、なおさらです。違いますか? ジャマイカはどうです? 中学校に行ける子が何人いるか知ってますか?

か――」

失業率《しつぎょうりつ》は？　キングストンの町の貧民街《ひんみんがい》がどんなか知ってますか？　ほんとに知ってると言えますか――」

「スティーヴン」父親が物柔らかに言った。

スティーヴンは口をつぐんだ。手の中のラフィア糸がぷつんと切れた。

「それがなんだっていうんだ？　あれこれ並《なら》べたてて」男の顔は険悪《けんあく》になっていた。けんか腰《ごし》になって窓から乗り出し、息をはずませていた。「自分たちの問題は自分たちで解決《かいけつ》すりゃいい。何もここへ来てヒイヒイ泣くこたない！　あたしらとなんの関わりがある？　どいつもこいつもここにいる権利なんかありゃせん。放り出しちまえばいいんだ。そんなに連中が好きなら、やつらのしみったれな国へ一緒に行って住みゃいい！」と言うなりスタントン氏と眼が合い、自分を抑《おさ》えようと必死になり、窓から首をひっこめ、体をずらして運転席に戻った。

スタントン氏は石垣に近づき、車のそばまで来ると、パイプを口から離《はな》した。「ムアさん、息子さんがあなたと同意見だとすると」と、はっきりした声で言った。「うちの子が幸いにも私と見解を同じくしている以上、川での一件は説明を待つまでもありませんな。残るは損害賠償《そんがいばいしょう》の問題だけですが、そちらのご希望は？」パイプが唐突《とうとつ》に歯と歯の間に戻った。

「賠償なんぞ糞《くそ》くらえ！」男はわざとやかましい音をたててエンジンをかけた。座席越《ざせきご》しに身を乗り出すと、騒音《そうおん》に負けずにわめきたてた。「どこかの黒ん坊の鼻たれなぞのためにうちの子に指一本でも触れたらどうなるか、そのうちとっくり思い知らせてやる。見てるがいい！」

体をひねってハンドルに向かうと、ギヤを軋《きし》らせながら走り去った。スタントン一家はじっと見送っていた。

スティーヴンが口を開けた。

「言うな」父親が言った。「言うんじゃない！　ああいう手合いがどれだけたくさんいるか、よく知ってるだろう？　説明はするだけ無駄《むだ》だし、かといって殺してしまうわけにもいかない。逆方向《ぎゃくほうこう》に最善《さいぜん》をつくすしかないんだ――おまえたちは立派《りっぱ》にそうしたよ」と頭をめぐらせ、口惜《くちお》しげな笑《え》みをウィルとバーバラにもそそいだ。「おいで。お茶にしよう」

ウィルはいちばんあとからとぼとぼとついていった。車中の男がわめきだすのを聞き、その眼に浮《う》かんだ表情を見た瞬間《しゅんかん》から、もはやスタントン家の一員ではなく骨の髄《ずい》まで〈古老〉と化し、危険《きけん》の存在《そんざい》をいきなりひしひしと感じだしていた。あの男の理屈《りくつ》も何もない粗暴《そぼう》さ、彼《かれ》と同じ考え方をする全ての人々、不安と懸念《けねん》というあいまいな種《たね》から生まれた、これだけは本物である嫌悪の念……それこそ「道」にほかならない。ウィルが垣間《かいま》見たのは、〈闇《やみ》〉の力が自由を得たなら、一瞬のうちに駆《か》け抜《ぬ》けて世界を制《せい》するであろう「道」なのだった。恐《おそ》るべき不安感、〈光〉の危機感に満たされ、その感覚が今後も消え去ることなく無言のうちに叫び続けるのを知った。すでに薄れつつある、ムア氏というひとりの頑固者《がんこもの》の記憶《きおく》よりはるかに鮮明《せんめい》に。

「来いよ、ターザン」ポールが家から出てきて、追い越しがてらウィルの裸の肩《かた》を叩いた。ウィルは徐々《じょじょ》に、頭のもうひとつの部分に立ち戻った。

一家は、感じの悪いムア氏など一度も存在しなかったかのように、お茶にしようと集まった。仲のよい一家に時折《ときおり》見られる一種の不文律《ふぶんりつ》に基《もと》づき、ムア氏に会った者たちはそのことを口に出しもしなかった。お茶道具は、ガラス板を乗せたオレンジ色の籐《とう》テーブルに並べられていた。盛夏《せいか》には、そろいの椅子と一緒に屋外に出しっぱなしになっているテーブルだった。ウィルは元気を取り戻した。小さな男の子の嗜好《しこう》と食欲《しょくよく》を持った〈古老〉にとって、人類の永遠につきることのない愚《おろ》かしさをめぐって、長く悩《なや》めというほうが無理だった。前にしているのが自家製《じかせい》のパン、農場直送のバター、イワシの油漬《あぶらづ》けとトマトのペースト、木イチゴのジャム、スコーン、それにスタントン夫人得意の美味で軽くて並ぶもののないスポンジ・ケーキとあっては。

ウィルは草の上に腰をおろした。五感に夏がびっしり詰《つ》め込《こ》まれた。ジャムに引《ひ》き寄《よ》せられたスズメバチのしつこい羽音、ジェイムスが刈りかけた芝生の草いきれと混《ま》ざり合《あ》ったかたわらのバドレアの茂《しげ》みの香《かお》り、頭上のリンゴの木を通してまだらに注ぐ木漏《こも》れ陽《び》。みどりの木の葉が生い茂り、小さな青い実がふくらみだしている。実の多くは育つすきまが見つけられず、すでに落ちてしまっていた。ウィルは茎《くき》の太い、小さな楕円形《だえんけい》の実をひとつ拾い上げ、考え深げにながめた。

「捨ててしまいなさい」バーバラが言った。「こっちのほうがおいしいわよ」と差し出した皿には、バターとジャムを厚く塗《ぬ》ったスコーンがふたつのっていた。

「あれえ」とウィルは言った。「ありがとう」小さいながらも温《あたた》かい思いやりだった。スタントン家のような大家族では、自分のことは自分でするのが大前提《だいぜんてい》なのだ。バーバラはニコッとした。姉の母性本能が、それとはっきりとは悟《さと》らないながらも、車中の男の乱暴《らんぼう》な態度が末の弟に怖《こわ》い思いをさせたのでは、と案じているのが感じられた。ウィルはすっかり気分がよくなった。内なる〈古老〉の部分で考えた。（逆のタイプ。忘れちゃいけない。逆のタイプの人間が必ずいるんだから）と。

「学校もあと三週間と半分だ」ジェイムスが半ば喜び、半ばこぼしている口調で言い、空を見上げた。

「休み中もずっとこんな天気だといいな」

「長期予報によると、終業日から豪雨《ごうう》が続くそうだよ」ポールがバターつきのパンの切れ端を丸めながら真顔で言った。さらに口をいっぱいにして続けた。「三週間降りっぱなしだって。八月の第一週末にいったんはやむらしいけど」

「そんな！」ジェイムスは絶望《ぜつぼう》もあらわに叫んだ。

ポールは角縁のメガネ越しに梟《ふくろう》のような顔で弟を見た。「雹《ひょう》の可能性もある。七月の最後の日の予想は吹雪《ふぶき》だ」

冗談だとわかり、ジェイムスの顔がくつろいでほころんだと思うと、安堵と照《て》れ隠《かく》しの怒《いか》りとがからみ合った。「ポール、よくも。兄さんなんか――」

「殺すのはよしにしてくれ」スティーヴンが言った。「見てるほうが疲《つか》れる。消化にも悪いし。それより、休暇中《きゅうかちゅう》の予定を聞かせてくれよ」

「ボーイ・スカウトのキャンプに行くんだ。夏の間ずっとじゃないけど」ジェイムスは嬉《うれ》しそうだった。「デヴォンシャーに二週間行ってる」

「そいつはいいな」

「ぼくは音楽アカデミーで夏期講習さ――夜はジャズ・クラブでバイト演奏だ」ポールはニヤリとした。

「まさか！」

「あはあ、驚《おどろ》いたろ。といっても兄さんの好きなジャズとは少し違うよ」

「いいほうに違うんだろうな。ウィル、おまえは？」

「あたしと同じ。ぐうたら三昧《ざんまい》よ」バーバラは肘掛《ひじか》け椅子《いす》に腰をおろして心地よげだった。

「いいえ、実をいうと」スタントン夫人が言った。「ウィルには当人も知らない招待《しょうたい》がきてるのよ。突然でね」と、ポットを手に前に乗り出し、カップを満たし始めた。「さっきジェン叔母《おば》さんがロンドンから電話をよこしてね――デイヴィッド叔父《おじ》さんと何人かのお仲間と一緒にウェールズから一、二泊《はく》の旅行に来てるんですって。で、ウィルさえよかったら休暇のいくらかを農場で過ごさないかって――よければ学期が終わってすぐにでも」

ウィルはゆっくりと言った。「いいな」

「すごいや！」ジェイムスが言った。「メアリーには言うなよ。カンカンになるに決まってる。今年こそ自分が招《よ》ばれるものと思ってたんだぜ」

「ジェンが言ってたけど、去年行った時、あそこに住んでいる、友だちのいない男の子ととても仲よくなったそうね？」

「うん。そうだよ。ブラァンっていうんだ」

「お客様気分で行くんじゃないぞ」父親が言った。「叔父さんの手伝いをよくしなさい。ウェールズもあのあたりは牧羊《ぼくよう》がほとんどだが、どこの農場でも夏はいちばん忙《いそが》しい季節だからな」

「はい」ウィルは、未熟《みじゅく》な小さいリンゴをまたひとつ拾い、茎を持ってすばやくクルクルと回した。

「わかってる。仕事はどっさりあるよ」

第二部　唄う山々

五人

「前に来たことある？」バーニーが言った。「そんな気がしてならない――」

「ないよ」とサイモン。

「兄さんがまだ小さくて、ぼくが赤《あか》ん坊《ぼう》だった頃《ころ》にも？　忘れちゃっただけかもしれないよ」

「忘れる？　ここをか？」

サイモンはいささか芝居《しばい》がかった身振《みぶ》りで、周囲に広がるパノラマを片腕《かたうで》で指《さ》し示《しめ》した。三人は山の中腹《ちゅうふく》の強靭《きょうじん》な草の上に、まばゆいまでに黄色いハリエニシダの棘《とげ》だらけの茂《しげ》みにはさまれて腰《こし》をおろしているのだった。眺望《ちょうぼう》の右半分全体を占《し》めるのは、カーディガン湾《わん》の青い海。長い砂浜《すなはま》が霞《かすみ》がかったはるか彼方《かなた》にまで伸《の》びている。すぐ眼下《がんか》にはアベルダヴィ・ゴルフ場の不ぞろいな砂浜とその陰《かげ》のみどりのうねりが横たわっていた。左手では砂浜はダヴィ河の広々とした砂洲《さす》に流《なが》れ込《こ》んでいる。満潮《まんちょう》とあって河は水をまんまんとたたえ、青々としていた。その向こう、河口の対岸に平らに広がっている沼地《ぬまち》の彼方には、ウェールズ中部の山岳《さんがく》が地平線を縁取《ふちど》り、紫《むらさき》、茶、鈍《にぶ》いみどりと、雲が夏空の太陽を横切るつど色合いをまだらに変えていた。

「ないわよ」ジェーンが言った。「ウェールズに来たことは一度もないのよ、バーニー。でも、父さんのお祖母《ばあ》さんがここの生まれだったの。ちょうどこのアベルダヴィでね。血の中を記憶《きおく》が流れて伝わったのかもしれないわ」

「血の中を！」サイモンが、ばかにしたように言った。最近になって、船乗りになるのはやめて父親のような医者になる、と宣言《せんげん》したばかりだったのだ。この一大決心の副作用《ふくさよう》にジェーンもバーナバスも堪忍袋《かんにんぶくろ》の緒《お》が切れかけていた。

ジェーンはためいきをついた。「そういう意味で言ったんじゃないわ」とポケットをさぐり、「ほら。おやつの時間よ。溶《と》けないうちにチョコレートはいかが？」

「いいね！」即座《そくざ》にバーニーが答えた。

「歯に悪いなんて言わないでよ、サイモン。それくらい知ってるんだから」

「悪いに決まってる」兄は安心させるようにニヤリとした。「災《わざわ》いの一語につきるね。ぼくのぶんは？」

三人はしばらくの間、満ち足りた気持ちで果実と木の実入りのチョコレートを噛《かじ》りながら、砂洲をながめやっていた。

「前に来たことがあるのはわかってるんだ」バーニーが言った。

「こだわりなさんな」姉が言った。「写真でも見たのよ」

「本当だってば」

「前に来てるんなら」しようのないやつだと言うようにサイモンが言った。「あの尾根《おね》の頂上《ちょうじょう》に立ったら何が見えるか、教えられるはずだな」

バーニーは振り返り、金色の前髪《まえがみ》を眼《め》から払《はら》いのけ、ワラビとみどりの斜面越《しゃめんご》しに山を見上げた。無言だった。

「またべつの尾根よ」ジェーンが明るく言った。「そのまた頂上に立てば、またべつの尾根が見えるわ」

「何が見えるんだい、バーニー」サイモンはくいさがった。「カーデル・イドリスか？　スノードンか？　アイルランド？」

バーニーは長いこと、虚《うつ》ろな眼をして無表情に兄を見つめた。そしてようやく言った。「人だよ」

「人？　誰《だれ》だい？」

「知らないよ」バーニーは、ぱっと立ち上がった。「ここに一日じゅう座《すわ》ってちゃわかりっこないよ。競争だ！」

弟が斜面をすっ飛んでいくのを見るや、サイモンは自信たっぷりにあとを追いだした。ジェーンは微笑《びしょう》しながら見送った。ここ一年の間に、弟はちんまりと小柄《こがら》なまま変わっていなかったが、サイモンのほうは、キリンのように体に合わないほど長く脚《あし》が伸びていた。今では兄弟で駆《か》けっこをしても、サイモンが負けることは滅多《めった》になかった。

ふたりの少年は山の上に姿《すがた》を消した。ゆっくりとあとを追って登るジェーンの首すじに陽射《ひざ》しが暑かった。突《つ》き出《で》た岩につまずいて立ち止まると、山のどこかでトラクターのエンジン音がかすかに聞こえた。タヒバリが頭上で鋭《するど》く鳴いた。あちこちに突き出た岩は、ここではワラビとハリエニシダと波打つヒースの群れを縫《ぬ》って、とびとびに尾根の頂上へと続いていた。羊《ひつじ》の歯で短く刈《か》られた草には、姫《ひめ》ツリガネ水仙《すいせん》と見たこともない丈《たけ》の低い花がちりばめられている。ずっと下のほうには、砂丘《さきゅう》に縁取られたゴルフ場の脇《わき》を、糸のようにうねうねと走る道路と、アベルダヴィ村の始まりである灰色《はいいろ》の屋根が見えた。ジェーンはふいに身震《みぶる》いした。ひどくひとりぼっちだという気がしたのだ。

「サイモン！」ジェーンは叫《さけ》んだ。「バーニー！」

返事はなかった。小鳥は歌い、淡《あわ》く霞がかった青空から陽は照《て》りつけ、どこにも動くものとてなかった。それから、ごくかすかに、奇妙《きみょう》な美しい音が長く尾を引いて聞こえた。高く澄《す》んで狩《か》りの角笛《つのぶえ》に似《に》ていたが、それにしては鋭さとしつこさに欠けていた。再び、少し近くで聞こえた。気がつくと、ジェーンは耳を傾《かたむ》けながらほほえんでいた。美しい、招《まね》くような音色だった。だしぬけに、どこから聞こえてくるのか、これほど美しい音を出せるのはどんな楽器なのか、知りたくてたまらない欲求《よっきゅう》に駆られた。足を速めて斜面を登るうち、あっという間に最後の岩を乗《の》り越《こ》え、尾根の最初の数ヤードが眼前に広がっていた。甘美《かんび》な音色が三たび長々と聞こえ、ひときわ高く突き出て空と出会っている灰色の花崗岩塊《かこうがんかい》の上にいる少年が見えた。たった今、どこへ向けてということもなく、山々の彼方へ吹き鳴らした小さな湾曲《わんきょく》した角笛を唇《くちびる》からおろしかけていた。顔はそむけられていて、長めのすなおな髪ぐらいしか見分けられなかった。と、片手を無意識に動かして、すばやく顔から髪を掻《か》き上《あ》げるのを見て、前に見たことのある動作だとジェーンは急に確信《かくしん》した。そして少年が誰であるか悟《さと》った。

最後の斜面を登って岩に向かうと、少年は気づいて、立ったままジェーンを待った。

「ウィル・スタントン！」

「やあ、ジェーン・ドルー」

「ああ！」ジェーンは嬉《うれ》しくなって言った。それからためらい、少年をためつすがめつした。

「もっと驚いていないのが自分でも不思議だわ。最後に見かけたのは、パディントン駅の四番ホームで別れた時でしょ？　一年も前よ。いえ、もっとだわ。いったいウェールズの山のてっぺんで何をしてるの？」

「呼《よ》んでるのさ」

ジェーンは長い一瞬《いっしゅん》ウィルを見つめた。記憶と思い出に満ちた一瞬だった。悩《なや》めるコーンウォールの村での暗い冒険《ぼうけん》。その村で、大叔父《おおおじ》のメリマンに連れられて、サイモンとバーニーとともに、丸い顔とまっすぐな髪をしたバッキンガムシャー出の目立たない少年に引き合わされたのだ——最後にはメリマンその人と同じくらい、怖《こわ》くかつ頼《たの》もしい存在《そんざい》だと感じるに到《いた》ったこの少年に。

「あたしたちと違《ちが》うって、あの時そう言ったわよね、あたし」

ウィルはやさしく言った。「君ら三人だって、全く普通《ふつう》ってわけじゃない。わかってるだろう?」

「時々ね」ジェーンはポニーテールに束《たば》ねた髪のリボンを直しに腕を上げながら、にっこりした。「たいていの時はまるで普通よ。そう。またいつか会えるといいって、あたし、そう言わなかった?」

ウィルも笑い返した。笑うといつもきまじめな顔が一変したのを、ジェーンは思い出した。

「きっと会えるって、ぼくは答えてたっけ」岩から少しおりかけたところで立ち止まると、ウィルは再び角笛を上げて唇にあてた。そして空に向けて、一連の音符《おんぷ》を短いスタッカートで吹き、次いで長く一音吹き鳴らした。笛の音は夏空にせり上がり、矢が落ちるように落下した。

「これなら来るだろう」ウィルは言った。「アヴォーントって呼ばれてた吹き方だよ」

笛の音はまだジェーンの頭の回りにこだましていた。「なんてきれいな音かしら。狐狩《きつねが》りに使うのとはまるで違うのね。テレビでしか聞いたことないけど。あなたのは——なんていうか——音楽だわ」言葉を途切《とぎ》らせると、ジェーンは無言で片手を振った。

ウィルは小首をかしげて小さな湾曲した角笛を差し上げて見た。古びて傷《いた》んでいるように見えるにもかかわらず、角笛は陽光を浴びて黄金のように輝《かがや》いた。「ああ」ウィルはそっと言った。「使う機会は二度やってくる。そこまではぼくにもわかっている。二度目がいつかは隠《かく》されているけど、一回目は今なんだ。六人を集めるためにね」

「六人？」ジェーンはぽかんとしていた。

「君とぼくとでふたりだ」

「ジェーン？　ジェーン！」サイモンの声が大きく横柄《おうへい》に尾根の裏側《うらがわ》から聞こえた。ジェーンは振り返った。

「ジェーン――なんだ、そこか！」バーニーが数ヤード先の岩をよじ登ってきて、肩越《かたご》しに振り返り、「こっちにいたよ！」と呼ばわった。

ウィルが相変わらず悠然《ゆうぜん》と言った。「これで四人」

兄弟同時に振り向いた。

「ウィル！」バーニーがぎょっとして叫んだ。

サイモンが鋭く息を呑《の》み、長くハーッと音をたてて吐《は》き出《だ》すのが聞こえた。「こんな……ことって……とても……」

「人に会うって言ったろ？」バーニーが言った。「人に会うって。角笛を吹いてたの、ウィルなの？見せてよ。ねえ、見せてよ」と夢中《むちゅう》でとびはねながら手を伸ばした。

ウィルは角笛を渡《わた》した。

サイモンがゆっくりと言った。「偶然《ぐうぜん》だなんて、言うだけ無駄《むだ》だぜ」

「ああ」ウィルが答えた。

バーニーが今や岩の上にじっと立ち、小さな古い角笛を手にして、金色の縁に太陽が反射《はんしゃ》するのを見ていた。そして角笛越しにウィルを見た。「何かが起きてるんだね？」と静かに言った。

「うん」

「教えてくれる？」ジェーンが言った。

「今はまだだめ。じきにね。最後の部分なんだけど、いちばん難《むずか》しい部分でもあるんだ。それには……君たちが必要とされている」

「気がつかなかったのが不思議だよ」サイモンはジェーンを見てかすかな苦笑を浮《う》かべた。

「けさのことさ。おまえは居合《いあ》わせなかったけど。父さんがたまたま、ゴルフ客用のホテルの中でも、あのホテルを勧《すす》めたのが誰か、口にしたんだ」

「で？」

「メリー大叔父さんさ」

ウィルが言った。「そのうちあとから来るよ」

「じゃあ、おおごとなんだね」バーニーが言った。

「もちろんだよ。言っただろ？　最後の、最大の難関《なんかん》だって」

「これで本当に最後にしてほしいものだな」サイモンがいささか偉《えら》そうに言った。「この休暇《きゅうか》が終わったら、寄宿《きしゅく》学校にいくことになってるんだから」

サイモンを見たウィルの唇の端《はし》が、ピクリと動いた。

サイモンの頭の中で今口にしたばかりの言葉がこだましたようだった。眼を伏《ふ》せると、サイモンは片足で草を蹴《け》り始めた。「ぼくが言いたいのは、つまり、休みの日にちが今よりもっとジェーンたちのとずれるようになるから、一緒《いっしょ》に……同じ場所へ旅行する機会が少なくなるだろうって意味なんだ。そうだろ、ジェーン?」と同意を求めて妹を振り返ったが、そのまま言葉を途切らせた。「ジェーン?」

ジェーンはサイモンを通り越して、その後ろを見ていた。眼をまんまるにしてじっと見つめている。山の上の、とある人影《ひとかげ》以外は眼にはいっていないのだった。人影は盛夏《せいか》の太陽の燃えるような光にくっきり浮かび上がり、ジェーンたちを見おろしていた。すんなり伸びた細い体。銀の炎《ほのお》さながらの髪。ふいにジェーンは自然に備わった高貴《こうき》さ、大いなる権威《けんい》を人影から感じ取り、どこかの王の前にいるような気分に襲《おそ》われた。一瞬、おじぎをしたいという理屈《りくつ》に合わない衝動《しょうどう》を抑《おさ》えなければならないほどだった。

「ウィル?」ジェーンは振り返りもせずにそっと言った。「これで五人ね、ウィル?」

ウィルの力強くさりげなく、極《きわ》めてあたりまえの声が緊張《きんちょう》の糸を断《た》ち切《き》った。「やあ、ブラァン!

ここだよ！　ブラァン！」農場《ファーム》とか納屋《バーン》とか言う時のように、まんなかの音を長く伸ばして発音しているのにジェーンは気づいた。そんな名前は聞いたこともなかった。こんな人物を見たこともなかった。

地平線にたたずんでいた少年は、ゆっくりと山を下って近づいてきた。ジェーンは息をするのも忘れて少年を見つめた。今やはっきり姿が見えた。少年は白いセーターと黒いジーンズを身につけ、黒《くろ》眼鏡《めがね》をかけ、色というものをいっさい欠いていた。肌《はだ》には妙《みょう》に蒼白《あおじろ》い半透明感《はんとうめいかん》があった。髪は純白《じゅんぱく》、眉《まゆ》も同様。弟のバーニーの陽灼《ひや》けした顔に垂《た》れかかる黄味を帯びた髪のように金髪《きんぱつ》というのでもない。この少年において、色の欠如《けつじょ》は肉体的な障害《しょうがい》とさえ感じられた。片腕か片脚を失《な》くしているのと同じくらい強烈《きょうれつ》に眼を射《い》る事実だった。と、ジェーンたちのもとにたどり着いた少年が黒眼鏡をはずしたので、色の不在が完全ではないことがわかった。少年の眼が見えたのだ。これまた、今までに見たことのない種類の眼だった。黄色かったのだ。黄褐色《おうかっしょく》というのか、梟《ふくろう》の眼のように、金色の斑点《はんてん》が飛んでいる。真新しい金貨《きんか》のようにジェーンをぎろりとにらんだ。挑戦《ちょうせん》されているという気がした――それから、自分がじろじろ見つめていたのに気づき、詫《わ》びる代わりに手を差し出した。同じ年頃の子とは握手《あくしゅ》しないのが普通だったが。

「こんにちは」ジェーンは言った。

ウィルがすぐさまかたわらに来て、あたりまえの調子で紹介《しょうかい》した。「ブラァン・デイヴィーズだよ。

ブラァン、こちらはジェーン・ドルー、背《せ》の高いのがサイモンで、それからバーニーだ」

白髪の少年はジェーンの手を一瞬ぎごちなく握《にぎ》り、バーニーとサイモンにうなずいてみせた。「初めまして」ひどくウェールズ人っぽい口ぶりだった。

「ブラァンは、ぼくの叔父の農場にある家に住んでるんだ」ウィルが言った。

「ここに叔父さんがいるの？」バーニーの声は驚きに高くなった。

「ううん、実の叔父とは違うんだよ」ウィルは明るく言った。「叔父待遇《たいぐう》とでもいうかな。母の親友と結婚《けっこん》したんだから、同じようなものさ。君らとメリマンだってそうだろ？　それともメリマンは本当の大叔父さんなの？」

「実を言うと知らないんだ」サイモンが言った。

「たぶん違うでしょうね。あれこれ考え合わせてみると」

バーニーが生意気に言った。「あれこれって何さ？」

「よくわかってるくせに」ブラァンが無言で耳を傾《かたむ》けているのが、ジェーンには気になってならなかった。

「まあね」バーニーはきらめく小さな角笛をウィルに返した。ブラァンの冷たい金色の眼が即座《そくざ》に笛に注がれ、バーニーをにらみつけて責め立てた。

「そいつを吹いてたの、君か？」

ウィルがすばやく言った。「いや、まさか。ぼくだよ。呼んでたんだ。言ったろ？　君やこの子たちを呼んでたんだよ」

その声色にジェーンの頭にひらめいたものがあった。わずかだが奇妙な違いが生じていたのだ。ごくかすかだったので、思いすごしかもしれなかった。メリマンに対してすら示さぬ種類の敬意がこもっているように感じられたのだ。敬意でないとしても……何かを……意識している口ぶり……。ジェーンは白髪の少年をおっかなびっくり一瞥《いちべつ》し、すぐに眼をそらした。

「ウィルと知り合って長いのかい？」サイモンの口調は好悪《こうお》いずれの感情も表わしてはいなかった。

ブラァンは穏《おだ》やかに答えた。「去年の万聖節前夜《カーラン・ガエーアヴ》の頃《ころ》に知り合ったんだ。この前のサマインにね。この意味がわかれば、知り合ってどれくらいになるかがわかるよ。じゃ、君ら三人はトレヴェジアン・ホテルに泊《と》まっているんだね？」少年はごく自然なウェールズ語でホテルの名前を発音した。ジェーンたちは最初に到着《とうちゃく》した時に、誤《あやま》ってトレフェディアンとなまり、恥《はじ》をかいたのだ。

「ええ。父がゴルフをするんでね。母は絵を描《か》いているわ」

「上手なの？」

「うん」バーニーが言った。「すごく」弟の声にもサイモン同様に慎重《しんちょう》さがこもっていたが、よそよそしさはなかった。「だって、本物の画家なんだ。趣味《しゅみ》でやってるだけとは違うんだよ。アトリエを持ってて、画廊《がろう》で展覧会《てんらんかい》を開いたりしてる」

「君らはついてるな」ブラァンは静かに言った。

ウィルはサイモンを見ていた。「逃《に》げだすのは難しいかい？」

「オオヤからか？　とんでもない。おふくろは画架《がか》を車に積んで出かけちまうし、親父は一日じゅうゴルフ場さ」ブラァンを見て、サイモンはつけ足した。「ごめん――オオヤって、老いたる親って意味だよ」

「信じないかもしれないけど、ウェールズの学校でもディケンズの作品は読まされるんだ」ブラァンは答えた。

「失礼した」サイモンはむっとして言った。「そういうつもりじゃ――」

「気にするなよ」ブラァンは、ふいににっこりした。初めて見せる笑顔だった。「ぼくらは行動をともにするんだぜ、サイモン・ドルー。仲よくなっておいたほうがいいと思っただけだよ。心配はいらない。同じウェールズ人でも、ぼくは頑固《がんこ》でないほうだ。イギリス人はいばってるとか、ウェールズ人は虐《しいた》げられてるとか、そんなコンプレックスは持ってない。だって、意味ないだろ？　ウェールズ人のほうが優秀《ゆうしゅう》なのは明白なんだから」

「でたらめもいいとこ」ウィルが機嫌《きげん》よく言った。

バーニーが、ブラァンを見て口ごもった。「行動をともにするって言ったね……君も仲間なの――メリー大叔父さんやウィルみたいなの？」

「ある意味では、そうなんだろうね」ブラァンは重い口調で言った。「説明《せつめい》できない。そのうちわかるよ。けどウィルたちみたいな〈古老〉のひとりじゃない。〈光の輪〉の一部じゃないんだ……」とウィルを見てニヤリとし、「こいつみたいな手品が得意《とくい》のデウィン、つまり魔法使《まほうつか》いとは違う」

ウィルは丸い顔を振ったが、その顔は半分しか笑っていなかった。「今度ばかりは手品以上のものが要《い》る。捜《さが》さなけりゃならないものがあるんだ。ぼくたちみんな。だのに、それが何かさえわかってない。手もとにあるのは古い詩の最後の行だけ。君ら三人も聞いたはずだよ。ずっと前に、ぼくらが初めて解読《かいどく》した時にね。ウェールズ語だったから、もとの通りにはおぼえてないけど、英語に直すと、『山々唄《うた》い、老女来《きた》る』って意味だった」

「アル・マナゾエズ・アン・カヌー」ブラァンが言った。「アク・ア・マエル・アルグルアゼス・アン・ドード」

「かっこいい」バーニーが言った。

「老女？」ジェーンがたずねた。「誰《だれ》のこと？」

「老女は……老女だ。〈光〉の貴人《きじん》のひとりだ」ウィルの声が無意識に低くなり、不気味な響《ひび》きを帯びだした。ジェーンは背すじがぞくりとした。「老女は〈光〉の中で最も偉大《いだい》な方、唯一《ゆいいつ》不可欠な方だ。だのに、少し前に〈輪〉を召集《しょうしゅう》して、この長い戦《いくさ》の終わりの始まりのために地球の〈古老〉たちを時間のあらゆる時点から呼び集めた時、老女は来られなかった。何かがあったんだ。何かに引き止められているんだ。あの方なしでは先に進みようがないのに。だから何よりもまずぼくが——ぼくたちみんなが——しなけりゃならないのは、あの方を見つけることだ。たいして意味があるようにも思えないふたつの言葉を唯一の手がかりにね。『山々唄い』か」

　いきなり言葉を切ると、ウィルは一同を見回した。

「メリー大叔父さんがいなくちゃ」バーニーがゆううつそうに言った。

「いないんだからしかたないわ。少なくとも今のところは」ジェーンは手近な岩に腰をおろし、紫とみどりの元気のいい塊《かたまり》となって岩を囲んでいるヒースを一枝取り、もてあそんだ。かたわらの枯《か》れた茶色いハリエニシダの茂みからウェールズ山地特有の小さな姫ツリガネ水仙が群がり咲《さ》いてうなずいていた。ごくかすかなそよ風にも震える華奢《きゃしゃ》な水色の鈴《すず》だった。

　ジェーンは小指で一輪に触《ふ》れた。「ウェールズの地名で手がかりになりそうなのはないの？『唄う山』とか、そんな意味の名前は？」

　色の薄《うす》い眼に黒眼鏡をかけ直し、手をポケットに入れたまま行きつ戻りつしていたブラァンが、「ない。ないよ」とじれったげに言った。「考えられるだけ考えたんだけど、そんな地名はひとつもない」

「じゃあ」サイモンが言った。「うんと古い場所はどうだい——ストーンヘンジみたいに、古代から残っている遺跡《いせき》か何かないのかい？」

「それも考えてみたけど、やっぱりない」ブラァンは答えた。「たとえばだね、タウィンの聖カドゥヴァン教会には、文字にされたウェールズ語としては最も古いものが記された石がある――けど、内容は、聖カドゥヴァンがどこに埋《う》められてるかってだけのものだ。それからカステル・ア・ベレがある。崩《くず》れたお城《しろ》でね、カーデルのすぐそばにある、そりゃムードたっぷりの場所だ。けど建てられたのは十三世紀《せいき》になってからなんだよ。リューエリン王子のウェールズ全土を治める本拠地《ほんきょち》として建てられたんだ。といっても、イングランドに取られなかった地方だけだったけど」

「こだわらないんじゃなかったっけ?」バーニーがいたずらっぽく言った。

黒眼鏡が光ったと思うと、ブラァンはニヤリとした。「こいつは歴史だよ、坊や。個人的意見じゃない。こだわったのはリューエリンの大将《たいしょう》さ……それも、みごとなこだわりかただったね。後にはオウェイン・グリンドゥルが出て……」笑みが顔から消えた。「こんなことを話しても、ぼくらの助けにはならないな」

「アーサー王に関係のあるものはないの?」バーニーがたずねた。

途端《とたん》に、バーニーもジェーンも、サイモンさえもが、毛布のように周囲を包み込んだ沈黙《ちんもく》の重さを感じることができた。ウィルとブラァンはどちらも動かず、ただ突っ立ったままバーニーを見つめていた。世界のはるか頭上にある山の淋《さび》しさが一気にのしかかってきて、ごくわずかな物音さえ重大な意味を持つもののように思えた。バーニーが足の位置《いち》を変えた時のヒースのさやぎ。遠い羊のひと声。

見えない小鳥のしつこい、調子はずれのさえずり。ジェーンとサイモンとバーニーは面くらい、不安をおぼえたまま、身じろぎもせず立ちつくしていた。

ウィルがようやく、軽い調子でたずねた。「なぜだい?」

「バーニーはアーサー王が大のお気に入りなんだよ。それだけのことさ」サイモンが言った。

一瞬ウィルはためらい、それから微笑した。奇妙な威圧感《いあつかん》は初めから存在しなかったかのように消え去った。「そうだな」とウィルは言った。「スノードンの次に大きい山があるよ──カーデル・イドリスって言うんだ。あっちのほうにある。英語に直すと『アーサーの座《ざ》』って意味だ」

「何かありそう?」バーニーが期待をこめて言った。

「いいや」ウィルは、ちらりとブラァンを見た。有無《うむ》を言わさぬ口調を説明しようとすらしなかった。

ジェーンは仲間はずれにされたという気がし始め、それがカンにさわってならなかった。

ブラァンがゆっくりと言った。「もうひとつあるよ。うっかりしてた。カルン・マルク・アーサーだ」

「なんて意味?」

「アーサーの馬の蹄《ひづめ》って意味だ。見たところは、たいしたものじゃない──石の上に妙な跡《あと》がついてるだけなんだ。アベルダヴィの裏側、クウム・マエスロンを見おろす山にある。言い伝えによると、アーサーはそこの湖からアヴァンク、つまり怪物《かいぶつ》をひきずり出したんだ。その時、とびのくはずみに馬がつけた足跡がそれだっていうんだ」ブラァンは鼻にしわを寄《よ》せた。「もちろん、全部でたらめさ。だから考えてもみなかったんだけど——確《たし》かに、アーサーに関係した地名ではあるね」

一同がウィルを見ると、ウィルは両手を広げた。「どうせ、どこかから手をつけなきゃならないんだ。行ってみよう」

「今日？」バーニーが期待をこめて言った。

ウィルがかぶりを振った。「あしただ。ここからうちまでは遠いんだよ」

「カルン・マルク・アーサーまでは相当あるよ」ブラァンが言った。「こっち側からだと、いちばん早いのは、牧師館《ぼくしかん》の脇を通る山越えの道に出ることなんだけど、夏は旅行者の車が多いんであまりいい道じゃない。でも、仕方ないな。あすの朝、君らが広場まで来られるようなら、ぼくらも行ってるようにするよ。誰かさんの車に便乗《びんじょう》できるかどうかによるんだけどね。どう思う、ウィル？」

ウィルは腕時計を見た。「二十分後に会う約束《やくそく》になってる。行って頼《たの》んでみよう」

あとになっても、正確にはどんなふうに頼んだのか、ジェーンはどうしても思い出せなかった。山の尾根の草とヒースの上をすべったり転んだりしている時には話している暇《ひま》はなかったし、おぼろげながら、たとえウィルが息を切らせていなかったとしても、ジョン・ローランズについて多くを語ってはくれなかったろう、という気がした。

「叔父の農場で羊の世話をしてるんだ。ほかにもいろいろ。ちょっと……特別《とくべつ》な人でね。今週はダヴィ谷の奥《おく》のマハンフレスで開かれる恒例《こうれい》の大市に行くのが仕事なんだ。出がけに村を通らなかったかい？」

「スレート屋根と灰色の石造りの家ばかり」ジェーンが言った。「どこもかしこも灰色だらけだったわ」

「そいつだよ。市が開かれてる三日の間、ジョンは毎日タウィンとアベルダヴィを通って出かけるんだ。ぼくらが今日来られたのもそのおかげさ。けさ、駅前でおろしてもらったんだ。これから、ぼくらを拾って帰ることになってる。あしたもそうしてくれるよう説得《せっとく》できるかもしれない」

ウィルはそれまでよりなだらかな草深い斜面で速度を落とし、踏越《ふみこ》え段《だん》のところで遠慮《えんりょ》がちに立ち止まって脇に寄り、ジェーンに先に乗り越えさせた。

「きいてくれるかしら？　どんな人？」ジェーンはたずねた。

「会えばわかるよ」

だが、息を切らせながら最後の脇道を駆《か》け抜《ぬ》け、村の駅のそばを通る大通りに出たジェーンに見えたのは、待ちくたびれているランドローバーと、その窓からのぞいているしかめっ面《つら》だけだった。痩《や》せて陽灼けしたその顔にはたくさんのしわが刻《きざ》まれていた。眼は焦茶《こげちゃ》で、ひそめた眉とキッと一文字に結ばれた口が厳《きび》しい表情を与えていた。

ブラァンがウェールズ語で何かしおらしげに言った。

「だめじゃないかね」ジョン・ローランズが言った。「十分も待ったんだよ。五時と言ったはずだ。ウィルが時計を持ってただろうに」

「ごめんなさい」ウィルが言った。「ぼくのせいなんだ。山で昔なじみにばったり出会ったもんで。ロンドンから遊びに来てるんだよ。こっちからジェーン・ドルー、サイモン、それにバーナバスっていうの」

「初めまして」ジョン・ローランズはぶっきらぼうに言った。焦茶の眼が三人の上を走った。

兄と弟にさきがけてジェーンが言った。「初めまして、ローランズさん。ウィルたちが遅《おそ》くなったのは、あたしたちのせいなんです。山を駆けおりるのに慣れてないもんで、足手まといになっちゃったんです」と、期待をこめた微笑をジョンに向けた。

ジョン・ローランズは、ジェーンをあらためて見た。「ふむ」

ブラァンがせきばらいした。「こんな時になんだけど、あしたも乗せてきてくれない？　エヴァンズさんがいいって言えばの話だけど」

「さあ、どうかな」ジョン・ローランズは言った。

「まあ、ジョン、いいじゃないの」意外にも、柔《やわ》らかい音楽的な声が車の中から聞こえた。「デイヴィッド・エヴァンズはいいと言うに決まってるわ。ここ二、三日、あんなによく手伝ってくれたんですもの——それに農場にいたって、市からくるものを待つ以外にすることがある？」

「ふむ」ジョン・ローランズは繰《く》り返《かえ》した。「どこへ行くつもりなんだね？」

「クウム・マエスロンの上のほうだよ」ブラァンが言った。「この三人にパノラマ遊歩道やなんかを見せてやるんだ」

「いいでしょう、ジョン」柔らかい声が促《うなが》した。

「待ち合わせ場所に時間通り戻って来るかね？」力強い色黒の顔のしわが、次第にくつろいでいった。しかめっ面をこしらえるのはひと苦労だった、とでもいうように。

「絶対《ぜったい》だよ」ウィルが言った。「必ず」

「来なけりゃ置《お》いていくからな。そしたら歩いて帰るしかないんだぞ」

「わかった」

「なら、いいだろう。九時にここでおろして、四時に拾うってことでいいな。君の叔父さんがいいと言えばの話だが」

ウィルはつまさきだってジョンの肩越しに車の中をのぞき込んだ。「ありがとう、ローランズのおばさん！」

ジョン・ローランズの眼がおかしさに細められ、ジョンの妻が夫の脇から身を乗り出して笑いかけた。ジェーンはいっぺんで彼女《かのじょ》が好きになった。声によく合った顔で、しとやかさと温《あたた》かさと美しさを兼《か》ね備《そな》え、やさしさが輝かんばかりだった。

「ここでの休暇を楽しんでいて?」ローランズ夫人は言った。

「はい、とっても」

「あしたは幸せ谷と髭《ひげ》が淵《ふち》を見に行くわけね?」

ジェーンはウィルを見た。それとわからぬほどためらったあと、ウィルは快活《かいかつ》に答えた。

「うん、そうだよ。観光の名所さ。ぼくもまだ見たことないんだ」

「きれいなところよ」ローランズ夫人が気持ちをこめて言った。「広場でおろしてあげたほうがいいわね。そうすれば、礼拝堂《れいはいどう》のそばで集合できるわ」とジェーンに笑いかけた。「長い道のりになるわよ。お弁当《べんとう》を持っていったほうがいいわ。あと、頑丈《がんじょう》な靴《くつ》と、雨に備えて上着もね」

「雨なんか降《ふ》りっこありませんよ」サイモンが、自信たっぷりに霞がかった青空を見上げた。

「君はスノードニアにいるんだよ」ブラァンが言った。「山の上の年間平均《へいきん》雨量が百五十インチって所だぜ。一九七六年の旱魃《かんばつ》でも死《し》に絶《た》えなかった唯一の場所だ。レインコートを持ってくるんだね。じゃ、あした」

ブラァンとウィルが後部座席に乗り込むと、ランドローバーは走り去った。

「百五十インチだって?」サイモンが言った。「ありえないよ」

バーニーが嬉しそうに片足ではねまわり、石ころを蹴とばした。「面白《おもしろ》くなってきたね!」と言ってから立ち止まった。「ウィルは本当の行先を言わなかったけど、いいのかな?」

「大丈夫《だいじょうぶ》よ。ジョン・ローランズは特別だって言ってたもの」

「どっちみち、観光客が団体で行く場所らしいじゃないか」サイモンが言った。「手がかりなんか見つかりそうもないな」

髭が淵

最初のうちは、雲こそ煙《けむり》のように青空にたなびいていたが、雨は降《ふ》っていなかった。息を無駄遣《むだづか》いしないよう黙《だま》りこくったまま、五人はアベルダヴィ村から山の中へと続く長い曲がりくねった道を苦《く》労《ろう》して登り続けた。急勾配《きゅうこうばい》の道は、ダヴィ河口のゆったりとした谷間をどんどんあとにし、立ち止まって振《ふ》り返《かえ》るたびに、眼下《がんか》に海岸と山々と広々とした海が一段《いちだん》と雄大《ゆうだい》に広がっているのが見えた。引《ひ》き潮《しお》が残していった何エーカーものきらめく金茶色の砂洲《さす》の間を、銀色のリボンのようなダヴィ河がうねうねと流れている。道の、とある角を曲がると、それまで見えていた南側の景観《けいかん》はかき消され、五人はまだ見えてこない北の山々をめざして登り続けていた。

道は高い草土手にはさまれていた。彼《かれ》らと同じくらいの高さを持つ土手には、黄色いサワギクやヤナギタンポポ、ノコギリソウの白く平らな花冠《かかん》、それに季節はずれのジギタリス数輪が点在《てんざい》している。土手の上には、ハシバミとイバラとサンザシの生垣《いけがき》が熟《う》れかけた実を重たげに支え、割《わ》り込《こ》んできたスイカズラの香《かお》りをさせながら空まで伸《の》び上《あ》がっている。

「端《はし》に寄《よ》って」ウィルが後ろから声をかけた。

「車だよ！」

子どもたちがイバラの枝の棘《とげ》だらけの抱擁《ほうよう》を避《さ》けながら道の草壁《くさかべ》に体を押《お》しつけると、派手な赤い小型車《こがたしゃ》がギヤを落として高い唸《うな》り声《ごえ》を上げながら風のように追《お》い越《こ》していった。

「また観光客だ！」ブラァンが言った。

「これで六台目だぜ」

「あたしたちだって観光客よ」

「けど、質が違《ちが》うよ」バーニーが重々しく言った。

「少なくとも、君らは自分の足で歩いてるものな」ブラァンは、白髪《はくはつ》の上にかぶっているスウェーデン帽《ぼう》を直し、あきらめたというようにひさしを引っ張った。「毎年今頃《いまごろ》は、天気のいい日の蠅《はえ》みたいに車がひきもきらないんだ。おかげで山にはいると、羊《ひつじ》や風や淋《さび》しさだけじゃなく、バーミンガムあたりから来る人たちのための小さなキャンプ小屋に出くわすようになっちまった」

「でも、ほかにどうしようもないんじゃないか？」サイモンが言った。「このあたりじゃ、観光業《かんこうぎょう》以外には、生活を立てる道はほとんど残ってなさそうだし」

「農業があるよ」ウィルは言った。

「それだってわずかだ」

「当たってるよ」ブラァンが言った。「大学に進学した連中はそれっきり戻《もど》ってこない。戻ってきたって何もないからなんだ」

ジェーンは好奇心《こうきしん》に駆《か》られた。「あなたも出ていくつもり？」

「おい《ディウ》、よしてくれ。ぼくにはまだ何年も先のことなんだ。何が起きるかわからないじゃないか。河口に発電所が建つかもしれないし、スノードンにキャンプ場ができるかもしれない」

「気をつけろ！」サイモンがふいに言った。「また来た！」

今度の車は水色で、小さな戦車のようにエンジンを震《ふる》わせながら通り過ぎていった。後部座席《ざせき》で幼《よう》児《じ》がふたり、けんかしているのが見えた。車が次のカーブを曲がって姿《すがた》を消した。

「車ばっかりだ」ウィルが言った。「知ってるかい？　マハンフレスへの道にまで、シャルテルとかいうものが建ったんだよ。シャルテルだってさ！　きっと山小屋《シャレー》とモーテルをあわせた――」と、言葉を途切《とぎ》らせ、道の行く手を凝視《ぎょうし》した。

「あれ見て！　すごい！」バーニーがジェーンの腕《うで》をつかんで指さした。「いったいなんなの？」

数ヤード先の道を半ば横切りかけたまま立ち止まっているのは、二匹《ひき》の見かけぬしなやかなけものだった。猫《ねこ》ぐらいの大きさだがずっと細い。赤狐《あかぎつね》の毛皮のような赤茶けた毛。猫に似《に》た尾《お》は地面すれすれに保たれている。頭をこちらに向け、眼《め》を光らせて子どもたちを見すえた。それからまず一匹、続いてもう一匹がゆっくりと、慌《あわ》てず騒《さわ》がず、回れ右をして体をくねらせながら道の反対側にとって返し、土手のどこかに姿を消したように見えた。

「テンだ！」サイモンが言った。

バーニーが疑《うたが》わしげに、「それにしちゃ大きすぎない？」

「大きすぎるとも」ブラァンが言った。「それに、こいつらの体で白いのは鼻面《はなづら》だけだったろ？　テンなら腹《はら》と胸《むね》も白いはずだ」

「じゃ、なんだい？」

「アル・フウルバルタウさ。ポールキャットっていうイタチの一種だ。けど、あんな派手な赤毛のは初めてだ」ブラァンは進み出て土手を用心深くのぞき込み、サイモンが近づくと警告《けいこく》するように片手を上げた。「気をつけて。たちのいい連中じゃない……ウサギ穴《あな》がある。こいつを乗っ取ったんだな」

「車を怖《こわ》がらないなんて不思議だね」バーニーが言った。「人間のことも怖がらないみたいだった」

「たちの悪いやつらだ」ブラァンが穴を見ながら考え深げに言った。「凶暴《きょうぼう》で、ものおじしない。遊び半分でほかの動物を殺しさえするんだ」

「ミンクと同じだ」ウィルの声はかすれていた。苛立《いらだ》ったように、ウィルはせきばらいした。ジェーンが驚《おどろ》いたことに、ウィルの顔はひどく蒼《あお》ざめ、額《ひたい》には汗《あせ》が光り、片方の手が固《かた》く握《にぎ》りしめられていた。

「ミンク？」ブラァンが言った。「ウェールズにはいないよ」

「今のやつらに似てるんだ。毛は黒いけど。茶色のもいると思う。やっぱり……殺しを楽しむんだ」ウィルの声は相変わらず硬張《こわば》っていた。ジェーンはそれと悟《さと》られまいとしながら横眼で見守り続けた。「角を曲がってすぐのところに農家があるんだ。昼間っから出歩いてるのはそのせいだろ」ブラァンはポールキャットに興味を失ったのか、先に立って道を歩きだした。「来いよ——まだ先は長いんだ」

ジェーンは靴下《くつした》を引っ張り上げようと立ち止まり、少年たちをやり過ごしてから、ひとりで考え深げにあとを追った。農家を過ぎたあたりで道幅《みちはば》が少し広がり、草土手は一フィートかそこらの高さになって、ところどころに針金《はりがね》の柵《さく》を戴《いただ》いていた。勾配《こうばい》がいくらかゆるやかになり、岩の散在する草地を通《とお》り抜《ぬ》けた。草地のあちこちでウェールズ黒牛が草を食《は》んだり、道のまんなかで思索《しさく》にふけったりしていた。ジェーンは大きな去勢牛《きょせいうし》を用心深く迂回《うかい》し、頭の中を水銀のような速さで出たりはいったりするとらえどころのない感想をまとめようとした。何が起きつつあるのかしら？　なぜウィルは心配そうなの？　なぜブラァンは何も感じてないみたいなの？　そもそもブラァンって何者よ？　ブラァンの存在がウィルと自分たちとの仲をなぜかややこしくしているように感じて、ジェーンはおぼろげであいまいながら、恨《うら》みがましい気持ちになった。もう、この前とは違ってあたしたちだけじゃなくなったんだわ……。何よりも、前途《ぜんと》に待ち受けているものに対する深い不安をおぼえだしていた。頭の奥《おく》にしまわれている第六感が、ジェーン自身も知らないことを伝えようとしているかのようだった。

やみくもに歩いているうちにバーニーにぶつかり、彼らがふいに沈黙《ちんもく》して立ち止まったのに気づいた。眼を上げると、その理由がわかった。

五人はすばらしい谷間の上縁に立っていた。足もとの斜面《しゃめん》はみどりのワラビの波となってなだれ落ち、数頭の羊が点々と散らばった草地でわずかな草を食んでいた。はるか下の方、谷底のみどりと金色の畑の中、おもちゃのような教会とちっぽけな農家の前を、震《ふる》える糸のような道が走っている。そして谷の反対側、雲の影《かげ》とびっしり植えられたモミの木とで青と黒のまだらになった向こうの斜面の、そのまた背後《はいご》にはウェールズのたなびく古い山々が果てしなく列をなして続いていた。

「まあ！」ジェーンがそっと言った。

「クウム・マエスロン」ブラァンが言った。

「幸せ谷だ」とウィル。

「なぜこの道がパノラマの道と呼《よ》ばれているかわかったろう」ブラァンが言った。「車が多いのはこのせいさ。歩いてくる人も多いけど」

「眼をさませよ、ジェーン」ウィルが軽く言った。

ジェーンは身じろぎもせず、眼をいっぱいに見開いたまま谷間を見おろしていた。ゆっくりと振り向いてウィルに向けた顔は、笑ってはいなかった。「なんだか……なんだか……うまく言えないわ。きれいで、すてきで。けど――なんだか怖いみたい」

「眼が回ったんだろ」サイモンは自信たっぷりだった。「すぐよくなるよ。下を見るんじゃない」

「行こう」ウィルが無表情に言うと、ジェーンはふっとメリマンを思い出させられた。ウィルは背《せ》を向け、幸せ谷の縁《ふち》に沿《そ》った道を歩き続けた。サイモンがあとに続いた。

「めまいが聞いてあきれるわ」ジェーンは言った。

ブラァンはぶっきらぼうだった。「怖いが聞いてあきれる。ここでセンチな感情に耳を傾《かたむ》けだしたが最後、やめたくてもやめられなくなるぜ。そうでなくても、ウィルには心配事がどっさりあるのに」

面くらったジェーンの凝視にはかまわずに、ブラァンは回れ右をしてサイモンとウィルのあとを追って道を急いだ。

ジェーンは腹立たしげに見送った。「何さまだと思ってるのかしら? これはあたしの感じたことなのよ。あの人のじゃないわ」

バーニーはナップザックの肩《かた》ひもに指をひっかけた。「ぼくがきのう言った意味がわかるようになった?」

ジェーンは眉《まゆ》を吊《つ》り上《あ》げた。

「海を見おろす山の上でさ」バーニーは続けた。「あの時も怖いみたいな気がしたんだ。前に来たことがあるって気がしてならないのに、姉さんたちったら本気にしてくれないんだもの。けど、あれから考えたんだ――どっちかっていうと、前に起きたことをもう一度経験してるっていう感じに近い。本当は初めから起きてやしないんだけどね」
ふたりは黙《だま》ってサイモンたちを追った。

まもなく雨が降りだした。低く漂《ただよ》いながら次第にふくらみ、ついに溶《と》け合《あ》って広い空全体をおおい始めた黒雲から降ってくる。やさしくしつこい雨だった。子どもたちはアノラックやレインコートをリュックから引っ張り出すと、どこにも雨よけのない開けた草深い斜面の間の高原の道をしぶとく歩き続けた。

車が一台ずつ引き返してきて、五人とすれ違った。最後の角を曲がると、舗装《ほそう》道路は、とある鉄門の所で終わっており、代わりに多くの足に踏《ふ》みしだかれた泥道《どろみち》が、白い一軒家《いっけんや》を通り越して山の彼方《かなた》へと続いていた。門の前の草地には車が五台、傾いたかっこうで停《と》めてあり、山の上から、しおれたスカーフをかぶって不平たらたらの子どもを連れた遊山客《ゆさんきゃく》が数人、濡《ぬ》れそぼっておりてきた。

「雨にもいいことがひとつあるね」バーニーが言った。「人を追《お》い払《はら》ってくれる」

サイモンがちらりと振り返った。「しょぼくれた連中じゃないか」

「あの青い車の子どもたちったら、まだ殴《なぐ》りっこしてるよ。あんなちびがいたら、誰《だれ》だってしょぼくれちゃうよ」

「自分だって、やっとちびでなくなったばかりのくせに」

バーニーは口を開けたがまた閉じ、適切な悪口を捜《さが》し求《もと》めた。それから口をきく代わりにジェーンを一瞥《いちべつ》した。ジェーンはにこりともせずに、視線《しせん》を宙《ちゅう》に浮《う》かせて黙っていた。

「まだ気分が悪いのかい、ジェーン？」サイモンがのぞき込んだ。

「あのふたりを見てよ」ジェーンは妙《みょう》に張りつめた小声で言った。指さした先には草の中の小道を前後して登っていくウィルとブラァンがいた。大きすぎるそろいの雨合羽《あまがっぱ》を着てそっくり同じに見え、ブラァンの帽子と、まぶかに引きおろされたウィルのジャンパーのフードがなければ見分けがつかないところだ。「あのふたりを見てよ！」ジェーンは辛《つら》そうに繰《く》り返《かえ》した。「おかしいじゃない！　あの人たち、誰だっていうの？　どこへ行くの？　なぜあたしたち、言うなりになってるの？　何が起きるかわからないっていうのに」

「うん、だけど、いつだって、わかってたためしなんかないよ」バーニーが言った。

「ここにいちゃいけないわ」ジェーンはじれったげにアノラックのフードを頭の上にきつく引きおろした。「何もかも……あいまいすぎるわ。どこか変よ。それにあたし」――最後の言葉は挑《いど》むようにとび出した――「怖いのよ」

バーニーは、くるまれているビニールのレインコートの襞《ひだ》の間から姉を見て、眼をぱちくりさせた。

「だって、ジェーン、大丈夫《だいじょうぶ》に決まってるじゃないか。メリー大叔父《おおおじ》さんが関わってるんだもの

――」

「ガメリーはいないわ」

「うん、いない」サイモンが言った。「けど、ウィルがいる。同じことさ」

驚きがジェーンの脳裏《のうり》に鳴《な》り響《ひび》いた。兄をじっと見ると、「兄さんたら、ウィルのこと本当は好きじゃないくせに、そりゃ、口に出しては言わなかったけど、いつだってどこか……」と言って口をつぐんだ。確《たし》かな足場が急にゆらぎだしたようだった。サイモンはまる一年近く年上なだけでなく、体もすっかり大きくなっていたので、どういうものかジェーンは、それとわからないほどながら、兄の言うことを以前より真剣《しんけん》に受け止め、兄の意見や偏見《へんけん》にも耳を傾けるようになっていた。それらがたとえ自分の意見と食い違っていても。その偏見のひとつがひっくり返るのを見るのは、落ち着かぬ経験だった。

「いいかい」サイモンは言った。「メリー大叔父さんやウィルと一緒《いっしょ》の時にぼくらに起きたことについちゃ、理解してるようなふりをするつもりはない。けどそんなこと、どのみちたいしたことじゃないんだよ。違うか？　根本的にはものすごく簡単《かんたん》なことなんだ。要するに――とにかく、いい方と悪い方とがあって、あのふたりは全く文句なしにいい方についてるんだ」

「決まってるわ」ジェーンがすねたように言った。

「結構。どこが問題なんだい？」

「問題なんかないわ。あのブラァンがいけないのよ。ただ――ああ、もう、兄さんにはわかりっこないわ」ジェーンは悲しげに草のひとむらをつついた。

「ぼくらのこと、待ってるよ」バーニーが言った。

農家のはるか後方の道、べつの門のそばで、ふたつの小さな人影は立ち止まり、振り返っていた。

「行こう、ジェーン」サイモンはためらいがちに妹の背をなでた。

バーニーが思いついたようにまくしたてた。「ねえ、本当に怖いんなら――まるで姉さんらしくないもの――考えてみるべきだよ。もしかすると」――とあいまいに片手を振り――「つつかれてるのかもしれないよ」

「つつかれてる?」

「〈闇《やみ》〉にだよ」バーニーが言った。「おぼえてない?――あいつら、頭の中に何かをもぐり込ませて、おまえなんかきらいだ、あっち行けって言わせるのが得意《とくい》だろ……何かひどいことが起きるような気にさせてさ」

「ええ。ええ、おぼえてますとも」

バーニーは小さな猛獣《もうじゅう》のように姉の前でとびはねた。「だったら、抵抗《ていこう》すればつかまらずにすむよ。つっぱねて、逃《に》げるんだ――」とジェーンの袖《そで》をとらえた。「おいでよ。上まで競争だ!」

ジェーンはほほえもうとした。「いいわ!」

ふたりは雨のしずくをコートから散らしながら、山腹で待っている人影めざして道を駆《か》け登《のぼ》った。サイモンはあとからゆっくりと続いた。妹と弟の会話の半分しか注意を向けていなかったのだ。残り半分は、バーニーが話している間じゅう、ハリエニシダの茂《しげ》みからワラビの中にもぐり込んだ、二匹のしなやかな赤いけものにひきつけられていたのだ。その後も光る眼が二組、ハリエニシダの間から彼らを見つめていた。気のせいかもしれなかったが。とにかく今ジェーンに教えるのはまずい、という気がした。

バーニーとジェーンが小道を駆け上がってくるのを見ながらブラァンが言った。「なんの相談だったんだろう?」

「弁当《べんとう》にするかどうかで、もめてただけかもしれないよ」

ブラァンは黒眼鏡《くろめがね》を鼻先まで引きおろした。黄色い眼が黒いレンズと帽子の間から一瞬《いっしゅん》じっとウィルを見た。「〈古老〉くん」ブラァンは、そっと言った。「わかってるくせに」そして眼鏡を押し上げてニヤリとした。「どのみち弁当には早すぎる」

だが、ウィルはまじめな顔で、近づいてくる人影を見おろしていた。「〈光〉にはあの三人が必要なんだ。この長い探索《たんさく》を通じて、いつだって必要としてきた。だから今頃は〈闇〉のほうでもあの三人をじっと見張ってるはずだ。ブラァン、三人から離《はな》れちゃいけない――いちばん危ないのはバーニーかな？」

バーニーがあえぎながら駆け上がってきた。フードは肩の上ではためき、黄色い髪《かみ》は雨に打たれて湿《しめ》り、黒ずんで見えた。「いつお弁当にするの？」

ブラァンは笑った。「カルン・マルク・アーサーは次の坂を越えたらすぐだよ」

「どんな形？」答えを待たずに、バーニーはレインコートをはためかせながら道を駆け登っていた。

あとを追おうとブラァンは体をひねったが、ジェーンが行く手をさえぎっていた。ジェーンは息をはずませながらじっと立って、ウィルが初めて見るさめた態度《たいど》でふたりをながめていた。「うまくいきっこないわ」と、ジェーンは言った。「あたしたちみんな、何も変わったことはないみたいな顔をして歩いてるけど、こんなばかし合い、いつまでも続けるわけにはいかないわ」

見つめ返したウィルの頭の中では、あせりと忍耐《にんたい》が闘《たたか》っていた。一瞬うなだれると、ウィルは短い吐息《といき》をついた。「わかった。何を言わせたいんだい？」

「この上で何が見つかるか、それだけよ」ジェーンは怒《いか》りのあまり震えていた。「ここであたしたちのしていることについて、何か言ってくれない？」

ウィルに口を開くすきも与《あた》えず、骨《ほね》にとびつくテリアのように、ブラァンが言葉尻《ことばじり》にかみついた。

「何をしているのかって？　何もしてないさ、お嬢《じょう》ちゃん――谷と湖を見て、まあ、きれいって言う以外、何もすることなんかあるもんか。何を騒《さわ》いでるんだ？　雨が気に入らないのなら、コートにくるまって帰りゃいい。帰れよ！」

「ブラァン！」ウィルがとがめた。

ジェーンは眼を見開いたまま、微動《びどう》だにしなかった。

ブラァンは怒《おこ》っていた。「なんだってんだ！　恐怖《きょうふ》がかきたてられるのを、愛が殺されるのを、〈闇〉があらゆる物の上に広がっていくのを見たことがあれば、ばかな質問なんかしないはずだ。四の五の言わずにするべきことをするだけさ。そして今すべきことは、次の動きを教えてくれるかもしれない場所へ行くことなんだ」

「四の五の言わずにね！」ジェーンが張りつめた声で言った。

サイモンが背後に追いつき、黙って耳を傾けていたが、ジェーンは眼もくれなかった。

「そうさ！」ブラァンがぴしりと言った。

ジェーンを見ているウィルは、ふっと、会ったこともない人物を見ている、という気がした。顔全体が他人《たにん》のもののような激《はげ》しい感情にひきつっていた。

「あなたねえ！」ジェーンはポケットに乱暴《らんぼう》に手を突《つ》っ込《こ》み、ブラァンに言った。「自分は特別《とくべつ》だと思ってるのね？　白い髪と変わった肌《はだ》と、そのばかみたいな眼鏡の後ろの眼のせいで。特別に違ってるってわけ？　あたしたちに指図《さしず》できると思ってるなんて、ウィルよりもっと特別だとでもいうの？　そもそも、あなた誰よ？　きのうまで会ったこともなかったのよ。何もない山の中でばったり会っただけなのに、なんだってあなたのために危険《きけん》な目に会わなきゃ——」声が震え、途絶《とだ》えた。ジェーンはぱっと彼らから離れ、小さくなりつつあるバーニーの元気のいい姿めざして斜面を登っていった。

サイモンも追っていきかけたが、決心しかねて立ち止まった。

「特別だって？」ブラァンがひとりごとのようにそっと言った。「特別か。こいつはいい。何年も何年も、薄気味《うすきみ》の悪い、色のない皮膚《ひふ》の男の子として笑われたり後ろ指をさされたりしてきたってのに。すてきだ。特別とはね。眼のこともなんとか言ってたね？」

「うん」ウィルはぶっきらぼうに言った。「特別だってね。それはわかってるだろうに」

ブラァンはためらい、眼鏡をはずしてポケットに突っ込んだ。「それとはべつだ。ジェーンの知らないことだもの。それにジェーンの言ったのはべつの意味でだ」

「うん」ウィルは答えた。「だけど、君とぼくとは一瞬たりとも忘れちゃいけないんだ。あんなふうに……爆発《ばくはつ》しちゃいけない」

「わかってる。ごめん」ブラァンはわざとサイモンを見て、詫《わ》びの言葉がサイモンにも向けられるようにした。

サイモンはばつが悪そうだった。「なんのことかよくわからないけど、ジェーンの癇癪《かんしゃく》なら気にしないでくれ。どうってことないんだから」

「ジェーンらしくない」ウィルが言った。

「うん……近頃《ちかごろ》、時々ああなんだ。ヒステリーを起こすんだよね……」サイモンは内緒《ないしょ》ごとのように言った。「そういう時期なんだと思う」

「かもね」ウィルはブラァンを見ていた。「眼を離しちゃならないのはジェーンからかな？」

「行こう」ブラァンは帽子のひさしから雨粒《あまつぶ》を払い落とした。「カルン・マルク・アーサーへ」

登り続けて、草深いみどりの山腹《さんぷく》と灰色《はいいろ》の空とが出会う線に立った。反対側の下り坂になった道の、小さな岩の突起《とっき》のかたわらに、ジェーンとバーニーがしゃがんでいた。斜面のほかの突起となんら変わるところはなかったが、名札《なふだ》のような小ぎれいなスレートの目印がつけられていた。ウィルは五感を猟犬《りょうけん》の耳のように研《と》ぎすまして解放《かいほう》し、ゆっくりと道を下ったが、何も感じられなかった。視線《しせん》を動かすと、ブラァンの顔も同じように無表情なのが見えた。

「アーサーの馬の蹄《ひづめ》が踏《ふ》んだあとが、丸くえぐれてるんだって——ほら、印がついてる」バーニーは岩の窪《くぼ》みを手で測った。「あそこにもある」と鼻であしらった。「馬にしちゃずいぶん小さいや」

「でも蹄の形はしてるわ」ジェーンはうつむいたままで、声がわずかにかすれていた。「本当はどうやってできたのかしら」

「侵食作用《しんしょくさよう》さ」サイモンが言った。「水が渦巻《うずま》いたんだろ」

「土にこすられもしたろうし」ブラァンも言った。

ジェーンはためらいがちに「霜《しも》もね。岩にひびをはいらせたんだわ」

「魔法《まほう》の馬が思いっきり蹄で蹴《け》ったのかもしれない」バーニーがウィルを見上げた。「でも違ったんだよね。本当は」

「うん」ウィルは微笑《びしょう》した。「まずありえないな。アーサー王が、〈アーサーの馬の足型〉という名の窪み全部を踏み、〈アーサーの座〉という名の岩全部に腰《こし》かけ、〈アーサーの泉〉という名の泉全部で水を呑《の》んだのだとしたら、一生の間、イギリス全土を休みなしに回ってたことになる」

「騎士《きし》たちもね」バーニーが明るく言った。「〈アーサー王の円卓《えんたく》〉って名前の丘《おか》という丘を全部回るには、移動《いどう》しっぱなしだったはずだ」

「ああ」ウィルは小さな白い石英《せきえい》のかけらを拾い、てのひらの上でころころ転がした。「そうだよ。そういう地名の中には……べつの意味があるものなんだ」

バーニーがとび上がった。「湖はどこ？　怪物《かいぶつ》を引っ張り出したってやつさ」

「フリン・バルヴォグ」ブラァンが言った。「髭《ひげ》が淵《ふち》っていうんだ。こっちだよ」

ブラァンは先に立って山間の谷に向かって道を下り、斜面に沿って回り込んだ。穏《おだ》やかだった雨が断続的《だんぞくてき》に吹きつけだした。風が谷間で渦巻いているのだった。雲は頭上低く垂《た》れこめていた。

「髭が淵なんて変な名前ね」ジェーンが言った。視線こそ向けずに歩いていたが、ブラァンに話しかけているのだった。それとない謝《あやま》り方《かた》をさぐり求めているジェーンの態度に、ウィルは同情をおぼえた。「髭だなんて。ロマンチックとは言《い》い難《がた》いわ」

「すぐにわけがわかるよ」ブラァンはこだわりなく答えた。「ここからは足もとに気をつけて。湿地《しっち》がとびとびにあるんだ」そう言うと、湿地のしるしである細い草の群がりをよけながら先に立って大股《おおまた》に歩いていった。少ししてウィルが眼を上げると、いきなり前方に、降りしきる雨をついて再び、幸せ谷の向う斜面が灰色にかすんで見えた。だが今回は、谷のこちら側、ウィルたちのいる急斜面に湖が横たわっていた。

池と呼《よ》んでもおかしくないくらいの奇妙《きみょう》な、小さい、葦《あし》に縁取られた湖だった。暗い水面は不思議なまだら模様《もよう》になっていた。やがて淵の水面は風に波立っているが、それはほんの一部、こちら端の三角形の部分だけなのがわかった。残りの水面は、谷間に臨《のぞ》む端から中央の細いV《ヴィ》型に到《いた》るまで、睡《すい》蓮《れん》の葉や茎《くき》や乳《ちち》のように白い花でおおわれているのだった。そしてウィルには、耳の中で聞こえる高まる海鳴りのような音のおかげで、やはりこのあたりに目的地が横たわっているのがわかった。何かがここで待っているのだ。幸せ谷とダヴィ河口にはさまれた、この岩だらけの山上で。

雨ではなく、脳裏《のうり》にかかったもやを通して、ブラァンは同じ印象を抱《いだ》いていないらしいのに気づき、何がなし驚きをおぼえた。白髪の少年は、サイモンとジェーンとともに道に立ち、雨風よけに片手を眼の上にかざし、もう一方の手で指さしていた。

「髭が淵だ――わかるだろ？　水面の水草のせいでそういう名がついたんだよ。雨の少ない年はずっと小さくなるもんで、水草が周りじゅうに髭みたいに残るんだ。ジョン・ローランズに言わせると、名前の由来はそうじゃなくて、昔、もっとずっと水の量が多かった頃、山の上から溢《あふ》れて谷間に滝《たき》となって流れ落ちたからだろうって。かもしれないけど、今の状態《じょうたい》からいうと、そうだったのはよほど大昔のことだろうな」

様変わりする曇天《どんてん》のもと、小さな淵は黒く黙りこくっていた。風が山々を哭《な》きながら越え、子どもたちの服の中を吹き抜けた。下の谷間で、遠く、シギが亡霊《ぼうれい》めいた悲しげな声を上げた。と、近くのどこかでくぐもった叫び声がした。

バーニーが振り返った。「あれ、何?」

ブラァンは、山の頂上と見える淵の向こう斜面を見やり、ためいきをついた。「観光客さ。山彦《やまびこ》を呼んでるんだ。来てごらん」

淵に沿った岩だらけの泥道を一行が一列縦隊《いちれつじゅうたい》になって平衡《へいこう》を保ちながら進みだしても、ウィルはそのままあとに残った。

もう一度、白い花を散らしたみどりの水草のじゅうたん越しに、対岸の、地面が谷間へと急に突っ込むあたりを見やった。雨が眼に吹きつけ、霞《かすみ》が山の上で渦巻いた。だが意識の中にもぐり込み、話しかけてくるものは何ひとつなかった。ただ、何か理解できない形をとっている上なる魔法の近くにいるのだという感覚だけが、頭の中で脈打《みゃくう》っていた。

そのままウィルは仲間を追って、道に沿って次の高い斜面の裏側へ回り込んだ。ブラァンたちは、五十平方ヤードほどの窪地を見おろす崖《がけ》の上に立っていた。髭が淵のあったところとよく似た風景だったが、水の代わりに湿地を示す葦に似た太い草の鮮《あざ》やかな群れだけがあった。ぎょっとするようなオレンジ色のアノラックを着た男女が、斜面を少し下ったところに立っており、身長のまちまちな子どもが三人、その周囲を歩き回りながら平らなみどりの窪地越しにわめいていた。反対側にある断崖《だんがい》めいた岩山がこだまを返していた。

「おい!……おい……」

「わーい!……わーい……」

「メエ、メエ、羊……ひつじ……つじ……」

「おい、でぶっちょ!……でぶっちょ……でぶっちょ……」

ジェーンが言った。「よく聞くと二重の山彦なのがわかるわ。二度目のはうんとかすかだけど」

「でぶっちょ!」いちばん耳ざわりな声の子どもが得意げに再びどなった。

バーニーが澄《す》んだ声ではっきり言った。「山彦を聞く時って、不思議と気のきいた文句は思い浮かばないものなんだね」

「マイクが故障《こしょう》してないか試す時に何も思い浮かばないのと同じさ」ウィルが言った。「ただいまマイクの試験中、アー、アー」

「ぼくの学校の英語の先生は、ものすごく下品な詩を使うぜ」サイモンが言った。

「山彦に向かって下品な詩なんてどなれないよ」バーニーが冷たく言った。「山彦は特別なんだ。みんな……唄《うた》いかけるべきなんだよ」

「唄いかける!?」ジェーンは、まだ山に向かって金切り声を上げている子どもたちを嫌悪《けんお》をこめて見た。

「どこがいけないのさ？　シェイクスピアの劇《げき》のセリフなんかもいいな。サイモンは先学期、プロスペロの役をやったんだよ――試してみたら？」

「本当かい？」ブラァンは新たな関心をもってサイモンを見た。

「いちばん背が高かったってだけのことさ」サイモンは弁解《べんかい》がましく言った。「それと、声が適してるっていうんで」

「でぶっちょ！」感じの悪い子どもたちが一斉《いっせい》に叫《さけ》んだ。

「ああ、もう！」ジェーンには我慢《がまん》がならなかった。「親は何してるのよ？」と言うや、腹立たしげに背を向け、斜面をもと来たほうへ少し戻った。風がいくらか弱まったように感じられ、雨はおさまって細かい霧《きり》となっていた。下草が足首をひっかいた。斜面はヒースと丈《たけ》の低いコケモモの茂みにびっしりおおわれていた。そこかしこの葉の間に小さな群青色《ぐんじょういろ》の実がちりばめられている。

あてどなく歩くにつれ、ほかの者の声が遠ざかりだした。ジェーンはポケットに手を突っ込み、何かを背から振り落とそうとするかのように肩を怒《いか》らせた。(黒犬が肩に乗ってるんだわ)と苦々しく考えた。家族の間でだけ通用する、機嫌《きげん》の悪い時を意味する言葉だったが、近頃はもっぱらジェーンに適用されるようになっていた。だが、なぜか今回は一時の気分以上のものが頭にはいり込んでいるように思われた。初めて経験する、名状《めいじょう》し難《がた》い感覚だった。一種の落ち着きのなさ、一部では理解しているが、べつの部分では理解していない何かへの、半ば不安の混《ま》じった期待……ジェーンはためいきをついた。同時にふたりの人間であるようなものだった。共同生活の相手が次に何をするか、何を感じるか、見当もつかないのだ。

連なる斜面のはざまにオレンジ色がひらめき、ジェーンの眼をとらえた。騒々《そうぞう》しい一家が帰るところで、腹を立てた母親が反抗的《はんこうてき》な子どもの腕《うで》を引っ張っていた。一家は斜面の裏側に姿を消した。道に向かっているのだ。だが、ジェーンは兄たちのもとへは帰らず、相変わらずひとりでぶらぶら歩き続けた。ヒースと濡れた草の中を歩くうちに、だしぬけに風が冷たく顔に吹きつけ、再び髭が淵にいるのに気がついた。背後で遠い笑い声と、バーニーの呼び声が聞こえた。呼び声は繰り返された。山彦を呼んでいるのだった。ジェーンは水草に包まれた暗い湖水の向こうの遠い谷間を、寒々しい思いでながめた。風が耳の中で唄った。重苦しい曇天の雲は今やあまりにも低く垂れこめているので、白っぽい霧の切れ端となって山頂を横切り、渦を巻いて湖面に下り、巻き上がって谷間へと吹き流されていくのが見えるほどだった。世界じゅうが、あたかも夏草から全ての色を抜き取ったかのように灰色だった。

風が逆巻《さかま》いたと思うと、ふいにあたりが静まり返り、サイモンの声が背後で一瞬、かすかにひらめいた。「……汝《なんじ》大地よ、汝よ！　語れ！……」そしてごくかすかに、気のせいかと思えるほどひそやかに、こだまが聞こえた。「……語れ……語れ……」

次いでべつの声が、いくつかの耳慣れぬ言葉をはっきりと言うのが聞こえた。ブラァンがウェールズ語で呼びかけているのだった。再びこだまが返ってきて同じ言葉をジェーンの耳に運び、意味はわからないながらも親しみをおぼえさせた。

風が強まり、霧が破《やぶ》れた屍衣《しえ》のように向こう岸に吹《ふ》き寄《よ》せられ、幸せ谷を隠《かく》した。ブラァンの声がこだまずると同時に、きっかけを与えられたかのように、第三の声が唄いだした。高い甘《あま》やかなこの世ならぬ唄声に、ジェーンははたと動きを止め、息をひそめて立ちつくした。制止《せいし》した筋肉のひとつひとつを感じていながら、肉体を持たぬ者のように心が完全に奪《うば》われるのをおぼえた。ウィルの声なのはわかっていたが、以前に唄うのを聞いたことがあるのかどうかは思い出せなかった。考えることも、何をすることもならず、ただ耳を傾けるばかりだった。声は斜面の裏側から風に乗って、遠く、だがはっきりと、聞きおぼえのない美しい旋律《せんりつ》を唄いあげた。それに伴《ともな》い、あとを追って、歌のこだまが随唱《ずいしょう》し、幻《まぼろし》の第二の声となってウィルの声とからみあった。

あたかも山々が唄っているかのようだった。

そして、ジェーンが湖上低く吹かれていく雲をぼんやり見ているうちに、やってきた人物がいた。

移動する灰色の中に一か所、色を帯びて光りだした部分があった。赤とバラ色と青が、眼が追いつかないほどの速さで混ざり合いだした。寒い山上でやさしく温《あたた》かく輝《かがや》きながら、炎《ほのお》のようにジェーンの視線《しせん》を吸《す》い寄《よ》せて離《はな》さず、やがて次第に焦点《しょうてん》を定まらせ始めた。光の周囲に形が現われるのを見て、ジェーンは眼をみはった。明瞭《めいりょう》な形ではなく、ほのめかしと言ったほうがいいような、適切な眼を持っていればこういうものが見える、という見当のようなものだった……。

光は次第に凝縮《ぎょうしゅく》していったと思うと、突然《とつぜん》、指輪にはめこまれた輝くバラ色の石の中にすっかり吸収《きゅうしゅう》されてしまった。指輪は、ジェーンの前にたたずんでいる、ほっそりした人物の指にはめられていた。その人は休息しているかのように軽く杖《つえ》にもたれ、始めのうちはあまりの明るさに取り巻かれていたので、まともに見ることもできないほどだった。仕方なくその人の足もとの地面に眼をやったが、地面などないのに気づいて愕然《がくぜん》とした。その人は、灰色の霧に隠されている世界がなんであれ、そこから切り離された断片《だんぺん》として浮かんでいるのだった。今や、長い淡色《たんしょく》の衣《ころも》をまとった華奢《きゃしゃ》な老女なのが見てとれた。顔の骨格《こっかく》は繊細《せんさい》で、親しみやすいと同時に誇《ほこ》り高《たか》く、澄んだ青い眼は、クモの糸のようなしわにおおわれた老いた顔の中で、不思議に若々《わかわか》しく光り輝いていた。

ジェーンは仲間を忘れ、山と雨を忘れ、自分を見守っている顔以外の全てを忘れた。顔はやさしく微笑したが、ひとことも発しなかった。

ジェーンはかすれ声で言った。「あなたが老女ですね？　ウィルの言ってた……」

老女はうなずいた。ゆっくりとした優美《ゆうび》な会釈《えしゃく》だった。「よくわかりましたね、ジェーン・ドルー。これであなたと話せます。初めから、最後の伝言を運ぶのはあなたと定められていたのですよ」

「伝言？」ジェーンの声は、ささやきに近かった。

「ものによっては、似た者同士でなければ伝えられないのです」霧の中から甘くやさしい声は言った。「子どもの遊ぶドミノのようなものでね。ジェーン、ジャナ、ジュノー、ジェーン、あなたとわたくしとはよく似ています。この探索に関わり合っているほかのあらゆる人々は、その意味ではわたくしたちとは違うのです。と同時に、あなたとウィルは、その若さと活力においてよく似ていますが、わたくしにはそのどちらもありませぬ」

声は疲《つか》れ果《は》てたように薄れたが、すぐに立ち直り、老女の手のバラ色の指輪が輝きを増《ま》した。老女は姿勢《しせい》を正した。衣が、灰色の湖上にかかる月さながらの明るさで、白く清らかに輝いた。

「ジェーン」

「はい、奥様？」ジェーンはすぐに答え、ごく自然に頭を垂れて片膝《かたひざ》を深くかがめた。ジーンズとアノラックをまとっていることも忘れ、べつの時代の習慣であった恭《うやうや》しいおじぎの型をとったのだった。

老女は、はっきりと言った。「ウィルにお伝えなさい。ブラァンと失《う》せし国《くに》へ行くように。それも、国が陸と海の間に姿を見せた瞬間に。白い骨が行く手を阻《はば》み、飛ぶサンザシが救いを与え、角笛だけが車輪を止める、と、そうお伝えなさい。七本の木の間の玻璃《はり》の塔《とう》で、〈光〉の水晶《すいしょう》の剣《けん》は見つかるのです」

声がゆらぎ、最後の力をのがすまいとするかのようにあえいで途切れた。

ジェーンは伝言の文句を忘れまい、老女の姿を見忘れまいとしながら繰り返した。「七本の木の間の玻璃の塔。それから――白い骨が行く手を阻み、飛ぶサンザシが救いを与え、それから、角笛だけが――車輪を止める」

「おぼえ込むのですよ」老女の白い姿は薄れだし、指輪のバラ色は消えかけていた。声は次第に小さくなった。「おぼえ込むのですよ、娘《むすめ》や。そして勇気を持つのです。ジェーン。勇気を持つのです……勇気を……」

声が消え、風が逆巻《さかま》いた。ジェーンは必死に灰色の霧を見つめ、老いてしわの寄った顔の中の澄んだ青い眼を捜し求めた。言葉を記憶《きおく》に刻《きざ》むにはそれしかないというように。だが暗い山上の、雲の低く吹《ふ》き渡《わた》る湖畔《こはん》にいるのはジェーンひとり、耳に聞こえるのは風と、消えつつある声の最後の名残《なごり》だけだった。そして、一度も意識から消えたことがなかったかのように、ウィルの高く澄んだ唄声が山彦とからみあって聞こえていた。山々が唄っているような印象を与えた歌だった。

いきなり歌が途切れた。ウィルの声が、しわがれた必死の叫《さけ》びとなって宙を飛んだ。「ジェーン！

ジェーン！」こだまが警告《けいこく》のささやきのように続いた。「……ジェーン！……ジェーン！……」とっさに本能的に声の方を振り返ったが、みどりの山腹が見えるばかりだった。

湖水に眼を戻したが、背を向けていた一瞬のすきに恐るべきものが姿を現わしていたのを知り、恐怖が氷水のようにジェーンを呑み込んだ。悲鳴を上げようとしたが、しわがれた苦しげな声が洩《も》れただけだった。

暗い水中からは巨大《きょだい》な首が突き出て、しずくを垂らしながら左右にゆれていた。その先端《せんたん》のとがった小さな頭は口をくわっと開け、黒い牙《きば》をむいている。角《つの》に似た触角《しょっかく》が二本、かたつむりの角さながらのろのろと頭の上でゆれ、その間から始まるたてがみは首の全長を走り、水気の重みで片側にへばりついたまま。ずるずると水の中にまで続いている。首は巨大で、どこまでもどこまでも、果てしなく伸び続けた。恐怖のあまり身動きもならぬまま、ジェーンは、その首が、ところどころ鈍《にぶ》く異様《いよう》な光沢《こうたく》を帯びた暗緑色なのを見てとった。正面を向いている側だけは魚の腹めいた、死んだような銀白色だった。ジェーンの頭上高く、化物《ばけもの》は脅《おど》すようにそそり立ち、ゆれ動いた。水草と沼気《しょうき》と朽《く》ちたものの臭《にお》いがたちこめた。

ジェーンの四肢《しし》は金縛《かなしば》りになっていた。棒立《ぼうだ》ちになって眼を開けていた。大水蛇《おおみずへび》は首をゆすり、見えぬ眼でさぐりながら、次第に近づいてきた。口はあんぐりと開き、黒いあごから粘液《ねんえき》が滴《したた》った。悪臭《あくしゅう》ふんぷんたるおぞましい頭が近づいたと思うと、居場所《いばしょ》を感じあてたのか、首を引いて襲《おそ》いかかった。

ジェーンは絶叫《ぜっきょう》し、眼を閉じた。

アヴァンク

こだま岩のそばの窪地《くぼち》では、ウィルが唄《うた》いだすと同時に、全ての物音が絶《た》えたかのようだった。うるさい風はやみ、サイモン、ブラァン、それにバーニーの三人は、仰天《ぎょうてん》してじっと耳を傾《かたむ》けた。旋《せん》律《りつ》は日の光のように空気を縫《ぬ》っていった。生まれてこのかた耳にしたこともないような、不思議につきまとうふしだった。ウィルは照《て》れることなくくつろいだ姿勢《しせい》で、手をポケットに入れたまま、ボーイソプラノで三人には理解できぬ歌詞《かし》を唄いあげた。旋律以上の魔法《まほう》に貫かれた〈古老〉の歌なのは明白だった。清らかな声は山々を走り、山彦《やまびこ》とからまりあった。三人は時の経《た》つのも忘れて聞きほれていた。

だが突然《とつぜん》、歌は途中《とちゅう》で断《た》ち切《き》られ、ウィルは顔を殴《なぐ》られでもしたようにあとずさりした。顔が嫌悪《けんお》に歪《ゆが》んだと思うと、ウィルは頭をそらし、子どもらしくない恐《おそ》ろしい警告《けいこく》の叫《さけ》び声《ごえ》をあげた。「ジェーン！　ジェーン！」

こだまが言葉を投げ返した。「ジェーン……ジェーン！」

だが最初のこだまが返ってくる前に、ブラァンが行動を起こしていた。ウィルをとらえたのと同じ切迫《せっぱく》した衝動《しょうどう》にはじかれたように、サイモンとバーニーのそばを駆《か》け抜《ぬ》け、帽子《ぼうし》を飛ばし、白髪《はくはつ》を旗さながらになびかせながら、草や岩をまたぎ越《こ》え、ほかの者には見えぬ何かを追って髭《ひげ》が淵《ふち》めざして走り去った。

化物《ばけもの》の頭はジェーンの顔を一度、二度、三度かすめた。触《ふ》れるほど近くはなかったが、そのつどおぞましい腐敗《ふはい》の臭気《しゅうき》を吹きつけていった。ジェーンは薄眼《うすめ》をあけ、顔をおおっている震《ふる》える手の指の間からのぞいた。強烈《きょうれつ》な吐気《はきけ》だけがまだ生きているのだと納得《なっとく》させてくれた。これほど身の毛のよだつ生き物がいるとは信《しん》じ難《がた》かったが、化物は現実にそこにいた。悪の存在《そんざい》をひしひしと感じ、怯《おび》えたジェーンの精神は何かすがるものを求めた。この湖の怪物《かいぶつ》は狂《くる》っていた。悪意をはらみ、凶暴《きょうぼう》で、恐ろしい悪夢《あくむ》にうなされ続けた幾世紀《いくせいき》もの間に培《つちか》った、腐《くさ》った恨《うら》みに満ちていた。盲目《もうもく》の頭がジェーンの前の空間をさぐったように、化物の精神が自分のそれを手さぐりしているのが感じられた。と、耳には聞こえぬながら、咆哮《ほうこう》にも似《に》た声が頭をつんざいた。

〔言え！〕

ジェーンはきつく眼《め》を閉じた。

〔言え！〕命令はジェーンの精神を殴打《おうだ》した。〔われはアヴァンク！　きさまを通じてのみ伝えられる指示を言え！　言うのだ！」

「いや！」ジェーンは死に物狂いで精神と記憶《きおく》を閉ざそうとした。

〔言え！　言わぬか！〕

金槌《かなづち》で打つような化物の要求から身を守ろうと、ジェーンはすがるべきものを求めた。ウィルの感じのいい丸顔、斜《なな》めに垂《た》れかかるまっすぐな茶色の髪《かみ》を思った。メリマンの逆立《さかだ》つ白い眉《まゆ》の下の猛々《たけだけ》しい眼。黄金の聖杯《せいはい》とその発見を思った。より身近なここ数日のウェールズ旅行を思い、ジョン・ローランズの痩《や》せた茶色い顔と、その妻《つま》のしとやかでやさしい顔を思った。

だが、やっと見つけたよりどころはあっという間に砕《くだ》け散《ち》り、かん高い金切り声が再び頭の中に押《お》し入《い》り、気が狂うかと思うほど乱打《らんだ》し続けた。ジェーンは両手を頭に押しあて、泣《な》き声《ごえ》を上げてよろめいた。

するといきなり、金切り声をかき消してくれるべつの声がやさしく、心強く聞こえてきた。（大丈《だいじょう》夫《ぶ》だよ、ジェニー、大丈夫だよ）。安堵《あんど》が温《あたた》かく広がり、意識が遠ざかった……。

少年たちは、こだま岩から駆けつけたところで、ジェーンが濡《ぬ》れた草の上に崩折《くずお》れるのを見た。サイモンとバーニーはとび出しかけたが、ウィルが驚《おどろ》くべき力でふたりをつかまえ、背《せ》の高いサイモンですら、鉄の輪のように腕《うで》をつかんでいる手の前には無力だった。兄弟はアヴァンクを見て息を呑《の》んだ。化物は今や長い首を前後にたわめて、湖中でのたうち回っていた。それから、胸《むね》を張ったブラァンが無帽の頭の白髪を風になびかせながら高い岩の上に立ち、怒《いか》りのこもった態度《たいど》で怪物に挑《いど》んでいるのが見えた。

化物は狂乱《きょうらん》の叫びをあげ、湖水を泡立《あわだ》たせては、流れる破《やぶ》れ雲《ぐも》を吹きつけてくる雨と混《ま》ざれとばかりにしぶきをはね上げた。あたり一面、渦巻《うずま》く灰色《はいいろ》の霧《きり》としか見えなかった。

「戻《もど》れ！」ブラァンはこちら岸から呼《よ》びかけた。「もとの場所に戻るんだ！」

霧の中の角《つの》を戴《いただ》いた頭は死のように冷たい、高く細い声を発した。少年たちは身震《みぶる》いした。

「われはフリン・バルヴォグのアヴァンク！」高い声は叫んだ。「ここそわが棲家《すみか》！」

ブラァンはびくともしなかった。「父上がここからフリン・カウに追《お》い払《はら》ったはずだ。なぜ戻ってきた？」

山腹《さんぷく》のウィルは、バーニーの手がひきつったように袖《そで》をつかむのを感じた。年下の少年は蒼《あお》い顔をして見上げていた。「お父さんだって？」

ウィルは視線《しせん》を合わせこそしたものの、無言だった。

水は逆巻《さかま》き、声は怒り狂い、頑《かたく》なだった。「〈闇《やみ》〉がかの君の死を待って、連れ戻してくれたのだ。〈闇〉こそわが主《あるじ》。娘《むすめ》の秘密《ひみつ》が要《い》るのだ！」

「ばかだな、おまえは」ブラァンは侮蔑《ぶべつ》をこめて明瞭《めいりょう》に言った。

アヴァンクは咆哮し、わめき、のたうち回った。恐《おそ》ろしい音だった。が、次第にサイモンたちも、化物が騒《さわ》ぐばかりなのに気づいた。恐るべき体の大きさにもかかわらず、脅《おど》し文句《もんく》を並《なら》べる力しかないようだった。悪夢でこそあれ――それ以上の何ものでもなかった。

ブラァンの白髪が、狼火《のろし》のごとく灰色の霧の中で輝《かがや》いた。唄うようなウェールズなまりの声が湖上に響《ひび》いた。「おまえの主人もばかだ。力まかせの脅しが、六人のひとりに効《き》くと思うなんて。この子はおまえよりよほど恐ろしいものを見ても負けなかったんだぞ」ブラァンの声は冷たい命令口調になり、急に低く、おとなっぽく聞こえた。しゃんと立って指さすと、「帰れ、アヴァンク、おまえのいるべき暗い水の底へ！〈闇〉のもとへ帰って二度と来るな！ エウフ・ノール！ エウフ・ア・フリン！」

湖面はしんと静まり返り、風の音と服にあたる雨音しか聞こえなくなった。巨大なみどりの首が粘《ねん》液《えき》と水草を垂《た》らしながら、従《じゅう》順《じゅん》にうなだれ、かたつむりに似た角のある頭が水に潜《もぐ》った。化物はゆっくりと姿を消した。暗い湖面に大きなあぶくがいくつか浮かび出て砕け、さざなみが広がって睡蓮《すいれん》の葉の間に消えた。それきりだった。

ウィルは安堵《あんど》の歓声《かんせい》をあげ、サイモンとバーニーとともに草深い斜面《しゃめん》をすべりおりた。ジェーンは斜面のふもとの、淵を飾《かざ》っている葦《あし》を縁取る草の上に座《すわ》っていた。蒼い顔をしていた。

サイモンがそばにしゃがみ込んだ。「おまえ、大丈夫か？」

ジェーンは辻褄《つじつま》の合わないことを言った。「あの人を見てたの」

「怪我《けが》はないか？　倒《たお》れたはずみで――？」

「倒れた？」ジェーンは言った。

ウィルがそっと言った。「もう心配ないよ」

「ウィル？」ジェーンは湖岸の岩の上にまだじっと立っているブラァンを見ていた。声が震えていた。

「ウィル……ブラァンって――誰《だれ》――なんなの？」

サイモンが妹を助け起こし、四人はブラァンを見守った。白髪の少年は、ゆっくりと湖に背を向け、コートの衿《えり》をかきあわせ、雨を払おうと犬のように頭を振《ふ》った。

「ペンドラゴンなんだ」ウィルはあっさりと言った。「アーサー王の息子《むすこ》だ。時代は違《ちが》っても同じ義務を受《う》け継《つ》いでいる……生まれたばかりの時に、母親のグイネヴィア王妃《おうひ》は、メリマンの助けを借りてブラァンを未来に連れてきた。前に一度アーサーのことを裏切《うらぎ》ってたんで、実の息子だって言っても信じてもらえないと思ったんだ。ブラァンはここに置《お》いていかれ、ぼくらの時代のウェールズで、養子《ようし》にしてくれた新しいお父さんのもとで育った。だから、この時代に属《ぞく》してる度合いはぼくらと変わりない。けど、同時にべつの時代の人間でもある……。両方を正確《せいかく》に把握《はあく》してるように思える時もあるけど、その一方で、片側は夢《ゆめ》のようにしか感じていないんじゃないか、と思う時もある……」口調がてきぱきとした現実的なものになった。「今はこれしか言えない。行こう」

子どもたちは、再び激《はげ》しくなった雨の中を、それぞれにためらいをおぼえながらブラァンを迎《むか》えにいった。ブラァンはなんのてらいもなく陽気に笑いかけ、鼻にしわを寄《よ》せた。「ダーロ！　なんていやらしい化物だろ！」

「ありがとう、ブラァン」ジェーンが言った。

「オル　ゴーレ。どういたしまして」

「本当にもう二度と戻ってこないかな？」バーニーは魅《み》せられたように湖を見つめた。

「二度とね」ブラァンが答えた。

サイモンは深呼吸《しんこきゅう》した。「これからはネス湖の怪物の話を聞いても笑わないよ」

「けど、ここのは〈闇〉の手下だったんだ」ウィルが言った。「悪夢の材料からこしらえられた、ジェーンを屈服《くっぷく》させるための怪物さ。ジェーンから何か取り上げようとしてたんだ」と少女を見た。

「何があったの？」

「あなたが唄った時」ジェーンは答えた。「こだまが一緒《いっしょ》に唄って、まるで……まるで……」

「山々唄い」ブラァンがゆっくりと言った。「老女来《きた》る」

「その通り、いらしたの」

沈黙《ちんもく》があった。

ウィルは無言だった。ジェーンを凝視《ぎょうし》している顔を、奇妙《きみょう》な取り合わせの感情が次々によぎった。

驚愕《きょうがく》、続いて羨望《せんぼう》、それを追って納得《なっとく》の光が射《さ》し、そのままくつろいでいつもの人のよさそうな顔になった。ウィルは小声で言った。「知らなかった」

「その……老女って――」サイモンは言いよどんだ。

「何?」ジェーンが言うと、

「うん……どこから来たんだい? 今はどこに?」

「知らないわ。どっちも。ただ……姿を現《あら》わされたのよ。そしてね――」ジェーンは言葉を切った。

老女がジェーンだけに聞かせるために言ったことを思い出し、全身が温められる思いがした。だが、その思いは脇にのけられた。「こうおっしゃったわ。ウィルに伝えるようにって。ブラァンと失《う》せし国《くに》に行くこと。それも、国が海岸と海の間に姿を見せた時に。それから、白い骨《ほね》が行く手を阻《はば》み、飛ぶ――飛ぶサンザシが救いを与え――」ジェーンは眼をつぶって必死に思い出そうとした。「角笛《つのぶえ》だけが車輪を止めるって。それから、〈光〉の水晶《すいしょう》の剣《けん》は七本の木の間の玻璃《はり》の塔《とう》で見つかる」

ジェーンは息をつき、眼を開けた。「一言一句同じじゃないけど、間違いなくそう言われたわ。それから……行ってしまわれたの。ひどく疲《つか》れておられるみたいで、そのままスーッと消えてしまわれたのよ」

「確かにひどく疲れておられるんだ」ウィルはまじめな顔になって言い、軽くジェーンの肩に触《ふ》れた。「よくやったね。君が伝言を受け取るや否《いな》や、〈闇〉は察して駆けつけたに違いない。アヴァンクをよこして、脅しずくで言わせるつもりだったんだ。〈闇〉にはそれしか方法がないんだ——盗《ぬす》み聞《ぎ》きしようとしてもできないんだよ。六人の周囲には時々防御膜《ぼうぎょまく》みたいなものが張られて、それを通して見聞きすることは〈闇〉にはできないんだ」

「だって、五人しかいないよ」バーニーが言った。

ブラァンが笑った。「鋭《するど》いな。今に怪我するぞ」

バーニーが慌《あわ》てた。「ごめん——わかってる。六人のうち五人しかいなくたって、理屈《りくつ》は同じなんだね。けど、メリー大叔父《おおおじ》さんはどうしちゃったの？」一瞬《いっしゅん》、声が無意識に、小さな子どもの気取らぬ嘆声《たんせい》になっていた。

「知らない」ウィルが言った。「そのうち来るよ、バーニー。来られるようになり次第ね」

サイモンがいきなり頭を沈《しず》め、猛烈《もうれつ》なくしゃみをした。雨水がフードの縁から細いすじになって流れ落ちていた。もはや湖上に霧はなく、雲はちぎれ、高い空を地上の彼《かれ》らには感じ取れぬ風に吹かれて横切っていた。が、雨は小止《こや》みなく降《ふ》り続《つづ》いていた。

「失せし国ってどこ？」バーニーが言った。

「時期がきたら見つかるさ」ウィルが言った。「問答無用。山を下らないと、みんな肺炎《はいえん》になっちまう」

子どもたちは一列に並んで淵沿いの道を引き返した。水たまりをとびこえ、ぬかるみを迂回《うかい》し、濡れた丈《たけ》の高い草の中をカルン・マルク・アーサーと呼ばれる小さな灰色の岩に向かい、尾根越《おねご》えの道を下った。ジェーンはもう一度湖を見ようと振り返ったが、斜面の陰《かげ》に隠《かく》れてしまっていた。

「ウィル」ジェーンは言った。「聞きたいことがあるの。あの――あの化物を見る一瞬前のことよ。あなたがジェーン！　って呼ぶのが聞こえたんだけど。警告みたいだったわ」

バーニーが即座《そくざ》に言った。「うん、叫んだよ。すごい顔だったな――見えてるみたいだった」そして自分の言ったことに気づき、考え深げにウィルを見た。

「見えてたの？」

ウィルは、先頭のブラァンが眼もくれずに通り過ぎたカルン・マルク・アーサーの目印札《めじるしふだ》を手でなでた。しばらく黙って歩き続けてから、「〈闇〉が近づくと、どこにいてもぼくらには感じられるんだ。うーん、なんていうか、けものが人間の匂いを嗅《か》ぎつけるみたいにね。それでわかったんだ――君が危《あぶ》ないってわかって、どならずにはいられなかったんだ」と肩越しに、半ば照《て》れたような笑《え》みを浮《う》かべてジェーンを振り返った。『余韻《よいん》なす山々に汝《なんじ》が名を呼ばわれ』」

「なんだ?」ジェーンのかたわらでサイモンが言った。

「シェイクスピアを知ってるのは君ばかりじゃないんだぜ」ウィルは答えた。

「今のはどこから取ったんだい？」

「ああ――先学期、暗記させせられた独白《せりふ》の一部さ」

「余韻なす山々」とジェーンは、背後《はいご》にそびえてこだま岩を隠している山を振り返った。そして首をひねった。「ウィル――〈闇〉を感じ取ることはできたのに、どうして〈光〉は感じなかったの？」

「老女のことかい？」ウィルは首を振った。「わからない。あの方がそうなさったんだ。何かそれなりの理由があってね。これはぼくの考えだけど――たぶん、全てがすむまでには、ぼくら全員、それぞれに違う形で、思いもよらぬ時に試されることになるんじゃないかな。髭が淵こそ君の試練《しれん》だったのかもしれないよ、ジェーン。ひとりで立ち向かう試練だったのかも」

「ぼくはあんなのごめんだな」バーニーが明るく言った。「見て――雲が晴れるよ」

　西の空の流れる破れ雲の間に、青い色が見えだしていた。雨は細かい霧雨《きりさめ》になり、やみかかっていた。子どもたちは斜面を下り、冬の突風《とっぷう》に備えて砦《とりで》なみに頑丈《がんじょう》に建てられた小さな白い農家を過ぎ、門を通り、放浪癖《ほうろうへき》のあるウェールズ黒牛の足を止めるために道に設《もう》けられた溝《みぞ》を渡《わた》った。再び足もとに幸せ谷が広がり、谷の向こうの山々を霧の最後の断片《だんぺん》が吹かれていくのが見えた。雲の間からは時《とき》折《おり》陽が射《さ》し、気温が上がりだした。子どもたちは上着の前をはだけ、レインコートの水気を払った。雨がやんだことを決定的に証拠《しょうこ》づけるかのように、小型車《こがたしゃ》が一台山道を登ってきて彼らとすれ違った。第二陣《じん》の観光客が、羊《ひつじ》や兎《うさぎ》の糞《ふん》だらけの斜面を散策《さんさく》しにきたのだった。落ちている鳥の羽根や、有刺《ゆうし》鉄線が羊の背からむしり取る灰色の羊毛の房《ふさ》や、白い石英《せきえい》の小さな角張ったかけらを拾い集めるつもりなのだ。ウィルは、これらの人々がワラビやヒースやハリエニシダやツリガネ水仙《すいせん》の中を歩き回り、弾力《だんりょく》のある短い草の上に煙草《たばこ》の吸《す》い殻《がら》を落としていったとしても、それを恨《うら》みに思う権利《けんり》は自分にはないのだ、という事実をともすれば忘れがちになった。

カモメが遠くでかん高く鳴いた。道が、とある山腹に沿って湾曲《わんきょく》したと思うと、突如《とつじょ》眼の前に海が開け、ダヴィ河の広い河口と、干潮時《かんちょうじ》の金色の砂《すな》がきらめき広がる中を流れる銀の糸さながらの川筋が見えた。

五人とも立ち止まって景色を楽しんだ。雲間から光の矢が射し出でて河にきらめき、海に注ぐあたりに横たわる砂洲《さす》を輝かせた。

「腹ペコだよ」バーニーが言った。

「いい考えだ」とサイモン。「弁当《べんとう》にしないか?」

ブラァンが言った。「けど、腰かけられるような岩が——ここはどうだ?」

子どもたちは道の脇《わき》の斜面をよじ登り、牛が草を食《は》んでいる開放地にはいり込んだ。大きな黒い去勢牛《きょせいうし》が数頭、よたよたと恨めしげに道をあけた。五人はあっという間に小さな尾根の頂《いただき》を越えた。道は背後に姿を消し、海と砂洲が眼下に拡がっていた。スレート岩の突起に腰をおろすと、子どもたちは、一斉《いっせい》にサンドイッチにかぶりついた。濡れた草は清潔《せいけつ》な匂《にお》いがし、どこかでヒバリが湧《わ》き上《あ》がる歓《よろこ》びを長々と唄いあげていた。はるか頭上の空に小さな鷹《たか》がたゆたっていた。

口を動かしながら砂洲を見おろしていたジェーンが言った。「河の向こう側は、ずっと平地なのね。

傾斜《けいしゃ》が始まるまで何マイルも、まっ平らだわ」

「コルス・ヴォフムノだよ」ブラァンの異様《いよう》な白髪は、陽射しを浴びてさらさらに乾《かわ》いていた。「沼地《ぬまち》さ。ほとんどがね――排水路《はいすいろ》が見えるだろ。まっすぐなやつさ。植物学を専攻《せんこう》してるなら、変わった植物がたくさん見つかるよ。ぼくにとっちゃ専門外だけど……。あそこじゃいろいろ古い物が発見されてるんだ。一度なんか、とげとげのついた金の飾《かざ》り帯《おび》が見つかったっけ。それと金の首飾りと金貨《きんか》が三十二枚。今は国立博物館に飾られてる。それから、砂丘《さきゅう》の近くの砂の中には溺《おぼ》れた木の根っこがあるんだ。河のこっち側にもいくつかある。アベルダヴィとタウィンの間の砂地《すなち》にね」

「溺れた木だって?」サイモンが言った。

「そうさ」ブラァンはクスッと笑った。「たぶん〈溺れた百ヶ村〉の名残だろ」

バーニーはきょとんとしていた。「それ、なんのこと?」

「まだこの話を聞いてないのかい? 夏の晩《ばん》になると海の中で鳴るっていう、アベルダヴィの幽霊鐘《ゆうれいがね》の話さ」色の薄い眼を再びおおっている黒眼鏡に表情を隠したまま、ブラァンは立ち上がり、砂洲の河口を指さした。今や青空が広がり、砂洲全体が照らしだされていた。

「あそこは昔、カントレル・グワエロード、つまり低地百ヶ村だったとされている。グイズノー・ガランヒルという王に治められていた美しい豊かな国さ。何世紀も昔のことだけどね。この国にはひとつだけ困《こま》ったことがあった。土地があんまり平らなんで、海水を閉め出しておくのに防波堤《ぼうはてい》がいりようだったんだ。ある晩《ばん》、ひどい嵐《あらし》に襲《おそ》われて堤《つつみ》が切れ、水がどっと流れ込んできた。国は溺れてしまったんだよ」

ウィルが立ち上がり、静かに進み出てブラァンと並ぶと、砂洲を見おろした。興奮《こうふん》を声に出すまいとしていた。「溺れた。失われた……」

山は静まり返っていた。ヒバリは唄いやんでいた。はるか彼方《かなた》の海の上で、かすかなカモメの鳴き声が再び聞こえた。

ブラァンは振り向きもせず、じっと立ちつくしていた。「そんな」

ほかの者も慌《あわ》てて立ち上がった。サイモンがたずねた。「〈失せし国〉かい？」

「自分の名前と同じくらいよく知っている昔話なんだ」ブラァンがのろのろと言った。「考えてもみなかった……」

「本当にそいつかなあ？」サイモンが言った。「だって――」

バーニーが叫んだ。「決まってるよ！　ほかにないよ！　そうだよね、ウィル？」

「だと思う」ウィルは間の抜けた笑みが顔いっぱいに広がるのを止めようとしていた。自信が、陽《ひ》のぬくもりさながら全身を走っていた。上なる魔法《まほう》が周囲にあふれている、という感じが、以前同様ぐんぐん強まりつつあった。一種の陶酔《とうすい》、さまざまなすばらしい物事のすてきな予感だった。クリスマス・イブや、早春の木々の霧のように淡《あわ》い新緑や、夏休みにはいって初めて眼にする海と同じ感じがした。ウィルは思わず両腕を差し上げた。雲をつかもうとするかのように。

「何かが――」と、考えもせずに、感じたままが口をついて出た。「何かがある――」と、パッと振り返ると山の上を見回した。歓喜《かんき》が全身をめぐり唄い、ほかの者など眼にはいらなかった。ひとりを除《のぞ》いては。

「ブラァン？」ウィルは言った。「ブラァン？　感じるかい――君も――」言葉が見つからずに苛立《いらだ》って片手を振り回したが、ブラァンの蒼白い顔に浮かんだ驚嘆《きょうたん》の表情をひと目見て、言葉など要らないのがわかった。ウェールズの少年もまた振り返り、山々の峰《みね》を見はるかし、空を見やった。何かを捜《さが》しているかのように。呼び声を聞きつけようとしているかのように。自分の頭に流れ込んでいるのと同じ名状《めいじょう》し難《がた》い歓びが反映《はんえい》されているのを見て、ウィルは声をあげて笑った。

ふたりの後ろにいたジェーンは、見ているうちに彼らのおぼえているものの烈《はげ》しさを感じ取り、怖《こわ》くなった。無意識にサイモンに近づき、バーニーをかたわらに引《ひ》き寄《よ》せようと手を伸《の》ばした。同じ直感に寒気をおぼえていたバーニーは抗《あらが》わず、ゆっくりとあとずさりしてウィルとブラァンから離《はな》れた。ドルー家の三人はかたまって見守った。

すると、山の向こう、一マイルほど先の砂洲の青と金とが織《お》りなす模様《もよう》の中で、真夏の舗道《ほどう》に立つ陽炎《かげろう》にも似た空気のゆらめきが起きた。同時に、ささやくような音楽が耳もとに流れついた。極《きわ》めて遠くかすかだったが、そのあまりの甘美《かんび》さに子どもたちは懸命《けんめい》に耳をすました。が、とらえ難い繊細《せんさい》な旋律《せんりつ》は、そこはかとなく聞き取ることしかできなかった。震える大気は明るさを徐々《じょじょ》に増《ま》し、内側から太陽に照らされているかのように輝いた。眼がくらんだが、まばゆさを通して砂洲に変化が起きているのが見えた。水が動いていたのだ。

潮《しお》はすでに引いていたが、最干潮時《さいかんちょうじ》の海岸線よりもさらに先まで、金色の砂が輝いているように見えた。波は静まり、水は退《しりぞ》きだしていた。青い海の白い縁はどんどん遠ざかり、陸が姿を現わした。まず砂、それから海藻《かいそう》のきらめくみどり。ところが藻《も》ではなかった。ジェーンは眼をみはった。草だったのだ。その証拠に、草に続いて、海がどんどん退いていくにつれ、木々や花々、灰色の石と青いスレートと輝く黄金でできた壁《かべ》や建物が出現した。引いていく海の中から次第に、大きな都がその全《ぜん》貌《ぼう》を現わした。生きた都だった。そこかしこ見えない火から細い煙《けむり》のすじが上がっており、そよりともせぬ夏の空気の中を昇っていた。塔やキラキラ光る尖塔《せんとう》が保護者《ほごしゃ》のように屹立《きつりつ》し、山々に沿ってみどりと金色のまだらに伸びている肥沃《ひよく》な平地に臨《のぞ》んでいた。そして、この新しい陸のはるか向《む》こう端《はし》、青い色が退却《たいきゃく》した波打際をやっと示すあたりに、鉛筆《えんぴつ》のように細い光のすじが直立していた。遠くで白熱した炎《ほのお》のように光り輝いている塔だった。

斜面の頂の尾根に並んで立ち、失せし国とその中心らしい都を見おろしているウィルとブラァンの姿は、青空にくっきり浮かび上がっていた。ジェーンには、指揮棒《しきぼう》が振りおろされるのを今や遅《おそ》しと待っている演奏家《えんそうか》のように見えた。ウィルが急に頭を上げ、海のほうを向くのが見えた。空気を満たしていた光が明るさを再び増し始め、眼がつぶれるほどのまぶしさになり、不思議な国の輪郭《りんかく》をおぼろげにみとめるのがやっとになった。たじろいで手を眼の前にかざしたジェーンには、輝く空気が絞《しぼ》られて、光る幅広《はばひろ》のリボンとなり、足もとから遠く、空中に、谷の上に、さらに下ってダヴィ河口の彼方にまで伸びる道になったように感じた。

美しくとらえ難い楽の音が聞こえ、ウィルとブラァンが連れだって輝く光の道に足を踏《ふ》み出《だ》し、宙《ちゅう》を渡って河を越え、陽炎の中を失せし国へと去っていくのが見えた。

バーニーの肩に回した腕に力をこめると同時に、反対側にいるサイモンの手が触れるのを感じた。三人は黙《だま》って立っていた。

やがて音楽は遠くで鳴くカモメの声にすぎなくなり、輝く光の道は薄れ、それとともに、道を歩いていたふたりの姿も消えた。空気中の明るさが失われるにつれ、砂洲を見おろす三人の眼には、そびえる都も、新緑の畑も、立ち昇る細い煙も、いっさいが映《うつ》らなくなり、もとと変わらぬ海と河と干潟《ひがた》だけが見えた。

サイモンとジェーンとバーニーは、沈黙のうちにその風景に背を向け、上着や弁当の残りをリュックに詰《つ》め込《こ》んで山道にとって返した。

　三人は縦《たて》に並《なら》んで山越《やまご》えの道を歩いた。濡《ぬ》れた草は今や陽光にキラキラ光り、ワラビやヒースや黄色い花を星のように散らしたハリエニシダの茂《しげ》みの上で、雨のしずくがきらめいていた。

　バーニーが言った。

「なんて言おう？」

「わからないわ」

「広場の待ち合わせ場所に行って、ジョン・ローランズに会わなけりゃ」サイモンが言った。

「どう――どう言おう――」

「会わないほうがいいわ」ジェーンがふいに言った。「そしたら遅《おく》れたんだと思って、先に帰るでしょ。そうするって言ってたじゃない」

「長くはごまかせないよ」

「そう長いことじゃないかもしれないわ」

三人は無言で歩き続けた。道が折《お》れ曲《ま》がってアベルダヴィへ向かう角で、ジェーンは立ち止まり、前方の野原の向こう、最初にウィルとブラァンに出会った荒《あ》れた高地の次の尾根《おね》をながめた。そして指さした。「斜面《しゃめん》の上に出て、あの尾根からホテルへ抜《ぬ》けるわけにはいかないかしら？」

サイモンは疑《うたが》わしげだった。「道がついてないぜ」

「村まで行くよりずっと早いよ」バーニーが言った。「ローランズさんにも会わないですむし」

「この野原を越えさえすれば、羊道《ひつじみち》ぐらいあるに決まってるわ」

サイモンは肩《かた》をすくめた。「ぼくならかまわないぜ。なら、行こう」まだ頭が半ば麻痺《まひ》しているかのような、どうでもいいといった無頓着《むとんちゃく》さだった。ジェーンが小道をはずれて最初の野原への木戸を開けると、サイモンも気のない態度《たいど》で続いた。

バーニーが小走りに続き、そのあとから木戸を押《お》さえた。が、閉じることができる前に、突然《とつぜん》、先頭にいたジェーンが悲鳴をあげた。ぞっとするような、かん高い、わけのわからない叫《さけ》びだった。と び上がって横ざまにサイモンに体あたりしたように見えた。サイモンもまた声をあげたと思うと、ふたりしてバーニーにとびつき、木戸口から押《お》し戻《もど》した。一瞬《いっしゅん》のうちに、兄と姉の背後《はいご》にバーニーが見てとったのは、野原のあらゆる隅《すみ》から向かってくる、何ダースもの赤く波打つ体だった。山を登ってくる時に道で見かけた二匹《ひき》と同じ、ポールキャットだった。

サイモンは夢中《むちゅう》で木戸を閉めた。自衛本能《じえいほんのう》に命ぜられるままの空《むな》しいあがきだった。けものたちは、たちまち追ってきた。間隔《かんかく》の広い柵《さく》には羊より小さいけものを抑《おさ》えられるはずもなく、すきまから川のように流れ出てきた。子どもたちは蹴散《けち》らそうとしたが、小さい赤いけものはさっとよけ、すぐに追いすがってきた。白い歯をぎらつかせ、黒い眼《め》を光らせ、そのくせ決して咬《か》みつかず、絶《た》えず駆《か》り立《た》て、つきまとい、追い立てていた。追っていた……追ってるんだ、とバーニーは心づいた。羊を追う牧羊犬《ぼくようけん》みたいに、ぼくらのことを追ってるんだ。眼を上げると、足首にぶつかってくる硬《かた》くしまった小獣《しょうじゅう》の体が、往きに通り過ぎた農場の開け放しの門へと、バーニーを押しやろうとしているのがわかった。わざと向きを変えると、途端《とたん》にポールキャットの群れは追ってきて騒《さわ》ぎ、歯がみし、不気味なキイキイ声をあげて戻らせようとした。ついにはバーニーも兄と姉のほうへ戻らざるを得なくなり、三人とも農家に一目散《いちもくさん》に逃《に》げ込《こ》んだ。

「そう慌《あわ》てないで！」温《あたた》かい、くつろいだ、面白《おもしろ》がっているような声だった。足をすべらせながら庭に必死で逃げ込んだジェーンは、抱《だ》きとめようと腕《うで》を差しのべている女の姿《すがた》をみとめた。どこかで見たような笑顔だった……それ以上は考えずに、ジェーンは疲労《ひろう》と安堵《あんど》のあまり、差し出された頼《たの》もしい腕の中に崩《くず》れ込《こ》んだ。背後では、バーニーが不安げに振《ふ》り返《かえ》っていた——が、ポールキャットは一匹残らず姿を消していた。

「まあまあ！」女の声はやさしかった。「悪魔《あくま》に追われてるみたいな勢いで駆け込んできて。首の骨《ほね》を折ってしまうわよ。いったいどうしたの？　何があったの？」と、ジェーンをよく見直した。「あら、見たことのあるお顔ね――きのう、ブラァンやウィル・スタントンと一緒《いっしょ》にいた子じゃない？」

バーニーがハッとして言った。「ローランズさんの奥《おく》さんだ！」

「そうよ」ブロドウェン・ローランズの声が鋭《するど》くなった。「どうしたの？　あの子たちに何かあったの？」

三人はすぐには答えを思いつかず、まじまじとローランズ夫人を見つめた。

「いえ、いえ」ジェーンがやっと、しどろもどろに言った。「いえ……無事です。ふたりとも……下っていきました。広場で待ち合わせてるって言って」

「その通りよ」ローランズ夫人の顔が晴れた。「ここへは、ジョンがフリュウ・オーウェンに会いたいって言うんで寄《よ》っただけなの。これから下っていこうとしていたところ。途中《とちゅう》で行き会うかもしれないとは思ったのよ」そう言うと、案じ顔になってジェーンを見た。「嬢《カリーアド》ちゃん、髪《かみ》がびしょ濡れよ。雨にあったのね……ところで、三人ともどうしてあんなに怯《おび》えてたの？」

「べつに怯えてなんか」サイモンがぶっきらぼうに言った。ポールキャットの影《かげ》も見えない今となっては、あれほど慌てたことが恥《は》ずかしかった。「ただ――」

「けものが出てきたんです」ジェーンは、もったいぶるには疲《つか》れていすぎた。「ポールキャットだってブラァンは言ってました。けさ、この近くで二匹見かけたんですけど、たった今、道を歩いていたら何匹も何匹もいきなり出てきて、向かってきて――そして――そして――ああ、いやだ。牙《きば》をむいて──」ジェーンはしゃくり上げた。

「まあ、かわいそうに」ローランズ夫人は、小さな子どもを甘《あま》やかすように慰《なぐさ》めた。「もう気にしないの。何もいないわよ。みんな行ってしまったわ……」とジェーンの肩《かた》に腕を回し、農家へと導《みちび》いた。

サイモンはバーニーに向かって、（信じてないいんだ）という顔をしてみせた。バーニーは肩をすくめ、兄とともにジェーンに続いた。

農家に行き着くより早く、ジョン・ローランズが戸口から出てきた。近くにランドローバーが駐《ちゅう》車《しゃ》してあるのが見えた。ローランズはひと目でサイモンらを見分け、痩《や》せた茶色い顔に驚《おどろ》きのしわが刻《きざ》まれた。

「おやおや。五人のうちの三人かね──うちのふたりはどこだね？」

「先に下ってってたよ」すっかり明るさと自信を取り戻したバーニーが言った。ジェーン同様、本能的に文字通りの真実になるべく近いことだけを言うべきだと悟《さと》っていた。「ぼくらは、頂《ちょう》上《じょう》を突《つ》っ切《き》ってこっちからトレヴェジアンまで下ってみようとしたんだけど、道がなくって」

「近頃《ちかごろ》じゃ見つかりにくくなっちまったんだよ」ローランズは言った。「山腹《さんぷく》の下のほうに新しく建った家が道を隠《かく》しちまってな。わしが子どもの頃に通った道は、今じゃもうありゃせん」と言いながら、ジェーンの蒼《あお》ざめた顔に鋭《するど》い一瞥《いちべつ》をくれたが、それ以上問いつめる気はないようだった。眼の奥に、何かほかのことに心を奪《うば》われている色が浮《う》かんでいた。

「一緒にいらっしゃいな」ローランズ夫人が言った。「ホテルまで送るわ」と、物問いたげに出てきた農家のおかみさんに手を振ると、ランドローバーの後部ドアを開けた。

「そうとも」ローランズが言った。

「どうもありがとう」子どもたちは乗り込んだ。車が道に出ると、ジェーンは生垣《いけがき》と野原に眼を凝《こ》らした。バーニーも同じことをしているのに気づいたが、パセリに似《に》た植物の白い花と、草の中から丈《たけ》高《たか》く突き出ている夾竹桃《きょうちくとう》とヤナギソウ、それに頭上にせり上がる高いみどりの生垣のほかには何も見えなかった。

隣《となり》にいるサイモンは妹の辛《つら》そうな表情を見てとり、こぶしでそっとジェーンの腕をさすった。そして、ごく低い声で言った。「けど、確《たし》かにいたんだ」

ランドローバーは急な坂道の最後の危《あぶ》ない角を曲がり、礼拝堂《れいはいどう》広場に出て、国道に通じる唯一《ゆいいつ》の道である小さな一方通行の通りの落ち着きのない自動車の列にはいり、ささやかな渋滞《じゅうたい》から抜《ぬ》けられる時を待った。

「まあ、すごいこと」ブロドウェン・ローランズが言った。「あの車の数を見て。ロイヤル商店に寄りたいんだけど、駐車する場所が見つかるかしら?」

「観光客なみに駐車場に止めるしかないな」ジョン・ローランズは右に曲がり、持ち主が散歩や海を見物に出かけている間、道の端《はし》に置《お》き去《ざ》りにされているセーターやヨットパーカーや、ベビーカーやバケツやスコップをすれすれによけて通った。

ランドローバーは、四角い屋根をほかの自動車より一段高く目印のように突き出させて、駐車場に置き去りにされた。混雑《こんざつ》した街路《がいろ》を縫《ぬ》って引き返す途中で、ローランズ夫人はセーターや水着や半ズボンの飾《かざ》られたショーウインドウの前で立ち止まった。

「あなたもついてこないこと《ウィト・テイン・ドワド・イ・ヌウン・ヘヴィド・カリーアド》？」

「いや、わしはやめとく」ローランズはポケットからパイプを引っ張り出し、火皿をのぞき込んだ。

「波止場のほうに行ってるよ。あそこなら、ブラァンとウィルが来ればすぐ見える。急ぐことはないよ。ブロド、好きなだけ時間をかけるといい」

ローランズは子どもたちを連れて道を渡《わた》り、「外海学校」と文字の記された大きな黒い木の建物と、砂浜《すなはま》に並んだアベルダヴィ・ヨット・クラブの船のマストがそよ風に帆綱《ほづな》をやさしく鳴らしている間を通った。舗装《ほそう》された歩道には砂がはみ出ていた。

波止場を横切ってくの字形の短い突堤《とってい》に出ると、ローランズは足を止め、古い黒革《くろかわ》のタバコ入れからパイプに葉を詰《つ》めた。「わしの子どもの頃には突堤も違《ちが》ってた」と、誰《だれ》にともなく言った。「すっかり木でできてた。クレオソートを塗《ぬ》った黒い大きな橋桁《はしげた》を使って……引き潮《しお》になるとみんなしてよじ登って、みどりの海草に足をすべらせて落ちたり、カニを採《と》ったりしたもんだ」

「ここに住んでたの?」バーニーがたずねた。

「あそこをごらん」と突き出された指をたどって振り返ると、いかめしく細長い三階建てのビクトリア朝の家々がずらりと並んで、道と砂浜をはさんでダヴィ河口と海のほうを向いていた。

「まんなかのみどり色の家、あそこで生まれたんだ。わしの親父もな。親父は船乗りだった。そのまた親父もさ。わしのお祖父《タイド》はエレン・デイヴィーズ号ってスクーナー船の船長で、イヴァン・ローランズといった――あの家はお祖父が建てたんだ。あの道沿いの家はどれもこれも、昔の船長たちが建てたのさ。アベルダヴィがまだ港《みなと》らしい港だった頃の話だ」

ジェーンは好奇心《こうきしん》に駆《か》られた。「ローランズさんも船乗りになろうとは思わなかったんですか?」

ローランズはパイプに火をつけ、青い煙越《けむりご》しにジェーンにほほえみかけた。焦茶《こげちゃ》の眼が灼《や》けた顔のしわにはさまれて細くなった。「一度はそう思いもしたが、六つの時に親父が溺《おぼ》れ死んでな、兄貴《あにき》たちとわしはおふくろに連れられて、アベルダヴィから、おふくろの里方の農場があるアベルガノルウィンに戻《もど》ったんだ。カーデル・イドリスの近くの山の中――今日、君らが行った谷の裏手《うらて》にあたる。そんなこんなで、わしの仕事は海じゃなく羊だってことになったのさ」

「惜《お》しいことをしましたね」サイモンが言った。

「そうでもないさ。ここに貨物船が寄らなくなってもう長いし、漁《りょう》もほとんどなくなった。親父が生きてた頃でさえ、もう終わりかけてた」

バーニーが言った。「溺れたなんて。船乗りだったのに」

「船乗りに金槌《かなづち》は多いんだぜ」サイモンが言った。「ネルソン提督《ていとく》だって泳げなかった。おまけに船《ふな》酔《よ》いまでするたちだったんだ」

ローランズは考え深げにパイプをふかした。「たぶん、おおかたは習うひまがなかったんだろうな。昔の帆船《はんせん》に乗り組んでた連中――やつらには、海は遊び場じゃなかった。海こそ女房《にょうぼう》であり、おふくろであり、暮《く》らしであり、人生でもあったんだ。それも全部が真剣勝負《しんけんしょうぶ》。遊びじゃなかった」ゆっくりと道に眼を戻すと、ローランズは何かを探《さが》し始《はじ》めた――それまでも、波止場と浜を眼で探していたのにジェーンはハッと気づいた。「ブラァンとウィルはどこにも見えんが、どれくらい前に別れたのかね?」

ジェーンはためらい、サイモンが混乱《こんらん》して口をぱくぱくさせるのを見た。バーニーは肩をすくめただけだった。

ジェーンは言った。「三十分――三十分ぐらい前だったと思います」

「バスをつかまえたんじゃない?」バーニーが助け船を出した。

ローランズはパイプをくわえたまま、一瞬、無表情にたたずんでいた。「ウィル・スタントンとは知り合って長いのかね?」

「一度、休暇《きゅうか》を一緒に過ごしたんです」ジェーンが言った。「一年ほど前に。コーンウォールで」

「その休暇中に……何か……変わったことが起きなかったかね？」ウェールズ男の声は相変わらずさりげなかったが、眼は突然《とつぜん》サイモンに向けられ、じっと見つめていた。焦茶の眼はキラキラ光り、真剣だった。

「どんなことだね？」

サイモンは虚《きょ》を突《つ》かれて眼をぱちくりさせた。「はあ――まあ」

「その……いろいろと」サイモンは赤くなった。正直な性格ととまどいとの板ばさみになって口ごもった。

バーニーの顔が恨《うら》めしげなしかめ面《つら》になるのを見たジェーンは、自分でも驚いたほど落ち着き払《はら》った声でたずねた。「ローランズさん、何がおっしゃりたいんですか？」

「君ら三人はウィルについてどれだけ知ってるんだ？」ローランズの顔からは、考えていることの見当もつかず、声はぶっきらぼうだった。

「いっぱい知ってます」ジェーンはそれきりドアを閉めるようにぴたりと口を閉じた。ローランズをにらんでいる自分の両側に、サイモンとバーニーが同じように体を硬《かた》くし、けんか腰《ごし》で控《ひか》えているのが感じられた。ローランズの問いが、メリマンやウィルと自分たちとの仲に関わりのない者にしては立ち入りすぎた質問なのに本能的に気づき、ともに戦うつもりなのだった。

ローランズは今やジェーンを見ていた。さぐっているような、自信なげな変わった眼つきだった。

「君はあの子とは違う。君ら三人はわしと変わらん。あの……連中の仲間じゃない」

「ええ」

何かがローランズの眼の中で崩《くず》れたかのようだった。顔が絶望《ぜつぼう》に歪《ゆが》み、なんのてらいもなくすがってくるそのまなざしに、ジェーンはすっかり取《と》り乱《みだ》した。「やれやれ《ディアーウル》」ローランズは辛そうにひきつった声で言った。「頼《たの》むから疑《うたが》ってかかるのをやめてくれ。この一年にわしが見てきたよりたくさんのことを、あのふたりについて見てきたとは思えん。あのふたり――ことにブラァンについてはなおさらだ。だがな、今わしの中で不安がわめき回ってる。あの子たちに何が起きてるか、誰につかまってるかわかったもんじゃない、と。これまでよりもずっと大きな危険《きけん》にさらされてるかもしれんのだぞ」

ジェーンの肩のすぐ後ろでバーニーがふいに言った。「本気だよ、ジェーン。それに、ウィルはこの人を信用してたじゃない」

「それもそうだ」サイモンが言った。

「ローランズさん、この一年に見てきたことって、何を指しておっしゃったんですか?」ジェーンはゆっくりと言った。

「一年まるまるってわけじゃない。去年の秋、ウィルが叔父《おじ》さんのところに遊びに来た時のことさ。あの子が谷に来るや否《いな》や、いろんなことが……いろんなことが起きだした。眠《ねむ》ってた力は眼をさますわ、知り合いは人が変わっちまうわ、カーデル・イドリスの灰色《はいいろ》の王に到《いた》っちゃ、力を得て立ち上がったばかりか、負けて屈《くっ》しさえした……何もかも〈光〉と〈闇《やみ》〉との対決の一部だったんだ。わしには一部始終が呑《の》み込《こ》めなかったし、わかりたいとも思わなかった」ローランズは手にしたパイプのことも忘れ、まじめな顔でじっと子どもたちを見た。「ウィルには初めからそう言っといた。あの子が〈光〉と呼《よ》ばれとる力の一部だってことはわかってる。ブラァン・デイヴィーズはもしかしたら、ウィルよりももっと深い関《かか》わりを持ってるのかもしれん。それだけわかってれば、わしには充分《じゅうぶん》なんだ。ウィル・スタントンがわしを必要とするなら、手を貸《か》してもやろう。ブラァンのこともな。あの子はわが子みたいなものだ――しかし、あのふたりが何をしようとしているのか、知りたいとは思わん」

バーニーは訝《いぶか》しんだ。「なぜ？」

「わしは、あの子たちとは違うからだ」ローランズはキッとして言った。「君らもだ。関わり合うのは間違ってる」一瞬、厳格《げんかく》な、批判《ひはん》めいた――そして自信たっぷりの口調になった。

サイモンが意外なことを言った。「よくわかります。ぼくも、いつもそういう気がしてました。それにぼくらだって、本当のところ、何もわかっちゃいないんです」とジェーンを見た。「そうだろ？」

ジェーンは抗議《こうぎ》しようと口を開けたところだったが、そう言われてためらった。「ええ……そうね。メリー大叔父さんは、ほとんど何も説明してくれたことないし。〈闇〉が攻《せ》めて来る、立ち上がろうとしている、止めなきゃならないって、それだけ。あたしたちのしたことは全部ほかのどこかへの足がかりだったみたい。何かほかの物へのね。それがなんなのか、まるで知らないんだわ」

「そのほうが君らにとっては安全なんだ」ローランズが言った。

「ウィルたちにとってもね。違いますか？」サイモンがたずねた。

ローランズはさあね、と言うように皮肉っぽく頭をゆすり、微笑《びしょう》してパイプに火をつけ直した。

ジェーンが言った。「ローランズさん、ここでウィルとブラァンを待ってても来ないと思います。ふたりとも、ある所へ行っちゃったんです。無事は無事ですけど……ずっと遠い所へ」そう言って、青い水面を、二、三の白い帆《ほ》が間切っていく河口をながめた。「いつごろ戻るかわかりません。一時間か、一日か……ふたりとも……黙《だま》って行っちゃったんです」

「ふむ」ローランズは答えた。「待って様子を見るよりないな。ブロドウェンに聞かせるのに、何かうまい話をでっちあげなきゃ。いまだに、彼女《あれ》がブラァンたちの本性に気づいているのかどうか、わしにはとんとわからんのだよ。たぶん気づいちゃおらんのだろう。心の温かい、頭のいいやつだから、眼に見えたままのふたりを好くことで満足しとるんだよ」

モーターボートが一隻《せき》、背後の河を走り抜け、ローランズの声をかき消しかけた。どこかでロックのリズムがしつこく刻《きざ》まれて暖《あたた》かい空気を貫《つらぬ》いた。ポータブル・ラジオを抱《かか》えた一団が波止場を通り過ぎるのにつれて、音楽は高まったと思うと弱まった。道を見やったジェーンは、ブロドウェン・ローランズが生地屋から出てきて混雑《こんざつ》した歩道上で立ち止まるのをみとめた。と、村の通りを苦労《くろう》して這《は》い進《すす》んでくる大きな貸切バスの陰《かげ》に隠《かく》れて見えなくなった。

ローランズはためいきをついた。「見るがいい。なんて変わりようだ、なつかしいアベルダヴィが。変わって当然なんだが、わしの記憶《きおく》では……わしの記憶では……昔はな、漁師の中でも年寄り連中が、あそこに並んでたもんだ。ダヴィ・ホテルの前のあの柵にもたれて、水面を見おろしてな。わしがバーニーの歳《とし》だった頃には、時々許《ゆる》しをもらって、そばにつきまとって連中の話を聞くのが何より楽しみだった。面白かったのなんのって。えらく古いことまで連中はおぼえてたっけ――今から言うと百年以上も前のことまで。アベルダヴィの男衆《おとこしゅ》のほとんどが船乗りだった頃、わしのお祖父《タイド》の頃のことまでな。その頃は、石切り場からのスレートを積んでく船のマストが、この波止場に沿って森みたいにびっしりおっ立ってたもんだ。河には造船所が七つあった。七つだぞ。何ダースって船をこさえてた――スクーナーに二檣帆船《にしょうはんせん》に、小さい船もな……」

ローランズの低いウェールズなまりは、当人でさえ他人《たにん》の眼を通してしか見たことのない失われた日々を、思い返し悼《いた》む挽歌《ばんか》となった。黙ってうっとりと耳を傾《かたむ》けるうちに、現在の混雑した避暑地《ひしょち》の風景やざわめきが遠のき、その代わりに、砂洲《さす》を回って河にはいってくる背《せ》の高い船や、コンクリートではなく黒い木造の波止場に立っている彼《かれ》らの回りに積まれたスレート板の山が見えるような気さえした。

カモメが一羽、突堤の端からゆっくりと空中に舞い上がり、長く鋭く悲しげな鳴き声をあげた。ジェーンは、先端《せんたん》の黒い翼《つばさ》の羽ばたきと旋回《せんかい》を見ようと頭をめぐらせた。頬《ほお》にあたるそよ風が勢いを増《ま》したようだった。カモメは横ざまに、子どもたちのすぐそばをかすめた。鳴き続けながら……

……視線《しせん》をもとに戻したジェーンは、足の下に突堤の黒い木の橋桁《はしげた》を見た。桟橋《さんばし》には灰青色のスレートが幾段《いくだん》にも積まれ、その向こうの河では、背の高い船が陸に接近してくるところだった。乗組員が帆をおろすにつれ、布のはためく音と木の軋《きし》む音が聞こえた。

ジェーンは身じろぎもせず眼を見開いていた。笑い声とかん高く呼《よ》び交《か》わす声が聞こえ、突堤の上、ジェーンの周りに小さな男の子の集団がやってきた。押し合い、はねまわり、互《たが》いに突堤の端で危《あぶ》なっかしく突きとばし合って。「一番はおいらだ……おいらだ……フレディ・エヴァンズ、足を踏《ふ》むなよ！……気をつけろい！……押すなってば！……」ごた混ぜの集団で、清潔《せいけつ》なのもいれば汚《よご》れているのも、裸足《はだし》なのもいれば長靴《ながぐつ》をはいているのもいた。中のひとり、黄色い髪をして、ほかの者と一緒に押し合い笑い合っているのは、弟のバーニーにほかならなかった。

ジェーンは（だって、あの時代にはみんなウェールズ語をしゃべってたはずだわ）と、間の抜けたことを考えるばかりだった。

桟橋のはずれにはサイモンがいて、同じ年頃の少年二、三人と真剣に話し込んでいた。少年たちは船が近づくのを見ようと振り返った。カンヴァスは一斉《いっせい》にたるみ、主帆《メンスル》がどっと落ちてきたと思うと、たちまち水夫の手でつかまれ巻き上げられた。ブリガンティン船で、前マストの帆は横帆《よこほ》、主柱のそれは縦帆《たてほ》だったが、今や二枚《まい》の前帆だけが、岸へ船を引き込もうと風をはらんでいた。突き出た第一斜檣《しゃしょう》の下で光を反射《はんしゃ》している船首像《せんしゅぞう》は、金髪《きんぱつ》をなびかせた等身大の少女像だった。船首に記された船名が〈フランシス・アメリア号〉と読みとれるようになった。

「材木を運んできたのさ」ジョン・ローランズの太い声がそばで聞こえた。「甲板《かんぱん》に一部が積んであるだろ？　ほとんどは船大工のジョン・ジョーンズ宛《あて》のはずだ——そろそろ届《とど》く予定だから。ラブラドルからの黄色い松材さ」

　眼を上げると、ローランズの顔はまだパイプをくわえたままで穏《おだ》やかだった。だが、そのパイプに添《そ》えた手の関節の間には前には見かけなかった小さな青い星が刺青《いれずみ》されており、のどには、十九世紀《せいき》独特《どくとく》の先端が折れ返ったシャツの襟《えり》と上着の詰襟《つめえり》が見えていた。ローランズはこの時代に属《ぞく》する誰かほかの人間になってしまっていたのだが、同時に本人でもあるのだった。ジェーンは身震《みぶる》いして一瞬眼を閉じ、自分がどんな服装《ふくそう》に変わっているのか見ようともしなかった。

　と、人が集まりだした桟橋の端で動揺《どうよう》が起こり、いきなり悲鳴があがった。人々の頭越しに眼を凝《こ》らしたが、〈フランシス・アメリア〉が桟橋に横づけになり、船首と船尾から投げおろされる綱《つな》が岸を走り回っている人々によって受け止められ、つながれていくさましか見えなかった。先程《さきほど》の男の子たちが駆けていった桟橋の先端には女が数人かたまっていたが、その中からやかましい叱責《しっせき》の声があがったと思うと、ひどく蒼い顔をしたバーニーともうひとりの少年が、取り乱した様子の女の手でジェーンのいるほうに強引にひきずられてきた。女はボンネット帽《ぼう》とショールを身につけ、ブロドウェン・ローランズだとすぐにわかったが、ブロドウェンのほうではジェーンが誰だか知らないようだった。女は誰にともなく、心から案じている口調で小言を言った。「いつだってこうなんだから。波止場に着く船に誰が最初に触《さわ》るかなんてばかな遊び、男衆のじゃまになるばっかりで……今に生命までなくしてしまうわよ。今日だって、このふたりはすんでのことで死にかけたんだから。見なかった？　端っこぎりぎりで体勢を崩して、誰かがつかまえて引き戻さなければ、桟橋との間で船に押しつぶされてたところよ……ほんとに！」とひとりひとりを腹立たしげにゆさぶった。「先週、エリス・ウィリアムスが落ちたのを忘れたの？」

「その前の週はフレディ・エヴァンズだったっけ」バーニーの連れの少年が、生意気な、唄《うた》うような調子の声で言った。「フレディのほうがたいへんだったんだぜ。だって、引っ張り上げられた時には床屋《とこや》のエヴァンズがとぎ革《がわ》を持って待ちかまえてて、家に着くまでずっとひっぱたき通しだったんだから」

「エヴァンズさんとおっしゃい、お猿《さる》さん」ローランズ夫人は笑いを抑《おさ》えようとした。そしてジェーンに向かって愛嬌《あいきょう》たっぷりに肩をすくめてみせると、警告するように指を振り立てながら少年たちを放してやり、船の乗組員を迎《むか》えている女たちのもとへ戻った。

「あのおばさん、好きさ」バーニーが機嫌《きげん》よく言った。「たぶん生命の恩人《おんじん》だな。知ってた?」とジェーンに笑いかけると、もうひとりの少年とともに道を走り去り、スレートの大きな山の陰《かげ》になって見えなくなった。

ジェーンは振り返って呼びかけようとしたが、声が出なかった。かたわらでジョン・ローランズが〈フランシス・アメリア〉号上の人間に声をかけていた。「イエステリン! イエステリン・デイヴィーズ!」

「イヴァンよう!」男は白い歯をきらめかせて呼び返した。その名に記憶をたぐられる一方で、ジェーンは再び、ウェールズ語がまるで聞かれないとは妙《みょう》なことだと考えた。それから、今耳にしている言語こそウェールズ語なのであって、自分もまた同じ言語を話しているのだと悟《さと》った。まるで使われていないのは英語のほうだったのだ。

「結局のところ」と、サイモンが隣に来たのを理由もなく察して振り向くと、震える声で言った。「知らないはずの言葉が理解できるのも、生まれる前の時代に運ばれるのも、不思議だって点には変わりがないもの」

「ああ」サイモンの声が全くいつもの通りだったので、ジェーンは力づけられ、安堵のあまり溶《と》けてしまいそうだった。「その通りさ」

ジョン・ローランズがそばから呼ばわった。「〈セーラ・エレン〉号の知らせはないかね?」

男は眼をみはった。「聞いてないのか?」

「ダブリンからの知らせが最後だ。きのう届いたんだが」

フランシス・アメリア号の男はためらい、巻きかけていた綱を下に置き、船上の誰かに声をかけると、船べりをとび越えて桟橋におり立った。ローランズに歩み寄ったその顔には気づかわしげなしわが寄っていた。「悪い知らせだ、イヴァン・ローランズ。ひどく悪い。なんと言ったらいいか。セーラ・エレン号は二日前、スカイ島沖《おき》で沈《しず》んだんだ。乗組員もろとも。きのう報《しら》せがはいった」

「なんてこった」ローランズはさぐるように片手を伸《の》ばし、男の腕を一瞬つかんだ。それから背を向けて、急に老《ふ》け込《こ》んだようによろめきながら歩み去った。顔は灰色で傷《きず》ついていた。ジェーンは追っていきたかったが動けなかった。生きた顔の上にむきだしになっていながら、その実、百年も前に起きてすんでしまった悲劇《ひげき》に対して、いたわりを与《あた》えることがどうしてできよう? ジェーン自身の当《とう》惑《わく》と、孫《まご》の眼からのぞいているイヴァン・ローランズの傷心《しょうしん》と、どちらがより現実に近いのだろう?

イエステリンと呼ばれた男はローランズを見送っていた。「あいつの弟が乗ってたんだ」と言うと、そばに立っていた二、三人の男を見回して、深刻な顔になった。「どこか変だ。この三か月間に四隻沈んでる。どれもジョン・ジョーンズ・アベルダヴィのこさえた船で、その上どれも新品だった。セーラ・エレン号に到っちゃ、大時化《おおしけ》にあったわけでもない。潮《しお》の流れが速すぎただけなんだと」

「みんな同じだ」男たちのひとりが言った。「船尾《せんび》が下がるんだ。近頃じゃ、ジョンの船は全部そうだ。そうなると無理がかかって浸水《しんすい》しだす。あとは沈むだけさ」

「全部じゃないぞ」べつのひとりが言った。

「ああ、どの船もってわけじゃない。そいつは本当だ。ジョン・ジョーンズはとびきりの船を何隻も造ってる。だが悪いのときた日には……」

「聞いた話だがな」イエステリンという男が言った。「設計《せっけい》じゃなくて木組みに問題があるんだと。ジョン・ジョーンズの責任じゃなくて、木挽《こびき》のひとりがいかんのだ、とそいつは言うんだ。その木挽にやらせた部分は全部――」

突然、イエステリンはジェーンの心配げなまなざしを意識して言葉を途切らせ、わざとらしい大きな笑みをパッと浮かべてみせた。「いつものあれをお待ちかねだね？　ほかの子と違って、ねだらないとは心がけのいい子だ」と、上着の大きなポケットに手を突っ込み、四角い包みを取り出した。

「そら――笑顔でねだりにきた最初の子にやろうと持ってきたんだよ。何も言わなかったおまえさんのものだ、嬢《じょう》ちゃん」

「ありがとう」ジェーンは思わず昔風のおじぎをして、その日二度目の驚きを味わった。男がジェーンの手に押し込んだのは、紙に包まれた、板切れのように固《かた》い乾《かん》パン四枚だった。

「持っていくがいい」男は愛想《あいそ》よく言った。「皿に入れてかまどで焼くんだろ？　牛乳《ぎゅうにゅう》をたっぷりかけて、てっぺんにバターの塊《かたまり》をのせて。いいな。おまえさんたちみたいに乾パンが大好きでたまらない連中がいるってのは、いいもんだ。これが大西洋を半分渡ったところなら、そううまいとは思わないだろうよ。その頃には、温かいぶどうパン《バラ・ブリス》ひと切れとなら、残りをそっくり取《と》っ換《か》えてもいいって気になってるさ」

ほかの男たちはどっと笑った。と、イエステリンの使ったウェールズ語が再び鍵《かぎ》を回して扉《とびら》を閉ざしたかのようだった。今や男たちはみなウェールズ語をしゃべりまくり、ひとことも理解できなくなっていたのだ。言葉が変化したのではなく、自分の聴力《ちょうりょく》が変化したのだとジェーンは悟った。魔法のおかげで短時間だが理解できたものが、もはやできなくなっているのだ。ジェーンは見慣れぬ固い布製のサイモンの袖《そで》をつかむと、脇《わき》へ引っ張っていった。

「どうなってるの？」

「それがわかったらな。理屈《りくつ》も何もありゃしない。みんなごちゃごちゃだ」

「ここどこ？　いつ？　なんでここにいるの？」

「最後のがいちばんの難物《なんぶつ》だな」

「バーニーを捜《さが》しにいきましょうよ」

「わかった。行こう」間の広くあいた板敷《いたじき》の上を通りへ向かいながら、ジェーンは横眼で背の高い兄を見た。サイモンも変わってしまったのだろうか？（違うわ）とジェーンは思った。（普段《ふだん》だと、兄さんがどんな様子をしてるかなんて、考えてもみないからなんだわ……）

ふたりは通りをさかのぼり、バラや金魚草や香《かお》り高いストックで賑《にぎ》やかに彩《いろど》られたコテージを通り過ぎ、来たるべきジェーンたちの時代においてよりも、はるかに立派《りっぱ》で楽しげな背の高い家々を通り過ぎ、〈ペンヘリグ・アームズ亭《てい》〉と塗《ぬ》りたての看板《かんばん》の下がった華《はな》やかな旅籠《はたご》を通り過ぎた。前を歩いていたふたりの男が、旅籠の戸口に立っている陽に灼けた小男に声をかけた。

「こんにちは、エドワーズ船長」

ジェーンは思った。（またウェールズ語に逆戻《ぎゃくもど》りだわ……）

「こんにちは」

「セーラ・エレン号のことを聞いたかね？」

「聞いた」エドワーズ船長は言った。「前に話したことを思い出して、ジョン・ジョーンズに会いに行こうと思ってたところだ」と言うと、少し間を置いて、「ついでに、やつの使ってる連中のひとりにも会ってくるかな」

「一緒に行ってもいいかね？」男たちのひとりが言いながら振り向くのを見て、ジェーンはぎょっとした。ジョン・ローランズだったのだ。見分けられなかったのも道理、服装ばかりか、歩き方まで変わっていたのだった。

通りの先、海に近いあたりから槌音《つちおと》と、なんだかわからない規則的《きそくてき》なかん高い唸《うな》りが上がっていた。用心深く距離《きょり》をあけて兄妹は男たちのあとをつけ、道のはずれに出た。満潮時《まんちょうじ》の海岸線のすぐ上に、平らにならされた作業場があった。

造船所は驚くほど簡素《かんそ》だった。道具小屋が二軒《けん》、その隣《となり》には妙な箱型の建物があり、蒸気《じょうき》を糸のように洩《も》らしていた。高さと横幅《よこはば》は共に二フィートあまりだったが、奥行《おくゆき》ときたら延々《えんえん》と、何十フィートもあり、大きな金属《きんぞく》のボイラーがパイプでつながれていた。かたわらの木の揺籃《ようらんよう》様のものに船の骨組みが横たえられていた。長い竜骨《りゅうこつ》から枝分かれしているむきだしの樫材《かしざい》のあばら骨には、まだわずかな板しか張られていない。松らしい黄ばんだ白の巨大《きょだい》な角材が地べたに積まれ、そのそばには深く長い穴《あな》が口を開けていた。おとなの身長よりも深いその穴の中では、木挽が角材を切って板にしていた。ジェーンは夢中になって見物した。どの穴の上にも角材が縦に置かれていた。支えは横に渡された小さめの丸太だ。角材の上と下にひとりずつ木挽が立ち、ふたりして枠《わく》にはめられた長い鋸《のこぎり》を上下に動かす。遠くで耳にした規則正しい唸りはその音だった。近くにある同様の穴の中で、べつのふたりが作業していた。ほかの者は材木を移動《いどう》させたり、板を積み重ねたり、湯気をたてているボイラーの火を加減《かげん》したりしていた。ボイラーの下の火はあまりに熱いので、暖かい夏の空気の中ではほとんど眼に見えないほどだった。

少年がひとり顔を上げ、三人の船乗りをみとめて敬礼めいたあいさつをした。それから穴のひとつの上で作業している木挽に駆け寄り、鋸の音に負けまいと声を張り上げた。

「ハンフリー・エドワーズ船長と、ユーアン・モーガン船長ですよ。イヴァン・ローランズ船長も。上に来てます」

木挽は相棒《あいぼう》に合図して、次の切り込みにかかる前に長い刃を静止させ、船長たちを見上げた。ごつごつした岩に縁取《ふちど》られた道の端からのぞいたジェーンが見たのは、ドキッとするほど鮮《あざ》やかな赤毛を戴《いただ》いたボッテリした顔だった。男は好意や歓迎《かんげい》の意を示すどころか、険悪《けんあく》な表情を浮かべていた。

「ジョン・ジョーンズなら波止場だ」赤毛男は言った。「届いたばかりの松材を見にいったんだ」それきり、帰れと言わんばかりに再びかがみこんだ。

「カラードグ・ルイス」旅籠から来た小柄《こがら》な船長が言った。特に大声ではなかったが、普通にしていても海上の強風に負《ま》けず劣《おと》らず通る声だった。

赤毛の男はふてくされた顔を上げ、腰に手を上げた。「仕事があるんだがね、ハンフリー・エドワーズ」

「おう」ジョン・ローランズが言った。「その仕事のことで話があるんだ」と、低い石垣をまたぎ越え、粗末《そまつ》な階段《かいだん》をおりて木挽穴に向かった。ほかのふたりも続いた。少しして、誰も見ていないすきをついてジェーンとサイモンもあとを追った。

「今こさえてるのはなんて船だね、カラードグ・ルイス?」エドワーズ船長は考え深げに、竜骨と肋《ろっ》骨《こつ》の骨組みだけのまま枠に乗っている優美《ゆうび》な曲線をながめた。

ルイスは歯をむかんばかりのしかめ面で船長を見たが、気が変わったのか、「エリアス・ルイスのためにこさえてるスクーナー船さ。〈勇気〉号だ。知ってると思ったがな。全長七十五フィート、予定より一か月も遅《おく》れてる。あっちにあるのは――」と、すでに進水されて船渠《せんきょ》に浮かんでいる半ば完成した船体にあごをしゃくってみせた。「あれはファー船長のジェーン・ケイト号だ。あしたやっと、アニスラスから帆柱に使う円材が届くはずだ」

「どっちもおまえが手がけたもんだな?」ジョン・ローランズが言った。

「決まってる」ルイスは腹立たしげだった。「おれはジョン・ジョーンズの木挽頭なんだぞ」

「さぞかし責任も重いんだろうな」エドワーズ船長は頬ひげをなでた。「ジョン・ジョーンズは忙《いそが》しい男だ。ここ数年、何本の竜骨があとからあとからここに据《す》えられたかしれん」

「だったらどうなんだ?」

「〈廉潔《れんけつ》〉号もおまえの仕事だったろう?」ローランズが言った。「メアリー・リース号も? イライザ・デイヴィーズ号も?」そのつどルイスは赤い頭を苛立《いらだ》たしげに縦に振った。ローランズはビスケットを嚙《か》む子どものように言葉を断続的《だんぞくてき》に叩《たた》きつけた。「〈慈愛《じあい》〉号も? セーラ・エレン号も?」

ルイスは眉《まゆ》をひそめいた。「運のなかった連中の船ばかり選んでるな」

「そうとも」

この頃には、木挽やほかの作業員も、道具を置いて耳を傾《かたむ》けに集まってきていた。落ち着きなくかたまったまま、三人の船長をむっとした顔でにらんでいた。

「セーラ・エレンのことは、ついさっき聞いたばかりだ」ルイスは申《もう》し訳程度《わけていど》に肩をすくめてみせた。「あんたの弟のことは気の毒に思ってる。だが、この村じゃよくあることだ」

「おまえの手がけた船にもよくあることだな」エドワーズが言った。

カラードグの蒼い顔に怒《いか》りの色が射《さ》し、こぶしが固められるのが見えた。「おい、聞け――」と言いかけた。

「こっちの言い分を聞いてもらおう」作業場にはいって以来口を閉じていた第三の船長が言った。灰色のひげにあごを縁取られた、小柄な色の黒い男だった。「今あげた船のうち二隻が走るのを、わしは見てきた。ラブラドルまで一緒だったんだが、両方とも同じ欠点を持っていた。ジョン・ジョーンズの設計のせいじゃない。あいつのことはよく知ってる。うっかり者の上に仕事にかけちゃ欲張りなもんで、一度に一本の竜骨しか手がけん連中と違って、監督《かんとく》のほうがおろそかになってるのは確かだ。しかし、船尾が突っ込んで追い潮で沈む、これはあいつのせいじゃない。そのつど船尾に余分な長さを加え、蒸《む》し方《かた》が早すぎてひびのはいりだした板でもかまわずに、しじゅう使った男のしわざだ」

立ち聞いていた作業員の中から怒りのつぶやきがあがった。

赤毛男は怒りのあまり泡《あわ》を吹き、ろくに口もきけないほどだった。「証拠《しょうこ》はどこだ、ユーアン・モーガン！」とささやいた。「これっぽっちでも証拠立ててみろ！　おれがわざと連中を死なせたと、証拠立てられるつもりなのか？」

「何か方法が見つかるとも」ローランズの声は低く暗かった。「真実だってことには疑《うたが》いがないんだから。おまえは底の深いやつだ。わしら三人は長いこと怪《あや》しいと思っていた。今度のセーラ・エレンの沈没《ちんぼつ》はいくらなんでも許《ゆる》せん。確信《かくしん》も得られたことだし」

「確信？　なんの？」

「おまえが……普通でないってことのだ、カラードグ・ルイス。普通の人間と違うものに忠誠《ちゅうせい》を誓《ちか》ってる。人間のものですらない力に、何か恐《おそ》ろしい形で仕えてるんだ」

冷たい確信に満ちたその言葉に、ルイスのそばの男たちは思わず少し身を引いた。それを感じ取ったルイスが突然怒《いか》り狂《くる》ってどなりたてたので、作業員たちは手近な仕事にとびつくようにして戻った。だが、そのあとでローランズを見たカラードグ・ルイスの眼つきには怒りの色はなかった。ただ傲慢《ごうまん》な氷のような憎悪《ぞうお》だけがあり、〈闇〉の意に従《したが》って動いている男の顔に同じものを見たことのあるジェーンはぞっとした。ボッテリした顔に真っ赤な髪のルイスは、〈闇〉の完全な下僕《げぼく》とは見えなかったが、それだけにいっそう恐ろしかった。これほどの悪意がしかるべき理由もなしに普通の人間の中に棲《す》みついているとは、考えたくもなかった。怒りがルイスの中で、沸《わ》きかけたやかんの中の蒸気のように昂《たか》まるのが感じられた。

ルイスは木挽穴を離れ、三人の男にゆっくりと近づき、ひきつった声で「おれはあんた同様、人間だ、イヴァン・ローランズ。証拠を見せてやる」と言うや、突如爆発《とつじょばくはつ》して、憤怒《ふんぬ》に歯をむき、顔をすさまじく歪《ゆが》めると、ローランズにとびかかった。体勢の整っていなかったローランズは後ろ向きにひっくり返り、灰色のスレートの山をガラガラッと突き崩した。ルイスは犬のようにのしかかり、腕を振り回して殴《なぐ》りつけた。残るふたりの船長が慌《あわ》てて仲に割ってはいろうとしたが、今度は作業員たちが道具を取り落としてじゃまをしにはいり、あっという間に地べたで大乱闘《だいらんとう》が始まった。小柄なエドワーズ船長が、ひとりを殴り倒した。手の節が男の頭にぶつかり、ガチッと歯の鳴る不気味な音をたてた。と思うと、船長は三人の男の体の下に姿を消し、駆け寄ったユーアン・モーガンがわめき散らしながら男たちをむりやり引き離した。ローランズともみ合っていたカラードグ・ルイスがあたふたと立ち上がり、悪意をむきだしにしてあえぎながら身がまえ、重い革靴をはいた足で蹴《け》りつけようとした。ジェーンは悲鳴をあげた。と、サイモンが脇を走り抜け、ルイスにしがみつき、重い靴の爪先《つまさき》にすねを蹴られて声をあげた。

それからあとのことは、サイモンにも正確にはわからなかった。ローランズのぐったりした体からルイスを引き離そうともがくうち、気がつくとルイスの手につかまれて、抵抗《ていこう》もならずに海のほうに押しやられていたのだ。水にはいった時にはまだふたりとも立って争っていたが、ふいにサイモンの体が前に突き出、そのままどんどん落ちて、冷たい水が頭をおおった。海面下の足には何も触《ふ》れていなかった。片足が一瞬、砂に着いたと思うと、水がサイモンを振り回し、潮の流れにつかまってどんどん深く、サイモンだけをひきずり込んだ。息をしようと必死に足を動かした。ひと呼吸《こきゅう》したと思うと、再び渦《うず》に振り回され、古風な服の重さに苦しむ手足を伸ばしてなんとか泳ごうとした。耳鳴りがし、眼の前がぼやけた。水がぐるぐるサイモンを旋回させた。

サイモンは慌てまいと懸命《けんめい》だった。泳ぎが得意なのにもかかわらず、深みにはまるのを密《ひそ》かに心から恐れていたのだ。三年前にテムズ河で競争していた時、転覆《てんぷく》したヨットから落ちたことがあった。水面に漂っている主帆の真下に浮かび上がり、封《ふう》をされた壜《びん》のコルク栓《せん》のように、空気から遮断《しゃだん》されてしまったのだ。慌てきってもがくサイモンが帆の端に出られたのは全くの偶然《ぐうぜん》、岸にたどりつけたのは死に物狂いのあがきのおかげだった。今やそれと同じ恐怖《きょうふ》がのどと頭の中にこみ上げてくるのが感じられた。たまにひと息つかせてくれるだけですぐまた渦巻く周囲の波にも似て、脳《のう》を鈍《にぶ》らせよう、あらゆる思考を溺《おぼ》れさせようとこみ上げてくる恐怖――。

サイモンはつっぱねた。闘《たたか》い続けた。二本の腕、二本の脚《あし》のそれぞれの感覚をとらえておこうと闘った。意のままに動こうと、恐怖と絶望からくるめちゃくちゃなあがきではなく泳ぎのリズムをつかもうと闘った。すさまじい努力によって恐れを閉め出した。

だが水はまだそこらじゅうにあった。いくらか静かになり、サイモンを抱え込んでいた。サイモンは再び沈みだした。水がおしかかり、耳に眼に鼻にはいった。今度は怖《こわ》いというより眠気《ねむけ》をおぼえた。

水は母親めいていて、異質《いしつ》のものどころかサイモン自身のいるべき場所のように思えた。魚同様、いつも水を呼吸してきたかのように、サイモンはやさしく迎《むか》え入《い》れられた。やさしくやさしく包み込まれ、くつろいだ、眠りに落ちる直前の感じにも似て……。

何かが、誰かが、背後からサイモンをがっきとつかんだ。力強い二本の手が肩をつかみ、上へ上へと明るい空気の中へ押し上げた。光が眼に切り込んだ。水がのどの奥に咬《か》みついた。サイモンはあえぎ、げえっと息を詰《つ》まらせた。息を吸い込むたびに肺《はい》の中で水が動いた。必死にぶくぶくいう不気味な息遣《いきづか》いを耳にしたサイモンは、自分がたてているのだと気づいてぞっとした。

と思うや、足の下にしっかりした砂地《すなち》が感じられた。泳ぎ手がサイモンを離《はな》した。よろめいて四つん這《ば》いになると、力強い手が砂浜に体を横たえてくれ、頭を横に向かせ、背中を押した。水が鼻と口から流れ出、サイモンはせきこみ、吐気《はきけ》を催《もよお》した。さいぜんの手がやさしく助け起こして座《すわ》らせてくれた。サイモンは膝《ひざ》に頭をのせ、やっと、いやらしい音をたてたりあえいだりすることなしに、ゆっくりと息をすることができるようになった。濡れた髪を眼からかき上げ、鼻をすすると、顔を上げた。

最初に見えたのは眼を見開き、血の気のない顔でしゃがみ込んでいるジェーンだった。そのかたわらに片膝をついているのは、かがんでいても極めて長身なのが明らかな男だった。男の黒っぽい衣類からは水が滴《したた》り落ちていた。懸念に眉をひそめてサイモンをのぞき込んでいる顔はごつごつと角張り、深い眼窩《がんか》の影《かげ》の中の眼は暗く、逆立《さかだ》った白い眉は鷲鼻《わしばな》の両側に水を垂《た》らしていた。豊かな白髪は濡れて灰色じみ、もつれてこんがらがったまま頭全体をおおっていた。

サイモンは、自分のものとも思えぬ高く弱々しいかすれた声で言った。「ああ、ガメリー」

眼がちくちくしたのでそれ以上は言わなかった。大叔父《おおおじ》を愛称《あいしょう》で呼ぶのは久しぶりだった。

「勇敢《ゆうかん》だったぞ」メリマンが言った。

サイモンの肩に両手を置くと、メリマンはジェーンを見、招き寄せてから立ち上がった。ジェーンはサイモンの肩におずおずと腕を回し、体の向きを変えるのを手伝った。

ジョン・ローランズが、すぐそばの浜に立っていた。頭も服もずぶ濡れだった。ジェーンがサイモンの耳もとでささやいた。「兄さんのあとを追ってとびこんだのよ、そばまで行こうと頑張《がんば》ってる時」

――声が乾いて消えたかに思えた。ジェーンは生つばを呑《の》み込《こ》んだ――「メリー大叔父さんがふいに……ふいに浮かび上がったの。どこからともなく」

メリマンは三人の前にそびえ立っていた。濡れた体は直線ばかりに見え、ひときわ背が高く見えた。前の砂浜には造船所の作業員がじっとかたまって動かず、灰色の頬ひげを生やしたふたりの船長も怒りを露《あら》わにしたまま黙ってそばにいた。カラードグ・ルイスは赤い髪をきらめかせて船大工たちのまんなかにいた。足を上げたところを、腹を立てた穴熊《あなぐま》か狐《きつね》につかまった小動物のように、メリマンを見つめたまま金縛《かなしば》りになっていた。

そして赤毛の男を見るメリマンの眼の怒りの激《はげ》しさに、サイモンとジェーンはふたりしてすくみ上がった。カラードグ・ルイスはちぢこまりながらのろのろとあとずさりし、逃げ道を捜した。と、メリマンが片腕を差しのべ、人差し指をピンと伸ばして突きつけると、男は再び射《い》すくめられたようにその場に凍《こお》りついた。

「行け」メリマンは黒ビロードのような深い声で静かに言った。「行け、〈闇〉に身を売った者よ、この明るい河のアベルダヴィからふるさとのディーナス・マウーズイへ戻れ。〈灰色の王〉の領域《りょういき》カーデル・イドリスをめぐる、〈闇〉の巣食《すく》う山々へ戻っていけ。おまえ同様、黒い野望を抱いて待つ者のもとへ。だが、おぼえておくがよい。ここでの試みをし損《そん》じた以上、おまえの主たちはもはや眼をかけてはくれぬぞ。以後は心するがよい。さきざき、息子《むすこ》や娘《むすめ》や、娘の子が〈闇〉と関わりを持たぬようにな。ひとたび報復《ほうふく》をむねとする〈闇〉のとりことなったなら、必ず滅《ほろ》ぼされずにはすまぬゆえ」

ルイスは無言で背を向け、ざらつく灰色スレートの上を歩きだし、粗末な階段を登って道を遠ざかり、ついに見えなくなった。メリマンはサイモンとジェーンを見、それから、黙りこくっている男たちや造船所の建物や半築状態《はんちくじょうたい》の船を通り越して海を見、奇妙にやさしい身振りで、眼をさまして体を伸ばす人のように両腕を大きく広げ、空を仰《あお》いだ。

するとどこからか一羽のカモメが水の上を低くかすめてきて、鋭く鳴いた。子どもたちは眼でカモメを追った……追った……。

……そしてカモメが高く舞い上がり再び見えなくなると、もとの時代のジーンズやシャツを着ていることにハッと気づいた。鉄柵《てっさく》のある歩道よりも数フィート低いところにある幅《はば》の狭《せま》い、スレートだらけの砂浜に、ジョン・ローランズとメリマンと四人きりで立っているのだった。サイモンの右手には平たいスレートのかけらがあった。投げるつもりだったかのように人差し指が巻きついていた。サイモンは石に眼をやり、肩をすくめ、身をかがめると、海面をかすめるように投げた。石は遠くまで何度もみごとにはねながら飛んでいった。「八回だ！」サイモンは言った。

「いつも勝つんだから」ジェーンが言った。

　衣類は乾いていて、ジェーンの髪だけが朝雨のせいでまだ湿《しめ》っていた。サイモンとメリマンとローランズの三人が海にはいったことを示すものは何もなかった。ジェーンはとまどったように眼をしばたたいているローランズを盗《ぬす》み見、彼が何もおぼえていないのを知った。ローランズはぼうっとした様子であたりを見回していたが、メリマンに眼をとめると、じっと動かなくなった。そのまま長いこと凝視《ぎょうし》していた。

「なんてこった《ダーロ》」と、ついにしわがれた声で言った。「どういうことだ？　あんただ。あんただよ！　子どもの時から一度だって忘れたことはない。あんたはおぼえているかね？　あんたなんだろう？」

　ジェーンとサイモンは煙《けむ》に巻かれたまま耳を傾けていた。

「ウィルと同じ年頃だったな」メリマンはかすかな笑みを浮かべてローランズを見た。「山の上だった。私が……乗っているのを見たのだったな」

ローランズはのろのろと言った。「風に乗ってるところだった」

「さよう。風に乗っているところだった。おぼえているかどうか頭をひねったものだ。忘れなかったところで害はなかった――信じる者などいるはずもなかった。だが、いたずらに心を騒がせぬよう、私は、全ては夢《ゆめ》だったのだと思わせるようにしたのだよ」

「そうとも。夢だとばかり思ってた。たった今、これだけ年月が経《た》っているのにまるで変わっていないその顔を見るまでな。なぜここにいるのだろうと考えるまで」ローランズは振り向いてサイモンとジェーンを見た。「この人はウィルの師匠《ししょう》だろう？　君らとも知り合いのはずだ」

サイモンが反射的《はんしゃてき》に言った。「メリー大叔父さんです」

ローランズの声が不信に上ずった。「君らの大叔父さんだって？」

「ただの名前にすぎぬ」メリマンの眼が曇《くも》り、砂洲越《さすご》しに海を見やった。「行かねばならぬ。ウィルが私を必要としている。サイモン、〈闇〉はよく心得た上でおまえを危機《きき》におとしいれたのだよ。あの時代にいるおまえを救えるのは私だけで、それにはある場所を離れねばならなかった」

「あのふたり、大丈夫《だいじょうぶ》？」サイモンがたずねた。

「万事うまくいけば、大丈夫だ」

ジェーンは気づかわしげだった。「あたしたちにできることは？」

「日の出とともに浜に出なさい。おまえたちのいる村の浜だ」メリマンは妙に硬《こわ》ばった笑みを浮かべてジェーンを見、道の先を指し示した。「お茶の時間だ。弟を連れて帰りなさい」

振り返った兄妹は、バーニーの黄色い頭がふんぞり返って近づいてくるのを見た。ブロドウェン・ローランズがあとに続いた。磯《いそ》と海をもう一度見たが、メリマンはもはやいなかった。

第三部　失せし国

輝《かがや》くもやの中を不思議な道は、虹《にじ》のように弧《こ》を描《えが》いてふたりを運んだ。ウィルとブラァンは、まるで動かなくていいのに気づいた。足を表面に乗せただけで、道はふたりを抱《かか》え上《あ》げ、時間と空間の中を形容《けいよう》しがたい動き方で運んでいった。やがて輝きの中を抜《ぬ》けるとふたりは失《う》せし国《くに》に着き、道はなくなり、あたりを見回すにつれ、ほかのことも全て念頭《ねんとう》から消え去った。

ふたりは黄金の屋根の上、黄金細工《ざいく》の低い格子《こうし》の陰《かげ》にいた。背後《はいご》に、そして左右に、大いなる都《みやこ》のあまたの屋根が連なっていた。きらめく尖塔《せんとう》、小塔が地平線にひしめき、あるものはふたりの立っている屋根同様に金色で、あるものは火打石のように黒光りしていた。都は静まり返っていた。早朝なのか、涼《すず》しく静かだった。前方には、眼《め》の届《とど》く限《かぎ》り、光を放つ白い霧《きり》が公苑《こうえん》らしい場所の木々の豊《ゆた》かな梢《こずえ》をなめていた。露《つゆ》が梢で光った。公苑の向こうのどこかで、太陽が雲の海の中に昇《のぼ》ろうとしていた。

ウィルは木々をながめた。野生の木立のようにくっつきあってはおらず、充分《じゅうぶん》間をとって、一本一本がゆったりと存分《ぞんぶん》に枝を伸《の》ばしきっている。霧の中から突《つ》き出《で》ているさまは、灰白《はいじろ》の海に浮《う》かんだ輝くみどりの島々さながらだった。樫《かし》と橅《ぶな》と栗《くり》と楡《にれ》の木が見えた。周囲の建物が異様《いよう》なのに反して、ごく見慣れた形だった。

ブラァンがかたわらでそっと言った。「ごらんよ！」

ブラァンはウィルの背後を指さしていた。振《ふ》り返《かえ》ると、屋根の峰《みね》や尾根《おね》の間に巨大《きょだい》な黄金の円蓋《えんがい》が見えた。頂《いただき》の黄金の矢は西のかた、青い水平線を指している。円蓋の側面は早朝の陽射《ひざ》しを受けてキラキラしていた。黄金と水晶《すいしょう》が縦《たて》にしまになるよう交互《こうご》に張られているのだとわかった。

ブラァンは黒眼鏡《くろめがね》の周りに手をかざした。「教会かな？」

「かもね。聖ポール寺院《じいん》に少し似《に》てる」

「アラビアのなんとかにも似てるよ。モスク（回教の寺院）だっけ」

ふたりは本能的《ほんのうてき》に声をひそめていた。この場所はあまりにも静かだったのだ。都の沈黙《ちんもく》を破《やぶ》るものは、どこにも何ひとつなかった。たった一度、数秒《びょう》の間、遠い梢の中のどこかで、悲しげなカモメの声がしたほかは。

ウィルは足もとを見た。ふたりの立っている屋根は、閉じこめるかのように、黄金細工の格子でぐるりを垣根《かきね》のように囲まれていた。ウィルは手を伸ばした。一番上の横棒《よこぼう》はビクともしなかった。体の半分までしかないので乗《の》り越《こ》えようかとも思ったが、反対側にある次の屋根との間に二十フィートもの垂直《すいちょく》な落差があるのを見て気を変えた。

ブラァンもまた手を伸ばして、自分の前の格子をつかんだ。そしてハッと息を呑《の》んだ。ブラァンの手が触《ふ》れるや、格子全体が動いたのだ。上部が自由になったと思うと、下部の横棒一本を支えに手を離《はな》れ、屋根の端《はし》から下へ向けて突《つ》き出《で》、折《お》り畳《たた》み梯子《ばしご》のように、蝶番《ちょうつがい》でつながれた部分が開いてどんどん延《の》びていったのだ。

ガラン！……ガラン！……ガラン！……ガラン！

金属的《きんぞくてき》な音は、並《なら》ぶ屋根の上に鳴《な》り響《ひび》き、沈黙にひびをはいらせ、梯子様の黄金細工の最先端が下の屋根にぶつかると同時に大きく響いてやんだ。黙《もく》せる都の到《いた》る所でこだまが上がった。

ウィルとブラァンはあたりを見回し、あれほどの騒音《そうおん》が引き起こしたはずの何らかの動きを、誰《だれ》かがどこかでめざめた形跡《けいせき》を捜《さが》した。が、何もなかった。

「眠《ねむ》たい街《まち》だね？」ブラァンは気楽そうに言ったが、声がわずかに震《ふる》えていた。それから、ウィルをあとに従《したが》えて、屋根の縁《ふち》を乗り越え、黄金の梯子をつたいおりていった。

ふたりは今や、広く低い屋根の上にいた。前の屋根よりゆるやかに傾斜《けいしゃ》していて、何か色の濃《こ》い金属が横に段違《だんち》がいにはめこまれていたので、それを足がかりに歩くことができた。屋根の下の端《はし》までたどり着くと、垂直な壁《かべ》のてっぺんに出ると思いのほか、花崗岩《かこうがん》めいたきらめきを帯びた巨大な灰色の石段が屋根の端から直接、遠く霧と木々のある方へ伸びているのを発見した。

連れだって、離れないように気をつけながら駆《か》けおりるうちに、下の霧が薄《うす》れて消え去り、みどりの草地にそびえ立つ木々がはっきり見えるようになった。石段のふもとには、鞍《くら》と馬具をつけた馬が二頭、ふたりを待っていた。つながれてはおらず、手綱《たづな》はゆるやかに首にかけられていた。つややかな美しい馬で、色はライオンと同じ、金色の体に対し、長いたてがみと尾は黄白色だった。歯の間のはみとあぶみは銀だったが、手綱は赤い絹《きぬ》を編《あ》んだものだった。ウィルは一頭に近づいて、眼を丸くしながら首に手を置《お》いた。馬はそっと鼻から息を吐《は》き、乗れというように頭を下げた。

　ブラァンは、ぼうっとして馬をながめていた。「乗り方、知ってるの？　ウィル」

「ううん。けど、そんなこと、かまわないんだと思うな」とウィルは片足をあぶみに入れた。と、音もたてず、なんの努力もせずに馬の背《せ》に乗っていて、笑顔で見おろしながら手綱を取り上げていた。第二の馬は地面を足で掻《か》き、鼻面でやさしくブラァンの肩《かた》をこづいた。

「来いよ、ブラァン。ぼくらを待っててくれたんだ」ウィルの青いジーンズに包まれた小柄《こがら》な体は、大きな金色の馬の背に狐《きつね》狩《が》りの名手さながら落《お》ち着《つ》き払《はら》って座《すわ》っていた。ブラァンは不思議そうにかぶりを振りながら、鞍の前輪に手を伸ばした。考える暇《ひま》もなく、きちんとまたがっていた。馬が頭を振り上げると、ブラァンは垂《た》れてきた手綱をつかまえた。

「いいよ」ウィルはやさしく馬に話しかけ、白いたてがみをなでた。「行くべき所へ連れてっておくれ。お願いだ」二頭の馬は一緒《いっしょ》に動きだした。急がず、自信たっぷりに、長い登り坂の石段のふもとの石畳《いしだたみ》の通りを歩いていった。

片側には広い緑苑の木々がそびえ、露《つゆ》をちりばめたまま涼しげに繁《しげ》り、道に影《かげ》を落としていた。日光が木と木の間の草に明るい陽だまりとなっていたが、音は何ひとつ聞こえなかった。小鳥の歌もない。馬の蹄《ひづめ》の音だけが、ポックリ、ポックリ、静かな都に響いていった。二頭の黄金の馬が緑苑からふいに細い横丁にはいると、足音は低く虚《うつ》ろなものに変わった。大きな灰色の壁が両側に伸び上がっていた。どこにも窓《まど》ひとつない、のっぺらぼうの灰色の石壁だった。

通りはせばまり、暗くなった。安定した足どりを変えることなく、馬はそそり立つ壁のはざまを歩み続けた。ウィルとブラァンは手綱をゆるく持ったまま、落ち着きなく周囲を見回してばかりいた。

とある角を曲がった。相変わらず、高いのっぺらぼうの壁にはさまれた狭《せま》い路地で、空は頭上にかかった細長い青い断片《だんぺん》にすぎなかった。だが、ここに到って右手の壁に小さな木の扉《とびら》が見えた。扉に行き着くと、馬は揃《そろ》って立ち止まり、顔を振り立てたり地面を搔《か》いたりし始めた。ウィルの馬は頭を左右に振った。銀の馬具が音楽的に鳴り、長いたてがみが白金の絹のように波立ち流れた。

「わかったよ」ウィルは馬からおりた。ブラァンも同様にした。乗り手が地面におり立つや否《いな》や、二頭は慌《あわ》てずに、蹄と馬具の音を一瞬《いっしゅんい》入り混《ま》じらせて向きを変え、連れだってもと来た方角へ路地を引き返していった。輝くゆったりした尾が、薄暗い通りに松明《たいまつ》のようにゆれていた。

「きれいだなあ！」金色の姿《すがた》が消えていくのを見送りながら、ブラァンがそっと言った。

ウィルは扉の前に立ち、飾《かざ》りけのない木の表面を調べていた。黒ずんだ木で、年月を経《へ》てきたかのようにあばただらけだった。無意識にベルトに両手の親指をひっかけると、片方の親指が小さな真《しん》鍮《ちゅう》の角笛《つのぶえ》の曲線に出会った。べつの世界の、べつの時代において山上で吹き鳴らした笛だった。ベルトからはずすと、ブラァンに差し出した。

「何が起きようと、ぼくらは離れちゃいけない。一方の端をつかんでてくれ。ぼくはもう一方を持つ。そうすれば離れずにすむ」

ブラァンは白い頭をうなずかせ、左手の指を角笛の輪にくぐらせた。ウィルは再び扉を見た。取手も呼鈴《よびりん》も、錠前《じょうまえ》も鍵穴《かぎあな》もない。開ける方法は、見た限りどこにもなかった。片手を上げると、ウィルは断固《だんこ》たる調子で扉を叩《たた》いた。

扉は外に向かって開いた。内側には誰もいない。のぞき込《こ》んでも、暗闇《くらやみ》以外の何も見えない。救命具でもあるかのように小さな狩笛のそれぞれの端を握《にぎ》りながら、ふたりは中にはいった。背後で扉がスーッと閉まった。

どこからともなく射《さ》しているわずかな光が、狭い廊下《ろうか》にいることを教えてくれた。天井《てんじょう》は低く、廊下は数ヤード先で行き止まりになり、そこから梯子段《はしごだん》が上に伸びていたが、行き着く先は見えなかった。

ウィルはゆっくりと言った。「あれを登れっていうんだろうな」

「安全かなあ?」ブラァンの声は不安にかすれていた。

「だって、ほかにどうしようもないだろ? 第一、どういうわけか、登っちゃいけないって気がまるでしないんだ。わかるかい?」

「それもそうだ。悪い……って感じはない。けど、いい感じもあまりしないよ」

ウィルは静かに笑った。「ここではどこに行ってもそうなんだろうな。この国では〈闇〉は、まるっきり力がないんだと思う――だけど〈光〉にも同じことが言える」

「じゃ、誰《だれ》が力を持ってるのさ?」

「いずれわかると思うよ」ウィルは角笛をしっかり握りしめた。「離すなよ。登りにくいとは思うけど」

ふたりは護符《ごふ》につながれたまま、順に幅《はば》の広い梯子段を登っていった。そして出た場所のあまりの意外さに、数秒というもの、身じろぎもせず周囲を見ていた。

梯子は長い回廊の一端の床《ゆか》にある開け放しの落とし戸に通じていた。出てきたふたりの前に伸びている床は奇妙《きみょう》なつぎはぎになっていて、部分ごとに段差があり、前のよりも高い部分があるかと思うと、その次は前のふたつよりもぐんと低くなっている、というぐあいだった。一種の図書室らしく、重たげな四角い机《つくえ》や椅子《いす》が低い本棚《ほんだな》に仕切られて並び、左側の壁は本で埋《う》まっていた。天井には鏡板が張られていた。右手の壁は存在《そんざい》しなかった。

ウィルは眼を凝《こ》らしたが理解できなかった。この長い部屋の右側には、端から端まで木彫《きぼ》りの手すり様のものが走っていた。だがその向こうには壁がなかった。何も見えなかった。ただ暗がりだけがあった。ただの闇。空間や危険《きけん》な虚空《こくう》がある、という感じすらしなかった。あるのは単《たん》なる無《む》だった。

と、室内で動くものがあった。この国に来て初めて眼にする人々が、長い回廊の向こう端にある戸口から姿《すがた》を現わしたのだ。ひとりずつぶらぶらと、あらゆる年齢《ねんれい》の男女が、いつの時代のものともつかぬ簡素《かんそ》な衣類をさまざまにまとってはいってきた。多くはなかった。ある者は棚から山のように本を取ってきて机に向かい、ある者は立ったまま一冊《さつ》の本をめくり、皆《みな》それぞれに黙《だま》って身を落ち着かせた。ウィルとブラァンに注意を払う者はひとりとしていなかった。男がひとり、すぐそばに来て、ふたりの背後の壁に並ぶ棚をむずかしい顔でながめた。

ウィルは思いきって声をかけた。「見つからないんですか？」だが、男は気づいた様子もなかった。ふっと顔が明るくなり、手を伸ばして一冊の本を取り出すと、近くの机に戻《もど》っていった。ウィルはすれ違いざまに本の題をのぞき見たが、表紙の文字は理解できないものだった。そのうえ、男が本を開くと、どのページも真っ白だった。

ブラァンがゆっくりと言った。「ぼくらが見えないんだ」

「ああ。声も聞こえない。行こう」

ふたりは用心深く長い回廊を歩きだした。つまずいたりぶつかったりしないよう、腰《こし》をおろしている熱心な人々を大きくよけて通りながら。誰ひとり、なんら気づいた様子を見せなかった。誰かが読んでいる最中の本を見やっても、どのページにもなんの記載《きさい》もないのだった。

回廊の端には戸らしい戸はなかったが、羽目板壁に開口部があり、異様《いよう》な廊下へと通じていた。ここも全て板張りだったが、廊下というより四角いトンネルといった感じで、急な下り坂になっていて、ジグザグに折れ曲がっていた。ブラァンは何も聞かずにウィルについてきたが、たった一度、たまりかねたように言った。「こんな場所、無意味だ」

「ぼくらがたどりついたら意味を持つようになるさ」

「たどりつくって何に?」

「そりゃ――意味にさ! 水晶の剣《けん》を……」

「見ろよ! あれ、なんだ?」

ブラァンは立ち止まり、用心深く頭を上げていた。角を曲がったふたりの前に、ジグザグ坂の最後の部分が白くぎらついていた。何かその先にあるものから射す強烈《きょうれつ》な光に満たされているのだった。一瞬ウィルは火を噴《ふ》いている大穴におりていくのでは、という恐《おそ》ろしい予感に打たれた。だが、この光は冷たく、強烈でこそあれ、まぶしくはなかった。最後の角を曲がって光の中に踏《ふ》み込《こ》むと、力強いよく通る声が前方の明るさの中から呼ばわった。「ようこそ!」

何もない床がただ広がっていた。壁は影にまぎれ、天井は高すぎて見えなかった。床のまんなかに黒衣をまとった人影がひとつ、ぽつんと立っていた。ウィルたちといくらも違わない背丈《せたけ》の男で、眼鼻立ちの大きい顔には眼もとと口もとに笑いじわが寄《よ》っていた。だが今は笑ってはいなかった。髪《かみ》は灰色で、きつくちぢれているさまは織物《おりもの》のよう。小ざっぱりした灰色のちぢれたあごひげの中央には、しまのような妙な黒っぽいすじが縦《たて》に走っていた。男は両腕《りょううで》を広げ、周囲の空間をふたりに与えるかのように少し体をひねった。「ようこそ」男は繰《く》り返《かえ》した。「都へようこそ」

少年たちは並んで男の前に立った。ブラァンは角笛を放し、一歩前に出た。「失せし国には都しかないんですか?」

「いや」男は言った。「都と鄙《ひな》と城《しろ》とがある。いずれその全てを見るだろうが、その前に、何ゆえに参ったのか聞かせてもらおう」男の声は温《あたた》かく朗々《ろうろう》としていたが、まだ警戒《けいかい》の色があり、顔にも笑《え》みは浮かばなかった。男はウィルを見ていた。「何ゆえに参った?」男は繰り返した。「われらに告げよ」

そう言いながら片手を開いて、前の空間に向かって小さな身振りをした。ウィルはひと目見て息を呑《の》んだ。衝撃《しょうげき》のあまり頭がわあんと鳴り、いきなり体が冷たくなった。

前方の、一瞬前まで暗闇だったところには、何千という人々が、何列も何列も並んでひしめき、虚《うつ》ろな顔を上向けていた。幾層《いくそう》もの果てしのない回廊に座ってウィルを見つめていた。群衆《ぐんしゅう》の注目は耐《た》え難《がた》い重量となってのしかかり、精神を麻痺《まひ》させた。世界じゅうと対決しているも同然だった。

ウィルはこぶしを固《かた》め、角笛のひんやりした金属を指に感じた。ゆっくりと深呼吸《しんこきゅう》すると、澄《す》んだ声を張り上げた。「水晶の剣を捜《さが》しにきました」

群衆は爆笑《ばくしょう》した。

寛大《かんだい》な、親しみのある笑いではなかった。ひどいものだった。膨大《ぼうだい》な観衆の中から深い咆哮《ほうこう》が湧《わ》き起《お》こり、尾を引く雷鳴《らいめい》さながら膨《ふく》れ上《あ》がり、嘲《あざけ》り、やじり、侮蔑《ぶべつ》の波となってウィルの上に砕《くだ》けた。指さしながら口を開けて大笑いをしている人々が見えた。哄笑《こうしょう》の海に呑み込まれてウィルは震え、自分の矮小《わいしょう》さ、取るに足りなさを知り、どんどん小さくなっていった……。

ブラァンの声がかたわらで怒《いか》りに燃えてわめいた。「エイリアスを取りにきたんだ!」

全ての音が消えた。あたかもスイッチが切られたかのように、完全に。たちまち、嘲る顔はひとつ残らず消え去った。

ウィルはがっくり肩を落とし、詰《つ》めていた息を弱々しく細《は》く吐《だ》き出した。

ブラァンが、自分でも不思議そうに繰り返した。「取りにきたんだ……エイリアスを」その名を味わっているようだった。

灰色ひげの男が静かに言った。「いかにも、その通り」そして両手を差しのべて進み出、それぞれの肩を抱いて、終わりのない顔の列があった黒い虚空を向かせた。

「誰もいはせぬ。誰も、何も。空間があるのみだ。あれらは全て……見せかけであった。見上げるがよい。後ろを見上げるのだ。さすれば見えるであろう――」

反射的《はんしゃてき》に振り返ったふたりは眼をむいて立ちつくした。頭上に、空中に吊《つ》り下《さ》がったバルコニーのように、ふたりが通り抜けてきた、無関心に本を読み続ける人々の明るい回廊があった。全てがあった。本も棚も重い机も。読書家たちは相変わらずのんびり歩き回ったり、立ったまま本棚をながめたりしていた。見ているウィルたちのいる場所こそ、さっきは存在しないかに見えた第四の壁だった。

ウィルが言った。「ここは生きた劇場《げきじょう》なんだ」

男はひげの先端《せんたん》をいじり、一本指でなでさすった。「人生は全て劇場よ。わしらはみな役者なのだ。おぬしらも、わしも。誰が書いたのでもない、誰が見るわけでもない芝居《しばい》の登場人物で、観衆はわずか自分自身にすぎぬ……」とやさしげに笑った。「役者によっては、これ以上の劇場はないと言うであろうよ」

ブラァンが応えるように、口惜《くちお》しげな笑みを浮《う》かべた。だがウィルはまだ頭の中にこだましているひとつの言葉に耳を傾《かたむ》けていた。「エイリアスだって?」とブラァンに言った。

「ぼくだって知らなかったよ」ブラァンは答えた。「勝手に……とび出したんだ。ウェールズ語で、大きな火とか燃《も》え盛《さか》る火って意味なんだ」

「いかにも、水晶の剣は燃え盛る剣なのだ」ひげの男が言った。「少なくとも、そういう話だ。記憶《きおく》の及《およ》ぶ限《かぎ》り、生きて眼にした者はほとんどおらぬゆえ」

「けど、見つけなくちゃならないんだ」とウィル。

「さよう。おぬしがここに参った理由はわかっておる。この地にては、物を問うのは答えを知りたいがためではない。おぬしらが何者かも知っておる、ウィル・スタントン、ブラァン・デイヴィーズよ。あるいはおぬしら自身よりもよくわきまえておるかもしれぬぞ」とブラァンを一瞬じっと見た。「わし自身に関しては、いずれ知ることになろう。グイオンと呼んでくれればよい。都を見せて進ぜよう」

「失せし国」ブラァンが半ばひとりごちた。

「さよう」グイオンと呼ばれる男は、引《ひ》き締《し》まった無駄《むだ》のない体を黒い衣類に包んでいた。ひげが頭上から明るい光を受けてキラリとした。「失せし国だ。前にも言うたが、この国には都と鄙と城とがある。城こそ究極《きゅうきょく》の目的地だが、ほかの全てを通らずには到ることは叶《かな》わぬ。それゆえ、ここから始めることだ。都、わが都、わが愛してやまぬ都から。よく見るがよい。世の驚異《きょうい》のひとつなのだぞ。二度とこれほどのものは築かれぬであろう」男は微笑《びしょう》した。突然《とつぜん》のまぶしい微笑で、温かさと愛情をもって顔を輝かし、見ているだけで少年たちは心が軽くなった。

「見よ！」男はパッと振り返り、両腕を舞台《ぶたい》めいた空間に向かって広げた。すると頭上の明るい回廊が消え、光が広がってまわりじゅうで輝いたと思うと、街中《まちなか》の大きな開けた広場に立っていた。広場の周辺には円柱の並ぶ灰白色の建物が陽光を浴びてキラキラし、人と音楽と鮮《あざ》やかに彩《いろど》られた露店《ろてん》の物売りの声と、噴水《ふんすい》が高々と吹き上げる水の音と照《て》り返《かえ》しに溢《あふ》れていた。

陽射しが顔に暖かかった。ウィルは歓《よろこ》びが体を駆け抜けるのをおぼえた。血が体内で躍《おど》っているかのようだった。ブラァンの顔にも同じ歓喜《かんき》が輝いていた。

ふたりに笑いかけると、グイオンは群衆の中、失せし国の人々の間を通って、ウィルたちを広場の反対側へと導いた。

いくつもの顔が万華鏡《まんげきょう》のゆらめく映像《えいぞう》のようにふたりの周りに展開《てんかい》しては消えた。子どもが笑いながら、派手《はで》な吹き流しの束《たば》を眼《め》の前で振《ふ》ってみせ、歩み去った。みどり色の首をした鳩《はと》の一群が餌《えさ》を求めて脇《わき》をかすめた。踊《おど》っている一団も通り過ぎた。そこでは赤いリボンで飾《かざ》り立《た》てた背《せ》の高い男が、おぼえやすい陽気なふしを笛で吹いていた。なめらかな灰色《はいいろ》の石畳《いしだたみ》の一画では、地面に絵を描《か》いているしわだらけのかぼそい老人につまずきかけた。ウィルはぎょっとした。垣間《かいま》見えたのは、こんもりとした丘《おか》の上の巨大《きょだい》なみどりの木の絵だったのだ。枝の間からは明るい光が射《さ》していた。だがすぐに、笛吹きが踊り手たちを率《ひき》いて通りかかったため、先へ進まされてしまった。

ひげに飾《かざ》られたグイオンの顔は人混《ひとご》みの中でもまだ隣《となり》にあった。「離《はな》れるでない！」とグイオンは呼《よ》びかけた。が、今やウィルは、この群衆《ぐんしゅう》の中でふたりと視線《しせん》を合わせるのはグイオンの眼だけなのに気づいた。周囲の人々も姿《すがた》は見えているらしく、何も知らずに虚《うつ》ろな眼を向ける代わりに、普通《ふつう》の通行人を見るようにちらりと視線を投げてよこした。だがまともに見つめる者はひとりもいない。

ブラァンについても同様だった。見分けがついた様子もなければ、互《たが》いの間で示し合っている関心のかけらも見えなかった。ウィルは思った。(少し前進したらしいな——とにかくここにいるんだから。けど、かろうじてってところか。そのうち、本当に見てくれるようになるかもしれない。するべきことをちゃんとすれば……)

混雑《こんざつ》した広場の中で、曲芸師を見物している笑顔の輪から笑い声が湧《わ》き起《お》こった。食物を商う露店《ろてん》からは、たまらなくいい匂《にお》いがしている。細かいしぶきがウィルの顔を愛撫《あいぶ》した。ダイヤモンドの流れのように太陽に向かって投げ上げられ、また落ちてくる噴水《ふんすい》のきらめく水玉が見えた。前にいるブラァンが黒眼鏡《くろめがね》の陰《かげ》の蒼白《あおじろ》い顔を輝《かがや》かせ、グイオンに何か言って笑うのが見えた。それから、群衆が動揺《どうよう》し、振り返り、ウィルに体を押《お》しつけてきた。馬の蹄《ひづめ》の音と馬具の鳴る音、軋《きし》る車輪の転がる音が聞こえ、人々の頭の間から、青い服を着て頭をむきだしにした騎手《きしゅ》たちが上下にゆれながら通るのがちらりと見えた。車輪の音が近づいた。馬車が見えるようになった。屋根は濃《こ》い青で黄金の唐草模《からくさも》様《よう》に華々《はなばな》しく飾られ、大きな漆黒《しっこく》の馬の額《ひたい》につけられた青い羽根が前で躍《おど》っている。

蹄の音が速度を落とし、石畳の上で車輪が軋った。馬車は止まり、ゆっくり前後にゆれた。グイオンが再び近づいてきて、ウィルとブラァンを前に引き出した。群衆はあっさりと恭《うやうや》しげに道をあけた。グイオンのキッともたげられた灰色の頭を見るや、どの人もすぐに脇へのいた。かたわらに行き着いてみると馬車は急に巨大に見え、大きな車輪のついた湾曲《わんきょく》した枠《わく》から、何本もの丈夫《じょうぶ》な革帯《かわおび》で吊《つ》られているピカピカの青い船さながらだった。磨《みが》かれた扉《とびら》の、ウィルの頭よりも高い位置《いち》に紋章《もんしょう》が彫《ほ》り込《こ》まれていた。黒馬どもは足踏《あしぶ》みし、鼻を鳴らした。御者《ぎょしゃ》は見当たらなかった。

グイオンは馬車の扉を開け、手を差し入れて、乗り込むのを助ける踏《ふ》み段《だん》をおろした。

「さあ、ウィル」

ウィルは自信なげに見上げた。馬車の内側には影《かげ》が潜《ひそ》んでいた。

「害はない」グイオンは言った。「直感を信じることだ、〈古老〉よ」

ウィルは不審《ふしん》に思い、力強い顔の中の笑いじわに包まれた眼を見すえた。「あなたも来るの？」

「いや、まだだ。まずはおぬしとブラァンだ」

ふたりを助け上げるとグイオンは扉を閉めた。ウィルは腰をおろして外をながめた。グイオンの周囲で群衆は再び渦巻《うずま》き、しゃべり、それぞれの用事に再び取りかかった。陽光の中でつぎはぎ細工《ざいく》のように色とりどりに輝《かがや》いていた。馬車の中は涼《すず》しく、ほの暗く、詰物《つめもの》をした柔《やわ》らかいベンチが両側にあり、革の匂《にお》いがしていた。馬の一頭がいななき、蹄がにぎやかに音をたて、馬車は動きだした。

ウィルは体をくつろげ、ブラァンを見た。白髪《はくはつ》の少年は眼鏡をはずしてニヤッとした。

「最初は馬で、次は四頭立ての馬車だよ。次は何を出してくれるつもりだろ？　ロールスロイスはあるかな？」だがブラァン自身、自分の言葉に耳を傾《かたむ》けてはおらず、窓の外を過ぎる建物を見て眼をしばたたくと、黒眼鏡を鼻の上に戻《もど》した。

「大きな鳥だろうな」ウィルはそっと言った。「でなきゃグリフォン（半分がライオンで半分が鷲の怪物）かバシリスク（見ただけで生物を殺せる伝説上の化物）だ」そう言うと、ウィルもまた、革で吊られた馬車の振動《しんどう》に合わせてゆれながら、外の明るい光景を見やった。このあたりでは人影《ひとかげ》はまばらだった。アーチのある家々が立《た》ち並《なら》ぶ広い通りを走っているところで、どの家もウィルの眼には驚くほど美しく映《うつ》った。すっきりした線、アーチ形の扉、ゆったりと間をとってはめこまれたそろいの窓《まど》、暖《あたた》かい金色の石壁《いしかべ》。建物を美しいと思ったのは初めてのことだった。

　ブラァンがためらいがちに同じ考えを口に出した。「なんて……よくできた所だろ」

「何もかもいい形をしてる」

「うん、そうなんだ。ほら、あれを見ろよ！」ブラァンは身を乗り出し、指さした。家々の間に高いアーチ形の入口があり、すばらしい円柱の並ぶ中庭へと続いていた。だが中を見られる前に馬車は通り過ぎてしまっていた。

　世界が少し暗くなったようだった。日がかげったのにウィルは気づいた。馬車の中でゆれ動きながら騒々《そうぞう》しい蹄の音に耳を傾けていたが、光は薄《うす》れていくばかりだった。

　ウィルは眉《まゆ》をひそめた。「日が暮《く》れるのかな？」

「雲だろ、きっと」ブラァンが立ち上がり、座席《ざせき》の間で足をつっぱり、扉につかまりながら外を見た。

「やっぱりそうだ。大きな黒雲がいっぱい。本格的《ほんかくてき》な夕立ちになりそうだよ」そう言ったと思うと、声が少し上ずった。「ウィル——馬車の前には確《たし》か青い服を着た騎手が何人かいたよね？」

「いたよ。行列みたいだった」

「今はいないよ。前には誰《だれ》もいない。けど、何かが……ついてくる」

緊張《きんちょう》した声色にウィルは慌《あわ》てて立ち上がり、友人の白い頭越《あたまご》しに外をのぞいた。ゆれる小さな世界の、外の大通りはすっかり暗くなり、はっきり見ることもできなかった。馬車の後ろには黒い人影が数人いて、歩調を合わせながら少し近づいてくるように見えた。馬車を引く馬の蹄のほかにも蹄の音が聞こえるような気がした。と、直感に打たれ、窓枠をぐっと握《にぎ》りしめた。何かが後ろからやってくる。恐《おそ》れなければならない何かが。

「どうした？」ブラァンは言った途端《とたん》にあえいだ。いきなり床《ゆか》がグラッとなって、座席に放り出されたのだ。ウィルはふらつきながら戻り、ブラァンの隣に腰をおろした。馬車のたてる音がやかましさを増《ま》し、金属《きんぞく》の触《ふ》れ合《あ》う音は轟音《ごうおん》にまでなった。荒海《あらうみ》の船のように馬車は激《はげ》しくゆれ、ふたりは前後左右に振り回された。

ブラァンがわめいた。「速すぎる！」

「馬が怯《おび》えてるんだ！」

「何に？」

「あの……あの……ついてくるものに」言葉はなかなか出てこなかった。ウィルののどはカラカラだった。ブラァンの白い顔が眼の前で躍《おど》った。ウェールズの少年は、暗くなったので陽よけの眼鏡をはずしていた。異様《いよう》な黄色い眼には不安の色があった。と、眼が大きく見開かれ、ブラァンはウィルの腕《うで》をつかんだ。

左右の窓の外を黒い影がいくつも駆《か》け抜《ぬ》けていった。たてがみと尾《お》を風になびかせて疾駆《しっく》する馬、その背《せ》で黒い衣《ころも》をたなびかせているフードをかぶった男たち。黒い集団のところどころに白い衣をまとった影が孤立《こりつ》していた。どのフードの中にも顔は見えず、影があるばかりだった。見るべき顔があるのかも不明だった。

そこへ、ほかよりも背の高い人影がひとつ、疾走する馬車の窓のすぐ外を駆け抜け、灰色のほの暗い中にたゆたった。頭部が振り向いた。ブラァンの抑《おさ》えたあえぎが聞こえた。

頭はさっと上がり、ゆるいフードの片側をはねのけた。顔があった。憎悪《ぞうお》と悪意に満ち、鮮《あざ》やかな青い眼で燃えんばかりににらみつけているその顔には見おぼえがあった。ウィルは震《ふる》え上《あ》がった。

自分の声が、しわがれた呻《うめ》きとなって聞こえた。

「騎手！」

顔の中で白い歯が凄《すご》い笑みとなって光ったと思うと、フードが再びかぶさった。マントに包まれた人物は前のめりになって馬をうながし、前を走る乗り手たちの黒い群れの中に姿を消した。蹄の音が周囲を満たし、聴覚《ちょうかく》を殴打《おうだ》したが、やがてそれも薄れだした。

いくらか暗さが減《へ》ったようで、狂《くる》ったようにゆれていた馬車も徐々《じょじょ》に静まりだした。

ブラァンは体を硬直《こうちょく》させてウィルを見つめた。「あれ、何者?」

ウィルは、あきれたように言った。「騎手だ。黒騎手だよ。〈闇《やみ》〉の君のひとり――」そしてだしぬけに体をまっすぐにし、激しい眼になった。「逃《に》がしちゃいけない。見られた以上、追いかけるしかない!」声がかん高くなり、馬車全体が生き物ででもあるかのように命じた。「追え! あいつを追え! 追うんだ!」

馬車は再び速度を増した。音が大きくなり、馬は必死に前に突《つ》き進《すす》んだ。ブラァンは支えにとびついた。「気でも狂ったの? 何をするのさ? 追うなんて……あれを?」恐ろしさのあまり最後の言葉は悲鳴に近かった。

ウィルはゆれる片隅《かたすみ》にしゃがんでいたが、顔は断固《だんこ》としていた。「しかたがない……知る必要があるんだ……待ってろ。落ち着け。恐怖《きょうふ》はあいつが作りだすんだ。馬を走らせることによって。こっちが追えば、それだけ減る。しっかりつかまって見ていろ……」

かなりの速度で走っていたが、もはや暴走《ぼうそう》ではなくなっていた。馬は安定した力強い走り方で、馬車を、糸で操《あやつ》る子どものおもちゃのように振動《しんどう》させた。雲などどこにもないかのように明るさがぐんぐん増し、まもなく日光が再び、開け放しの窓から射《さ》し込《こ》んできた。大通りの片側はまだアーチのある家々に縁《ふち》取《ど》られていたが、反対側には高い木々となめらかな草地が遠くまでみどり濃く続いていた。

小道や砂利《じゃり》を敷いた散歩道が、そこかしこで草地を横切って交差《こうさ》していた。

「きっと……あの公苑《こうえん》だよ」ブラァンの声は、ゆれとゆれの間で勢いよく上下した。「最初に……屋根から……見たやつ」

「かもね。ごらんよ！」

ウィルは指さした。前方に道からそれてだく足で進むふたりの騎手がいた。見たところもはや急いではおらず、公苑を横切る小道の一本をたどっている。奇妙《きみょう》な取り合わせだった。石炭のように黒い馬に乗った黒フードに黒マントの騎手と、雪白の馬に白フードに白マントの騎手。チェスの駒《こま》めいた儀式《ぎしき》張った姿だった。

「追え！」ウィルは叫《さけ》んだ。

馬車が曲がると、ブラァンはそれまで走ってきた長い無人の道を見やった。「あんなにたくさん──大きな黒雲みたいにいたのに。どこへ行ったんだろ？」

「秋になると木の葉が行く所へさ」

ブラァンはウィルを見、ふっと力を抜き、ニヤッとした。「詩的だな」

ウィルは笑った。「本当だよ。困《こま》ったことに、木の葉ってのはまた出てくる……」

そう言いながらも注意は、公苑の穏《おだ》やかなみどりを背に寒々しく浮《う》き上《あ》がっているふたりの背の高い騎手に向けられていた。まもなく白騎手（と呼ぶべきなのだろうとウィルは思った）は脇《わき》にそれ、静かに走り去った。馬車はいまひとりの黒くまっすぐな後ろ姿を追い続けた。

ブラァンは言った。「なぜ〈闇〉の騎手のうち、ある者は白一色で、残りは黒一色なんだい？」

「彩《いろど》りがないな……」ウィルは考えてみた。「ぼくにもわからない。〈闇〉が人間に手を出せるのが、どちらかの極端《きょくたん》に限《かぎ》られているからなのかもしれない。光り輝く理想に眼がくらんでる人間と、自分の頭の中の暗闇に閉じこもっている人間と、そのふたつの場合なんだ」

車輪がガリッと道を噛《か》んだ。両側に整然と形造られた花壇《かだん》が見えだした。間に白い石の腰かけが据《す》えられ、休んでいる人々や、散歩している人や、遊んでいる子どもたちがあちこちにいた。大きな黒馬にまたがって進む黒騎手や、羽根飾《はねかざ》りをつけて、黄金の紋章を扉につけたゆれる青い馬車を引く立《りっ》派《ぱ》な四頭の馬に、淡《あわ》い関心以上の眼を向ける者はいなかった。

ブラァンは、ひとりの老人が眼を上げ、馬車を見、すぐに読みかけの本に戻るのを見た。

「今度はぼくらが見えるんだ。けど、なんだか……どうでもいいみたい」

「そのうち、変わるんじゃないかな」ウィルは答えた。馬車が止まった。ウィルは扉を開けると、足で踏み段をおろした。白い道のざらざらした砂利の上にとびおりると、周囲を取り囲んでいるものを見て、一瞬、喜びに眼を奪《うば》われて立ちつくした。

空気中には芳香《ほうこう》が重くたちこめ、どこもかしこもバラだらけだった。四角や三角や円形の花壇が草地をまだらに彩っていた。赤、黄、白、そしてありとあらゆる中間色。ふたりの前には囲い込まれた円形の花園への入口――こぼれんばかりにバラを咲《さ》かせた高い生垣《いけがき》の中のアーチ――があった。少年たちは香《かお》りの強さに酔《よ》いながら、アーチをくぐった。花園の大きな輪の中にはいると、格式張った白大理石の手すりと腰かけが丸くしつらえてあり、その中央のきらめく噴水では、三頭のイルカが決して終わらぬ跳躍《ちょうやく》のさなかにあって、三つの口から三すじの水を高く、しぶきを上げてほとばしらせていた。その全体に太陽がかすかな虹《にじ》を投げかけていた。大理石の冷えびえした線を際立《きわだ》たせるかのように、到《いた》る所にバラの山があり、波打っていた。いずれも木ぐらいの丈《たけ》がある咲《さ》き誇《ほこ》る繁《しげ》みだった。

中でも最大のひとつの前に、小さなピンクの花をつけた野イバラが枝を広げつつあり、リンゴのように甘《あま》い香りを漂《ただよ》わせていた。そこに、黒い燃えさしのように、大きな黒馬にまたがった黒騎手がいた。

ウィルとブラァンは、噴水と並ぶところまで来ると立ち止まり、少し距離《きょり》をおいて騎手と馬に向かい合った。黒馬は足踏みを繰《く》り返《かえ》し、落ち着きがなかった。騎手は手綱《たづな》をツッと引き、フードを少し後ろへ下げた。ウィルは以前に見たことのある猛々《たけだけ》しい整った顔と、赤茶けた髪を見た。

「さて、ウィル・スタントンよ」騎手は低い声で言った。「テムズ谷から失《う》せし国《くに》まではさぞや遠かったであろう」

ウィルは答えた。「狩《か》りの群れが〈闇〉を追《お》い払《はら》った地の果てからここまでも、さぞかし遠かったろうね」

一瞬、騎手は苦痛《くつう》をおぼえたかのように顔をしかめた。フードの陰になるように少し頭の向きを変えたが、遠い側の頬全体を横切る醜《みにく》い傷痕《きずあと》を隠《かく》すのには間に合わなかった。だが顔をそむけたのはつかの間、次の瞬間には背すじを誇らかにまっすぐ伸《の》ばし直《なお》していた。

「あれは〈光〉の勝利であった。したが、あれひとつのみ」騎手は冷たく言った。「二度と勝つことはない。われらの最後の蹶起《けっき》の時が来たのだ、〈古老〉よ。〈闇〉の力は最大になった。今となっては止める術《すべ》はない」

「ひとつある」ウィルは言った。「ひとつだけ」

騎手は光る青い眼をウィルからブラァンに向けた。唱《とな》えるような、儀式張った口調で「剣《けん》はペンドラゴンの手に入るまではその力を得ることはできぬ。剣に手をかけるまではペンドラゴンの位《くらい》は名のみ」と言うと、眼をウィルに戻した。微笑《びしょう》が浮かんだが、眼は氷のように冷ややかなままだった。「ウィル・スタントンよ、われらはきさまの先回りをした。この国が失われた当初より、われらはここにいる。エイリアスをただいま持っている者の手から奪いたければ、試みるがいい。成功《せいこう》しはせぬ。その手はわが眷族《けんぞく》のものゆえ」

ブラァンがとまどって心配げに振り向くのがわかったが、ウィルはあえて見ようとはしなかった。騎手の様子をつぶさに見ていたのだ。男の顔と姿勢《しせい》に表われた自信は膨大《ぼうだい》で、傲岸不遜《ごうがんふそん》そのものに見えた。が、ウィルの直感が、見かけほど完璧《かんぺき》ではないと告げた。どこかに弱味がひそんでいる。〈闇〉

の勝利への確信のどこかに瑕《きず》が、小さな瑕がある。そこにこそ、〈闇〉の蹶起を妨《さまた》げる唯一《ゆいいつ》の望みがあるのだ。

ウィルは、無言で長いこと騎手を見つめた。じっと、視線《しせん》を微動《びどう》だにさせず。ついに青い眼がけもののそれのようにつとそらされた。ウィルの考えは正しかった。

騎手はとりつくろうようにさりげなく言った。「ここにいる間は、叶《かな》わぬ目的を追う愚《おろ》かさを忘れ、失せし国の驚異《きょうい》を楽しむことだ。〈闇〉を助ける者はここにはおらぬ。同様に、きさまらを助ける者もいない。だが、楽しむよすがは数多い」

黒馬が落ち着きなく体を動かした。騎手は手綱を引き、大きなつぼみやたっぷりした黄色い花を下向きにつけた鮮やかな蔓《つる》バラに近づかせた。

ゆとりのある、気取っているとさえ言える身振りで騎手は身をかがめ、黄バラを一輪折り取って嗅《か》いだ。「たとえば、この花だ。あらゆる時代のバラがある。このマレシャル・ニール。これほどの香りはまたとない……きさまのそばの、小さな赤い花をつけた変わった背の高い繁みはモエシーだ。独《どく》立独歩《りつどっぽ》で、ほかのどれよりも多くの花を咲かせるかと思えば、幾年《いくねん》にもわたり、ただの一輪だにつけぬ」

「バラは予想のつかぬ花でしてな、殿《との》」くだけた声がさらりと言った。次の言葉にはわずかにかどがあった。「失せし国の民も同じこと」

いきなり現われたのはグイオンだった。噴水のかたわらに黒くちんまりとたたずんでいる。どこからやってきたものか、きらめく水しぶきの上にかかった虹の中から歩み出たかのようだった。

黒馬がまた不安げに足踏みした。騎手には制御《せいぎょ》するのがやっとだった。騎手は冷たく言った。「楽師よ、〈光〉に手を貸《か》せばきさまの運命は辛《つら》いものになろうぞ」

「わしの運命はわしの決めること」グイオンは答えた。

黒馬が頭を振り上げた。ウィルには高い生垣に囲まれた花園から出て行きたがっているように思えた。入口のバラに飾られたアーチを肩越しに振り返ると、日の光を反射《はんしゃ》してぎらつく白馬にまたがった白マントの騎手の静かな姿が見えた。

グイオンもそちらに眼をやり、小声で言った。「ほほう」

「この国にいるのは我輩《わがはい》ひとりではない」騎手が言った。

「いかにもその通りですな。〈闇〉の君の最たるものがこの王国に集《つど》うてきているとの噂《うわさ》は、真実と見受けました。確《たし》かに総力がここに集うている――いずれ必要とされるでしょう」こだわりのない、あっさりした口調だったが、最後のひとことはわざと間のびした言い方で、騎手の顔が険《けわ》しくなった。

唐突《とうとつ》な身振りでフードを深く引きおろしたので、声だけが陰から毒づいた。

「おのが身を救え、タリエシンよ。さなくば〈光〉の空《むな》しい希望もろとも果てよ！　果てるがよい！」

馬にぐるっと向きを変えさせると、黒いマントがひるがえり、言葉が石のように投げ出された。

「果ててしまえ！」落ち着かなかった馬は、うながされてダッとアーチに向かい、近づくのを見た白騎手はあいさつ代わりに馬を円に歩かせた。遠くの方からふいに雷《かみなり》が起こって急速に接近してきたと思うと、前にウィルとブラァンを追い抜いていった〈闇〉の騎手たちが、明るい一日を台なしにする大きな雲さながら公苑を駆け抜けてきた。そして〈闇〉の君であるふたりの騎手を囲み、押し包んで運び去るかに見えた。黒雲が道に沿《そ》って走り去ると、雷鳴《らいめい》もやんだ。ウィルとブラァンとグイオンの三人は、都のバラの中に、失せし国のかぐわしい花園の中に取り残された。

「タリエシンって?」ウィルがたずねた。

「名前よ」グイオンは答えた。「人の名前のひとつにすぎぬ」と手を出して、かたわらの白バラの枝をなでた。「見た限《かぎ》りでは、わが都《みやこ》は気に入ったかな」

ウィルには笑い返すことができなかった。気がかりなことがあったのだ。「馬車でぼくらを送りだした時、騎手《きしゅ》に会うだろうってわかってたの?」

グイオンは真顔になり、ひげをいじった。「いや、〈古老〉よ、知らなんだ。馬車はただここへおぬしらを運ぶためのもの。だがあやつのほうでは知っていたのかもしれぬ。失《う》せし国《くに》において、〈闇《やみ》〉が知らぬことはごくわずかなのだ。できることもわずかしかないがな」と言うと、だしぬけに噴水《ふんすい》のほうを振《ふ》り返《かえ》った。「来るがよい」

ふたりはグイオンのあとから噴水のまん前に立った。からみ合った白いイルカの吐《は》く水は、そこではキラキラする螺旋形《らせんけい》を描《えが》いていた。近くには繁茂《はんも》しているバラの中でも最大の繁《しげ》みがあった。こんもり高く、家一軒《けん》ほどの幅《はば》があり、可憐《かれん》な白い花を咲《さ》かせていた。噴水の細かな霧《きり》が髪《かみ》を星のように飾《かざ》り、顔を濡《ぬ》らした。光る滴《しずく》がグイオンの灰色《はいいろ》のひげにさえ宿っているのが見えた。

「〈光〉のアーチを見るのだ」グイオンが言った。

ウィルは躍《おど》る水と、つややかなイルカと、花びらの四枚《まい》あるバラを見た。全てが渾然一体《こんぜんいったい》となっていた。「虹《にじ》のこと?」

虹は突然《とつぜん》、そこに再び現われた。太陽が産んだおぼろな色彩《しきさい》の曲線が噴水の中にあり、その上にもうひとつかかっている気配があった。

グイオンが背後《はいご》でそっと言った。「よく見るのだ。じっと」

ふたりはおとなしく眼《め》を凝《こ》らして虹を見、大理石と跳躍《ちょうやく》する水に反射《はんしゃ》する光に眼がくらむまでながめ続けた。だしぬけにブラァンが叫《さけ》んだ。「ごらん!」——同時に、ウィルは手を握《にぎ》りしめて一歩前に踏《ふ》みだしかけた。虹の陰《かげ》にかすかに、宙《ちゅう》に浮《う》いているかに見える人物の輪郭《りんかく》が映《うつ》った。白い衣《ころも》にみどりの長上着をまとい、うつむいている男だ。体のあらゆる線が憂《うれ》いにうなだれていた——その手には輝《かがや》く剣《けん》があった。

ウィルは息をするのもはばかられ、もっとよく見ようと前に乗り出した。人物は、視線《しせん》を感じて見つめ返したくなった、といわんばかりに半ば頭を上げかけたが、だるさに負けたかのようにうなだれ、手が……

……と思うと、そこには噴水のきらめく水しぶきの間を縫《ぬ》ってかかった虹の弧《こ》があるばかりだった。

ブラァンが緊張《きんちょう》した声で言った。「エイリアス。あれがそうだ。あの人、誰《だれ》だい？」

「気の毒に」ウィルが言った。「なんて可哀想《かわいそう》な人だろう」

グイオンは長々と息を吐いて緊張を解《と》いた。「見たか？　はっきり見えたか？」すがるような熱意がこもっていた。

ウィルは不思議に思ってグイオンを見た。「あなたは見なかったの？」

「これは〈光〉の噴水なのだ。失せし国において許《ゆる》されている唯一《ゆいいつ》のささやかな〈光〉の手仕事だ。これが見せてくれるものを見ることが叶《かな》うのは、〈光〉に与《くみ》する者のみ。わしは……まだなりきっておらぬのでな」グイオンは熱心にウィルとブラァンを見つめた。「見た顔をおぼえていられるか？あの悲しげな顔と、あの剣を？」

「どこでだって」ウィルが言った。

「いつだってね」ブラァンは「だって――」と言いかけ、とまどって言葉を切り、ウィルを見た。

「わかるよ」とウィルは言った。「説明のしようがない顔なんだ。けど会えばすぐにわかる。誰なの？」

グイオンはためいきをついた。「王だ。グイズノー、失せし国の失われた王だ」

「剣はあの人が持ってるんだ。どこにいるの?」水晶《すいしょう》の剣の話題になるたびに、ブラァンが妙《みょう》な熱意のとりこになるらしいことにウィルは気づいた。

「剣は王が持っておられる。おぬしらにお与《あた》えになるかもしれぬ。おぬしらの言葉が耳にはいればな。何者の声をも耳にされなくなって久しい――お耳が聞こえぬのではなく、ご自身のお心の中に閉《と》じこもってしまわれたのだ」

ブラァンは繰《く》り返《かえ》した。「どこにいるの?」

「塔《とう》におられる。カー・ワディルのある塔に」グイオンがウェールズ語を口にすると、それまで彼の英語につきまとっていた唄《うた》うようななまりが、ウェールズ人のものだったのにウィルは気づいた。ブラァンのそれよりはるかに弱いなまりだったが。

「カー・ワディル」ブラァンは額《ひたい》にしわを寄《よ》せてウィルを見た。「ガラスの城《しろ》って意味だよ」

「玻璃《はり》の塔」ウィルは言った。「虹を通して見える玻璃の塔だ」噴水を振り返ると、ウィルは螺旋状の流水が舞《ま》い上《あ》がり、砕《くだ》け、ダイヤモンドの雨となってイルカの濡《ぬ》れて光る背《せ》に注ぐのを見た。それからはたと動きを止めてよく見直した。「あそこを見ろよ、ブラァン。気がつかなかったけど、何か書いてある。ずっと下のほうだよ」

ふたりはそろってかがみ込み、しぶきをよけようと手を顔の前にかざした。大理石に、半ば草に隠《かく》れて、文字が一列に刻《きざ》まれていた。文字は苔《こけ》むしてみどりまだらになっていた。

「我《われ》ハ……」ウィルは手で草を分けた。「我ハ全テノ杜屋《もりや》ノ胎《たい》」

ブラァンは難《むずか》しい顔になった。「全テノ杜屋の胎。胎ってのは、お母さんから生まれる時に出てくる場所だから、この意味は――物事の始まりかな？　けど、杜屋ってなんだろ？」

「難《なん》をのがれるための場所だ」グイオンが静かに言った。

ブラァンは黒眼鏡《くろめがね》を押《お》し下《さ》げて刻まれた文字を透《す》かし見た。「全ての避難所《ひなんじょ》の始まり？　なんのことだろ、いったい？」

「わしには言えぬ。だが、おぼえておいたほうがよいと思う」グイオンはアーチの外で待っている青い馬車を指さした。「来ぬか？」

踏《ふ》み段《だん》に上がって馬車に乗り込みながら、ウィルはたずねた。「扉《とびら》についている金の紋章《もんしょう》は何？　跳《は》ねてる魚とバラがあるやつ」

「魚はダヴィ河にいる鮭《さけ》だ。後世の紋章学者は、『青地。梨地銀《なしじ》ニテ有棘《ゆうし》ノバラ三輪。間ニ黄金ニテ泳ゲル体ノ鮭』と解説《かいせつ》するようになるだろうよ」グイオンは少年たちの頭を越《こ》え、御者席《ぎょしゃせき》に腰《こし》をおろし、手綱《たづな》をたぐり寄せた。最後の数語はやっと聞き取れた。「グイズノー王の紋章よ」

そう言うと、手綱で四頭の黒馬をうながした。馬は羽根に飾《かざ》られた頭を振り立て、走りだした。ゆれ動き、ガラガラ音をたてながら広い緑苑《りょくえん》の花壇《かだん》の間を抜《ぬ》け、都の石畳《いしだたみ》の上に出た。そこかしこを人々が三々五々散策《さんさく》していた。馬車が音高く通りすぎると、人々は頭を上げ、驚《おどろ》きと、時には好奇心《こうきしん》を抱《いだ》いて見送った。あいさつをする者こそいなかったが、以前のように無視《むし》する者もなく、今回はあらゆる頭が振り向いた。

馬車は速度を落とし、とある角を曲がった。外をのぞくと、中庭へと続いていたあのアーチ形の入口をくぐるところだった。四方を囲む壁《かべ》は高い円柱に飾られ、九つに仕切られた細長い窓がたくさんはめこまれていた。お伽噺《とぎばなし》めいた尖塔《せんとう》が手すりに縁取《ふちど》られた屋根の上にいくつも建っていた。どの窓も無人で、顔ひとつのぞいてはいなかった。

馬車が止まったのでおりると、幅《はば》の狭《せま》い石段が、角柱にはさまれた戸口へと続いていた。戸口は石でできた巻物や人物像で飾られていた――全体を圧しているのは、馬車の扉についているのと同じ、跳ねる魚の紋章だった。ウィルとブラァンは互《たが》いに見交《みか》わしてから正面に眼をやった。扉は開け放たれていた。中に見えるのは闇ばかりだった。

グイオンが背後で言った。「グイズノー・ガランヒルの宮殿《きゅうでん》だ。王が海辺の城に引《ひ》き籠《こも》られ、外に出なくなられて以来、無人宮《むじんきゅう》と呼《よ》ばれている。ふたり一緒《いっしょ》にはいるがよい。道を見つければあとで会えるであろう」

ウィルは、後ろを振り返った。華麗《かれい》な馬車と漆黒《しっこく》の馬はすっかり姿《すがた》を消していた。広い中庭は空《から》だった。グイオンは小ぢんまりした黒い姿で石段のふもとに立っていた。ひげに飾られた顔は上向けられ、ふいに現われた心配そうなしわが妙にはっきり刻まれていた。神経《しんけい》を張りつめさせて待っているのだった。

ウィルはうなずいた。宮殿の大きな開け放しの戸口に向き直ると、ブラァンがじっと暗がりをのぞき込んでいた。グイオンが口を開く前から、身動きひとつしていないのだった。白い頭を振り向けもせずにブラァンは言った。「さあ、行こうよ」

ふたりは並《なら》んで中にはいった。大扉《おおとびら》は長々と軋《きし》り、ドーンと深く反響《はんきょう》する音をたてて閉じた。途《と》端《たん》に暗闇に白く燃える光がほとばしった。ブラァンがひるんで眼をおおうのを見たあとで初めて、ウィルは前にしているものの重みに打たれ、ハッと声を立てた。

ぐるりを囲み、つきることなく燦然《さんぜん》と輝いているのは数えきれないほどのウィルとブラァンだった。反転して眼をみはると、映像《えいぞう》のウィルも、レビューの踊《おど》り子《こ》の列さながら、次第に遠ざかりつつ反転した。どなってもみた。映像が視野《しや》の中を反復《はんぷく》しているのと同様、声も限りなく繰り返されるこだまとなって飛び交うものと思ったのだ。だが、生の声が一回鈍《にぶ》く響《ひび》いただけだった。

それがこの場所の性質をウィルに教えてくれた。細長い場所なのだ。

「廊下《ろうか》かな?」とまどったように言うと、

「鏡だ!」ブラァンが頭をぐるぐるめぐらせながら言った。黒眼鏡の陰ですら眼がぐっと細められていた。「鏡だらけだ。鏡でできてるんだよ」

ウィルの頭は混乱《こんらん》の渦《うず》を脱《だっ》して、眼に見えるものを整理しだした。「うん、鏡だ。床を除《のぞ》いては」

とつややかな黒い床《ゆか》を見おろした。「こいつは黒ガラスときた。ほら、さかさまだろ。ここは全体が鏡でできた、長くて曲がりくねった廊下なんだ」

「ぼくが多すぎる」ブラァンは不気味な笑い声をたてた。果てしなく続く幻《まぼろし》のブラァンが同時に笑い、どの顔にも白い歯がひらめいた——途端にどれも眼を丸くして真顔になった。

ウィルは自信なげに二、三歩進み、幾列《いくれつ》もの映像が一緒に動くのを見てたじろいだ。前方に廊下のカーブが少し見えた。大きな本の中の美しい白紙のページさながら、おのれの光輝《こうき》だけを反射している。ウィルは手を伸ばしてブラァンの袖《そで》を引いた。

「おい、隣を歩いてくれ。ちらりとでも違《ちが》う人間の顔が見えれば、そう眼を惑《まど》わされずにすむ」

ブラァンはついてきて、「本当だ」と頼《たよ》りなげに言った。だが少し進んだかと思うと急に立ち止まった。顔がひきつり、気分が悪そうだった。「たまんない」と苦しげに言った。「鏡が、光がおおいかぶさってくる。両側から迫《せま》ってくる。特別いやな箱の中にいるみたいだ」

「頑張《がんば》れ」ウィルは努めて自信ありげに言った。「あの角を曲がれば開けるかもしれないよ。永久に続くわけはない」

だが、つきることなく繰り返される自分たちの映像で壁面《へきめん》を満たしながら角を曲がってみると、ふたつの急な角に行きあっただけだった。映像は一段とめちゃくちゃに分裂《ぶんれつ》した。べつな鏡の廊下が最初のと交差して、進むべき道を三つに分けているのだった。

ブラァンが辛《つら》そうに言った。「どれにする?」

「見当もつかない」ウィルはポケットに手を突《つ》っ込《こ》み、一ペニー玉を取り出した。「表なら右かまんなか、裏《うら》なら左だ」そう言うと硬貨《こうか》を放り投げて回転させ、差し出した腕《うで》の上で受け止めた。

「裏だ」ブラァンが言った。「左だ」

「おっと!」ウィルは硬貨を落としてしまった。回転しながら転がっていくのが聞こえた。「どこだろ? ここでなら簡単《かんたん》に見つかるはずだけど……。鏡のどこにも継《つ》ぎ目《め》がないなんて妙だな――四角い管《くだ》の中にいるのと同じだ――」そこまで言うとブラァンのひきつった顔が眼にはいり、ぎょっとした。「来いよ――ここから出なきゃ」

ふたりは左手の角を曲がって進み続けた。が、鏡の廊下は最初のとそっくりで、どこまで行っても終わらないいかに見えた。延々《えんえん》と続き、鋭《するど》く左に折れたと思うと再びまっすぐになった。高く響く足音も立ち止まるや否《いな》や、やんでしまう中で、ようやく再び廊下の交差点に出た。

ブラァンは元気なく見回した。「前のとまるで同じに見えるね」

鏡とは異質《いしつ》の反射光に、ウィルの眼は床に引き寄せられた。かがんでみると、落とした一ペニー玉だった。体を起こし、ふいにのどを襲《おそ》った虚《うつ》ろな感覚を殺そうと激《はげ》しくつばを呑《の》み下すと、ブラァンに手を差し出した。

「同じなんだ。ほら」

「神様《ダヴ》。一周してきたんだ」ブラァンは眉《まゆ》をひそめた。「ねえ、迷路《めいろ》なんじゃないかな?」

「迷路……」

「鏡の迷路だよ。一生をここで過ごすことになるかもしれない」

「グイオンはきっと知ってたんだ」ウィルは気づかわしげに緊張して自分を見上げた灰色ひげの顔を思い浮かべた。「言ってたじゃないか。『道を見つければ、あとで会えるであろう』って……」

「迷路について何か知ってるかい?」

「ハンプトン・コート城《じょう》にあるやつにはいったことがある。生垣《いけがき》の迷路だった。はいってく時には右に曲がり続けて、出て行く時には左ばかりなんだ。けど、あれには中心点があった。こいつは——」

「あのカーブだよ」考える種ができたので、ブラァンはいくらかましな様子に見えた。「考えろ。考えるんだ。出発点で右に進んで、カーブを描いて……」

「左に曲がるカーブだった」

「それから十字路に出て、一番左の廊下を選んだんだ。今度はそいつが左にカーブして、円を描いて十字路に連れ戻したってわけさ」

ウィルは眼を閉じ、迷路の形を思い描こうとした。「じゃ、左に曲がったのがいけないんだ。右ならいいのかな?」

「そうさ。いいかい」ブラァンの蒼白《あおじろ》い顔は、ひらめいた考えのために輝いていた。口を大きく開けると廊下の鏡張りの壁にハーッと息を吐《は》きかけ、曇《くも》った部分に指で一連の輪をつづった上向きの螺旋形を描いた。輪のそれぞれは互いに触《ふ》れることなく上に伸びていた。湾曲《わんきょく》した輪の頂点《ちょうてん》は左側を向いていた。伸びきったバネを立てた図のように見えた。

「こういう形でなきゃおかしい。最初の輪があるだろ？　ぼくらが歩いてきたのはあれだよ。迷路ってのは繰り返しの連続なのがあたりまえだし」

「輪から輪へとつながっていくなら、螺旋形しかない」ウィルは、曇った部分に描かれた図が次第に薄《うす》れていくのを見守った。「輪を毎回一周する必要はないわけだ。それぞれが交差する箇所《かしょ》で右を選べばいい」

「右に曲がり続けてね。行こうよ」ブラァンは勝《か》ち誇《ほこ》って右の廊下に向かった。

「待てよ」ウィルは壁に息を吐きかけ、再び螺旋形を描いた。「向きが逆《ぎゃく》だよ。いいかい？　最初の輪を一周したんだから、今のぼくらは逆向きになってるんだ。もと来た方を向いてるんだよ。このまま右に曲がったら、実は左に曲がってることになる」

「そしてまた同じ輪を通るってわけか。ごめん。その通りだ。急ぎたかったもんで」ブラァンは腕を横に振ってピョンととび上がり、逆を向いた。そして跳躍《ちょうやく》を真似《まね》た果てしのない映像群を、嫌悪《けんお》をこめてながめやった。「行こうよ。こんな鏡、大っきらいだ」

カーブを描く右の廊下をたどりながらウィルは考え深げに友人を見つめた。「本気でそう言ってるんだね？　そりゃ、ぼくだってここは気に入らないさ。気味が悪いよ。けど、君の場合は――」

「明るさのせいなんだ」ブラァンは不安げに周囲を見回し、歩みを速めた。「それだけじゃない。こんなに反射像が多いと、妙な気分がしてくる。頭の中身が吸《す》い出《だ》されるみたいなんだ。ええい！」と言葉にならぬもどかしさに頭を振った。

「次の十字路だ。早かったなあ」

「当然だよ。これが正解ならね。また右折だ」

ふたりは四回右折し、どこまでも歩調を合わせてくる幾列もの映像を率《ひき》いて進んだ。

突然、四つめの角に続くカーブを曲がると、ふたり自身の姿に出くわした。何もない鏡の壁から度《ど》肝《ぎも》を抜かれたふたつの映像が見つめ返していた。

「そんな！」ウィルは激しく言ったが、声が震《ふる》えるのを聞き、ブラァンの頭と肩が絶望《ぜつぼう》してしおれるのを見た。

ブラァンは静かに言った。「行き止まりだ」

「だって、間違ったはずはないよ」

「間違ったんだから仕方がない。また戻って……やり直すのか」ブラァンは膝《ひざ》をがくっと折り、黒ガラスの床にぐったりと座り込んでしまった。

ウィルは鏡の中のブラァンを見た。「信じられないよ」

「だって、現に行き止まりじゃないか」

「最初からやり直すってのが信じられないんだ」

「ほかにないもの」ブラァンはふたりの映像をうらぶれた顔で見上げた。立っている少年の青いセーターとジーンズ、床にうずくまっている少年の白い頭と黒眼鏡を見た。「前にもあったよね、ずっと前に――行き止まりの壁にぶつかったことが。あれは、君の〈古老〉としての力が使えるところだった。ここじゃきかないんだろ？」

「うん。失せし国では使えない」

「それごらん」

「いやだ」ウィルは言い張った。親指の爪《つめ》を噛《か》みながら、与えられたものしか映し出せないくせに、なぜか独自の広々とした世界を秘《ひ》めているように見えるのっぺらぼうの鏡の壁を見回した。「違う。何かあるはずだ……思い出さなきゃいけないことがあるはずなんだ」ブラァンを見おろした眼は、本当には見えていなかった。「考えるんだ。初めて出会ってからこっち、グイオンは何か意味のありそうなことを言わなかったかい？　こうしろって言ったことがなかったっけ？」

「グイオンがか？　馬車に乗れって言ったよ……」ブラァンは立ち上がり、蒼《あお》い額《ひたい》にしわを寄せて記憶をさかのぼらせた。「道を見つければ会えるって言った――けど、そいつは最後だったな。その前に……そうだ。何かをおぼえておけって言ったんだ。なんだっけ？　おぼえておけって言ったんだ。

おぼえておけって……」

ウィルは体を硬《こわ》ばらせた。「おぼえておけって。虹の中の男の人の顔と、それからもうひとつ、噴水の文字だ。『おぼえておいたほうがよいと思う』……って」

思い出したウィルは背すじをピンと伸ばして立ち、両腕をまっすぐ前に突き出し、十本の指を全部、行く手を阻《はば》む鏡の壁に向けた。

「我は全ての杜屋の胎」ウィルはゆっくりと、はっきりと、公苑の噴水の苔《こけ》むした石の上に草を通して読み取った文句を口にした。

すると鏡に映ったふたりの頭上に、かすかに、徐々《じょじょ》に、別の文字が一行に並んで光り始め、次第に明るさを増《ま》して、ついには、あまりのまばゆさでほかの全ての光を鈍らせてしまった。文字を読み取り、理解する暇《ひま》はわずかしかなかった。〈我ハ全テノ丘ノ火〉。続く一瞬《いっしゅん》、光は耐《た》え難《がた》いほど強烈《きょうれつ》になり、ふたりはひるんで顔をそむけた。と、何マイルもの距離《きょり》に隔《へだ》てられて爆発音《ばくはつおん》を聞くような、妙なくぐもった音が聞こえ、ふたりを閉じ込めていた鏡の壁は一斉《いっせい》に砕《くだ》けて、美しく鳴りながら崩《くず》れ落《お》ちた。

少年たちは自由の身だった。光る文字は眼の前の闇の中にまだ浮かんでいたが、鏡の迷路は始めから存在《そんざい》しなかったかのように跡形《あとかた》もなかった。

燃える文字はウィルの頭上から消えたが、数秒《びょう》というもの、まだその場に亡霊《ぼうれい》めいた残像《ざんぞう》が漂《ただよ》っていた。かたわらのブラァンが、長々と安堵《あんど》の吐息《といき》を洩《も》らすのが聞こえた。

グイオンの声が、闇《やみ》の中から温《あたた》かく呼《よ》びかけた。「道を見つけたな」

眼《め》をしばたたいたウィルは、グイオンが前に立っているのをみとめた。三人は高い円天井《まるてんじょう》の大広間にいた。白い壁《かべ》には贅沢《ぜいたく》なつづれ織《お》りや鮮《あざ》やかな絵画がかかっている。後ろを振《ふ》り返《かえ》ると、広間の反対側に、迷路《めいろ》に足を踏《ふ》み入《い》れた時に背後《はいご》で閉まった大きな石細工《いしざいく》の扉《とびら》があった。迷路そのものは影《かげ》も形もなかった。

ブラァンが、まだ震《ふる》えの止まらぬ声で言った。「あれ、現実にあったの?」それからおずおずと笑った。「ばかなこと聞いちゃったね」

グイオンは微笑《びしょう》しながら近づいてきた。「現実とは難《むずか》しい言葉だ。真実や現在というのと同じくらい難しい……来るがよい。都《みやこ》の防壁《ぼうへき》を崩《くず》して身の証《あか》しを立てた今なら、城《しろ》への道を教えて進ぜることができる」

つづれ織りの幕《まく》を引き開けると、狭《せま》い螺旋階段《らせんかいだん》への入口が明かされた。グイオンの合図で、ふたりはあとに続いて登りだした。ウィルは、柔《やわ》らかいなめし革《がわ》の靴《くつ》をはいた、静かなグイオンの足を追った。階段は湾曲《わんきょく》して、果てしなく上昇し続けるように思えた。あまりに長いこと登り続けたので、息がゼイゼイ言いだし、何百フィートもの高さまで来たに違《ちが》いないと思った。

と、グイオンが「しばし待て」と言って立ち止まり、何かをかくしから取り出した。重い鉄の鍵《かぎ》だった。階段脇《わき》の壁にはめ込まれた、不透明《ふとうめい》な細い窓《まど》からのわずかな光で、鍵の頭が装飾的《そうしょくてき》な形に造られているのが見えた。十字で仕切られた輪の形だった。ウィルは身じろぎもせずに見つめた。顔を上げると、グイオンの黒い眼が、謎《なぞ》めいた光を帯びて見おろしていた。

「ああ、〈古老〉よ」グイオンはそっと言った。「失《う》せし国《くに》は、いにしえよりの象徴《しょうちょう》に富んでいるが、その意味を記憶《きおく》しておる民《たみ》はおらぬも同然なのだよ」

グイオンは行く手を阻《はば》んでいた小さな戸を開けた。さっと日の光が降《ふ》り注《そそ》ぎ、鏡の迷路の苦しい記憶の最後のひと切れを洗《あら》い去《さ》ってくれた。

ウィルとブラァンは監獄《かんごく》から出てくる囚人《しゅうじん》さながら、青空を仰《あお》いで外に出た。三人は黄金細工の手すりの内側にいて、都のきらめく黄金の屋根の波と、公苑《こうえん》のこんもりしたみどりの広がりを見おろしていた。この旅の始まりとよく似《に》ていたが、前よりも高い所にいるのだった。じきに、今度のバルコニーは巨大《きょだい》な白と金の円蓋《えんがい》の下の縁《ふち》と判明《はんめい》した――そして、最初に暁《あかつき》の中で輝《かがや》くのを見たのは、このすばらしい黄金と水晶《すいしょう》のしまの円蓋を戴《いただ》いた失せし国の無人宮《むじんきゅう》、グイズノー王の宮殿《きゅうでん》にほかならなかったのだと知った。伸《の》び上《あ》がったウィルは、西を指し示す黄金の矢のあるてっぺんを、かろうじて見たように思った。

グイオンが来てふたりの背後に立ち、同じ方向を指した。小指に跳《は》ねる魚を型取った濃《こ》い色の石の指輪がはまっているのに、ウィルは気づいた。

差し出された腕《うで》の線に沿《そ》って、都の屋根がなくなり、熱気の中へと伸び広がる、みどりと金色のつぎはぎ細工の畑地に取って代わられるのが見えた。はるか彼方《かなた》のもやの中に、黒っぽい木々と、その背後にせり上がる紫《むらさき》の山々と光る長い海面が見えたように思ったが、確信《かくしん》は持てなかった。はっきり見えるのはただひとつ、失せし国と海が出合う、淡《あわ》いみどりの境界線上に立ち上がる、細い光のすじだった。

「ごらんよ」ブラァンの手が一瞬《いっしゅん》、グイオンのそれのそばにたゆたった。黒っぽい指輪をはめた痩《や》せた茶色の手と並《なら》ぶと、ブラァンの指は乳《ちち》のように蒼白《あおじろ》く、ひどく幼《おさな》く見えた。「あれだよ――山から見ただろ、ウィル？　おぼえてないかい？　クウム・マエスロンの上でさ」そして、残念そうにウィルを見た。「別世界のことだね。やあ、あの子たちのことをすっかり忘れてた。無事かなあ？」

「たぶんね」ウィルはゆっくりと言った。ぼやけた地平線に眼を向けたままだが、見てはいなかった。

失せし国に来た時からずっと、頭の中をかすめ続けている心配事に心を奪《うば》われていたのだ。「ぼくもそれが知りたいんだ。あと、メリマンがどこにいるのかも。呼んでも……届《とど》かないんだよ、ブラァン。届かないんだ。向こうの声も聞こえない。ぼくらと一緒《いっしょ》に来るつもりだったんだとは思うけど」

「いかにも、〈古老〉よ」意外にもグイオンが答えた。「だが、失せし国の魔法《まほう》に阻《はば》まれて来られぬのだ。魔法を破《やぶ》る唯一《ゆいいつ》の機会をのがしてしまったゆえな」

ウィルは深い直感にゆさぶられてパッと向き直った。「メリマンを知ってるんだね？　ずっと昔には、親しかったんでしょう？」

「極《きわ》めて親しくしていた」グイオンの言葉には、痛《いた》いほどの愛情がこもっていた。「おぬしがその名を口にしてくれたので、ようよう言えるのだが、この宮殿でおぬしらと落ち合う予定だったのだよ。だが、おぬしらのもといた世界で〈闇〉に引《ひ》き留《と》められたという気がしてならぬ。失せし国にはいる瞬間をのがしたのだとすれば、もはや来ることは叶《かな》わぬ」

ウィルが言った。「絶対《ぜったい》に？」

「さよう」

ウィルはふいに、メリマンの力強い存在《そんざい》がじきに助けにきてくれるのを、自分がどれほど望んでいたか悟《さと》った。こみ上げる不安を呑《の》み込《こ》むと、ブラァンを見やった。

「じゃ、老女の言われたこと以外に頼《たよ》れるものはないわけだ。水晶の剣《けん》は、七本の木の間の玻璃《はり》の塔《とう》で見つかる。そこで――角笛《つのぶえ》が車輪を止める」

ブラァンも言った。「それから、白い骨《ほね》が行く手を阻み、飛ぶサンザシが救いを与《あた》える。なんのことかわからないけど」

「玻璃の塔」ウィルは繰《く》り返《かえ》し、地平線上にきらめくすじに眼を戻した。

グイオンが言った。「おぬしの見ているのはカー・ワディル。玻璃の塔を持つ、失せし国の城だ。わが君が、誰《だれ》にも晴らすことの叶わぬ、死にも似た憂《うれ》いに包まれて座《ざ》しておられる所だ」うらぶれた悲しい声だった。

ウィルはためらいがちに言った。「もっと知りたいんだけど、いい?」

「よいとも」グイオンは重々しく言った。「マーリオン(メリマンの別名)のためにも、この国と、かの剣についておぬしらに語らねばならぬことがある。能《あた》う限《かぎ》り教えて進ぜよう」と、黄金の手すりの端《はし》に歩《あゆ》み寄《よ》ると縁を両手でつかみ、都の彼方をながめた。ひげが突《つ》き出《で》、力強い鼻梁《びりょう》が空を背景にくっきり浮き上がり、硬貨《こうか》に刻《きざ》まれた横顔を思わせた。

「この国は、〈闇〉のものでも〈光〉のものでもない。過去にいずれかであったためしもない。ここの魔法は異質《いしつ》の魔法、頭脳《ずのう》と手と眼の魔法で、よくも悪くもないため、いずれにも与《くみ》しなかったのだ。人間の業《わざ》とも、〈光〉と〈闇〉のふたつの絶対的な価値《かち》とも、バラの花一輪、魚一尾《び》の跳躍《ちょうやく》の弧《こ》ほどにも関わりを持たぬ。だが、〈時〉の内外を通じて最高の腕を誇《ほこ》ったわが国の工匠《たくみ》らは、〈闇〉のために働くことを……潔《いさぎよ》しとはせなんだ。彼《かれ》らの最も秀《すぐ》れた作品は〈光〉の君のために造られた。壁かけを織り、玉座《ぎょくざ》や櫃《ひつ》を彫《ほ》り、金銀の燭台《しょくだい》を造り上げた。〈光〉の六つの偉大《いだい》なしるしのうち、四つまでを細工した」

グイオンは微笑し、「ああ、〈しるしを捜《さが》す者〉よ」と、やさしく言った。「ここの民でさえもはやおぼえてはおらぬ遠い昔に、この失せし国から、金環《きんかん》でつながれたおぬしの鎖《くさり》は始まったのだよ。鉄と青銅《せいどう》と水と火と……。して最後に、この国の工匠のひとりが〈光〉のために、偉大な剣エイリアスを鍛《きた》えた」

ブラァンが緊張《きんちょう》してたずねた。「誰がこしらえたの?」

「〈光〉と近しかった人だが、〈光〉の君でも〈古老〉でもなかった――この国からは、おぬしらの民は出ぬのだ……。あれほどの不思議を造り出す腕のあるのは、その人ひとりだった。秀れた技術《ぎじゅつ》を持つ者の多いこの国においてさえ並ぶ者のない、偉大な工匠だった」グイオンは思い出しながら、ゆっくりと恭《うやうや》しげに語り、感心してやまぬというように頭を振った。「だが、〈闇〉の騎手《きしゅ》たちが自由に国じゅうを往《い》き来《き》していた。いかなる生き物であれ、閉め出す理由も望みもわれらは抱いておらなんだゆえ――そして、〈光〉が剣を依頼《いらい》したと聞きつけるや、騎手たちは造ってはならぬと言ってよこした。当然ながら、ひとたび鍛《きた》えられたなら、エイリアスは〈闇〉を滅《ほろ》ぼすのに用いられるであろう、との古い予言を知った上でのことだった」

「工匠はどうしたの?」ウィルがたずねた。

「国じゅうからものの造り手を呼び集めた」グイオンは心持ち頭をそらした。「物書き、他人《たにん》の言葉や音楽に生命を与える者、美しい品を造り出す者、全てをだ。そして、こう言った。私の中にはある作品が存在している。私にはわかる。今後何をしようと、造ろうと、これを上回るものは私にはできぬ。だが、〈闇〉が造らせまいとしている。拒《こば》めば国じゅうが苦しむやもしれぬ。私ひとりには決められぬ。教えてくれ。どうすればよい?」

ブラァンはじっとグイオンを見ていた。「で、なんて言ったの?」

「こう言った。造らなければいけません、と」グイオンは誇らかにほほえんだ。「ひとりの例外もなく、剣を造りなさい、と言った。そこで工匠はひとりで閉じこもり、エイリアスをこしらえた。驚《おどろ》くべき物の多いこの国でも、これほどすばらしい、力のある品はかつてなかった。〈闇〉の怒《いか》りは大変なものだったが、無力だった。〈光〉のために造られた品とあっては、壊《こわ》すことも奪うことも、造り主を……傷《きず》つけることもできぬのを、〈闇〉の君はみな心得ていたのだ」

グイオンは口をつぐみ、もやがかった地平線を見やった。

「続けてよ」ブラァンがせがんだ。「ねえ!」

グイオンは、ためいきをついた。「そこで、〈闇〉は簡単《かんたん》なことをした。剣の造り主に、彼自身の不安と自信のなさを見せつけたのだ。間違いを犯《おか》したのでは、という不安――この大作を仕上げた以上、もはや価値のあるものは成しとげられぬのでは、という不安——老齢《ろうれい》への、未熟《みじゅく》さへの、期待を裏切ることへの不安。頭のどこかに絶《た》えず潜《ひそ》んで、ものを造る人々の災《わざわ》いである、そういった尽《つ》きざる不安を全て見せた。徐々に、その人は絶望《ぜつぼう》に陥《おとしい》れられた。不安が育つにつれ、何もせぬことによってのがれようとした——希望が死に、代わりに恐《おそ》るべき憂愁《ゆうしゅう》が体の自由を奪《うば》った。今もそのとりこなのだ。自分の精神のな。エイリアスの剣も、造り主とともに囚《とら》われている。絶望に囚われているのだ。絶望。この世で最も恐るべきものよ。偉大な人々の精神は、すさまじい力を持つ巨大な亡霊を造り出すものなのだ。そして、グイズノー王は偉大な方だ」

「王だって！」ウィルがゆっくりと言った。「失せし国の王が造ったの？」

「さよう。遠い昔に、王は城に、カー・ワディルの玻璃の塔に、ひとりで籠《こも》られた。そこでエイリアスをこしらえ、それきり、剣とともにただひとりであそこにおられる。王自身の造られた罠《わな》に囚われておられるのだ。罠をはずせるのはおぬしらのみやもしれぬ」ふたりに向かって言っていたが、眼はブラァンを見ていた。

ブラァンの蒼白い顔は、ぞっとして歪《ゆが》んでいた。「ひとりで？　ずっと？　誰か会いにいった人はいないの？」

「わしがお会いした」グイオンの声にいきなり深い苦痛《くつう》の色がさし、ふたりともそれ以上たずねるのははばかられた。

太陽が顔に暖《あたた》かく注いでいた。円蓋の黄金と水晶のしまの中に熱気がこもり、都の屋根屋根が陽炎《かげろう》にゆれた。遠い、失せし国のみどりの畑地のどこかで、カモメの鳴くのをウィルは耳にした。

突如《とつじょ》、メリマンがそこにいるかのような錯覚《さっかく》に陥《おちい》り、激しい切迫感《せっぱくかん》が同時に感じられた。もちろんメリマンはおらず、精神に呼びかける声すらしなかった。わかってはいたが、切迫感は、どこか遠い遠いところで起きている出来事のこだまのようにまとわりついた。グイオンの顔を見ると、同じものを感じているのがわかった。ふたりの眼があった。

「さよう。時が来た。間の鄙《ひな》を横切って城へ旅するのだ。能《あた》う限り、楽な旅となるよう手は打った。だが途中《とちゅう》で何に出会うかを語ることも、それから護《まも》って進ぜることも、わしには許《ゆる》されておらぬ。忘れてはならぬぞ。おぬしらのいるのは失せし国、ここで働くのはこの地特有の魔法なのだ」グイオンは、案じ顔で地平線上に遠くきらめく塔を見た。「さあ、よく見るがよい。目的地を見て、必ず到《いた》る決意を固めるのだ。見たら、ついてくるがよい」

ふたりは彼方のもやの中の光のすじをもう一度見、それからグイオンに続いて階段をおり、今では住む王のいない無人宮にはいった。だが、王こそいないが、まだグイオンのほかにも人がいるのがわかった——自分たちが前に来た場所であることもわかった。

螺旋階段を半ばおりたところで、前には気がつかなかった戸をグイオンが開けた。まっすぐで傾斜《けいしゃ》のゆるいべつの階段を下り、宮殿の中心部へとふたりは導《みちび》かれた。すると突然《とつぜん》、前方でかすかに話し声が聞こえ、本と本棚《ほんだな》と重い机《つくえ》でいっぱいの、長い板張りの部屋に出た。

あの図書室めいた長い回廊《かいろう》だった。ウィルの視線《しせん》は横の壁に走ったが、そこは相変わらず暗闇、光も影も見えない空《から》っぽの空間、あらゆる人生が演《えん》じられる大劇場《だいげきじょう》だった。だが、ほかの点においては変化が生じていた。今や室内は人でひしめき、親しみのこもった話し声に満ちていた。眼を上げて戸口にいる三人をみとめた者は、みな微笑《びしょう》したり、片手を上げてあいさつしたりした。

三人は段差のある床を上り下りしながら通り抜けた。すれ違った人々の多くがグイオンに言葉をかけ、ウィルとブラァンを見る顔は、いずれも明らかな好意《こうい》を示していた。ひとりの女はすれ違いざまにウィルの肩にそっと触《ふ》れ、「ご無事で旅を」と言った。驚いて顔を上げると同時に、そばにいた男がブラァンにそっと「ポブ　フイル！」と言うのが聞こえた。

ブラァンが耳もとで言った。「幸運を祈《いの》るって言ったんだよ。どうしてみんな知ってるんだろ？」

ウィルも訝《いぶか》しみつつ、かぶりを振った。黒衣をまとったグイオンの小柄《こがら》な姿を追って、足ばやに部屋を横切ると、つきあたりの机の上に大きな本を広げ、体をかがめて読んでいた男が、三人が近づくと同時に体を起こし、振り向いて片手を上げ、止まれと合図した。前にこの部屋にいた時に声をかけてみた男だ、とウィルは思った。その時は、ウィルを見ることも聞くこともできない様子で、白紙ページばかりの本を読んでいた男だ。

「行く前にごらんに入れたい」グイオンとブラァンのどちらよりも強い、北ウェールズなまりだった。

「この本の中に、見ておぼえこまれる必要のある箇所《かしょ》がある」

「おぼえるのだよ……」グイオンがふたりを見てそっと言うと、少年たちの頭にこだまのようによみがえったものがあった。本は、重い樫《かし》の机の上に広げられていた。そり返っている上質の皮紙でできたページのうち、一方には絵があり、もう一方には一行の文が記されていた。

ウィルは絵をまじまじと見ていた。木々と芝生《しばふ》の様式化されたみどりの中、黒騎手と出会った場所の花に劣《おと》らず華《はな》やかなバラの花壇《かだん》が並ぶ中に、若《わか》い女が立っていた。金髪《きんぱつ》に青い衣《ころも》をまとい、ウィルたちを見つめ返している。ハート型《がた》の顔は繊細《せんさい》な骨格《こっかく》を持ち、華奢《きゃしゃ》な美しさがあった。笑っているのでも悲しんでいるのでもない、まじめな表情だった。

「老女だ！」ウィルは言った。

ブラァンは驚き、「だって、とてもお年寄りだって言ったくせに」と言ってから一瞬、考えをめぐらせた。「もっとも、そんなことは見方によるんだろうけど」

「老女だよ」ウィルは、ゆっくり繰り返した。「あの大きなバラ色の指輪をはめてる。はずしてるのを見たことがない。それに、ほら――後ろに描《か》いてあるのは、あれは――」

「噴水《ふんすい》だ！」ブラァンは眼鏡越しに眼を凝《こ》らした。「同じ噴水だよ。公苑にあったやつだ――じゃ、バラ園も同じなんだ。けど、どうやって――」

ウィルは反対側のページの、太く黒い手書きの文に指をあてていた。声を出して読んだ。

「我ハ全テノ巣《す》ノ女王」

「おぼえておかれよ」男は本を閉じた。

「おぼえておくのだぞ」グイオンが言った。「おぼえたら行くがよい」ふたりと向かい合うと、グイオンは、一瞬それぞれの肩に手を置《お》き、丹念《たんねん》に眼をのぞき込んだ。「この、われらのいる回廊を知っておるな? 知っておるとも。では、いかにしてはいってきたかもおぼえておるはずだ。同じ道を通っていくがよい。わしはしばし、ここに残らねばならぬ。ある程度《ていど》の魔力を持つ男女がかなり集まっておるゆえ、メリマンについて何か聞けるやもしれぬ。いずれ会うが、今は立ち去ることだ。すぐに」

ウィルは下を見、床に四角く開いた落とし戸と、下へ続く梯子段《はしごだん》を見つけた。「あそこから?」

「あそこからだ。出たならば、見出したがままのものを受け入れることだ。それによって旅が始められるであろう」灰色のひげに縁取られた顔が、例の温かい、輝くばかりの笑《え》みにおおわれた。「無事に行けよ、友よ」

ブラァンとウィルは、今では忘れ去られてウィルのベルトに下がっている小さな角笛に結ばれて梯子を登った朝とは大違いで、はるかに自信を持って影の中におりていった。平らな地面におり立つと、暗がりの中を手さぐりで進み、小さな木の扉にたどりついた。ウィルはあばただらけの戸板にてのひらで触れた。

「こっち側にも取手なんかひとつもない」

「外側に開いたんじゃなかったっけ？　押《お》せばいいのかもしれないよ」

まさに一回やさしく押しただけで、扉は外に向かって開き、ふたりは一瞬、外の通りの明るさに眼をしばたたいた。出ていったふたりの背後で扉はすさまじい勢いで閉まり、簡単に開くのはこれっきりなのを明らかにした。狭《せま》い、ほの明るい路地には、半日のことにすぎないがずっと前に感じられるその日の朝、ふたりが乗った白いたてがみの黄金の馬が待ちうけていた。

馬は歓迎《かんげい》するように頭を振り立てた。銀の馬具が、そりの鈴《すず》のように鳴った。ウィルとブラァンは無言で鞍《くら》にまたがった。以前同様、不思議にも楽々と乗れた。馬は、はるか上の方に細長い青空の鮮《あざ》やかな切れ端を戴《いただ》いた、高い灰色《はいいろ》の壁のはざまの狭い路地を進んだ。

広い場所に出ると、そこは、ふたりを見知っているらしく手を振ったり呼びかけたりする人々でいっぱいだった。馬は群衆《ぐんしゅう》の中を慎重《しんちょう》に歩んだ。呼びかけは次第に断続的《だんぞくてき》な歓呼《かんこ》に変わり、子どもたちが馬と並んで走りながら、笑い、はやしたてた。ブラァンとウィルは照《て》れて顔を見交《みか》わし、にやついた。どんどん広い石畳《いしだたみ》の通りを進むうちに、やがてそびえ立つ壁にしつらえられた大きな門にさしかかった。アーチを通して、みどりの畑や遠い木々が見えた。

群衆がアーチの前にひしめいていたが、黄金の馬は一度も足を止めず、穏《おだ》やかに人垣《ひとがき》を掻《か》き分《わ》けて進み続けた。

「幸運を祈ってますよ！」

「どうぞご無事で！」

「いい旅を！」

都の人々は到る所で声をかけ、手を振っていた。子どもが走り、踊《おど》り、歓声をあげた。少女の一団が門のそばに立ち、笑いながら花を投げていた。半ばよけようと手を上げたウィルは、開ききった紅《べに》バラを受け止めた。見おろすと、花を投げた黒髪《くろかみ》の少女が頰《ほお》を染《そ》めて微笑するのが見えた。ウィルは少女に笑顔を向け、花を胸《むね》ポケットに挿《さ》した。

気がつくと、ふたりは門の外にいて、群衆はすっかり姿を消していた。前にはゆったりしたみどりの畑地と、彼方の林の方角に伸びている金茶色の粗《あら》い砂《すな》の道があった。都の声は途絶《とだ》えた。夏の空のどこかでヒバリが唄《うた》っていた。ところどころにふっくらと好天気ならではの雲を浮かべた青空には、陽が高く昇《のぼ》っていた。馬は砂道に踏み込み、歩調を乱《みだ》すことなく安定した足取りで前進した。

ブラァンは、ウィルのポケットの花に眼をやった。「ひゃあ！」と裏声でひやかした。「赤いバラじゃないか？」

ウィルは愛想《あいそ》よく答えた。「ほっといてくれ」

「ジェーンほど美人じゃなかったな、その花を投げた子」

「誰ほどだって？」

「ジェーン・ドルーだよ。美人だと思わないかい?」

「そういえば、うん」と、ウィルは驚いていた。「考えたこともなかった」

「君のいいところは、その単純《たんじゅん》さにつきるよ」

だがウィルの思考は、逆方向に飛躍《ひやく》していた。大きな馬の背《せ》で前後にゆれながら、たるんだ手綱《たづな》を考え深げに指の一本に巻きつけて言った。「あっちの世界で無事だといいけど」

ブラァンが、ふいにぶっきらぼうに言った。「今のところは、あの三人のことは忘れろよ」

ウィルはハッと顔を上げた。「どういう意味だ?」

ブラァンは無言で、ウィルの向こうを指さした。平らなみどりの畑地の彼方に、ふたりの進む道に平行してどんどん移動《いどう》している白と黒のしみが見えた。ウィルたち同様、失せし国の城をめざす〈闇〉の騎手たちに間違いなかった。

灰色《マリ・フルイド》の牝馬

ふたりは、おもちゃのように小さく見える騎手《きしゅ》たちが、畑を突《つ》っ切《き》っていくのを見守った。ウィルの馬がふいに頭を振《ふ》り上《あ》げ、空気を嗅《か》ぎ、足を速めだした。

ブラァンが追いついてきた。「あいつら、ずいぶん急いでるね。先に城《しろ》に着こうってのかな？」

「たぶんね」

「競争する？」

「どうしよう？」ウィルは落ち着きを失っている馬を見おろした。「馬はしたがってるけど」

ブラァンは蒼白《あおじろ》い顔を引《ひ》き締《し》めて鞍《くら》の上で姿勢《しせい》を整え、それから破顔《はがん》した。「乗ってられると思うのかい？」

ウィルは笑った。突然《とつぜん》、やたらと気分が昂揚《こうよう》した。「見てろ！」手綱《たづな》を軽く振ったただけで馬はとびだし、固《かた》い砂道《すなみち》に沿《そ》って疾走《しっそう》しだした。かたわらのブラァンは前のめりになり、白い髪《かみ》をなびかせ、嬉《うれ》しそうに声をあげていた。馬は走り続けた。実りかけたカラス麦や小麦の畑を過ぎ、牛が平和に草を食《は》んでいる牧場《ぼくじょう》を通過した。見慣れた黒牛もいたが、多くは純白《じゅんぱく》だった。馬は自信たっぷりに、ゆるぎなく走り続けた。はるか彼方《かなた》では、〈闇《やみ》〉の騎手たちが平行して走っていたが、やがて彼《かれ》らの姿《すがた》は、失《う》せし国《くに》の都《みやこ》と城の間に横たわる鄙《ひな》の、そのまた中央を占《し》めている森の陰《かげ》になって見えなくなった。

こちらの道も、森の手前の端《はし》を迂回《うかい》するものとばかり思っていたが、夢中《むちゅう》になっていたウィルは、向きが変わっているどころか、木々が視野《しや》いっぱいに広がって、光る玻璃《はり》の塔《とう》を見えなくしているのを知った。ふたりはまっすぐ森に向かっているのであり、森はぐんぐん大きくなり、迫《せま》ってきた。一見した時よりもはるかに密生《みっせい》した、暗い森だった。

馬が速度を落とし始めた。

「そら行け！」ブラァンは苛立《いらだ》って手綱をふるった。

「いやがってるんだよ。ぼくもあの森は気に入らない」

ブラァンは眼を上げ、前にそびえる暗い巨塊《きょかい》にたじろいだ。「けど、止まろうとはしてないよ。なぜ迂回《うかい》しなかったんだろう？」

「道に従《したが》わなければならなかったんだろうな。ぼくもどっちに向かってるかなんて、気にもとめなかった。気をつけるべきだった」

「ぼくだって同じさ。仕方ないよ」馬は今や並足《なみあし》に戻《もど》っていた。ブラァンは額《ひたい》を腕《うで》でこすった。「暑いなあ。陽がまだあんなに高い」

　森も初めのうちはまばらでひらけていて、ワラビや下生えが茂《しげ》り、木洩《こも》れ陽《び》で明るかった。道幅《みちはば》こそせばまってほんの小道に過ぎなくなったが、固い砂路がくっきりと木々の間を縫《ぬ》っていた。だが次第に道の輪郭《りんかく》がぼやけ、砂の中から草が生えていたり、蔓草《つるくさ》が横に伸《の》びていたりしだし、森の奥深《おくふか》くはいるにつれ、空気がひんやりし始めた。馬は縦《たて》に並《なら》んで慎重《しんちょう》に足を運んだ。小鳥の声もここではわずかだった。ウィルとブラァンは、静けさを意識するようになった。木々は大きさと数を増《ま》し、森は延々《えんえん》と続いていた。

　明るさが薄《うす》れ、木々がふえるにつれて、すきをみては脳裏《のうり》に忍《しの》び入《い》ってくる思いをウィルは努めて無視《むし》しようとした。が、怖《こわ》がっているのは事実だった。

　馬の足が上下する静かな音のほかは、何ひとつ聞こえなかった。道は、草がびっしり生《お》い繁《しげ》っているにもかかわらず、まだ見えていた。周囲から際立《きわだ》たせようというのか、濃緑《のうりょく》の葉を持つ小さな雑《ざっ》草《そう》が、びっしりと敷物《しきもの》のようにおおっていた。行く手を縁取《ふちど》る木々の間で、唐突《とうとつ》に鳥が羽ばたいて飛び去った。馬がビクッと反応《はんのう》した。

「怖がってるのはぼくだけじゃなかった」ウィルは明るい声を出そうとした。近くで木の枝がざわっとゆれ、ウィルはとび上がった。

　ブラァンは薄暗がりを見回した。「戻ったほうがいいんじゃない？」と不安げに言ったが、馬たちは振り切るかのように再びゆるぎなく前進しだした。ウィルは眼の前の首の淡色《たんしょく》のたてがみをなでた。馬は耳をまっ平らに寝《ね》かせているにもかかわらず、しぶとく歩き続けた。

「もしかしたら……防壁《ぼうへき》かもしれない」ウィルはだしぬけに言った。「あの迷路《めいろ》と同じで、本当に怖いものなんかいないって、こいつらにはわかっているのかもしれない」

道の脇《わき》のやぶの中で何かが立ち上がり、周囲の静かな木々とみどりのシダの海の中を騒々《そうぞう》しく走り去った。ウィルとブラァンはぎょっとしたが、今回は、馬は意に介《かい》せず歩を進めた。木々は頭上でからみ合った。ウィルは歯を食いしばって恐怖《きょうふ》と闘《たたか》い、大きな馬の規則《きそく》正しいゆれ方だけを慰《なぐさ》めとしていた。空気は湿《しめ》って涼《すず》しかった。シダに半ば埋《う》もれた小川の緩慢《かんまん》な流れを渡《わた》ると、ほとんどわからないくらいだったが馬の歩調が速まった。光が再び頭上の枝の間から洩れ、砂が道をびっしりおおうみどりの葉の間にのぞきだした。

「森を出るよ！」ブラァンが安堵《あんど》のあまり、上ずったささやき声を発した。「君の言う通りだった。気味が悪いだけってこと、馬はちゃんと知ってたんだ。出られるんだ！」

馬はくつろいでゆるやかに走り始め、解放感《かいほうかん》に頭を振り立てた。ウィルは心臓《しんぞう》の鼓動《こどう》が正常に戻るのを感じ、きちんと座《すわ》り直《なお》し、怖がったことを恥《は》じつつ、まばらになりつつある木々を見上げた。

「ごらんよ、また青空が見える。ふう。いいもんだなあ！」

ふたりがそうやって鞍の上で緊張《きんちょう》を解《と》き、手綱をゆるく持って何の用心もせずに空を仰《あお》いでいる時だった。突如《とつじょ》、馬の一頭がかん高い恐怖のいななきを発し、二頭とも怯《おび》えて後脚《あとあし》立った。何か大きなものが、音をたてて木の間から突進《とっしん》してきたのだ。あっという間にウィルとブラァンは後ろ向きにもんどりうち、必死に手綱か鞍の前輪をつかもうとしたのも空《むな》しく、地べたに転がり落ちた。二頭の金色の馬は怯《おび》え狂《くる》って暴走《ぼうそう》し、森の外のスゲ野原を突っ走って行ってしまった。

追ってきたものをひと目見たウィルは、まさかという思いと恐怖のあまり、「そんな!」と叫《さけ》んだ。ブラァンが言葉にならぬしゃがれた声を上げ、ふたりはとび起きて、やみくもに畑を突っ切りだした。夏の太陽の熱を浴《あ》びていながら、ウィルは悪寒《おかん》がした。頭がガンガン鳴った。吐気《はきけ》さえおぼえた。怖いなどというものではなかった。

それは巨大な馬の骸骨《がいこつ》だった。頭蓋《ずがい》に開いた見えない眼窩《がんか》でにらみつけ、とうに腐《くさ》れ落《お》ちてしまった筋肉の亡霊《ぼうれい》が動かす骨《ほね》ばかりの脚で走り、跳《と》び、はねまわっていた。一度はすんでにつかまりかけた。いかなる生きた馬よりも速く、音ひとつたてずに駆《か》けてきて、静かにふたりを追《お》い越《こ》し、振り向いてニッと笑ったのだ。信《しん》じ難《がた》い化物だった。大きな白いあばら骨が陽を受けてきらめいた。物言わぬおぞましい頭を振り立てると、笑った下《した》あごにぶらさがった赤いリボンが旗のようにひるがえった。

怪物《かいぶつ》はふたりを右往左往《うおうさおう》させて翻弄《ほんろう》した。子猫《こねこ》がカブト虫を弄《もてあそ》ぶように。ふたりの前で左右に跳躍《ちょうやく》したかと思うと砂ぼこりをたてて立ち止まり、口をくわっと開いて嘲《あざけ》り笑う頭蓋を突き出し、恐《おそ》ろしい沈黙《ちんもく》のうちに突進してきて——さっと通り過ぎ、背後《はいご》に回って待《ま》ち伏《ぶ》せた。慌《あわ》てて身をひるがえしたブラァンはつまずいて転んだ。

脊椎《せきつい》の首の部分に乗った頭蓋がそらされた。歯がぎらつき、骨張った額のまんなかの妙《みょう》な瘤《こぶ》のまわりで、赤いリボンが躍《おど》った。変わらぬ沈黙で脅《おど》しつつ立ち止まった怪物の頭蓋が、少年たちを見すえた。骨と蹄《ひづめ》ばかりの足で地面を掻《か》いていた。ウィルは生つばを呑《の》んだ。

「大丈夫《だいじょうぶ》か？　立つんだ！」

ブラァンは上半身を起こしたまま、黄色い眼《め》を大きく見開いてしばたたいていた。眼鏡《めがね》はなくなっていた。「マリ・フルイド！」ブラァンはささやいた。「マリ・フルイド！」魅入《みい》られたかのように化物を見つめていた。「早く立つんだ！」ウィルは逃《に》げ場《ばしょ》所を見つけたのだった。夢中でブラァンをひきずり起こすと、化物はゆっくりと、音もなく、ふたりの周りを回り始めた。

「こっちだ！　来いってば！」

それは建物だった。実に変わっていて、灰色《はいいろ》の切石から成る小さな一階《かいだ》建ての家なのだが、かつてワラで葺《ふ》かれていたであろう屋根は、今は土と、伸び放題《ほうだい》の草と、白い花をつけた何本もの枝でおおわれていた。古い屋根にはサンザシの木が生えていたのだ。茂みと言ったほうがいいような、低い木だった。

ブラァンは骸骨に眼をすえたまま、その場に金縛《かなしば》りになっていた。「マリ・フルイド」と再びささやいた。

「眼をつぶれ！」ウィルは叱《しか》りつけ、馬の怪物の姿を隠《かく》そうと、ブラァンの顔の前に手を突き出した。と同時に、なんと言えばいいかがひらめいた。「急いで考えるんだ。老女はなんて言った？」

「老女？」ブラァンはほうけたように繰《く》り返《かえ》したが、顔を向けることは向けた。

「老女はジェーンになんて言った？　考えるんだ！」

「ジェーンに」ブラァンの顔が晴れだした。「ぼくらに伝えろって……白い骨が行く手を阻《はば》み……飛ぶサンザシが――」

「救いを与《あた》えるんだ。見ろ。見ろよ！」ウィルはブラァンに、屋根に白く花咲《さ》く木を生やした石の家を見せた。ふたりを狙《ねら》う化物は、次第に輪をせばめてきていた。ヒッと声をあげてブラァンが前によろめき出た。ウィルは、ブラァンを戸口から押《お》し込《こ》むと、戸を後ろ手で勢いよく叩《たた》きつけた。そして戸にもたれたまま、息を取り戻そうとあえいだ。外は不気味に静まり返っていた。

ブラァンは自分の手を見おろした。逃げた馬の鞍袋《くらぶくろ》がまだ、救命具のようにきつく握《にぎ》られていた。

袋を床《ゆか》に落として硬《こわ》ばった指をこすり合わせると、ウィルを見た。「ごめん」

だが、ウィルは聞いていなかった。厚い石壁《いしかべ》の中に淡《あわ》い光を通す、唯一《ゆいいつ》の小さな窓《まど》に歩《あゆ》み寄《よ》っていた。窓枠《まどわく》には壊《こわ》れたよろい戸が一枚《まい》ぶらさがっているだけで、ガラスはなかった。ウィルは蒼ざめていた。不安の色が浮《う》かんでいた。

かすれ声で言った。「見ても平気かい？」

「もう大丈夫」ブラァンは隣《となり》に立った。だが窓からのぞいた時には、無意識にウィルの腕《うで》をつかみ、指先をぐっと食い込ませたのであとあとまで跡《あと》が残った。

角《つの》のある馬の、死んでいながら生きている巨大な白い骸骨は、家の前を輪を描《えが》いて歩いていた。ぐるぐる、ぐるぐる。からっぽの胸郭《きょうかく》の湾曲《わんきょく》した白いあばらと、そり返った平べったい腰骨《こしぼね》の下で、骨張った四本の脚が躍っていた。リボンに飾《かざ》られた長い頭骨は、死んでいるくせにおぞましい熱狂《ねっきょう》を表わし、次第に速く上下しだした。家のほうを向くたびに、突撃《とつげき》する雄牛《おうし》さながら頭を下げ、一《いっ》瞬《しゅん》立ち止まってから落ち着きなく体をめぐらし、また輪を描きだすのだった。

ウィルはささやいた。「突っ込んでくる気だ。戸口めがけて。どうしよう?」

「戸に何かつっかい棒《ぼう》をしたら? 止められないかな?」

「無理だ」

「何かできないの? 魔法《まほう》で――」

「失せし国にいるんだぞ……」

と、陽光射《さ》す屋外の怪物は、戸口を突《つ》き破《やぶ》ってふたりを滅《ほろ》ぼす前の、最後の方向転換《ほうこうてんかん》にはいった。わざと窓近く歩み寄ると、一瞬、眼のない頭蓋は無気味な声なき笑いを発した。その最後の一瞬に、化物が家のすぐそばを通りかかると同時に、上から雪のようなものがザーッと窓をかすめた。ひらめきゆれる雲となって怪物にそそぐ白いものは、やさしい雨のように一斉《いっせい》に散りかかるサンザシの花びらだった。馬の骸骨は糸の切れた操《あやつ》り人形さながら、崩折《くずお》れ、分解した。骨という骨がバラバラになってなだれ落ちた。ガラガラいう音が沈黙に取ってかわった。残ったものは、死んで久しい、漂白《ひょうはく》されて陽にきらめく白い骨の山と、笑ったままそのてっぺんに傾《かたむ》いて乗っている長い頭骨から垂《た》れ下《さ》がる、色褪《いろあ》せた赤いリボンだけだった。

ブラァンは長くそっと息を吐《は》き、手を上げて眼をおおった。そのまま脇にのき、静かに床にうずくまった。そのため、眼を丸くしたまま窓辺にいたウィルだけが、白い花びらが再び、生きているかのように、以前見た華奢《きゃしゃ》なトリバガの大群にも似《に》てひらひらと舞《ま》い上《あ》がり――そのまま空遠く飛び去っていくのを見た。

膝《ひざ》が支えてくれるかどうか心もとなく思いつつ、なんとか振り向くと、ウィルは立ったままほの明るい部屋をながめた。まともに物が見えるようになるまで、少しかかった。だが、乱《みだ》れた五感が静まりだすと、入口の戸を見ているのに気づいた。傷《いた》んで朽《く》ちかけた古い木の戸で、体当たりされたらひとたまりもなかったろう。戸の上には、かすかに金色を帯びた文字が記されていた。読み取るには明るさが足りなかったので、ふらつきながら部屋を横切り、戸を押し開けた。光が射《さ》し込《こ》んできた。

ブラァンが後ろにやってきて、ゆっくりと読み上げた。「我《われ》ハ全テノ頭《こうべ》ノ楯《たて》」

「外からは見えない、戸の内側に書いてある」ウィルは一歩下がって文句を見上げた。「老女の言葉がなければ、中にはいってみもしなかったかもしれない」

ブラァンは床に腰をおろし、膝《ひざ》に腕を乗せて白い頭をうつむけていた。「やれやれ。あの……あの……」

「あいつのことは話さないほうがいい」ウィルは冷たい風に吹かれたように身震《みぶる》いした。だが、ふと思い出してたずねた。「けど、ブラァン、君はあれをなんて呼《よ》んだっけ？　あいつに……にらみつけられていた時……何かウェールズ語で呼んだろ？」

「ああ、あいつはね、夜の牝馬《ナイト・メア》（悪夢をこう呼ぶ）そのものなんだ。南ウェールズに行くと、古いクリスマスのしきたりで、マリ・フルイドってのがある。灰色の牝馬《めすうま》って意味だよ——行列が街《まち》じゅうを練《ね》り歩《ある》くんだ。ひとりが白い布をかぶって、棒の先に馬の頭蓋骨をつけたものを持つ。口が開けたり閉めたりできる仕組みで、見物人を咬《か》むまねをするんだ。うんと小さい頃《ころ》、ある年のクリスマスに、ローランズ夫妻《ふさい》が父とぼくとを誘《さそ》ってくれた。そこでマリ・フルイドを見て、ものすごく怖い思いをしたんだ。ひどかったよ。夜中にうなされて悲鳴をあげる状態《じょうたい》が何週間も続いたっけ」ブラァンは、ウィルを見上げて弱々しく笑った。「本気でぼくの気を狂わせるつもりなら、あれ以上の手段《しゅだん》はないな」

ウィルは陽がはいるように戸を開け放したまま、部屋の中に戻った。「あれ、〈闇〉だったんだろうか？　わからないな。ある意味ではそうに違《ちが》いないけど。失せし国に大昔からいた怪物が眼をさまさせられたんだ——」

「騎手たちが眼をさまさせたのかもしれない」ブラァンは考え深げだった。「通りすぎがてらに」と言うと、粗《あら》いスレートの床に落とした鞍袋に手を伸ばし、中をのぞき込んだ。「やあ——食い物だ！腹《はら》は減《へ》ってるかい？」

「少しね」ウィルは家の中を歩き回り、裏手《うらて》にある残るひと間をのぞいたが、古い干草《ほしくさ》の名残《なごり》と臭《にお》いから推《お》して、家畜《かちく》を入れるためだけに使用されていたのだろうと判断《はんだん》した。大きいほうの部屋の石壁は、しっくいを用いずに重い岩とスレートの塊《かたまり》を咬《か》み合《あ》わせて造られていた。粗末《そまつ》な棚《たな》が片側の壁に取り付けられているほかは、家具と名のつくものはいっさいない。都の洗練《せんれん》された優美《ゆうび》さとはほど遠かった。が、棚のひとつに何気なく指を走らせていたウィルは、意外な品を発見した。小さな鏡で、跳《は》ねる魚の彫刻《ちょうこく》をぐるりに施《ほどこ》した重い樫《かし》の枠《わく》にはまっている。袖《そで》で汚《よご》れを拭《ぬぐ》うと、棚の上に立てかけてみた。

ブラァンが後ろから近づいてきた。「そら、手を出せよ。グイオン印の健康食だ——リンゴが二個《こ》とハシバミの実がひと袋。ちゃんと殻《から》がむいてあるんだぜ。試してみろよ。うまいから」機嫌《きげん》よく口を動かしていたブラァンは、顔を上げて、ウィルが鏡に見入っているのを見ると、渋面《じゅうめん》をつくった。「なんてこった！《アハ・ア・ヴィ》　鏡には当分こりたんじゃなかったのかい？」

ウィルには、ろくに聞こえていなかった。鏡の中のブラァンの顔の後ろに、見慣れた顔がもうひとつ見えたのだ。

「メリマン！」と喜ばしげに叫ぶと、ウィルはパッと振り返った。

だが後ろには、口を半ば開け、楽しげな表情から急速に不安の色を浮かべつつあるブラァンがいるばかり。ふたりを除《のぞ》けば部屋は無人だった。

鏡に眼を戻すと、メリマンはまだそこにいた。いかつい顔の窪《くぼ》んだ眼が、鏡に映《うつ》ったブラァンの当惑《とうわく》顔の後ろから見つめていた。

「私はここだ」メリマンは鏡の中から、心配そうに張りつめた顔で話しかけてきた。「一緒《いっしょ》であって一緒ではない。言っておくが、ブラァンには私を見ることも聞くこともできぬ。まだ力が足りぬのだ……。ウィルよ、私には君のもとへ行くことも、〈古老〉のやり方で話すことも許されてはおらぬ。グイオンが言った通り、失せし国の掟《おきて》をくぐり抜《ぬ》けられる瞬間はひとつしかなかったのに、ちょうどその時を狙《ねら》って〈闇〉が小細工を弄《ろう》し、べつの時代へと行くことを余儀《よぎ》なくされたのだ。だが、ここにわずかだが時間を与えられた。君はよくやっている。自信を持つことだ。やってみさえすれば、もはや君にできぬことはない」

「どうしよう」自分の声が小さく途方《とほう》にくれて聞こえ、ウィルはそれこそちっぽけな迷子《まいご》になったように感じた。

「何かあったの?」ブラァンはとまどっていた。

ウィルには聞こえなかった。「メリマン、あの三人は無事?」

「うむ」メリマンは重々しく言った。「危険《きけん》にさらされてはいる——だが今のところは無事だ」

孤独感《こどくかん》が、ふいに奥《おく》の方で湧《わ》き起《お》こったが、悪夢の馬が敗れた時の記憶《きおく》が、どういうものか、恐《きょう》慌《こう》をきたすのを防いでくれた。「どうすればいいの？」

ブラァンはじっと動かず、無言で鏡の中のウィルを凝視《ぎょうし》していた。

「これまで通り、老女の言葉を思い出せばよい」メリマンの顔には信頼《しんらい》の色があった。「行きたまえ。失せし国で言われたほかのことも忘れぬように。最善《さいぜん》をつくす以上のことはできぬものゆえ。ウィル、ひとつだけ、言っておくことがある――グイオンには生命を預《あず》けても大丈夫だ。遠い昔、私もそうした」愛情のこもった温《ぬく》もりが声を深めた。最後にもう一度ウィルを見すえると、「剣を持って戻りさえすれば、〈光〉が運んでくれる。無事を祈《いの》るぞ、〈古老〉よ」

メリマンの姿は消えた。

ウィルは鏡から顔をそむけ、長い息を吐いた。

ブラァンがささやいた。「ここにいたの？　もう行っちゃった？」

「うん」

「どうして見えなかったんだろう？　どこにいたの？」

「鏡の中さ」

「鏡の中!?」ブラァンはおっかなびっくり鏡を見た。下に眼をやって、手にした木の実の袋を忘れていたのに気づき、ウィルに押しつけた。「ほら。食えよ。メリマンはなんだって？」

急に空腹《くうふく》をおぼえて、ウィルは口にハシバミを詰《つ》め込《こ》んだ。「失せし国に来られないのは確実《かくじつ》なんだって」と、ふさがった口で言った。「ぼくらふたりだけでやり通さなきゃならないんだ。言われたことはおぼえておくようにって——ああいうののことだと思う」と、戸口の上の文字を指さした。「それから——グイオンは信用できるってさ」

「もうわかってることじゃないか」

「うん」ウィルは灰色のひげをたくわえた力強い顔を、輝くような微笑《びしょう》を持つ痩《や》せた男を思い浮かべた。「グイオンって誰なんだろう？　何が仕事なんだろ……」

「造《つく》ることさ」ブラァンが意外にも言った。

ウィルは口の動きを止めた。「なんだって？」

「吟遊詩人《ぎんゆうしじん》なんだと思うな。賭《か》けてもいい。竪琴《たてごと》だこが指先にあったもの。けど、いちばんの決め手は、王の話をしてる時に、いろんな形でものを造り出す人たちのことを話した、あの話し方だな。愛情がこもっていた……」

「そして、一度はメリマンと一緒にものすごい危険《きけん》をくぐり抜けたはずだ……。まあ、いつかわかるだろう。そら——」ウィルは木の実の袋を手渡《てわた》した。「残りは君のだ。リンゴがあるとか言わなかったかい？」

「一個ずつだよ」

ウィルはリンゴを囓《かじ》りながら戸口に歩み寄った。小さな固《かた》い黄色の実だったが、驚《おどろ》くほど甘《あま》く、汁《しる》気《け》が多かった。白い骨の山は日なたに死んでさらされていた。見ないようにして、代わりに眼を上げ、鄙をながめやった。

「ブラァン！　どれだけ近づいたか見ろよ！」

ふっくらした白雲が浮かぶ青空の太陽は高かった。剛《こわ》い草の生えた牧場の向こう、一マイルほど隔《へだ》ったところに、高い木立の中に立つキラキラ輝く塔が見えた。日の光がまともにあたっており、まぶしさに眼もくらむほどだった。

ブラァンが出てきた。ふたりは長いこと城を見つめていた。その先には失せし国の終わるところを示す、青海の光る水平線があった。ウィルは家の屋根に生えている、横に広がった低いサンザシの木をもう一度見ようと振り返った。そして瞠目《どうもく》した。初め、マリ・フルイドを滅《ほろ》ぼす魔法の吹雪《ふぶき》となった乳白《にゅうはく》の花におおわれていた木には、今や炎《ほのお》のように鮮やかに枝を埋める、真っ赤な実がぎっしりついていたのだ。

ブラァンが驚きに打たれて頭を振った。ふたりとも、感謝《かんしゃ》と別れの意を示そうと本能的にがっしりした石壁に触れた。それから、牧場の剛い草の上を光る尖塔《せんとう》めざして徒歩《とほ》で横切りだした。

もう一度振り返って、楯となってくれた、屋根に木の生えている家を見ようとしたが、家などどこにもなかった。開けた野原に赤い実をつけたサンザシの茂みが、いくつもかたまって生えているだけだった。

カー・ワディル

捜《さが》してはみたが、道は二度と見つからなかった。金色の馬はどこにも見えなかった。恐怖《きょうふ》が遠くへ運んでいってしまったのだ。しかたなく、ウィルとブラァンは輝《かがや》く塔《とう》に顔を向け、牧場《ぼくじょう》の葦《あし》に似《に》た剛《こわ》い草を踏《ふ》み越《こ》え、固《かた》い土に生《お》い繁《しげ》るハリエニシダを掻《か》きわけ、まだ水が溜《た》まっている低い湿地帯《しっちたい》を通《とお》り抜《ぬ》けた。失《う》せし国《くに》の全てが低地だった。海岸沿《ぞ》いの平野で、左手にはカーディガン湾《わん》が、右手には内陸の山々が、淡《あわ》い紫《むらさき》がかった茶色に立ち上がっている。行く手のどこかにダヴィ河が流れていることにウィルは気づいた。前に見た河口よりもかなり先で海に注いでいるに違《ちが》いない。ウィル自身の時代の海岸の海寄《うみよ》りの側に、余分《よぶん》な半マイルが付け足されたかのようだった。

「というより、失《な》くした土地を返してもらったんだ」と声に出して言った。

ブラァンはわかっているよと言いたげに半ば笑《え》みを浮《う》かべた。「まだ失われてないってだけでね。過去に戻《もど》ったんだから」

ウィルは物思わしげに言った。「そうかな?」

「決まってるさ！」ブラァンはまじまじとウィルを見た。

「だろうな。過去、未来、過去、未来」ウィルはほかのことを考えだした。よけて通っていた沼地《ぬまち》の葦の間の黄色いアイリスの群れを見やった。「きれいじゃないか。農場の、川の近くに生《は》えてるのと同じだ」

「この辺にも川があるに違いないよ」ブラァンは訝《いぶか》しげにウィルを盗み見た。「ひどく湿《しめ》ってるもの。ぼくのほうはのどがカラカラだ」

「しっ！　水音がしないか？」

「どうせたいして役には立たないさ。塩気があるに決まってる」と言いはしたものの、ブラァンも小首をかしげて耳をすまし、やがてうなずいた。「ほんとだ。この先だよ。あの木立の向こうだ」

ふたりは歩き続けた。光る塔は、ほとんど木々に隠《かく》されていたものの、ますます高く見えた。都《みやこ》の王宮《おうきゅう》のとそっくりな、黄金と水晶《すいしょう》のしまの円蓋《えんがい》を戴《いただ》いているのが見えた。てっぺんにはそっくりな黄金の矢まであって、海の方を指していた。

間もなく低い柳《やなぎ》の木立にはいり、水音が大きくなりだしたと思うと、いきなり葦に縁取《ふちど》られた小川に出た。これほど平たい土地の川にしては、不思議に流れは急だった。ふたりのほうへ湾曲《わんきょく》している川は都のほうからきて、海へ向かうダヴィ河に流《なが》れ込《こ》むらしかった。水は清らかで涼《すず》しげに見えた。

「のどが乾《かわ》いた！」ブラァンは「祈《いの》っててくれよ」と言うと片手を水に入れ、味をみた。そしてひどい渋面《じゅうめん》をつくった。

ウィルはがっかりして呻《うめ》いた。「塩水かい？」

「いいや」ブラァンは無表情に言った。「うまいよ」と言うと、ウィルが笑いながら殴《なぐ》りかかるのをかわし、ふたりして草深い川岸に腹這《はらば》いになって乾きを癒《いや》し、ほてった顔を濡《ぬ》らした。しまいには、髪《かみ》までずぶ濡れになってしずくを垂《た》らしていた。とある岩の風下に小さな淀《よど》みがあり、そこに映《うつ》ったブラァンの顔を見たウィルは眼《め》が離《はな》せなくなった。本当にブラァンらしいのは黄色い眼の輝きだけで、顔はかげって暗く、濡れた髪は濃《こ》い部分と明るい部分がしまのように見えた。にもかかわらず、その変わりようそのものに不思議に見おぼえがあった。鋭《するど》く「前にどこかで、そういう君を見てる」と言ったが、「ぼくなら何度も見てるじゃないか」とブラァンはのんびり言っただけで、頭を下げると水中にあぶくを吹き込み、映像《えいぞう》を砕《くだ》いた。水は波打って何百という異《こと》なる面と化し、陽《ひ》を照《て》り返《かえ》し、渦《うず》巻《ま》いた。ふいに、白い部分がやたらにふえたように見えた。ウィルの脳裏《のうり》に小さな警報《けいほう》が鳴った。振り返ると、空を背《せ》に、フードをかぶった白騎手《しろきしゅ》が、馬上ゆたかに控《ひか》えていた。

ブラァンがせきこみながら頭を水から出し、口からみどりの水草を一本引っ張り出した。眼から水気を拭《ぬぐ》って顔を上げ――はたと動きを止めた。

白騎手は、フードの陰《かげ》になってよく見えない白い顔のキラキラする眼でウィルを見おろした。

「師匠《ししょう》はどこだね、〈古老〉よ？」和《やわ》らかい猫《ねこ》なで声《ごえ》で、聞いたことがあるはずもないのに妙《みょう》に聞きおぼえがあった。

ウィルはつっけんどんに言った。「ここにはいない。知ってるはずだ」

白騎手の歯が光った。「じゃまがはいって来られなくなった、とでも言ったんだろうね。信用するとはおまえも単純《たんじゅん》だ。メリマン殿《どの》はおまえより抜《ぬ》け目《め》がない。危険《きけん》があると知っている場所にのこのこやってきはしないよ」

ウィルはゆっくりと、両肘《りょうひじ》を後ろについてふんぞり返った。「そんなでたらめにひっかかると思ってるんなら、おまえは単純以下だ。低能《ていのう》の手口しか使えないなんて、〈闇《やみ》〉もよくよく苦しいんだな」

白騎手の背中がしゃんと伸《の》びた。よくわからない形でだが、はるかに危険な存在《そんざい》になったように感じられた。「引き返せ」と猫なで声が冷たく言った。「引き返せ。今のうちだよ」

「無理強《むりじ》いはできないはずだ」

「できない。けれど、来なければよかったという目にあわすことはできる。ことに……」と光る眼がブラァンを一瞥《いちべつ》した。「……ことにその白い髪の小僧《こぞう》にね」

ウィルは静かに言った。「誰《だれ》だかは知ってるはずだぞ、白騎手。名前で呼《よ》ばれる権利《けんり》がある」

「まだ力を得てはいない」白騎手は言った。「得るまでは何者でもない。従《したが》って、永久に何者でもない、おまえの時代の子どものままさ。師匠抜きでは、おまえが剣《けん》を得る望みはないからね。引き返せ、〈古老〉よ、引き返せ！」和らかい声は荒《あら》らげられ、命令となって鳴《な》り渡《わた》った。白馬は不安げに足を動かした。「引き返せば、失せし国から無事にもとの時代に返してやるよ」

馬がまた動いた。苛立《いらだ》ちの叫《さけ》びを上げて、白騎手は手綱《たづな》をふるい、落ち着かせるために大きな輪を描《えが》いて歩かせた。

「見ろよ！」ブラァンがささやいた。地面を見つめていた。

ウィルも下を見た。中天にさしかかって燃える太陽の下で、ふたりの影《かげ》は不ぞろいな草の上に小さくくっついて落ちていた。だが、弧《こ》を描いて戻《もど》ってくる白騎手の馬の四つの蹄《ひづめ》の下の草は少しもかげらず鮮《あざ》やかだった。

「ああ、そうとも」ウィルはそっと言った。「〈闇〉は影を落とさないんだ」

白騎手は自信たっぷりに、はっきり言った。「引き返すだろうね」

ウィルは立ち上がった。「引き返さないよ、白騎手。剣を取りにきたんだから」

「剣は、われらのものでも、おまえたちのものでもない。無事に帰らせてはやるが、剣はここに、造り主と共に残る」

「造り主は〈光〉のために造ったんだ。取りにいけば渡してくれる。そのあとは、〈闇〉が許《ゆる》そうが許すまいが、勝手に無事に帰るさ」

白いマントの君はウィルを見おろし、女のような口もとをゆるめて、変に気に障《さわ》る安堵《あんど》の嘲 笑《ちょうしょう》を浮《う》かべた。「この国でそれができると思っているのなら、恐《おそ》れる必要もないほどの大ばか者だよ」

それきりひとことも言わずに馬の頭をめぐらせて、湾曲した川に沿って走り去り、木々の陰に消えた。

沈黙《ちんもく》があった。川の水がつぶやいた。

ブラァンは立ち上がり、騎手の去った方角を不安げにながめた。「どういう意味だろ？」

「わからないけど、気に入らない」ウィルは身震《みぶる》いした。「〈闇〉がそこらじゅうにいる。感じるかい？」

「少し。はっきりとじゃない。君とは違う。ただここが……悲しい場所だって気がして」

「悲しい王の住む所だ」ウィルは周囲を見まわした。「川に沿っていけばいいのかな？」

「そうらしい」川が見えなくなる地点を通り越したあたりの木々の梢《こずえ》から、城の円蓋と黄金の矢印が突《つ》き出《で》ているのが見えていた。

川岸は草深く、道もない代わりに、じゃまになる木や茂《しげ》みもなかった。二十フィートほどの狭《せま》い川幅《かわはば》こそ変化しなかったが、岸の剛《こわ》い草の間の川床《かわどこ》は次第に広くなり、光る砂地《すなち》となっていった。泥《どろ》に汚《よご》されぬきれいな金色の砂だった。

「干潮《かんちょう》だ」ウィルが見ているのに気づいて、ブラァンが言った。「ダヴィ河と同じさ。満ちてきたら、あの砂は水の下になって、川幅は二倍になる。もう満ちだしているよ。ほらね」

指さした先を見ると、流れの方向が変わりだした川の中で、水が渦巻《うずま》いているのが見えた。中央の本流はまだ海に注ぎ続けていたが、両端《りょうたん》には潮が流れ込み始めていた。

「もう飲めないよ」ブラァンが言った。「塩気が多くなりすぎた」

歩くにつれて、満ちてくる潮が勢いを増《ま》すにつれて、川は次第に広くなった。対岸の木々の背が低くなり、まばらになりだした。時折《ときおり》、やぶや野原の向こうの広い砂洲《さす》や、はるか彼方《かなた》に立ち上がる山々が垣間《かいま》見えた。と、だしぬけに四角い茶色の帆《ほ》が現われ、潮に乗って泡《あわ》をかきたてながら舟《ふね》が近づいてきた。二本の頑丈《がんじょう》な木の帆桁《ほげた》の間で、帆は帆柱と直角に膨《ふく》らんでいたが、帆桁はすぐにガラガラと甲板《かんぱん》におろされ、帆がおりてきた。

舟はふたりのそばの岸にへさきを向けた。ウィルは仰天《ぎょうてん》して、帆を巻いている人物に眼を凝《こ》らした。

「グイオンだ！」

黒服をまとったグイオンはロープを持ったまま器用にへさきに駆《か》け寄《よ》り、舟が着くと同時に、岸に跳《と》び移《うつ》った。ウィルとブラァンに眼をくれると、きちんとした灰色《はいいろ》のひげの上に見慣れた笑みをたたえ、肩越《かたご》しに、舟に向かってウェールズ語で何か言った。太い一本マストの後ろの長い舵《かじ》の柄《え》のそばに、黒髪に赤黒い顔のがっちりした男が立っていた。幅の広い舟で、大型船の救命ボートに似ていなくもなかった。男はグイオンに声をかけた。ウィルは物問いたげにブラァンを見た。

「舟をもやうとか、潮《しお》をのがさないようにとか言ってる。けど——その綱《ダヴラール・ラフ・アナ・イ・ミ》をぼくに投げて」とブラァンはふいに言い、舟から投げられた二本目の綱《つな》を受け止め、ふたりして船首と船尾《せんび》をそれぞれ木にもやった。舟は潮が腹《はら》を洗《あら》っていくにつれ、ゆるやかにゆれた。

「無事にここまで来られたとはたいしたものよ」グイオンは、ふたりの肩に手を置《お》いた。「さあ、来るがよい」と言うと、きびきびした足取りで川岸を歩きだした。

ウィルはあとに従いながら、肩胛骨《けんこうこつ》の間で緊張《きんちょう》の太い結び目が解《と》かれたように感じていた。

「説明してくれなくちゃ」ブラァンは遅《おく》れまいと大股《おおまた》になった。「どうやって来たの？　なぜ舟なんかで？　ぼくらがいつ、どこにいるか、どうしてわかった？」

グイオンはほほえんだ。「クルーイドのブラァン・デイヴィーズよ、力を全て身につけた暁《あかつき》には、ここにおるウィル同様自信を抱《いだ》き、さようなことはあえて問わぬであろうよ。わしがここにいるのは、おぬしらが必要としているからよ。それだけだ。従って、わしは、〈光〉と〈闇〉が戦っている折にはいずれと関わり合うこともならぬ、という失せし国の掟《おきて》を破《やぶ》っていることになる。〈時〉の終わりまで破り続けることとだろう。慌《あわ》てるな……」声をひそめ、歩をゆるめたグイオンは、両腕を横に伸ばしてふたりを制《せい》した。

川のこちら側をまばらに縁取っていた、風にたわめられた樫《かし》や松がつきたところだった。眼の前に、丈《たけ》の高い木に取り囲まれて、輝く塔《とう》が、失せし国の城《しろ》がそびえていた。

グイオンはふいに真顔になり、腕をおろして一瞬《いっしゅん》、ウィルのこともブラァンのことも、自分をも含《ふく》めて、眼の前のキラキラ輝く孤独《こどく》な塔以外のあらゆるものを忘れてしまったかのように立ちつくした。

「カー・ワディル」と、ささやくように言った。「いつに変わらず美しい。だのに、わが偉大《いだい》な悩《なや》める王はその美を見られることもなく、中に閉じこもっておられる。それどころか、失せし国の全土を通じて、これを見られるのは〈闇〉の君のみなのだ」

ウィルは落ち着きなくあたりを見回した。「やつらはどこにでもいるくせに、眼には見えないんだ」

「到《いた》る所におる」グイオンが言った。「護《まも》りの木々の間にさえ。だが王や城に手を出せぬと同様に、木にも手は出せぬのだ」

塔の周囲には、大木がいびつな円を描いて並《なら》んでいた。葉や枝に愛撫《あいぶ》されて、塔はみどりの海の孤島のように中央からせり上がっていた。

「七本の木って老女は言ってたね」ブラァンがウィルのほうを向いた。「七本の木。前にぼくらの眼の前でめざめて、フリン・ムアンギルの上を明日へと走り去った〈眠《ねむ》れる者〉たちも七人だった」蒼《あお》白《じろ》い顔の中の黄色い眼を光らせて、怯《おび》えることなく、挑《いど》むように周囲を睥睨《へいげい》しているブラァンは、一瞬、ウィルが初めて眼にする熱っぽい自信のとりこになっていた。

ウィルはゆっくり言った。「〈眠れる者〉は六人だったよ」

「七人になるさ。最後には七人になる。その時にはもう〈眠れる者〉じゃなくて、〈闇〉の君と同じに〈騎手〉と呼ばれるんだ」

「これが第一の木だ」グイオンの声はさりげなかったが、ウィルにはわざと話題を変えたのだという気がした。三人の前には、川に寄りそうようにしている木があった。何本もの細い幹《みき》に窮屈《きゅうくつ》そうに分岐《ぶんき》し、樹皮《じゅひ》はみどり、躍《おど》る葉は幅が広くて丸かった。

「ア・グエルネン」ブラァンが言った。「赤楊《はんのき》だ。足もとを濡らして生えている。ぼくらの谷でもそうなんだ。ジョン・ローランズなんかいつも水草呼ばわりしてる」

グイオンは赤楊の枝から小枝を三本折り取った。曲がったりぐさぐさになったりしないよう、節目のところをきちんと狙《ねら》って。「水草めいているかもしれぬが、割れることも朽《く》ちることもない木だ。火の木よ、赤楊は。土を水から解《と》き放《はな》つ、火の力を秘《ひ》めているのだ。その力が必要になるやもしれぬ。それ」と、それぞれに一本ずつ小枝を渡すと、先へ進んで、柳の木の細い枝と長い葉から成る大きななめらかな天蓋に向かった。ここでも小枝を三本折り取り、二本を差し出した。

「柳。魔術師《まじゅつし》の木だ」ウィルはずっと以前、〈古老〉としての才能の使い方を学んでいる時にメリマンが見せてくれた古い書物を思い出していた。「若獅子《わかじし》ノ如《ごと》ク強ク、愛情溢《あふ》ルル婦女ノ如ク従順《じゅうじゅん》、且《か》ツ、アラユル魔法ノ行末ニ違《たが》ワズ、味ワウニ苦キモノナリ」とグイオンに苦笑いしてみせた。「しばらく前に、木の名前と性質を教えられたんだ」

グイオンは静かに言った。「いかにも。次は何かわかるか?」

「樺《かば》だ」前にそびえているのは節くれだった白い大木だった。細く長く茶色の小枝から猫の尾《お》に似た固《かた》い花がゆれている。躍るみどりの葉の陰の木は老いた古木で、根の間には赤地に白い斑点《はんてん》の浮いた毒タケが生えていた。幹が朽ちだしていることを、とうの昔に自然に治癒《ちゆ》した古い切《き》り傷《きず》が物語っていた。

ブラァンは、驚《おどろ》きのあまり思わず口走った。「ここで樺の木を見るのは初めてだ」それからウィルを見てニヤッとし、自分を笑った。「そんなこと言えば、大きなガラスの塔や、屋根に生えてるサンザシを見るのも初めてだったな」

「おぬしの言うたことはもっともだ」グイオンは穏《おだ》やかに言って、樺の小枝をよこした。「この、わしの時代のウェールズは、おぬしらの時代におけるより暖《あたた》かく乾いておる。赤楊や樺や松の森もあるが、おぬしらには樫と、新しい民《たみ》がもたらす異国《いこく》の木々があるのみだ。それも」――と一瞬ためらい――「この時代の木々と同じ場所にあるわけではない」

一種の恐怖《きょうふ》が、ウィルの精神をとらえた。グイオンの言わんとしていることがわかったのだ。だがウェールズ男はすばやくふたりを先へ導《みちび》き、樺の大木をあとにした。と思うと、玻璃《はり》の塔カー・ワディルが正面にあった。初めて上から下まで全体が見え、地面の上、砂洲の金の砂とみどりの岸の上ではなく、巨大《きょだい》な岩塊《がんかい》の上に建っているのがわかった。見慣れぬ石だった。光るものの混《ま》じった灰色の花崗岩《かこうがん》でもなければ、灰青色《かいせいしょく》のスレートでもなく、濃《こ》い群青色《ぐんじょういろ》で、ところどころに白石英《しろせきえい》の光る塊《かたまり》が突き出ていた。また、塔そのものの壁《かべ》が、やはりガラスめいた石英でできているのも見てとれた。白く半透明《はんとうめい》で、不思議な乳色《ちちいろ》の輝きを放っていた。円筒型《えんとうけい》の壁にはそこかしこに細い窓《まど》が切られていて、表面は全くすべすべしていた。

「ドアはないの?」ブラァンがたずねた。

グイオンは答える代わりに、長く剛い草の上を、二本の巨木へと導いた。最初のは丈は高くなかったが太く、ゆったりと枝を広げていて、イングランドとウェールズの生垣の半分に見受けられる、丸っこい葉とつきだしたばかりの柔《やわ》らかい実を持っていた。

「薬になる榛《はしばみ》だ」グイオンは小枝を三本取った。

「飢《う》えた旅人の食料にもなる」ブラァンが言った。

グイオンは笑った。「美味であったか?」

「最高だった。リンゴもね」

ウィルは思い出した。「リンゴも木のひとつだ」

「その前に、柊《ひいらぎ》だ」グイオンは、近寄《ちかよ》り難《がた》い黒っぽくこんもりした木に向き直った。つややかな濃《のう》緑《りょく》の葉は、下の枝についているのは鋭い棘《とげ》だらけで、上の方のはおとなしい楕円《だえん》だった。グイオンは、とがった葉を持つ枝だけを折って、再びそれぞれに渡した。

「リンゴからは実も取るがよい」と微笑《びしょう》した。「だが枝を折るのは、いずれの木についてもわしの役目だ」

「なぜさ?」と、草の中を進みながらブラァンはたずねた。

「さもなくば、木が悲鳴を上げ、掟《おきて》が効力《こうりょく》を発揮《はっき》するゆえ」グイオンはあっさり言った。「そうなれば、〈光〉も〈闇〉も、この失せし国の中においては、目的を達成するためのいかなる行動も取れぬことになる」と、いったん言葉を切り、じっとふたりを見つめて小ぎれいなごましおひげをいじった。続く声は真剣《しんけん》だった。「失せし国はやさしい場所ではない。そこを間違えぬことだ。ここには厳《きび》しさがある。この国のものでないあらゆる感情への無関心がある。それがバラの園の美と、工匠《たくみ》らの、造り手らのいまひとつの顔なのだ。それを侮《あなど》らぬように」

ブラァンが言った。「だって、本当のじゃま者は〈闇〉だけだよ」

グイオンは妙に尊大《そんだい》にあごを上げたが、口もとには苦悩《くのう》のしわが明らかに刻《きざ》まれていた。静かな声でこう言った。「ブラァン・デイヴィーズよ、おぬしを気も狂《くる》わんばかりにしたマリ・フルイドは、いずこから呼び出されたのだと思っているのかね? 鏡の迷路《めいろ》を編《あ》みだしたのは誰だと思うのか? 失われた王と、その水晶の剣のもとにたどり着くという、不可能に等しいつとめにおいて、おぬしにいまだかつて知ることのなかった絶望《ぜつぼう》を味あわせようとしているものはなんだ? 〈闇〉がそこまで関わり合っていると思うのか? そうではない。ここでは、この場所に備わっている力に較《くら》べれば、〈闇〉など無力に等しい。おぬしらが全てを賭《と》して立ち向かっているのは、失せし国そのものなのだ」

の？」


「荒魔術《あらまじゅつ》だ」ウィルがゆっくりと言った。「でなきゃ、よく似たものだ」

「荒魔術の一種だが、ほかの要素も加わっている」

　ブラァンはとまどった様子で、眼をしばたたきながらグイオンを見ていた。「あなたもその一部な

「ああ」グイオンは考え深げに言った。「わしは破戒者《はかいしゃ》でな、わしの好きなように行動するのさ。ふるさとを深く愛してはいるが、ここでよい思いをすることは決してないだろう」ブラァンにふいに向けられた笑顔は、温《あたた》かさを放射《ほうしゃ》するかのようだった。グイオンは前にあごをしゃくってみせた。「あれを見よ――欲《ほ》しいだけ取るがよい」

　大きなリンゴの古木が、腰《こし》の曲がった老人のように低く身をかがめていた。少年たちの頭上にそびえるのではなく、低く枝を這わせている木はこれ一本だった。小さな黄色い実と、さらに小さいが明るいみどり色の実が、黒っぽい枝のまばらな葉の間に生っていた。ブラァンは眼をみはった。「今年の実と一緒《いっしょ》に、去年のがまだ生ってる」と言うと、黄色い実をもぎ取り、汁気《しるけ》の多い締《し》まった果肉に嚙《か》みついた。

　グイオンは、ふっと笑った。「時には二年間ぶら下がり通しのこともある。おぬしの時代よりはるかに前の時代のピピン種なのを忘れたのかね？　おぬしの時代に行けば、失せし国が失われたこの時代の民が、〈古老〉を除《のぞ》けば想像だにしなかった物があまたある。同様に、過去にも多くの驚くべき

ものが存在していたのだが、全てこの国と共に永久に姿を消したのだよ」

ウィルは「永久に？」とそっと言うと、黄色い実をもいで差し上げ、眼でグイオンに笑いかけた。

グイオンは、力強い顔にとらえがたい遠い表情を浮かべて見つめ返した。「いつまでもいつまでも、とわしらは幼《おさな》い時に祈《いの》る。二度言う。〈古老〉よ、違うか？　いつまでも、いつまでも……あるものが、人生や愛や探索《たんさく》がいつまでも続いて、それでいてまた新たに始まり、前と同様いつまでも続くようにだ。終わりがきたとしてもそれは真の終わりではない。そう見えるにすぎぬ。〈時〉は死なぬからだ。〈時〉には始まりも終わりもない。ひとたび〈時〉の中に存在したものは終わることも死ぬこともありはせぬ」

ブラァンは蒼白い顔をふたりに交互《こうご》に向けながら、無言でリンゴを嚙《かじ》っていた。

ウィルが言った。「そしてぼくらは、とっくに過ぎ去ったことなのに、まだ起きてもいないことのまんなかに突っ立ってるわけだ。ここでね」

ブラァンがふと思いがけないことを言った。「ぼく、前にここにいたことがある」

「さよう。おぬしはここで生まれたのだ。これとよく似た多くの木々の間でな」

ウィルはすばやく眼を上げたが、白髪《はくはつ》の少年はそれ以上は言わなかった。グイオンも黙《だま》ったまま前に出、リンゴの老木から黒っぽく節くれだった小枝を三本折り取った。

声が聞こえたのは背後《はいご》からだった。どこのものかわからないなまりのある、静かな声だった。「ここで生まれた子どもなら、ここに残ることになるかもしれぬぞ——いつまでもいつまでもな」鞭《むち》のように鋭い、悪意に満ちた揶揄《やゆ》が声にかどを与《あた》えた。「いかに形而上学的《けいじじょうがくてき》に解釈《かいしゃく》しようと、いつまでもというのは長い」

ウィルはわざとゆっくりと振《ふ》り返《かえ》り、大きな黒馬にまたがった背の高い黒衣の人物と向かいあった。黒騎手はフードを脱《ぬ》いでいた。狐《きつね》の毛皮にも似た赤いつやを帯びた豊《ゆた》かな栗色《くりいろ》の髪が陽射《ひざ》しにきらめき、光る眼は青い石炭のように燃えていた。背後の少し離れたところに、馬に乗った人影が何人も黙って控えていた。黒一色か白一色に身を包んだ騎手が、どの木のそばにもひとりずつ、さらに多くが、はっきりとは見えないほど遠くまで散らばっていた。

「もはや警告はせぬ、〈古老〉よ」黒騎手が言った。「これよりは単純な挑戦《ちょうせん》と脅《おど》しがあるのみだ。それと、約束《やくそく》がな」

グイオンの声は、力強く深かった。「殿よ、〈闇〉の約束は、この国ではなんら効力を持ちませぬぞ」

黒騎手は犬か幼児《ようじ》でも見るようにちらりと見おろし、侮蔑《ぶべつ》をこめて言った。「〈闇〉の君の言葉を恐れるほうが、失われた王に仕える楽士の言葉を心に留《と》めるよりも賢明《けんめい》だ」

ウィルの体じゅうを、予感が、足の速い虫のように横切った。頭の中で（ああ、そんなこと言って今に後悔《こうかい》するぞ……）と唄《うた》っていたが、グイオンその人はなんら反応《はんのう》せず、黒騎手などそこにいもしないかのように通り過ぎて、その上に影を落としている巨大な太い樫の木に近づいた。

「ここでは葉は採《と》れぬぞ、弾《ひ》き手《て》よ」騎手は嘲《あざけ》った。「木々の王は、きさまには手が届《とど》かぬであろう」

予感がますます強くウィルを震わせた。グイオンは無表情だった。注意深く、威厳《いげん》を損《そこな》うことなく、痩《や》せた茶色い腕をいっぱいに伸ばし、葉がたくさんついた枝を折り取って三つに分けた。

騎手は鋭く言った。「楽士よ、きさまに約束しよう。その塔に足を踏み入れたが最後、二度と出てはこられぬぞ」振り返ったはずみに、顔の脇《わき》の醜《みにく》い傷痕《きずあと》が見えた。

「止めることはできないよ」ウィルはブラァンを引き寄せると、グイオンと樫の木に近づいた。

黒騎手はふいにくつろいだ様子になって微笑した。「その必要もない」とゆっくりと、すばらしい漆黒《しっこく》の馬を横に移動《いどう》させ、そびえる玻璃の塔がウィルとブラァンによく見えるようにした。

ウィルは足を止め、困惑《こんわく》の呻きを抑《おさ》えきれなかった。黒騎手はかん高く嘲り笑った。言わんとしたことは今や誰の眼にも明らかだった。

カー・ワディルへの入口がついに、基《もとい》である岩の上高く、粗《あら》っぽく切り出された急な石段《いしだん》のてっぺんに見えた。だがそこは、ウィルが想像だにしなかった魔法でふさがれていた。入口の前には巨大な車輪が下がり、光る円盤《えんばん》のように見えるほど速く回転していたのだ。軸《じく》も支えも何ひとつなかった。恐るべき車輪は宙《ちゅう》に浮いていた。近づく者を拒《こば》み、クルクル、クルクル、回転のあまりの速さに脅《おびや》かすようなキーンという音を発していた。

ブラァンがささやいた。「そんな！」

黒や白の馬にまたがって木々の間にいる〈闇〉の君たちはせせら笑った。してやったりと思っているのだった。黒騎手が再び笑った。不快な、脅すような笑い方だった。

なす術《すべ》なく取《と》り乱《みだ》して振り向くと、グイオンのキラキラする眼がじっとウィルを見つめ、ウィルをとらえた。その眼は力強い顔と灰色のひげに走っている変わった黒いすじの上からきらめき、こう言っていた。教えてやりたいが教えてはやれぬ――考えるのだ――。

ウィルは考え、ハッと気づいた。

「来いよ！」

ブラァンの腕をつかむとだっと走りだし、〈闇〉の嘲弄《ちょうろう》をのがれて、塔の立つ大岩の石段を駆け上がり、最上段に達すると立ち止まった。急回転する車輪は、体をまっぷたつに切断《せつだん》してしまいそうに近かった。かん高い回転音が頭を満たした。グイオンは嬉《うれ》しさのあまり白い歯を光らせてあとを追ってきた。ウィルは、ブラァンの困惑している案じ顔に自分の顔を寄せ、耳もとで言った。「老女は最後になんと言った？」

安堵《あんど》が波のように広がるのが見え、言葉が吐《は》き出《だ》されるのが聞こえた。「角笛《つのぶえ》だけが車輪を止める――」

ウィルはベルトに手をやり、きらめく小さな狩《か》りの角笛をはずした。一瞬動きを止め、それから深く息を吸《す》い込《こ》むと、澄《す》んだ音を長々と吹き鳴らした。高く美しく、回転する鋭い車輪の恐ろしいキーンという叫びを和らげるように響いた。車輪はたちまち、すさまじい力に抑制《よくせい》されたかのように停止《ていし》した。下にいる〈闇〉の騎手たちが怒《いか》りの雄叫《おたけ》びを上げた。車輪に、輪を十字に仕切る輻《や》が四本ついているのを見たのもつかの間、グイオンがふたりをうながして順に手近な四分の一の空間をくぐらせ、自分も続いてもぐり込んだ。

グイオンは、持っていた七本の小枝の束《たば》をウィルの手に押し込んだ。見なくとも、今やどうすればいいかはわかっていた。ブラァンの手の束もつかみ、三つの束を一緒に持つと、急いで車輪の輻の間から、塔への階段を駆け上がってくる闇と怒りと凶意《きょうい》の波めがけて突き出し、力を振りしぼって〈闇〉の中へ小枝を投げ込んだ。音のない爆発《ばくはつ》にも似た猛威《もうい》が塔から外へ向けて流れ出、巨大な車輪は回転を再開《さいかい》した。

次第に速さを増し、キーンという音が高まるにつれ、入口を回転する魔法によって阻《はば》まれた〈闇〉は、口惜《くちお》しさと衝撃《しょうげき》の怒りにわめきたてた。そしてウィルとブラァンとグイオンは、失われた王の玻璃の塔の内側の、やさしい半透明な明るさの中に立っていた。

三人は互《たが》いに眼《め》を見交《みか》わした。外では〈闇《やみ》〉の怒《いか》りがいや増《ま》し、世界じゅうで吠《ほ》えたけっているかに聞こえた。ウィルはその激《はげ》しさを殴打《おうだ》のごとく感じ、思わず背《せ》を丸めた。

だしぬけに、何も聞こえなくなった。騒《さわ》ぎはやみ、いっぺんに消えてしまった。聞こえるのは、外で回転している車輪ばかりだった。この唐突《とうとつ》な変化は、前の騒ぎよりはるかに不気味だった。

「何をしてるんだろう?」ブラァンはきつく巻かれたバネさながら神経《しんけい》を張りつめさせていた。あごの片側で筋肉《きんにく》がけいれんしているのが見えた。

「何もしちゃいないさ」ウィルは確信《かくしん》を装《よそお》って言った。「ここじゃ何もできないんだ。忘れてしまえよ」と、今いる塔《とう》の縦横《たてよこ》をいっぱいに占《し》めている四角い部屋を見回した。「ごらんよ!」

どこもかしこも光に満ちていた。淡《あわ》いみどりがかった光が、石英《せきえい》に似《に》た壁《かべ》から射《さ》し込《こ》んでいる。光の洞窟《どうくつ》みたいだ、とウィルは思った。だが室内は、誰《だれ》かがえらく複雑《ふくざつ》な仕事の最中に慌《あわ》てて出ていくはめになった、とでもいうように散らかっていた。卓《テーブル》や棚《たな》には手書きの巻物が山と積まれ、床《ゆか》をおおっている藺草《いぐさ》を編《あ》んだ厚い敷物《しきもの》の上も同様だった。一方の壁際《かべぎわ》の大きな重い作業机《さぎょうづくえ》には、光る金属《きんぞく》の切《き》れ端《はし》や、ガラスの塊《かたまり》や、赤や白やみどりがかった青の石が、ウィルに父親の宝石店の裏《うら》にある仕事場を思い出させる繊細《せんさい》な道具一式とごちゃまぜになっている。と、壁の高い所にかかっているものが眼をとらえた。輝《かがや》く黄金でできた、飾《かざ》りけのない丸い楯《たて》だった。

グイオンが身軽に卓にとびのり、壁から楯をはずして差し出した。

「持っていくがよい、ウィルよ。かつて盛《さか》んであられた頃《ころ》に、グイズノー王は〈光〉のために三つの楯を造られた。ふたつは〈光〉の手で、危険《きけん》が襲《おそ》うやもしれぬ場所へと運ばれたが、第三の楯はここに置《お》き去《ざ》りにされた。わしにはその理由がわからなんだ――だが、今この瞬間《しゅんかん》が、まさにその理由だったのやもしれぬ。それ」

ウィルは輝く丸い楯を取り、内側の革紐《かわひも》に腕《うで》を通した。「なんてきれいなんだろ。あとのふたつもきれいだよ。見たことがあるって気がする。べつの……所で。使われたことはないけど」

「これも使われずにすむことを願うよ」とグイオンが言った。

ブラァンが苛立《いらだ》たしげに「王はどこ?」とたずねた。錬鉄《れんてつ》の螺旋階段《らせんかいだん》を見上げているのだった。みごとな唐草模様《からくさもよう》に飾られた階段は、高い玻璃《はり》の天井《てんじょう》に切られた穴《あな》の中へと消えていた。

「さよう、上におられる。これから上がるが、わしが先頭に立つ。誰もおらぬ部屋をいくつか過ぎた後、最後の部屋で王にお会いできるはずだ」

階段の湾曲《わんきょく》した手すりに片手をかけると、グイオンはじっとウィルを見た。「しるしのベルトはいずこかね？」

「バードン山の戦場にある」ウィルは残念そうに答えた。「最大限《さいだいげん》の勝利を勝ちとるために、メリマンが偉大《いだい》な王のもとに持っていったんだ。最後の対決の時にも持ってくるはずだ。老女が来られて〈光〉の総力《そうりょく》が結集する時だから。けど、それまではない。その時がきたって――」ウィルは言葉を途切《とぎ》らせた。

「エイリアスだね」ブラァンの声はひきつっていた。「エイリアス」

グイオンがすばやく言った。「まだその名を口にするな！　それはあとだ。この塔の中では、剣《けん》の前に出るまでは、名前で呼《よ》ぶことは許《ゆる》されぬ。来るがよい」

三人は螺旋階段を上り、いくつもの部屋を通《とお》り抜《ぬ》けた。いずれにも、生活に伴《ともな》う寝食《しんしょく》の必需品《ひつじゅひん》が取り散らかされていたが、同様に、長いこと使われていない場所独特《どくとく》の見捨てられた雰囲気《ふんいき》があった。やがてしんがりをつとめていたウィルは、ブラァンとグイオンが、ほかのどれとも異《こと》なる大きな部屋に黙《だま》ってたたずんでいるのを発見した。ここの壁を通ってくる光は涼《すず》しい氷のみどりではなく、もっと暗くくすんでいた。三人は今や、黄金と半透明《はんとうめい》の玻璃がしま状をなしている大きな半球の中にいるのだった。海を指す黄金の矢を戴《いただ》いた塔の円蓋《えんがい》の中にいるのだとわかった。

中は暖《あたた》かく、床《ゆか》にはしま模様の屋根から斜《なな》めに射《さ》し込《こ》んでくる日光がすじになっていた。それでいて、不思議に陰気《いんき》な場所で、五感を圧迫《あっぱく》するものがあった。四角い卓がひとつ片側に寄《よ》せられ、木彫《きぼ》りの衝立《ついたて》と幾脚《いくきゃく》かの背《せ》もたれの高い大きな椅子《いす》があるほかは何もなかった。椅子は一本の木材から彫《ほ》り上《あ》げられたかのように頑丈《がんじょう》そうだった。

「グイオンか？」と声がした。

静かなこだまが、円蓋の中でささやき交わした。低く、力ない声の抜《ぬ》け殻《がら》だった。部屋の反対端で向こうを向いている背の高い椅子から発せられたのだが、三人には背もたれしか見えなかった。

「ここにおります、わが君」グイオンの眼は温《あたた》かく、声には困《こま》っている子どもに話しかけているような愛情と忍耐《にんたい》がこもっていた。「ふたりの……〈光〉が一緒《いっしょ》でございます」

長い間があった。聞こえるのは、外のどこか遠い所で鳴くカモメのかすかな声ばかり。

ようやく、声が冷たく手短かに言った。「余《よ》を裏切《うらぎ》ったか。下がらせろ」

グイオンはすばやく部屋を横切り、高い木彫りの椅子の前で片膝《かたひざ》をついた。円蓋を通してくる淡い光のすじの中で、まだらひげに縁取《ふちど》られた細い顔が、姿《すがた》の見えぬ王を仰《あお》ぐのが見えた。愛と忠誠《ちゅうせい》が炎《ほのお》のように輝《かがや》く顔で言った。「私がわが君を裏切りましょうや？」

「いや、裏切るまい」声は疲《つか》れたように言った。「それくらいは余もわきまえておる。したが、わが楽人よ、その者らは立ち去らねばならぬ。それこそ、そちのほうでわきまえておくべきことじゃ」

ウィルは思わず前に進み出た。「ですが陛下《へいか》、危険《きけん》が大きすぎるのです」大きな椅子のすぐ後ろで立ち止まると、肘掛《ひじか》けにグイオンの指輪によく似た大きな黒っぽい石の指輪をはめた細い手が力なく置《お》かれているのが見えた。できるだけ落ち着いた声でウィルは言った。「殿《との》よ、〈闇〉が立ち上がったのです。地球の支配権を人間の手から奪《うば》うべく。ぼくら〈光〉には、そのために造られた力の品々で武装《ぶそう》していない限《かぎ》り、それを封《ふう》じることができません。品は全て揃《そろ》いましたが、ただひとつ、水晶の剣が、王陛下が遠い昔に造られ——今そうして守っておられる剣が足りないのです」

「余は何も守ってはおらぬ」声は気がなさそうに言った。「存在するのみじゃ」

「ですが剣は、造られた時からずっとここにあります」と言いながらも、ウィルの眼は室内を捜《さが》しまわった。「与《あた》えてくださらない限り、持ち出すことは許されていません。どうぞ渡《わた》してください、陛下、お願いです」

「余をひとりにしてくれ」声は言った。「ひとりにしてくれ」痛《いた》いほどの悲しみに満ちていて、なんとか慰《なぐさ》めたい気になった。が、頭の中では、探索《たんさく》の重大さがそれを上回っていた。

「剣は〈光〉のためのものです」ウィルは頑張《がんば》った。「〈光〉のもとに行かねばなりません」王の座《ざ》しているそばの傾斜《けいしゃ》した壁際に立てられているすばらしい木彫りの衝立を見た。ただ見て美しい品として置いてあるのだろうか？　何かを人目から隠《かく》しているのではないのか？

声は元気なくすねたように言った。「余に『こうせねばならぬ』と言う者はおらぬ、〈古老〉よ。それがそちの名か？　余はさようなことは忘れ果ててしもうた」

ウィルの背後《はいご》で、ブラァンが鋭《するど》く言った。「けど、エイリアスが要《い》るんです！」

椅子の上の細い手が一瞬だけ生命を得、握《にぎ》りしめられたが、すぐにまたぐったりとなった。「グイオン」虚《うつ》ろな声は言った。「してやれることはない。下がらせろ」

グイオンはぬかずいたまま、懸念《けねん》が刻み込まれた顔を上げた。「倦《う》み疲《つか》れておられる」と儀礼《ぎれい》を振《ふ》り捨《す》てて辛《つら》そうに言った。「いつもひとりでおられぬほうがよいのに」

「人生に疲れたのじゃ、楽人よ。この世にな」声は風に吹かれる枯葉《かれは》さながら、ひからびて乾《かわ》ききっていた。「目的も味わいもない。時は思いのままに余の心を振り回す。余の生命は役にも立たぬ。鴉《からす》の空《むな》しい鳴き声も同然じゃ。一度は備わっていたやもしれぬ才能は死《し》に絶《た》えた。その才能が造った玩《がん》具《ぐ》も共に死なせてやれ」

言葉は緩慢《かんまん》に、石を落とし込んでも音ひとつたたない黒い穴のように、深い絶望《ぜつぼう》の中から吐《は》き出《だ》された。ウィルの首すじの気が逆立《さかだ》った。死人が口をきいているかのようだった。

ブラァンがきっぱりと、冷ややかに言った。「王どころか、マリ・フルイドのようなことを言われますね」

再び手が一瞬握《にぎ》られ、また力なく垂《た》れた。声の中に、無知でひたすらな活力に溢《あふ》れた希望と対面した、長い長い経験だけが持つ、疲れた蔑《さげす》みがこもった。「子どもよ、青臭《あおくさ》い子どもよ、まだ生きたこともない人生について語るな。民《たみ》の期待にそえなんだ王、才能の期待にそえなんだ工匠《たくみ》にのしかかる重荷がそちにわかるか。人生は長い欺瞞《ぎまん》なのじゃ。守られることのない約束《やくそく》と、正されることのない過ちと、埋《う》められることのない欠陥《けっかん》に満ちている。忘れられる限りを余は忘れてしもうた。立ち去れ。残りを忘れさせてくれ」

かすれた声の中の恐《おそ》るべき自己嫌悪《じこけんお》にとらわれ、言葉もなく立ちつくすウィルのそばに、ブラァンが進み出た。すると、だしぬけにウィルの感覚という感覚が変化の到来《とうらい》を叫《さけ》びたてた。ただいまこの瞬間より、ブラァンはもはや、黄色い眼をした異様《いよう》な白子、北ウェールズの谷間で、村人に横眼で見られ、子どもたちに色のない顔と髪《かみ》をからかわれる名もない少年ではなくなった。

「グイズノー・ガランヒルよ」ブラァンは、ウェールズなまりの一段と強まった、氷のように冷たく厳《きび》しい静かな口調で断じた。「ぼくはペンドラゴンだ。〈光〉の運命は、ぼく次第で決まる。絶望など、ぼくは認《みと》めない。あなたが父に言われて造ったエイリアスは、生まれながらにしてぼくのものだ。水晶の剣はどこにある？」

ウィルは爪《つめ》をてのひらに食い込ませ、震《ふる》えていた。

極《きわ》めてゆっくりと、椅子の人物は体を前に乗り出し、振り向いた。ずっと前にも、ついさっきのようにも感じられるひとときに、バラ園の噴水《ふんすい》にかかった虹《にじ》の中に見た通りの王の顔だった。間違《まちが》えようもなかった。翼《つばさ》のように頬骨《ほおぼね》の張った痩《や》せた顔。憂《うれ》いによって深く刻み込まれたしわ。絶望の運河が鼻からあごにかけて流れ、眼は暗い山の池のような影《かげ》に囲まれていた。王はウィルを一瞥《いちべつ》し、それからブラァンを見た。顔が変わった。

王は身じろぎもせず、黒い眼で見つめ続けた。長い沈黙《ちんもく》の後、ささやいた。「夢《ゆめ》じゃったのに」

グイオンがそっと言った。「何が夢だったのですか、陛下」

王はグイオンのほうを向いた。と、胸《むね》の痛むような素直さが宿った。友人に秘密《ひみつ》をうちあける子どものような。

「わが楽人よ、余は絶えず夢を見ている。夢の中で生きているのじゃ――この空しさが感じられぬのは夢においてのみなのじゃ。時には黒く恐ろしい、奈落《ならく》からの悪夢《あくむ》もある……だが多くはすばらしく、幸いと失われた歓喜《かんき》と、ものを造ること、生きることへの喜びに溢れている。夢がなかったなら、とうに狂《くる》っていたことじゃろう」

「はい」グイオンは口惜《くちお》しげに言った。「多くの人間について同じことが言えます」

「余が夢見たのはな」王は再び不思議そうにブラァンを見た。「始まりと終わりを共にもたらしにくる白い髪の男児であった。偉大な父の子であり、父の力の全てと、さらにそれ以上のものを備えていた。余は、その父を知っていたような気がいたした。遠い昔に……じゃが、空しさがこの頭にかけた霧《きり》のため、いつ、どこで知っていたのかは思い出せぬ。白い髪のその子は……夢の中では、色というものを帯びておらなんだ。白い髪、白い眉《まゆ》、まつげも白く、眼を太陽から護《まも》らんがための、黒いガラスの円をふたつ着けていた。だがその円が取《と》り除《のぞ》かれると、魔法《まほう》の眼なのがわかった。梟《ふくろう》の黄金の眼じゃった」

王は細い体を片手で支《ささ》えながら、ふらふらと立ち上がった。グイオンが助けようと乗り出したが、王はもう一方の手を上げた。

「その子は走ってきた。部屋をよぎって駆《か》け寄《よ》り、白い髪に日光を宿らせて笑った。久しくこの城《しろ》が耳にしたことのない音楽じゃった」暗い顔に、曇《くも》り空《ぞら》にかすかに射す陽光のように、和《やわ》らかなものが浮《う》かんだ。「始まりでもある終わりを持ってきたのじゃった。ここから影を取り去り、夢の中で余の前に膝をついて、こう言った——」

ブラァンが静かに笑った。怒りからくる緊張《きんちょう》が、ブラァンの体からあとかたもなく去っていくのをウィルは感じた。白髪《はくはつ》の少年は、二、三歩すばやく前に出、王の前に膝をついて笑顔で見上げた。

「水晶の剣に到るには壁が五つある。それらは剣の上に黄金の火文字で刻まれた五つの文に記されている。聞きたいか?」

王は立ったまま見おろしていた。前にはなかった活気が、眼によみがえっていた。「余は答えた。聞かせてくれ、と」

「聞かせてあげましょう」ブラァンは抱擁《ほうよう》にも似た親密《しんみつ》さで王の眼を見上げた。もはや引用しているのではなかった。「それで第五の壁を突破《とっぱ》したことになるはずです。陛下、違いますか? すでに四つを通り抜けてきました——証拠《しょうこ》はその文句です。もしぼくに、あなたの全ての希望の墓《はか》である絶望を破ることができたら、剣をくれますか？」
王はブラァンに眼をすえていた。「それができれば、そちのものじゃ」
ブラァンはゆっくりと立ち上がり、息を吸《す》い込《こ》んだ。音楽的なウェールズなまりのため、文句は唄《うた》のように聞こえた。

「我《われ》は全ての杜屋《もりや》の胎《たい》、
我は全ての丘《おか》の火、
我は全ての巣《す》の女王、
我は全ての頭《こうべ》の楯《たて》、
我は全ての希望の墓——
我はエイリアスなり！」

グイズノー王は、砂《すな》を洗《あら》う波のような長い長いためいきをついた。突然、大きな音と共に壁際の木彫りの衝立がふたつに割れ、床に倒《たお》れた。しま模様の壁の上にくっきりと、ブラァンが唱《とな》えた文句が黄金の文字で記され、輝いているのが見え、その下に、スレートの大石の上に、光る氷柱のように水晶の剣が横たわっていた。

王は、ゆっくりと硬《こわ》ばった体を動かして、なめらかな藺草の敷物を横切った。白い衣《ころも》の上にまとった濃緑《のうりょく》の長上着の背に、バラと跳《は》ねる魚からなる王家の紋章《もんしょう》が金で縫《ぬ》い取《と》られているのが見えた。グイズノー王は剣を手に取り、ものうげな力ない体を三人のほうに向けた。模様の刻まれた剣の平《ひら》に、これほど美しいものを造れたのが不思議だというように指を走らせた。それから、切っ先が下を向くように十字形の鍔《つば》を持ってブラァンに差し出した。

「光は〈光〉に」と王は言った。「エイリアスは、それを受《う》け継《つ》いだ者に」

ブラァンは剣の柄《え》を握り、まっすぐ上を向くように気をつけてひっくり返した。途端《とたん》にウィルには友人の背すじが一段と伸び、威厳《いげん》が増したように見えた。陽光が白髪にまばゆく輝いた。塔の外のどこか遠くで、雷鳴《らいめい》に似た低い轟《とどろ》きが聞こえた。

王はあっさりと言った。「もはや何が来ようとかまいはせぬ」

それからふと、手を頭へやって額《ひたい》をさすった。「確《たし》か……確か鞘《さや》があった。グイオンよ? 鞘を造ったはずじゃが?」

グイオンは明るい笑《え》みを浮かべた。「お造りになりました、陛下。革と黄金にて。また、それを思い出されたは、陛下の言われる空しさがお心の中で砕《くだ》けだした証拠でございます」

「確か……」王の額にしわが寄り、眼が苦痛《くつう》をおぼえているかのように閉じられた。それからいきなり眼を開けると、王は部屋の向こう端にある、淡色《たんしょく》の木で造られた素朴《そぼく》な櫃《ひつ》を指さした。側面には魚にまたがった男が描《えが》かれていた。

グイオンは櫃に歩み寄り、蓋《ふた》を開けた。間があった後、「三つの品がございます」と言った。声には変わった響《ひび》きが加わっていた。ウィルには理解できない何かの感情だった。

王はあやふやに言った。「三つ？」

グイオンは、櫃から、黄金で飾られた白い革の鞘と剣吊《けんつ》り帯《おび》を取り出した。「輝きを少し隠すために」と微笑《びしょう》してブラァンに差し出した。

「ブラァン」ウィルは頭の中でかすかに聞こえる声に耳を傾《かたむ》けながら、ゆっくりと言った。「まだ鞘に納《おさ》めないほうがいい……と思う。ちょっとでも入れちゃだめだ」

ブラァンは剣と鞘を手にしたまま、眉を吊り上げてウィルを見た。初めて眼にする傲然《ごうぜん》とした角度に頭をそびやかしていた。と、さっと身震いしたと思うともとのブラァンになり、「わかった」とだけ言った。

グイオンはまだ櫃のそばにいた。「それから——これが」声が震えていた。小さな光る竪琴《たてごと》を取り出した手も震えていた。部屋の反対側から、王を見て言った。「ついさきほども、都《みやこ》に置いてきた琴があれば、いにしえのごとくお聞かせできるのに、と思っておりました」

王はいとおしむように微笑した。「それもそちの琴じゃ、楽人よ。遠い昔、塔に籠《こも》って間もない頃《ころ》、絶望と闘《たたか》おう、仕事を続けようとしていた頃に、そちのためにこしらえたのじゃ……」と不思議そうにかぶりを振った。「忘れておった。あまりにも昔のことで……ひとりになることを選んで、かの車輪を用いて、ほかのあらゆるものを締《し》め出《だ》しておきながら、そちとそちの音楽が恋《こい》しくてならず、その琴を造ったのじゃよ。わがグイオン、わがタリエシン、わが弾《ひ》き手《て》のために」

「ほどなく弾いて差し上げましょう」

「音は狂っておらぬぞ」王の微笑には、作品に対する造り主の誇《ほこ》りが見えた。

グイオンは琴をおろし、もう一度櫃に手を入れた。取り出したのは紐で口を締められた小さな革《かわ》袋《ぶくろ》だった。「これが三つ目の品ですが、私には何かわかりませぬ」

口を引き開けると、もう一方の手に、小さな青緑の石がいくつもこぼれ出た。なめらかな光沢《こうたく》を帯び、海から採れたかのように丸味を帯びていた。ひとつが床に落ちたのをウィルは拾い、たなごころに転がして、美しく不均衡《ふきんこう》な形の中の色彩《しきさい》の模様《もよう》を見た。

王はちらりと石を見ると、「きれいじゃが価値《かち》はない。入れたおぼえもない」

「細工《さいく》にお使いになるつもりであられたのでしょう」グイオンは石を袋に戻《もど》し始《はじ》めた。ウィルは拾った石を差し出した。

グイオンがふいににっこりし、「取っておくがよい」と軽く言った。もうひとつ選び出してブラァンに渡した。「これはおぬしにだ、ブラァン。ふたりとも護符《ごふ》を持っているべきだ。失《う》せし国《くに》から持ち帰るべき、夢のかけらよ」

王がぼんやりと小声で繰《く》り返《かえ》した。「失せし……失せし……」

はるかな低い轟きが再び、前よりも大きく外で聞こえた。にわかに、しま模様の円蓋から射し込む日光が薄《うす》れ、ずっと暗くなった。

ブラァンが周囲を見回した。「なんでしょう？」

「始まりじゃ」王のかぼそい声は顔同様、力と活気を増し加えており、潔《いさぎよ》い覚悟《かくご》こそ明らかに見えているものの、絶望からくるあの恐るべき黒い虚《うつ》ろさはつゆほどにもなかった。

ウィルが本能的に言った。「この屋根の下にいちゃいけない」

グイオンがためいきをついた。自分に向けられた苦笑まじりの愛情あるまなざしを、ウィルは後々まで忘れることはなかった。笑いを秘め、鼻からあごへ流れる線のため悲しげにさえ見える大きな口、細かくちぢれた灰色《はいいろ》の髪、灰色のひげの中の変わった黒いすじ。ウィルは心の中で言った。あなたが好きだ、と。

「まいりましょう」グイオンは片腕に竪琴を抱え、ほかの部分と同じに見える湾曲した壁の一部に歩み寄り、手を伸ばして、力強いひと引きで、楔形《くさびがた》のひとつをそっくり横に移動《いどう》させた。三角形の戸口のようなすきまが開いた。外には、暗い暗い灰色の空が見えた。

グイオンは外に出、バルコニーへとおりた。続いて出たウィルは黄金の手すりを見、これもまた都の無人宮の円蓋にめぐらされていたバルコニーそっくりなのに気づいた。だが、塔から外を望むとともに、そんな考えはかき消えてしまった。

西の海の彼方に、すさまじい大きさの暗雲が膨《ふく》れ上《あ》がっていた。重く、もくもくと積み重なり、黄がかった鼠色《ねずみいろ》だった。生き物のようにのたうち、どんどん大きくなっていく。ウィルの指は、まだ片腕にはめたままの黄金の楯の革紐をきつく握りしめた。ブラァンが背後からバルコニーに出てきて、最後に王が現われた。王は弱々しく、円蓋の開口部の縁によりかかって体を支えていた。長いこと肺《はい》に感じたことのなかった爽《さわ》やかな外気のせいか、息遣《いきづか》いが荒《あら》くなっている。

低く遠い轟音《ごうおん》はまだ空気中を満たし、黒雲がたゆたっている西の水平線から霧《きり》のように押《お》し寄《よ》せてきた。とはいえ雷《かみなり》ではなく、それよりも深い、しつこい、ウィルが聞いたこともないような音だった。

「用意はよいか？」グイオンが背後でそっと言った。

振《ふ》り向《む》くと、笑いじわに囲まれた眼がすぐ前にあった。穏《おだ》やかな決意と落ち着きが浮かんでいたが、それら全ての陰《かげ》にぞっとするほどの恐怖《きょうふ》がちらついていた。

「なんなの？」ウィルはささやいた。

グイオンは竪琴を手に取り、一連のやわらかく美しいアルペッジオをつまびいた。冗談《じょうだん》のように軽い口調だったが、眼は、中に隠れている恐怖を見てくれるなと哀願《あいがん》していた。「失せし国が死ぬのだよ、〈古老〉よ。時が来れば、死が来る」指が音を操《あやつ》ってやさしい調べを奏《かな》でだすと、円蓋の輝く側面にもたれた王は、快《こころよ》げに何かつぶやいた。

西の水平線の轟きが高まった。風が頬に吹きつけ、髪を震わせた。異様に暖かい風だった。ウィルは頭を上げ、鼻をくんくんいわせた。やにわに、夏の外気は海の匂《にお》いに満たされた。塩と濡《ぬ》れた砂とみどりの海草の匂い。雲が空いっぱいに灰色に広がり、光は死に絶えかけていた。頭上でかすかな軋《きし》りが聞こえ、ハッと見上げると、円蓋の頂《いただき》の黄金の矢が、わずかな光の中でもまだきらめきながら静かに回りだしていた。くるりと半転して、海ではなく内陸を指して止まった。その向こうの空の輝きがウィルの眼をとらえ、仰天《ぎょうてん》させた。ブラァンも同じものを見つめているのが見えた。

はるか彼方、失せし国の反対端、薄れゆく光の中にまだうっすらと見える都の屋根の上に、光のしぶきが噴水のように舞《ま》い上《あ》がり、一瞬燃え上がっては消えていたのだ。炸裂《さくれつ》する星さながら花火は飛《ひ》翔《しょう》し、暗い空を鮮烈《せんれつ》な赤やみどりや黄や青で彩《いろど》り、喜ばしい光のアーチとなって都の上に花開いた。この突然の華《はな》やかさには、のしかかる嵐《あらし》の夜に焚火《たきび》から火のついた枝を取って外に投げる子どものような、恐《おそ》れを知らぬ陽気さがあった。ウィルは笑っていながら涙《なみだ》が出そうなのに気づき、同時に、西から世界を満たしつつある轟音《ごうおん》越しに、かすかに、どこかで、都のどこかで、いくつもの鐘《かね》の鳴る歓《かん》喜《き》に溢《あふ》れた高い音を耳にした。グイオンが静かに調べの節《ふし》と拍子《ひょうし》を変え、鐘の音と調和するようにした。ウィルは息をはずませて、バルコニー上から鉛色《なまりいろ》の凄絶《せいぜつ》な空と暗い海と、その両方に挑《いど》んでいる華麗《かれい》な花火を見渡した。人々が宿命だとわかっているものに対して投げつけたこの尊大な挑戦を眼にして、恐怖と喜びの両方からくる昂揚感《こうようかん》に満たされていた。

海は空と同じくらい暗くなった。今や新たな唸《うな》りが聞こえだし、波がそびえ、その波頭が遠くの方にしぶきを上げてきらめくのが見えた。風は勢いを増し、王の薄い髪を鞭《むち》のように顔に叩《たた》きつけた。ウィルは楯をかざして風をよけ、グイオンは弾き続けながら、ゆっくりと塔の円蓋の開口部に向かってあとずさりし始め、王が壁に支えられながらも同じ方向に移動せざるを得ないようにした。切り裂《きさ》くような閃光《せんこう》とともに空が吠《ほ》えたけり、海が絶叫《ぜっきょう》したかに思え、膨大《ぼうだい》な水の壁が海から突進してきて砂と葦《あし》の沼地を越え、木々と陸と川すじを呑《の》み込《こ》み、広がり、渦巻《うずま》き、荒れ狂った。ブラァンが片手でウィルの腕をつかみ、振り向いたウィルは、エイリアスが中から炎に熱せられているかのように蒼白《あおじろ》く輝いているのを見た。

都の上の暗い空では、花火がふっとやみ、鐘はめちゃくちゃに切れ目なく鳴らされ、グイオンの琴の旋律《せんりつ》からはずれた。と思う間に、それも唐突《とうとつ》にやんだ。だが、グイオンの調べは続けられた。海が塔の下部に叩きつけ、足の下に震動《しんどう》が感じられた。波が次から次へ轟音と共に押し寄せ、海面がますます高くなり、暖かい暴風《ぼうふう》に乗って王の高い声が「終わりじゃ！　終わりじゃ！」と叫んだ。そこへ、ありえざることながら、怒り狂う海の中から、大波を斜めに下って、黒髪の船頭の操るがっちりした舟《ふね》が、たった一枚《まい》の茶色の帆《ほ》に風をいっぱいにはらんで近づいてきた。船頭は舵《かじ》の柄《え》のそばからウィルとブラァンに腕を差し出して招《まね》いた。甲板《かんぱん》が一瞬、塔のバルコニーと同じ高さに達した。

「行け！」グイオンが叫んだ。横に体を傾けて、力つきた王を肩で支えていた。

「あなたなしに行けないよ！」

「わしはここの者だ！」影のような顔に、最後の笑みがひらめくのが見えた。「行け！　ブラァン！エイリアスを救え！」

ブラァンは、拍車《はくしゃ》をかけられたようにハッとし、ウィルをひっつかむと、すぐそばで上下している舟にとびのった。舟は波の側面をすべり落ち、一瞬、グイオンの竪琴が荒れ狂う海を通して甘《あま》くかすかに聞こえた。が、ついに、空から眼もくらむばかりのまばゆい一条の光がほとばしり、塔に落ちて円蓋をまっぷたつに裂いた。もげた黄金の矢が悪意ある生き物のように、波を越えて、ウィルたちめがけて飛来した。ウィルはとっさに両腕で、黄金の楯をかざした。それが出会った瞬間、黄色い閃光が炸裂《さくれつ》し、矢と楯はふたつながら消滅《しょうめつ》して、ゆれる舟の上にウィルは仰向《あおむ》けに叩きつけられた。

頭が鳴り、眼がぼやけた。ブラァンが蒼く燃える剣を手にすぐそばに立ちはだかっているのが見え、波の唸りが聞こえ、安全な方向に舟を向かわせようと必死な、船頭の痩せた浅黒い顔が、苦しげに歪《ゆが》んでいるのが見えた。世界は果てしのない暗い混乱と化して吠え、ゆれ、時間の感覚さえ失われてしまった。

いきなり、強烈なゆれに襲《おそ》いかかられて、ウィルは意識を失った。眼を開けた時には灰色の光と、やさしい、浜《はま》に寄せるさざなみの静かなつぶやきに満たされた世界にいた。ウィルとブラァンとは、長い砂浜に横たわっているのだった。晴れた朝で、淡い水色の空が頭上にあった。水晶の剣はブラァンの手に白く輝き、鞘はかたわらにあった。広い砂浜はずっと伸びて、ダヴィ河の砂洲《さす》にまぎれ込んでいた。向こう端には砂地の丘がみどり色にきらめき、彼方の山々とアベルダヴィ村の灰色の屋根の上に、昇《のぼ》る陽の最初の黄金の縁が姿を見せた。

第四部　夏至の木

日の出

ジェーンは、静まり返ったホテルを五時前に出た。サイモンたちを起こそうとはしなかった。理屈《りくつ》に合わないことながら、メリマンが「日の出とともに浜《はま》に出なさい」と言ったのは、ことに自分に対してなのだという気が強くしていた。兄さんたちは好きな時に来ればいいわ、とジェーンは思った。

そこで、ひとりで灰色《はいいろ》の朝の中に抜《ぬ》け出《だ》し、静かな道と線路を横切った。聞こえるのは、その先の海に打ち寄《う》《よ》せる波音ばかり。線路を渡《わた》った時には、一ダースほどの兎《うさぎ》がびっくりしたように白い尾《お》を上下させて逃《に》げていった。時折《ときおり》、低い羊《ひつじ》の声が山の上から漂《ただよ》ってきた。朝は色彩《しきさい》を欠いて寒々しく、ジェーンはセーターを着ているにもかかわらず身震《みぶる》いして、起伏《きふく》の多いゴルフ場を走って横切り、高い砂丘《さきゅう》へと向かった。と思うと、長く強靭《きょうじん》な砂防《すなふせ》ぎの草の間をよじ登っていた。露《つゆ》で黒ずんだ砂が冷たくサンダルの中をこぼれ抜け、息を切らせてようやくいちばん高い砂丘の上に出ると、世界が茶色い砂と灰色の海とに塗《ぬ》りつぶされて眼《め》の前に広がった。平らな水平線は、カーディガン湾《わん》の両腕《りょううで》が空と海を抱《だ》き締《し》めるあたりでは霧《きり》に溶《と》け込《こ》んでいた。

何かが足もとの砂丘の頂《いただき》に転がっていた。見おろすと、小さな茶色い兎だった。眼は開いたまま、まばたきもしない。死んでいた。またぎ越《こ》えると、腹《はら》が裂《さ》かれて内臓《ないぞう》がえぐり出されているのを見てぎょっとした。毛皮に包まれた残りの部分は、手つかずのまま投げ捨てられたのだった。

ジェーンは、今度はゆっくりと、一歩ごとに少しずつ砂丘をすべりおり、日の出に何を期待すべきなのか、初めて疑問《ぎもん》に思った。

満潮時《まんちょうじ》の水位《すいい》より上の、乾《かわ》いた砂を横切った。砂は前日の観光客や犬の足跡《あしあと》で乱《みだ》れていた。ふいに無防備になったような気がし、ダヴィの砂洲《さす》を干潮時《かんちょうじ》に占《し》めて、十マイル先まで海岸線に沿《そ》って伸《の》びている広くさらけ出された砂地へと急いだ。行く手には灰色の海と空と静かにどよめく波の線があるばかり。サンダルを通して、波が砂の上に残していった固《かた》い紋様《もんよう》が感じられた。

波打《なみう》ち際《ぎわ》の濡《ぬ》れたなめらかな砂にたどり着くと、巣《す》ごもりしていたカモメの群れが、のんびりと舞《ま》い上《あ》がった。ハマシギが細い鳴き声とともにおりてきた。潮《しお》が残していった海草の山には、何千ものイソノミが群がって跳《は》ねていた。静かな風景の中で、そこだけが動きまわる霧のようだった。ほかの活動の記録がすでに固い砂の上に留《とど》められていた。えぐれた痕《あと》や爪跡《つめあと》や、割れて中身の失《う》せた貝殻《かいがら》は、明け方に空腹《くうふく》なカモメが砂の中に逃《に》げ遅《おく》れた軟体《なんたい》動物を捕《とら》えた名残《なごり》。そこかしこに、大きなクラゲが取り残されていた。カモメの貪欲《どんよく》なくちばしに半透明《はんとうめい》の肉をむしり取られたまま。そのカモメも、海の上では平和に、静かに滑空《かっくう》していた。ジェーンは再び身震いした。

左にそれて、ダヴィ河が海と出会う大きく張り出した砂の一画に向かった。薄《うす》い水の膜《まく》が急速に足もとに広がってきた。潮が満ちてきたのだった。平らな砂の上を、一分間に一フィート以上も前進してくる。砂洲の隅《すみ》で、ジェーンは立ち止まった。だだっぴろい浜に孤立《こりつ》し、空《から》っぽの空の下で、自分が貝のように小さく感じられた。内陸の川に沿ったアベルダヴィ村と両側にそそり立つ山々に眼を向けると、ちんまりかたまっている灰色のスレート屋根の上空がピンクと青に染《そ》まり、赤い山のような雲が湧《わ》き起《お》こっているのが見えた。やがて、アベルダヴィの背後《はいご》に陽が昇《のぼ》った。

黄白色の光輝《こうき》に包まれて燃えさかる球体は、大地の向こうから上昇《じょうしょう》し、ジェーンは再び海のほうへ向き直った。灰色はすっかり消えてしまった。今や海は青と化し、そり返る波頭はまぶしい白、カモメは、空の上でも、それまではいるのさえ見えなかった河口の金色の砂洲の長い巣の列でも、白くきらめいた。ジェーンの影《かげ》は前方に細長く伸び、海に向かっていた。どの貝殻も、海草も、砂紋《さもん》さえもくっきりとした黒い影を得ていた。砂洲の反対側の山々だけが暗く、雲の中に消えていた。そのふもとでは、白く長い霧の腕が河を包み込んでいた。頭上の青空では高い雲の山が幾列《いくれつ》にも連なって、どんどん内陸に接近してきていたが、下界のジェーンが顔に冷たく感じている風は、陸から海に向けて吹いていた。

日の光の中で、周囲の砂の到《いた》る所に鳥の足が記した小さな象形文字《しょうけいもじ》が、はっきり見てとれた。矢《や》尻《じり》めいたカモメの足跡、イソシギやキョウジョシギの小さな足跡。背中《せなか》の黒いカモメが一羽、頭上をかすめ、その震えるかん高い声が風にとばされた。しわがれた叫《さけ》びで終わる長い笑い声だった。波打ち際から細い鳴き声が聞こえた。水は次第に速く、平らな砂の上を進んできた。ジェーンもまた、やにわに走りだした。海から離《はな》れ、朝日に向かって。雲は頭上をさらに速く流れ、東へと急いだ。にもかかわらず、吹き起こった風は激《はげ》しさを増《ま》して顔に吹きつけ、砂をとらえて長く吹き流した。眼に細かい霧が吹き込まれ、しみたので、歩をゆるめ、きらめき飛ぶ砂の吹き流しだけを見ながら、前のめりになってよろめき進んだ。

名を呼《よ》ぶ声が聞こえた。サイモンとバーニーが砂丘のほうから駆《か》けてくるのが見えた。（思ったより早く来ちゃったわ……）と思ったが、何かが無視《むし》して走り続けさせた。ふたりが追いついても、ジェーンは兄たちと並《なら》んだまま、風とは逆《ぎゃく》の東の方角に前進し続けた。

すると、ふらつきながら進むにつれ、飛ぶ砂の中に、まばゆい太陽を背に、黄金の霧の中の亡霊《ぼうれい》さながら、ふたつの人影が見えだした。雲の柱が太陽を追《お》い越《こ》してまぶしい光が消え、あらゆる色彩《しきさい》が褪《あ》せると、三人の前にブラァンとウィルが立っていた。そして、白いセーターとジーンズ姿《すがた》のブラァンは、輝《かがや》く剣《けん》を手にしていた。

バーニーはまじりけなしの勝利と喜びの叫びをあげた。「取ってきたね！」

「うわあ！」サイモンが破顔《はがん》した。

ジェーンは弱々しく「まあ、よかった。ふたりとも大丈夫《だいじょうぶ》？」と言ってから、剣をみとめた。「ああ、ブラァン！」

風がやさしく、浜の上の五人を吹いて過ぎた。冷たくはあったが穏《おだ》やかになり、ざらつく砂を足に吹きつけてきた。ブラァンは剣を斜《なな》めに差し出した。両刃《もろは》の剣は、曇《くも》った空の下でも筋彫《すじぼ》りの施《ほどこ》された両の表面をキラキラ輝かせた。装飾的《そうしょくてき》な鍔《つば》の後ろの、真珠母《しんじゅぼ》を象嵌《ぞうがん》した黄金の柄《え》から、水晶《すいしょう》の刃《やいば》の中心に細い黄金の芯《しん》が走っているのが見えた。

「エイリアスだ」ブラァンは言った。「きれいだろう」と、眼を細めて見つめた。黒眼鏡《くろめがね》がなくなったその顔は妙《みょう》にむきだしで、ひどく蒼白《あおじろ》く見えた。手にした剣に導《みちび》かれるように、ゆっくりと内陸のほうを向いた。「エイリアス、燃える火。朝日の剣だ」

「朝日に届《とど》こうとしている」ウィルが言った。

「そうなんだ！」ブラァンは、助かったと言いたげにウィルに眼を走らせた。「本当にそうなんだ。東に向くんだよ、ウィル。おまけに――引っ張るんだ」と、隠《かく》れて輝いている太陽の存在《そんざい》を示す雲の明るい部分を剣で指した。

「なんのために造られたか知ってるんだ」と言うウィルを見たジェーンは、ずいぶん疲《つか》れてるわ、と思った。力が体から流れ出てしまったかのようだった――それに対し、ブラァンのほうは、新しい生命に溢《あふ》れ、ピンと張った針金《はりがね》のようにはちきれんばかりだった。

世界が明るくなり、パッと色彩が現われた。雲の晴間から陽が射《さ》したのだった。剣はきらめいた。

「鞘《さや》に納《おさ》めろ、ブラァン！」ウィルがふいに言った。

ブラァンは同じ警戒心《けいかいしん》を呼びさまされたかのようにうなずき、ジェーンらが仰天《ぎょうてん》して見守る中で、腰《こし》に巻いた架空《かくう》の剣吊《けんつ》り帯《おび》の架空の鞘《さや》に剣を納める動作をした。だが、剣は下へ押《お》しやられるにつれて見えなくなった。

ぽかんと口を開けて見ていたジェーンは、ブラァンに見られているのに気づいた。「ああ、ジェニー」ブラァンはそっと言った。「もう見えないだろう？」

ジェーンはうなずいた。

「ほかの……普通《ふつう》の人にも見えないわけだね」サイモンが言った。

バーニーがたずねる。「〈闇《やみ》〉はどうなの？」

ブラァンとウィルがそろって思わず眼を上げ、用心深く海を見るのを見て、ジェーンも振《ふ》り向《む》いたが、金色の砂洲と白い波と、長い砂地の上をじわじわ接近する青い海しか見えなかった。（いったい何があったっていうのかしら？）とジェーンは思った。

答えるかのように、ウィルが言った。「全部話すにはいろんなことがありすぎた。とにかく、これからは競争みたいなもんだ」

「東へ？」ブラァンが言った。

「東へ、剣の導くところへさ。やつらの蹶起《けっき》との競争だ」

サイモンが簡潔《かんけつ》に言った。「ぼくらにどうして欲《ほ》しい？」

ウィルのまっすぐな茶色い髪《かみ》は、眼の上にこぼれかかっていた。丸顔は引《ひ》き締《し》まり、何か内なる声に耳を傾《かたむ》けながら、言われたことを同時に繰《く》り返《かえ》しているかのようだった。「帰るんだ。ほかの人が……じゃまをしないよう手は打ってある。その通りにすればいい」

「メリー大叔父《おおおじ》さんが手を打ったの？」バーニーが期待をこめてたずねた。

「そうだよ」

再び陽《ひ》がかげり、風がささやいた。沖《おき》のほうでは雲が厚くなり、黒く群がっていた。

「嵐《あらし》になるみたいだ」サイモンが言った。

「みたいじゃない」とブラァン。「もうなってる。こっちへ来るところだ」

「ひとつだけ言っとく」ウィルが言った。「これからがいちばん難《むずか》しいんだ。何が起きるかまるでわからない。君らは三人とも、〈闇〉の手口を見たことがある。君らを滅《ほろ》ぼすことはできなくても、自滅《じめつ》するように事を運ぶことはできるんだ。だから――道を踏《ふ》みはずさないためには、自分の判断力《はんだんりょく》しか頼《たよ》るものはないんだよ」と気づかわしげに三人を見つめた。

サイモンが言った。「わかってる」

風が次第に強くなり、再び子どもたちをあっちこっちへ引き回し、砂で顔や足を叩《たた》いた。陽が隠れたあたりには雲がひしめき合い、光はジェーンが最初に浜におりてきた時のように冷たく灰色だった。

砂が砂丘から吹き上げられ、異様《いよう》な雲となって渦巻《うずま》き、走り、その金茶色の霧の中から突然《とつぜん》、物音が聞こえた。心臓《しんぞう》の鼓動《こどう》に似《に》たくぐもった音だったが、周りじゅうに拡散《かくさん》して、どこから来るのかはわからない。ジェーンは、ウィルの頭がハッと上げられ、ブラァンもが獲物《えもの》を求める犬のようにあたりを捜《さが》し回《まわ》るのを見た。と思うと、ふたりは背中合わせになり、三人を守ろうと前後を見張っていた。ドッドッという音は大きくなり、接近してきた。ブラァンがパッとそれ自体光を放っているエイリアスの剣を振りかざした。だがそれと同時に、くぐもった音は周囲一帯に轟《とどろ》く雷鳴《らいめい》となり、どんどん近づいてきて、渦巻く砂の中から、大きな白馬にまたがった白衣の人影が走り出た。白騎手《しろきしゅ》は白いフードに顔を隠し、白い衣《ころも》をひるがえして子どもたちの脇《わき》をどっとかすめて走り抜け、五人がひるんで身をかわした瞬間《しゅんかん》にすばやく鞍《くら》から横に乗り出し、一撃《いちげき》でサイモンを砂の上に殴《なぐ》り倒《たお》し、バーニーを抱《かか》え上《あ》げて姿を消した。

風が吹き、砂が走っては躍《おど》り、もはや誰《だれ》もいなかった。

「バーニー！」ジェーンの声がかすれた。「バーニー！　ウィル――バーニーはどこ？」

ウィルの顔は心配と、何かに耳を傾けているためにひきつっていた。一度、ジェーンが誰だかよくわからないかのようにぼんやりと見、それから砂丘の向こうへ手を振ってしわがれた声で言った。

「帰れ――バーニーはぼくらが見つける」それからブラァンのそばに立った。水晶の剣の柄にそれぞれの片手を置《お》いて、ブラァンが指示を求めるように横眼で見ると、ウィルは「回れ」と言い、剣を離すことなく、ふたりともあっという間に姿を消した。初めからいなかったかのようだった。ジェーンとサイモンに残されたのは、明るい光が消えたあと、眼の中に残る暗い残像《ざんぞう》だけだった。最後の一瞬に、剣全体に蒼白い炎《ほのお》が走るのを見たのだ。

「ふたりが取り返してくれるさ」サイモンが低い声で言った。

「ああ、兄さん！　あたしたちにできることないのかしら？」

「ない。望みを持つだけだ。ウィルに言われたようにして。えい、もう！」サイモンは眼をしばたたきながら頭をうつむけた。「いまいましい砂め！」すると、仕返しのように、ふいに風がやみ、渦巻く砂は浜に落ちてじっと横たわり、それまで狂《くる》ったように吹《ふ》き荒《あ》れていたのが嘘《うそ》のようだった。浜の上の全ての貝殻や小石の陰《かげ》にたまった砂の山だけが証拠《しょうこ》だった。

ふたりは黙《だま》りこくり、並んで砂丘のほうへ戻っていった。

バーニーの頭の中には、ものすごいスピード感しか存在《そんざい》しなかったが、次第に、両手が前で縛《しば》られ、目隠しをされているのに気がついた。それから、石ころだらけの道をこづいて歩かせようとしている荒《あら》っぽい手を感じた。一度転び、膝《ひざ》を岩にぶつけて声をあげると、いくつかの声が、喉音《こうおん》の多い未知の言語でじれったげに何か言ったが、そのあとは腕《うで》の下に誰かの手が添《そ》えられて導《みちび》いてくれた。

軍隊のもののような号令が聞こえ、道が平らになった。扉《とびら》がいくつも開いたり閉じたりし、それからようやく停止《ていし》させられ、目隠しをはずされた。バーニーは眼をしばたたきながら、黒いひげとキラキラする焦茶《こげちゃ》の眼を備えた、陽に灼《や》けた顔の持ち主によって観察されているのに気づいた。メリマンを思わせる深く窪《くぼ》んだ、賢明《けんめい》なまなざしだった。男は重い木のテーブルにもたれ、厚い毛のシャツの上に革《かわ》のズボンと上着を身に着けている。バーニーを見つめ続け、顔から衣類へ、また顔へと眼を移《い》動《どう》させながら、喉音の多い言語で何か手短かに言った。

「ぼく、わかりません」バーニーは言った。

男の顔が少しきつくなった。「確《たし》かにイングランド人だ。髪《かみ》の色に合った声だ。子どもを間者《かんじゃ》に使うとは、きゃつらはさほどに苦しんでおるのか？」

バーニーは何も言わなかった。自分の居場所《いばしょ》をさぐろうとあちこち盗《ぬす》み見《み》ていたので、本当にスパイのような気がしていたのだった。天井《てんじょう》の低い暗い部屋で、床《ゆか》と壁《かべ》は木でき、天井のはりがむきだしになっていた。窓《まど》を通して、石でできた外壁が垣間《かいま》見えた。兵士らしい男たちが周りに詰《つ》めかけていた。粗末《そまつ》な服の上には、一種の革の防着しか着けていないが、それぞれ腰に短剣を帯び、中には背丈《せたけ》ほどもある弓を手にしている者もいる。皆《みな》、敵意をこめてバーニーを見ていた。憎悪《ぞうお》をむきだしにしている者もいる。ひとりが落ち着きなく短剣を弄《もてあそ》んでいるのを見て、バーニーはふいに怖《こわ》くなって身震いした。必死の思いで焦茶の眼の男を見上げた。

「ぼく、間者なんかじゃありません。本当です。ここがどこなのかも知らないんです。誘拐《ゆうかい》されたんです」

「ゆうかい？」男は意味がわからず、眉《まゆ》をひそめた。

「盗まれたんです。さらわれたんです」

焦茶の眼が冷ややかになった。「かどわかされて、よりによってウェールズ中でも決してイングランド人が足を踏《ふ》み入《い》れぬ、わが盟友《めいゆう》たちですらやってこぬわしの砦《とりで》に連れてこられたというのか？辺境の領主《りょうしゅ》どもは愚《おろ》かで、張り合うためには多くの愚行《ぐこう》を働くが、そこまでの愚か者はおらぬぞ。小わっぱ、生命《いのち》が惜《お》しくばましな嘘《うそ》を吐《は》け。今のところはまだ、部下の言葉に従《したが》わぬ理由が見つからぬ。この者たちは、おまえをこれより五分間のうちに、あの扉の外で吊《つる》し首《くび》にしたがっておる」

バーニーののどは乾《かわ》き、ろくにつばを呑《の》み込《こ》むこともできなかった。「間者じゃありません」もう一度ささやいた。

首領の背後の影の中から、短剣を持っていた男が、何かばかにしたようなことをぞんざいに言ったが、べつのひとりがその腕に手をかけ、穏やかに二こと三こと言って進み出た。しわの寄《よ》った茶色い顔と白く薄《うす》い髪とひげを持った老人だった。老人はバーニーをよくよく見た。

いきなり、べつの兵士が部屋に駆《か》け込《こ》み、口ばやにしゃべりたてた。黒ひげの首領《しゅりょう》は腹立《はらだ》たしげな声をあげた。老人に何か簡単《かんたん》に言ってバーニーのほうにあごをしゃくってみせると、ほかの者を率《ひき》いて、心ここにあらずといったふうに大股《おおまた》に出ていった。戸口を警護《けいご》している兵が二名残ったきりだった。

「で、どこからかどわかされてきたんじゃい?」老人の声は静かで舌足《したた》らずで、きついなまりがあった。

バーニーはみじめだった。「あの——うんと遠くから」

しわの間から、よく光る眼が不信も露《あら》わに見つめた。「わしはイオロ・ゴホ、公子《こうし》のお抱《かか》え詩人じゃ。あのかたのことはよう知っておる。悪い知らせを受けて、ご機嫌斜《きげんなな》めであられるゆえ、お戻《もど》りになった時には真実を申し上げたがよいぞ」

「公子?」バーニーはたずねた。

老人はその名称《めいしょう》にけちがつけられたかのように冷たくバーニーを見、「オウェイン・グリンドゥルよ」と、冷ややかな口調で誇《ほこ》らしげに言い放った。「公子だとも。グリフィズの子オウェイン・グリンディヴルドゥイとシハルス、アスコエド、そしてグイニオネスの領主、して、今やこの大蜂起《だいほうき》においてウェールズ公と認《みと》められたのじゃ。全ウェールズが公子とともにイングランドに対して立ち上がった。プランタジネット王家のヘンリー王めは、公子を捕《とら》えることはおろか、ここにあるイングランド人の城《しろ》や、きゃつらのいわゆる自治村を守り抜くことすらできずにいる。全ウェールズが立ち上がったのじゃ」唄《うた》うような調子になった。「農民《のうみん》は牛を売って武器をもとめ、母親は息子《むすこ》を山へよこした。オウェインさまに味方するために。イングランドにて働くウェールズ人は、イングランドの武器を携《たずさ》えて戻り、オクスフォードとケンブリッジに学ぶウェールズの学究は書物をあとにして戻ってきた。オウェインさまに味方するために。わしらは勝っている。ウェールズは再び指導者を得た。もはやイングランド人がウェールズの土地を所有し、ウェストミンスター（英国政府の所在地）からわしらを軽蔑《けいべつ》しつつ支配することはない。グリフィズの子オウェインがわしらを率いて自由を勝ち取るのだ！」

バーニーは老人のか細い声にこもった熱情に仕方なく耳を傾《かたむ》けながら、次第に不安が強まるのをおぼえた。自分がひどく孤独《こどく》でちっぽけに思えた。

扉が勢いよく開き、グリンドゥルが兵に囲まれて、険悪《けんあく》な顔つきではいってきた。バーニーからイオロ・ゴホへと眼を移《うつ》したが、老人は肩《かた》をすくめた。

「よく聞け、小わっぱ」グリンドゥルのひげ面《づら》は厳《きび》しかった。「ここ数夜、ほうき星が空にあってわしの勝利を示している。わしはその瑞兆《ずいちょう》を信じて馬を進める。何ひとつわしのじゃまはできぬ。何ひとつだ――正体を明かさぬヘンリー王の間者を引《ひ》き裂《さ》くことを初めとしてな」声が少し高くなり、抑《おさ》えようとしているためにかえって震えた。「ただいまウェールズ池の対岸に新たにイングランド軍が野営《やえい》しているとの知らせを受けた。誰によってウェールズにつかわされたか、その軍勢はわしがここにおることを知っているのか、一分以内に申せ」

バーニーの頭を占める恐怖《きょうふ》の中に、ただひとつの思いが鳴《な》り響《ひび》いた。〈闇〉の手先かもしれない。言っちゃいけない。正体を話しちゃいけない……。

息を詰《つ》まらせながら言った。「いやだ」

男は肩をすくめた。「よかろう。おまえを連れてきた者と、もう一度話そう。今、呼《よ》びにやったところだ。白馬に乗ってタウィンから来た細い声の者だ。そのあとは——」

グリンドゥルは戸口を見つめたまま言葉を途切《とぎ》らせた。振り返ると、バーニーはまた前のスピード感と回転が戻ってきたような気がし、眼がぐるぐる回りだした……。

……ぐるぐる回りながら光る水晶の剣につかまったウィルとブラァンは、ふいに動きが止まったのに気づいた。眼の前で重い木の扉が勝手に開き、天井の低い暗い部屋の中にいる武装《ぶそう》した男の一団が見えた。少し離れて立っているのは威厳《いげん》のある黒ひげの男で、その前にひどく小さく見えているのは、ひきつった顔をしたバーニーだった。数人が混乱《こんらん》した叫びを発してとびだしかけたが、黒ひげの男がひとこと叱咤《しった》すると、驚《おどろ》いた犬のように一斉《いっせい》にすばやく、だがしぶしぶともとの位置《いち》に戻った。そしてあきれたように、疑惑《ぎわく》に近いまなざしで指導者を見つめた。

ウィルの〈古老〉としての勘《かん》が、琴《こと》の弦《げん》のようにピリピリ震えた。黒ひげの男を見ると、男も一瞬見つめ返し、次第に顔のいかつい線がくつろぎ、変化し、ほほえみとなった。声なきあいさつが〈いにしえの言葉〉でウィルの頭の中にはいってきた。男は、口に出しては、おぼつかない英語でこう言った。「大変な時に来たものだ、〈しるしを捜《さが》す者〉よ。だが、よく来た。わしの部下が、おぬしのことを、ここにいる小わっぱ同様イングランドの間者と見なさねばよいが」

「ウィル」バーニーはかすれた声で言った。「ぼくのことスパイだって言いっぱなしで、ほかの人たちは死刑《しけい》にしたがってるんだ。この人を知ってるの？」

ウィルはゆっくり言った。「やあ、オウェイン・グリンドゥル」

「ウェールズ一の英雄《えいゆう》だ」ブラァンは畏敬《いけい》の念《ねん》に打たれて黒ひげの男を見上げた。「イングランド人に立ち向かうために、いさかいや小ぜりあいをやめさせてウェールズを統一《とういつ》することのできた史上唯《ゆい》一《いつ》の人だ」

グリンドゥルは眼を細くしてブラァンを見ていた。「だがおぬしは……おぬしは……」と訝《いぶか》しげにウィルの無表情な顔に眼を走らせ、不機嫌そうにかぶりを振った。「ああ、いや、ばかげている。最後の、最大の戦《いくさ》が待っているというのに夢《ゆめ》など見てる余裕《よゆう》はない。呪《のろ》われたイングランド人が、春のアリのように群がってきているというのに」とウィルのほうを向き、バーニーを手で示した。「〈古老〉よ、小わっぱも仲間か？」

「そうだ」

「それでいろいろ説明がつく。だが、なぜそう言わなんだのかがわからん。愚か者が」

バーニーは開き直った。「あなたが〈闇〉じゃないって保証《ほしょう》はなかったんだからね」

ウェールズ人は信じられないというように頭をそらして笑いだしたが、すぐに姿勢《しせい》を正して、敬意めいたものをこめてバーニーを見た。「ふむ。それもそうだ。なかなかよくやったな。イングランドの坊主《ぼうず》。連れていくがよい、〈しるしを捜す者〉よ」と力強い片手を出して、おもちゃを扱《あつか》うようにバーニーを後ろに押しやった。「この地でのつとめを心静かに果たすがよい。援助《えんじょ》が必要ならいつでも力になる」

「極《きわ》めて必要だ」ウィルが暗い顔で言った。「もう手遅《ておく》れかもしれないが」と、ブラァンがすでに驚きと不安をもって前にかざしている剣を指さした。失《う》せし国《くに》が滅《ほろ》んだ時と同じように、バーニーをさらった〈闇〉の急襲《きゅうしゅう》の時と同じように、刃が青い光をゆらめかせていた。

グリンドゥルがふいに言った。「〈闇〉だ。だがここはわしの砦——〈闇〉の手先などいるはずもない」

「おおぜいいるよ」戸口で猫《ねこ》なで声《ごえ》がした。「それも堂々とね。最初に私を入れてくれたおかげでね」

「悪魔《あくま》!」グリンドゥルはとび上がり、本能的に腰の短剣を抜いた。戸口に、なす術《すべ》なく金縛《かなしば》りになっているふたりの兵士にはさまれて、白騎手が立っていたのだ。衣に包まれ、白いフードの陰から眼と歯を光らせて。

「おまえが呼んだのだよ、グイネズのオウェイン」騎手は言った。

「わしが呼んだと?」

「白馬に乗ってタウィンから来た細い声の者」と白騎手は嘲笑《あざわら》った。「イングランドの間者を手みやげ代わりにして、おまえの部下に大歓迎《だいかんげい》された者だよ」声がきつくなった。「その見返りに、べつな小僧《こぞう》をもらっていく。もっと重要な小僧だ。その手の剣もろともに」

「おまえはぼくに対してなんの権利《けんり》も持っちゃいない」ブラァンは軽蔑《けいべつ》をこめて言った。「剣がぼくに正当な力を与えて、今も、おまえの手が届《とど》かないよう守ってくれている」

オウェイン・グリンドゥルはブラァンを見、ウィルを見、再びブラァンを見た。白髪《はくはつ》に黄色い眼をした蒼白い顔と、青い炎を発する剣を見た。

「剣は両刃だ」白騎手が言った。

ブラァンは答えた。「剣は〈光〉のものだ」

「剣は誰のものでもない。〈光〉の手にあるというだけのことさ。その力は、剣をこしらえたいにしえの魔法《まほう》の力だ」

「だが〈光〉の命《めい》に従《したが》ってこしらえられたんだぞ」ウィルが言った。

「それでいて、全ての希望の墓《はか》でもあるわけか」騎手は、相変わらず白いフードに顔を隠したまま言った。「おぼえていないのかね、〈古老〉よ？　記されていただろうが。墓に埋《う》められるのが誰の希望かは書いてなかったが」

「おまえの希望だとも！」オウェイン・グリンドゥルが言い放ち、ウェールズ語で部下に号令すると、部屋の奥《おく》の壁に駆けより、何かを取ろうとした。兵士たちは、白騎手の白い姿めがけて突進《とっしん》した。だが、手を触《ふ》れることのできたものはひとりもおらず、見えない固い壁にぶつかって横ざまや後ろ向きに倒《たお》れた。騎手はブラァンに向かってきたが、ブラァンが宙《ちゅう》に文字を書くようにエイリアスの剣を左右に振ると、青い炎の膜《まく》が少年の前に残り、騎手は悲鳴をあげてあとずさりした。そうするうちにも騎手は変化し、分裂《ぶんれつ》して数がふえていくように見えた。だがオウェインの必死の呼びかけに、ウィルは結果を見届ける余裕もなく、ほかの者に続いてそれまで見かけなかった戸口から走り出た。

革をまとったウェールズ兵が、山越えに用いられる何頭かの頑丈《がんじょう》な灰色の小馬の背に彼《かれ》らを押し上げ、子どもたちはオウェインに導かれて、静かにすばやく、スレートの崖《がけ》や石の壁を過ぎ、みどりの小道を通り抜けた。背後で〈闇〉のどよめきがどっとあがり、同時に剣が触れ合い、長弓から矢が放たれる音がし、ウェールズ語だけでなく英語で叫《さけ》び交《か》わす声が聞こえだした。ウィルは無言だったが、自分のとはべつな戦いが始まっているのを知った。それこそが、〈闇〉が新たな取り引きの場にこの時代を選んだ理由であり、オウェインが残りたくてたまらなかった場所を捨ててきてくれたのもわかっていた。

土地が急傾斜している山道にさしかかり、オウェインが小馬からおりて徒歩でついてくるようにと合図して初めて、ウィルはおおっぴらに振り返った——そして、あとにしてきた灰色の屋根から煙《けむり》が立ち昇り、炎が躍り上がるのを見た。

オウェインが苦々しく言った。「ノルマン人めは常に〈闇〉におぶさって攻《せ》めて来る。サクソン人も、デーン人もそうだった」

バーニーが悲しげに言った。「ぼくはそいつら全部のまぜこぜだ。ノルマンとアングロ・サクソンと、デーンまで混《ま》じっている」

「いつの世紀《せいき》から来たのだね？」グリンドゥルは行く手を確《たし》かめるために立ち止まってたずねた。

「二十世紀」バーニーは答えた。

ウェールズ人は一瞬じっと動かず、それからウィルを見た。ウィルはうなずいた。

「驚《イエス・マウル》いた。輪がそれほど先まで広がっているのなら、ここでしばし敗退《はいたい》したとしても、そう辛《つら》くはない。〈時〉の外に〈光の輪〉が最後に集まるまでのことだ」とバーニーを見おろして、「先祖《せんぞ》について頭を悩《なや》ますことはない。時が全ての性質を究極的《きゅうきょくてき》には変化させてくれる」

先を歩いていたブラァンが切迫《せっぱく》した声で言った。「〈闇〉が来る！」手にしたエイリアスは一段と鮮《あざ》やかな青だった。

オウェインは登ってきた道を見おろして、口をキッと結んだ。ウィルも振り返り、息を呑んだ。白い炎の膜が、ワラビの中をじわじわと登ってきていた。音も熱も発せず、滅《ほろ》ぼさんと狙《ねら》う相手を無慈《むじ》悲《ひ》に追ってきた。グリンドゥルの兵の一団がちょうど行く手にいた。

「見かけほどひどいことにはならぬ」ウェールズ人の指導者は、ウィルの顔を見て言った。「グリンドゥルには〈古老〉としての腕があるゆえな。案ずるな」白い歯が色の黒い顔にひらめき、オウェインはウィルの肩を叩いて押しやった。「行け。あの道を登っていけば、ほどなくいるべきところに出られる。この山の中で〈闇〉を振り回すのはわしに任せるがよい。わしとわしの兵が、二度と山をおりられぬかに見えても、それはそれで悪いことではない。民《たみ》は〈闇〉の君が誤《あやま》っていたことを知るだろう。希望は、死んで墓に横たわるのではなく、人々の心に生き続けるのだと」

ブラァンを見ると、オウェインは短剣を上げて正式に敬礼した。「わが弟よ、幸運を祈《いの》る」と重々しく言った。そのまま兵を連れて山を走り下り、代わりにウィルが先に立って、言われた道を登りだした。道は寒々しい灰色の岩山の間をうねり、次第にせばまり、とある急な角を曲がったところでは岩が道の上にせり出していて、低い天然のアーチの下をひとりずつ頭をかがめてくぐらなければならなかった。三人が岩の下のその道に縦《たて》に並んだちょうどその瞬間、周囲の空気が渦巻いて回転しだし、尾を引く異様《いよう》なかすれた悲鳴が聞こえ、眼がようやく回らなくなった時には、べつの時代のべつの場所にいた。

サイモンとジェーンが砂丘《さきゅう》をあとにし、ゴルフ場を横切って線路を縁取《ふちど》る針金《はりがね》の柵《さく》にたどりついた時、妙《みょう》な音が聞こえた。カーン、と風に乗って頭上に響《ひび》き渡《わた》る、ドキッとするほど澄《す》んだ金属音《きんぞくおん》で、鉄床《かなとこ》に振《ふ》りおろされた金槌《かなづち》のひと打ちに似《に》ていた。

「あれ、何？」ジェーンはまだ気がたっていた。

「鉄道信号さ。ほら」サイモンは、行く手の線路にぽつんと立っている信号柱を指さした。「前には気づかなかったな」

「電車が来るのね」

サイモンがゆっくりと言った。「〈止マレ〉になってるよ」

「じゃ、もう通過したあとなんだわ」ジェーンは関心がなかった。「ああ、サイモン、バーニーに何が起きてるのかわかりさえしたら！」と言ったが、ふと口をつぐみ、耳をすました。遠くタウィンの方角から、風に乗って長く、かすれた悲鳴にも似た汽笛が聞こえたのだ。ふたりは線路の柵のすぐそ線路が震動《しんどう》した。

ばに立っていた。汽笛が再び、前より大きく聞こえた。

「そら、電車が来る」

「それにしちゃ変な音――」

すると遠くに、大きくなりつつある灰色《はいいろ》の雲を背景《はいけい》に、白い煙《けむり》が羽根のようにたなびき、速い列車の轟音《ごうおん》が近づいてきた。かなり先のカーブを回って姿《すがた》を表わし、ふたりのほうに突《つ》き進《すす》むにつれはっきり見えだしたのは、それまでその線を走っているのを見たこともない列車だった。

サイモンが驚喜《きょうき》して歓声《かんせい》を上げた。「蒸気《じょうき》だ！」

途端《とたん》に、蒸気音と軋《きし》りとキーッという金属音をほとばしらせて、近づいて信号を見た機関手がブレーキをかけた。長い列車に接続された巨大《きょだい》なみどりの蒸気機関車の煙突《えんとつ》から、黒煙《こくえん》がドッと吹き上がった。汽車はその線のどの普通便《ふつうびん》よりも長く、一ダース以上もある客車はどれも新品のように二色に塗《ぬ》り分《わ》けられて光っていた。下部はチョコレート色、上部は白に近いクリーム色だった。汽車は車輪に悲鳴を上げさせつつ次第に速度を落とした。大きな機関車が、柵の向こうで眼《め》を丸くしているサイモンとジェーンの前を通過すると、青い作業着を着た汚《よご》れた顔の機関手と火夫《かふ》がニヤッとし、手を上げてあいさつした。最後にシューッと蒸気を吐《は》き出《だ》して汽車は停止《ていし》し、まだ静かに蒸気を洩《も》らしながら待った。

先頭の客車の戸が開き、戸口に背《せ》の高い人影《ひとかげ》が現われて片手を差しのべ、ふたりを招《まね》いた。

「来なさい！　柵を乗《の》り越《こ》えて、速く！」

「メリー大叔父《おおおじ》さん！」

　ふたりが柵を急いで乗り越えると、メリマンがひとりずつ中に引っ張り上げた。地面からは戸口は頭より高い位置《いち》にあったのだ。メリマンがバタンと勢いよく戸を閉めると、信号機の腕木《うでき》が落ちるカーンという音がまた聞こえ、機関車が動きだした。ゆっくりした重たげな動きが、次第に速度とやかましさを増《ま》し、砂丘が窓《まど》の外をどんどん速く過ぎていき、左右に、上下にゆれながらガタンゴトン、ガタンゴトンと走るにつれ、車輪が唄《うた》いだした。

　ジェーンがふいに息を詰《つ》まらせ、メリマンにしがみついた。

「バーニーが——バーニーがさらわれたの、ガメリー」

　メリマンは一瞬《いっしゅん》、ジェーンを抱《だ》き締《し》めた。「静かに、落ち着きなさい。バーニーはこれから行く所にいる」

「本当？」

「本当だ」

　メリマンはゆれる客車の最初の車室にふたりを連れていった。フラシ天張りの長い座席《ざせき》は、ふたつとも無人だった。ガラスの引戸をメリマンが後ろ手に閉めると、兄妹は詰め物をした座席にへたり込《こ》んだ。

「あの機関車！」玄人《くろうと》はだしの鉄道ファンであるサイモンは、感心しきって夢中《むちゅう》だった。「ずっと昔のグレート・ウェスタン鉄道の、第一級機関車だよ——それにこの昔風の客室——今じゃ博物館の中にしかないものと思ってた」

「そうとも」メリマンはあいまいに言った。そこに腰《こし》をおろしているところは、おぼえている限《かぎ》りの昔から、折《おり》に触《ふ》れて兄弟の人生に舞《ま》い込《こ》んできた、身装《みな》りに無頓着《むとんちゃく》ないつもの大叔父だった。骨張《ほねば》った長身は、特徴《とくちょう》のない黒っぽいセーターとズボンに包まれ、豊《ゆた》かな白髪《はくはつ》はくしゃくしゃだった。

メリマンは窓の外を見ていた。列車が一連の短いトンネルにはいると、小さな車室はふいに暗くなり、天井《てんじょう》の弱々しい黄色い電球で照《て》らされているだけとなった。やがて汽車はアベルダヴィの先に出、再び河に沿《そ》って走っていた。小さな駅が風のように通り過ぎていった。

「特別列車《とくべつれっしゃ》か何かなの？」サイモンがたずねた。「途中《とちゅう》の駅には止まらないんだね？」

「どこへ行くの？」ジェーンも言った。

「遠くではない」メリマンは答えた。「たいして遠くではない」

サイモンが唐突《とうとつ》に言った。「ウィルとブラァンが剣《けん》を手に入れたよ」

「わかっている」メリマンは誇《ほこ》らしげに微笑《びしょう》した。「わかっている。少し休んだほうがいい。そして待つのだ。それから——この汽車の中で誰《だれ》に会おうと、驚《おどろ》いた様子を見せてはいけない。それが誰であろうと」

どういう意味なのか考える暇《ひま》もなく、車室の外の通路に人影が立ち止まった。窓のある戸が引き開けられ、ジョン・ローランズが汽車に合わせてゆれながら立っていた。黒っぽい、少しだぶついたスーツを着ているため、違《ちが》う人のようにめかしこんで見えた。ローランズは仰天《ぎょうてん》して三人を見つめた。

「ごきげんよう、ジョン・ローランズ」メリマンが言った。

「こいつはなんとまあ」ローランズはぽかんとして言い、ジェーンやサイモンに、やっと笑いかけて会釈《えしゃく》し、それから、警戒心《けいかいしん》と当惑《とうわく》の混《ま》じった奇妙《きみょう》な眼つきでメリマンを見た。「おかしなところでばかり会うもんだね」

メリマンが愛想《あいそ》よく肩《かた》をすくめた。

「ローランズさんはどちらへ?」ジェーンがたずねた。

ローランズは顔をしかめた。「シュルーズベリの歯医者さね。ブロドはついでに買物をしたがってる」

汽笛が叫《さけ》び、小さな駅がまたひとつ過ぎていった。今や山あい深くはいり込み、切通しを走っていて、窓から見えるのは、ぼやけてかすめ去る高く草深い土手ばかりだった。通路を誰かがローランズのほうにやってきた。ローランズは姿勢《しせい》を改め、道をあけた。

サイモンが礼儀《れいぎ》正しく言った。「こんにちは、ローランズのおばさん」

ジェーンは、温《あたた》かいウェールズなまりの声を聞いた。

「まあ、驚いた！　ジョンは誰と話してるんだろうと思ってたのよ。タウィン駅では知り合いが乗った様子はなかったし」

かすかな問いかけがこもっていたが、サイモンは強引に無視《むし》した。

「すごいでしょう。蒸気機関車ですよ！」

「昔と変わらん」ローランズが言った。「何かの記念日でなきゃ、復活されたんだろうな。駅にはいってきた時にゃ、三十年前に戻《もど》ったかと思った」

「こっちに移《うつ》ってこられませんか、おばさま？」ジェーンが言った。

「ありがとう、そうしようかしら」ブロドウェン・ローランズは微笑して、ジェーンが見えるように体を動かした。眼がメリマンをかすめた。

「ああ」ジェーンが言った。「おばさま――こちらは大叔父のリオン教授《きょうじゅ》です」

「シトダハ　ヒ？」とメリマンの深い声がそっけなく言った。

「お初に」ブロドウェンはほほえみを絶《た》やさず会釈し、ジェーンに向かって付け加えた。「手提《てさ》げを取ってくるわね」そして通路の先に消えた。

「ウェールズ語をしゃべれるなんて知らなかった」とサイモンが言った。

「必要とあればな」メリマンが言うと、

「ウェールズ人並《な》みの発音だった」とローランズが言い、車室にはいってきたサイモンの隣《となり》に腰をおろした。人影がふたつ通路を通《とお》り抜《ぬ》け、さらにひとりが、中も見ずに通り過ぎた。

「満員なのかしら?」ジェーンは、最後のひとりの背中が遠ざかるのを見送りながらたずねた。

「そうなりつつある」メリマンが答えた。

ローランズ夫人が手提げを持って戻り、戸口でためらった。

「隅《すみ》がいいですか?」ジェーンは反射的《はんしゃてき》に言って、メリマンのほうに詰めた。

「ありがとう、嬢《じょう》ちゃん」ブロドウェンは顔に温かい輝《かがや》きを与《あた》える、あの驚くべき笑《え》みを浮《う》かべ、隣にかけた。「で、あんたたちはどこへ行くの?」

ジェーンはすぐそばに来た親しげな眼をのぞき込み、ためらった。激《はげ》しい違和感《いわかん》に襲《おそ》われた。ブロドウェン・ローランズの眼は光を欠いているかに、丸い代わりに平べったいように見えたのだ。(何をばかなことを)ジェーンはまばたきし、眼をそらして言った。「メリー大叔父さんが遊びに連れだしてくれたんです」

「辺境へね」メリマンは外部の人間に対して用いる、感情を欠いた深い声で言った。「国境いの土地ですよ。ほとんどの戦《いくさ》があの辺で始まったものです」

ブロドウェンは手提げから編物《あみもの》を出した。派手《はで》な赤い毛糸だった。「それはいいですこと」

汽車がゆれ、唄った。大柄《おおがら》な男がゆっくりと通路を通りかかり、立ち止まって中をのぞき、メリマンに向かってしかつめらしく半ば頭を下げた。一同は男をまじまじと見た。実に印象的《いんしょうてき》な外見で、肌《はだ》は真っ黒、豊かな髪《かみ》は真っ白だった。メリマンが重々しく頭を下げて返礼すると、男は歩み去った。ジェーンはカチカチというすばやい連続音を意識しだした。ローランズ夫人が、ものすごい速さで編みだしたのだった。

サイモンが魅了《みりょう》されたようにささやいた。「今の誰?」

「私の知人だ」メリマンが言った。

男と同じ方向に向かって、杖《つえ》にもたれて足を引きずりながら、ひとりの老女が通った。優雅《ゆうが》ではあるが昔風のコートをまとい、トーク帽《ぼう》を小粋《こいき》な角度で頭に乗せ、まとめ上げられた灰色の髪は後れ毛だらけだった。老女はメリマンに会釈し、「ごきげんよう、リオン」とよく通る尊大《そんだい》な声で言った。

メリマンが重々しく「ごきげんよう、奥様《おくさま》」というと、老女は一同を鋭《するど》い眼で一瞥《いちべつ》し、行ってしまった。

四人の小さな男の子が笑いながら陽気にはしゃいで駆《か》け抜《ぬ》けた。

「なんて変わった服装《ふくそう》かしら!」ジェーンは興味をおぼえ、乗り出して見送った。「長い上着だけみたいだったわ」

汽車がカーブを切ろうと大きくゆれ動いたので、乱暴《らんぼう》に席に戻された。

サイモンが考え深げに言った。「一種の制服《せいふく》かもしれないよ」

ローランズ夫人は、手提げから、今度は黄色い毛糸玉を取り出し、赤と合わせて編み始めた。

「利用者が多いな」ローランズが言った。「こんなのばかりなら、廃線《はいせん》にしようなんて考えるやつはいなくなるだろうに」

サイモンは立ち上がり、戸枠《とわく》によりかかって体を支えた。「ちょっと外に出ていい？」

「いいとも」メリマンは鉄道の必要性についてローランズと穏《おだ》やかに話しだし、ローランズ夫人はせわしなく編みながら耳を傾《かたむ》けた。ジェーンは紫《むらさき》がかった茶色の山肌と、すぐ近くの草土手が交互《こうご》に走り去るのをながめた。サイモンは長いこと姿を消していたが、やがて戸口から頭を突っ込んだ。

「いいものを見せてやるよ」と、さりげなくジェーンに言った。

一緒に通路へ出ると、サイモンは戸を閉め、突き当りの、客室の終わりを示す錠《じょう》のおりた扉《とびら》へと連れていった。

「ここがこの汽車の最前部だ」サイモンは妙な声で言った。「ぼくらの車室のこっち側には何もない」

「それがどうしたの？」

「ここを通り過ぎた連中のことを考えてみろよ――」

ジェーンはしゃっくりのような音をたてた。「こっちの端《はし》から来たわ！　みんなよ！　ありえないわ！」

「でも本当だ。ぼくらが車室に戻ったら、きっともっとおおぜい通るぜ。賭《か》けてもいい。かなり後ろのほうまで行ってみたけど、満員に近いんだ。すごく変わった取り合わせだよ。みんな違う服装なんだ。年齢《ねんれい》も肌の色も体つきも全部違う。国連に行ったみたいだった」

ふたりは顔を見合わせた。

ジェーンがのろのろと言った。「戻ったほうがいいんじゃない？」

「普通の顔をしろよ。努力するんだ」

努力するのに夢中になったジェーンは、自分の車室を通り越し、次の車室に行ってしまった。通路のほうを向いて隅に腰かけていた男が、ジェーンが近づくと眼を上げ、窓越しにふいに知り合いに会ったように温かくにっこりとほほえみかけた。年配の男で陽灼《ひや》けした丸顔に針金のようなごましおまじりの眉《まゆ》を持ち、頭のてっぺんははげていたが、下のほうにはごましおの髪がふさふさしている。

「トムズ船長！」ジェーンは嬉《うれ》しくなって叫び、それからまばたきした。というより、空気がまばたきしたかに思えた。そこには誰もいなかったのだ。

「なんだって？」サイモンが言った。

「あたし——あたし、前に知ってた人を見かけたような気がしたの」ジェーンは誰もいない座席を凝視《ぎょうし》した。車室は全く無人だった。「でも——気のせいだったみたい」

「いいか、普通にしろよ」サイモンは、もとの車室の戸を開けて中に戻った。

周囲で話し声がざわめき、ローランズ夫人の編《あ》み棒《ぼう》が猛然《もうぜん》とカチカチいう中に、ふたりは黙《だま》って座《すわ》っていた。ジェーンは頭を座席の背にもたせかけ、車輪のリズムに思考をゆだねた。車輪はガタンゴトンと編み棒の音と混ざり合い、聞きようによっては「闇《やみ》の中へ、闇の中へ、闇の中へ」とさえずっているような気さえした。

いきなり口の中が乾《かわ》くのをおぼえ、ジェーンは座席をぎゅっとつかんだ。外の野原に、霧《きり》のように走る騎馬《きば》の一団が見えたのだ。生垣《いけがき》を跳《と》び越《こ》え、駆け抜け、汽車が全力疾走《しっそう》しているにもかかわらず、同じくらいの速さで突っ走っている……。

隊を組み、流れるように走るその一団のある者は黒一色、ある者は白一色だった。そして西の空から集まった灰色の雲が押《お》し寄《よ》せてくるや、騎馬集団は雲の中、空の中を走っていた。雲が巨大な灰色の山ででもあるかのように。

眼を大きく見開いたまま、ジェーンは動くこともできなかった。座席の上の手を少しずつメリマンのほうにずらした。届く前に、メリマンの力強い手が一瞬握《にぎ》りしめてくれた。

「恐《おそ》れるな、ジェーン」とメリマンは耳もとでささやいた。「これがやつらの蹶起《けっき》だ。さよう、最後の追跡《ついせき》なのだよ。ここから先は危険《きけん》が増《ま》す。だが、この時間列車には手を出しはしない。やつらの手先が乗っているからな」

汽車は線路の上を激しくゆれながら猛進《もうしん》した。空が、雲と騎馬団によって暗くなるにつれ、車室の中も薄暗《うすぐら》くなった。ローランズ夫人の忙《いそが》しい編み棒も能率《のうりつ》が落ち、指の動きが遅《おそ》くなると同時に、鮮《あざ》やかな毛糸の色がくすむのが見えた。汽車の音に変化が生じ、車輪のリズムがのろくなり、唄のようだった回転音が低くなった。少し前の方の車輪の下でピシッという音がし、さらに繰《く》り返《かえ》された。汽車は次第に速度を落としだした。

「マルーン花火だ！」ジョン・ローランズが面くらって言った。「昔のマルーン花火だよ。霧が出ると、汽車に教えるために線路に置《お》いたものなんだ」と、窓の外をのぞいた。「空がすごい灰色だ。霧だとしても驚かんね」

車輪にブレーキがかかり、飛び去る風景がゆっくりになったと思うと、騎馬集団は雲の中に見えなくなった。到《いた》るところ、灰色の雲と渦巻《うずま》く霧ばかりだった。騒々《そうぞう》しく音をたてながら汽車は這《は》うように進み、だしぬけに窓の外に小さな駅が接近してきた。サイモンがとび上がってジェーンを通路に引っ張り出し、外をのぞいた。駅は、何もないところにホームがぽつんとあるきりで、どこにも名前が見えず、霧のためさだかに見えないアーチめいた建物がひとつあるだけだった。その向こうに、雲の切れ目を通してぼんやりと、地平線の向こうに立ち上がるなだらかな山が見えていた。やがてのろのろと、三つのぼやけた人影がアーチから出てきた。

サイモンが眼をみはった。「早く！　ジェーン、戸を開けるんだ！」と、妹を押しのけて手を伸《の》ばすと、細長い取手をひねって戸を外に押し開けた。ブラァンとウィルとバーニーが乗り込んできた。

「ああ！」ジェーンはそれ以上は言えず、バーニーをきつく抱きしめた。驚いたことにバーニーのほうでも抱きついてきた。汽車が動きだした。霧は、塊《かたまり》のようになって渦巻きながら、ホームとアーチの周囲に流れ、全てが無に溶け去っていくかに思えた。と、背後の車室からブロドウェン・ローランズの音楽的な声が嬉しそうに言った。「まあ、ブラァンちゃん、驚いた！　じゃ、コンクールはシュルーズベリであるのね？　ジョンったら言わないもんだから――」

「きのう、ブロドウェンに話してたんだよ」ブラァンが口をきく前に、ローランズの慎重《しんちょう》な低い声が割《わ》り込《こ》んだ。「君らがイドリス・ジョーンズ・タ＝ボントを手伝って、牧羊犬《ぼくようけん》コンクールに羊《ひつじ》を運ぶってことをね。今年はあいつの犬は出走せんから、羊を提供《ていきょう》する役に回ったんだ。役員長も確《たし》かやつだったな、ブラァン？」

「うん」ブラァンは、車室にほかの者とともにどやどやはいり込みながら、さらりと言ってのけた。

「こっちの方で羊を何頭か見つけたもんで、トラックにぼくらの乗る場所がなくなっちゃったんだ。それでジョーンズさんが汽車に乗せてくれたんだよ。今頃《いまごろ》おじさんたちに会うなんてびっくりした」

「そのおちびさんも行くのね。うんと面白《おもしろ》い思いができるわよ」ローランズ夫人はバーニーにほほえみかけた。羊を追う手伝いをする以上に自然なことはないといわんばかりだった。

バーニーは礼儀正しくほほえみ返すと、無言でサイモンの脇のすきまにすべり込んだ。汽車は再び全力疾走にはいり、ゆれ、唄った。低くなだらかな山の姿が、前方に壁《かべ》のように迫《せま》ってきた。灰色雲は頭上を流れた。のどが虚《うつ》ろになったように感じながら、ジェーンは騎馬集団がひしめきあって空を飛んでいくのを再び眼にした。恐怖《きょうふ》がジェーンをつかんだ。どこへ走っていくのだろう、汽車はどこに向かっているのだろう？　どこへ――？

「ここにお座り、坊《ぼう》や」ローランズ夫人がブラァンに言って、愛情をこめて腕を引っ張り、自分とジェーンの間に唐突《とうとつ》に座らせた。ジェーンは慌《あわ》てて詰めながら、剣はまだ眼に見えない鞘《さや》に納《おさ》まってブラァンの脇にあるのだろうかと思った。

ウィルは戸口の左右に手をかけたまま、入口にたたずんでゆれていた。他人《たにん》を見るようにメリマンを見るとたずねた。「混んでますか？」

「満員に近いようだよ」メリマンも同様に、もったいぶって答えた。

突如《とつじょ》、機関車が大きな悲鳴を上げ、汽車は山の下に突っ込んだ。トンネルにひと呑《の》みされると、周囲は暗黒に閉ざされ、低い轟音《ごうおん》が耳に迫《せま》り、汽車独特《どくとく》の硫黄《いおう》めいた臭気《しゅうき》が鼻につきだした。ジェーンは、ローランズ夫人の感じのいい顔に不安そうな色が浮かぶのをちらっと見たが、すぐに忘れてしまった。線路に運ばれるまま、どこまでも地中にもぐり、何トンという厚い岩の下へ、山を通り抜けて進んでいるという生々しい感覚に圧倒《あっとう》されたのだ。

徐々《じょじょ》に、もはや汽車に乗っているのではないという気がしだした。一同の座っている小さな箱型の車室の仕切りが薄れだしたかのようだった。まだ全員、その場に座っていた。ウィルだけは、かつて戸口だった所に立って、みんなをながめまわしていた。だが今や、奇妙な輝きが周囲に生じた。動いている速さそのものが眼に見えるようになったというか、輝きそれ自体に押し進められているような感じだった。自分たち自身の力によって、地中を疾走しているという気がした。ほかのおおぜいの人々とともに、東に向かってまっしぐらに進んでいるのだ。周囲の輝きは次第に強まり、まぶしいまでになった。一同は光の川に運ばれているかのように明るさに包まれていた。

ジョン・ローランズのしわだらけの力強い顔に、驚嘆《きょうたん》と当惑を見た。ブロドウェン・ローランズがふいに怯《おび》えた声をあげ、編物を床に落として立ち上がると、反対側にいる夫のそばに座った。ローランズは、長年の愛情で支《ささ》えるかのように、頼《たの》もしい腕を妻の肩に回した。

「よしよし、おまえ《カリーアド》、よしよし。怖《こわ》がることはないさ。気を鎮《しず》めて信じてればいい。ウィルの知り合いのメリマンさんがわしらを護《まも》ってくれるさ」

だがジェーンがあっけにとられたことに、ウィルとメリマンは今やそろって立ち上がり、ブロドウェン・ローランズの前に立ちはだかっていた。どちらも動かず、それでいて強烈《きょうれつ》な沈黙《ちんもく》の凄《すご》みが感じられた。告発しているのだった。ふたりの背後で、ブラァンがゆっくりと立ち上がり、浜《はま》で見せたのと同じ奇妙な身振りで、腰に吊《つ》った見えない鞘から見えない剣を抜いた。剣は突然そこに出現した。恐るべき抜き身となってぎらつき、水晶の刃《やいば》全体に青い火がちらついていた。

ブロドウェンはすくみ上がり、夫の脇腹《わきばら》に体を押しつけた。

「なんだね?」ローランズは憤慨《ふんがい》して、黙ってぬっと立っているメリマンをにらんだ。

「そばへ寄らせないで!」ローランズ夫人は叫んだ。「ジョン!」

ローランズは妻の体の重さのためになち上がることこそできなかったが、責めるように見上げながら背筋《せすじ》をしゃんと伸ばした。

「これにかまわんでくれ、あんたがた。なんのつもりか知らんが。あんたらの関心事とこれと、なんの関わりがある？　ひとの女房《にょうぼう》を怖がらすなんて許《ゆる》せん。これにかまうな！」

ブラァンは青い炎《ほのお》になめられているエイリアスの剣を突き出し、切っ先がウィルとメリマンの間からブロドウェンの歪《ゆが》んだ顔に向くようにした。

「臆病《おくびょう》なことじゃないか」と、冷たいおとなの声で言った。「愛してくれてる者の陰《かげ》に隠《かく》れるなんて。ことに自分のほうでは愛してもいないのに。けど利口《りこう》な手口ではあるな。ちょうどうまい場所に住みついて、過去からやってきた色の薄い奇妙な子どもを育てるのに手を貸《か》すのと同じくらい利口な手だ――その子のすることも言うことも、考えることも、全部確実《かくじつ》に耳にはいるよう計算の上でね」

「どうしたってんだ、ブラァン」ローランズは、すがるように言った。

光は汽車と同じように、だが山の中なので虚《うつ》ろに響く唄を唄いながら、一同を運び続けた。

メリマンが、感情のない深い声で言った。「〈闇〉の手先だ」

「気でも狂《くる》ったのか！」ローランズは妻の腕を握りしめた。

「人質にする」ウィルが言った。「ブラァンと剣を引きかえるために、〈闇〉の白騎手がバーニーをさらったように。無事に旅を続けるための人質にする」

「無事に旅を！」ブロドウェン・ローランズがそれまでと違う猫《ねこ》なで声《ごえ》で言い、笑った。

ローランズは微動《びどう》だにしなかった。その眼の中に浮かびつつある恐ろしいほどの疑惑《ぎわく》を見て、ジェーンはたじろいだ。

ローランズ夫人の笑いは冷たく、声がふいに異様《いよう》に変化した。猫なで声でありながら、新たな力が背後にひそんでいた。それが、眼の前の、見慣れた温かい親しみやすい顔から発せられているとは信《しん》じ難《がた》かった。

「無事な旅だと！」声は笑った。「破滅《はめつ》への旅さ、おまえたち全員。剣も救ってはくれないよ。〈闇〉は集まり、待ちかまえてる。この人質に案内されてね。立ち上がって待ってるところさ、リオン、スタントン、ペンドラゴン。立ち上がって待ってるんだよ。力の品の全てを用いても、木のそばに行きつけはしないよ。今にも、おまえたちは地中からとび出す。そうしたら〈闇〉の軍勢が待っているよ」

そう言うと立ち上がった。ローランズの手は力なく落ち、捨てられた手袋《てぶくろ》さながら座席に横たわった。手の主は、茫然《ぼうぜん》として見つめるばかりだった。ブロドウェンは背が高くなったように見え、霧のような明るさの中で、独特の光を放っていた。エイリアスの切っ先に向かってわざと進み出ると、ブラァンはゆっくりと女に触れないように切っ先を上向かせ、ウィルとメリマンは脇へのいた。

「エイリアスには〈闇〉の君を滅《ほろ》ぼすことはできない」ブロドウェンは勝ち誇って言った。

「〈闇〉を滅ぼせるのは〈闇〉だけだ」ウィルが言った。「ぼくらもその掟《おきて》は忘れていない」

メリマンが一歩前に出た。そしてにわかに、周囲の全てのものの中心となった。六人の仲間の、謎《なぞ》の目的地に向かって石と土の中をひた走る〈光〉の力と意図の焦点《しょうてん》と化した。光の中にすっくと立ち、いつのまにかまとっていた長い青いマントの上に白髪をきらめかせながら、片腕を上げてブロドウェンに突きつけた。

「〈光〉はおまえを、この〈時〉の流れから追放する」と、汽車の唄が虚ろな山の下で鳴り響いたように響き渡る声で言った。「われらの前に追いたてる。出て行け！　行くのだ！　この大いなる行列より先に進んで、〈光〉を待ち伏《ま》せ《ぶ》ているつもりの〈闇〉の仲間の恐るべき力からのがれる術《すべ》を考えるがよい」

ブロドウェン・ローランズは細い怒り《いか》の叫びをあげた。ジェーンはのどを締めつけられる思いだった。女は回転し始め、変わりだし、周囲の暗い空間に、走る白馬にまたがった白衣の人物となって姿を消した。怒りと恐怖のとりことなった白騎手は、高く跳躍《ちょうやく》すると一同のいる輝きの中からとび出し、前方に消えた。何も見えない霧がかかった暗闇の中へ。

〈光〉の、形のない大きな乗り物は、地底の川に運ばれる船のように山の中を進んだ。ローランズは石のような顔で、黙《だま》ってじっと座《すわ》っていた。誰《だれ》も一瞬《いっしゅん》以上見つめ続ける者はいなかった。耐《た》え難《がた》かったのだ。

ついにジェーンが言った。「木って？　ガメリー。なんのこと？　力の品の全てを用いても木のそばに行きつけはしないって言ってたけど」

メリマンは暗青色のマントを着、フードが首まで垂《た》れかかって堂々として見えた。はみ出た白髪《はくはつ》は周囲の光を受けてきらめき、かたわらのブラァンの髪《かみ》も同様だった。ふたりとも未知の人種さながらだった。

「イングランドのチルターン丘陵《きゅうりょう》にある夏至《げし》の木だ」メリマンは言った。「生命の木、世界の柱だ……。この国に七百年に一度出現し、その上に、その日一日だけ銀の花をつけるヤドリギが寄生《きせい》している。つぼみが開ききった瞬間に花を切り取る者は形勢を逆転《ぎゃくてん》し、いにしえの魔術《まじゅつ》と荒《あら》魔術《まじゅつ》とを操《あやつ》って、あらゆる競争相手をこの世から、そして〈時〉の中から追放することができるのだ」

　バーニーがささやくように言った。「ぼくら、その木のところへ行くの？」

「そこが行き先だ。〈闇《やみ》〉もまた、以前から計画していた道をたどって行きつき、樹上《じゅじょう》に銀が宿った瞬間に、最後の総攻撃《そうこうげき》をかけてくるはずだ」

「でも、花を切り取るのが〈闇〉じゃなくてあたしたちだって、どうしてわかるの？」ジェーンには周囲の輝《かがや》く流れしか見えなかったが、脳裏《のうり》に一瞬、灰色《はいいろ》の空いっぱいに駒《こま》を進める〈闇〉の君と、その先頭に立って長く冷たい笑いを響《ひび》かせている白騎手《しろきしゅ》ブロドウェン・ローランズの幻《まぼろし》が鮮烈《せんれつ》に浮《う》かんだのだった。

「われらにはエイリアスの剣《けん》がある」メリマンが言った。「やつらにはない。両刃《もろは》ではあり、〈光〉と〈闇〉のどちらにも所有されうるが、〈光〉の命《めい》によって造られたのは事実なのだ。ブラァンがエイリアスを護《まも》り、六人と輪がブラァンを護れれば、全てはうまくいく。夏至の木高くそびゆる下にて」と、声を深めて唄《うた》うように唱《とな》えた。「ペンドラゴンの刃《やいば》に〈闇〉斃《たお》れん」

　ウィルは反射的《はんしゃてき》に、ブラァンの手にきらめく剣に眼《め》をやった。青い火は消え、刃は清らかだった。だが見ているうちにも、最先端《さいせんたん》から躍《おど》る青い火が再び広がりだしたようだった――初めはほの暗くかすかに、それからじりじりと寸刻《すんきざ》みに刃《は》を這《は》い上《あ》がり、黄金の柄《え》へと広がった。周囲の光の急流の動きにも変化が見え、本物の川にゆさぶられているかのように、ゆれが激《はげ》しくなった。六人とジョン・

ローランズは、船の上にいるようだった。何ひとつ見えるものはなかったが、ウィルにはわかった。視線《しせん》がバーニーにさしかかって止まり、ウィルは思わず微笑《びしょう》した。幼《おさな》い少年は周囲の人間の存在《そんざい》を忘れ、自分の頭の中に渦巻《うずま》く感覚を楽しんでひとり笑いしていた。グリンドゥルの兵から受けた恐怖《きょうふ》感《かん》は蒸発《じょうはつ》し、神経質《しんけいしつ》なところもすっかりなくなって、ただ驚嘆《きょうたん》と喜びだけがあった。

そしてふと、ウィルに見られているのを知っていたかのように顔を上げ、「いちばんいい種類の夢《ゆめ》を見てるみたいだ」と言った。

「そうだね」ウィルは答えた。「けど……それに浸《ひた》りきっちゃいけない。何が起きるかあてにならないんだから」

「わかってる」バーニーは機嫌《きげん》よく言った。「本当にわかってるよ。けど、そう思っても……わーい！」と頭をそらした。満面の笑《え》みをたたえての、わくわくする興奮《こうふん》の叫《さけ》びだった。あまりに唐突《とうとつ》だったので誰もが振《ふ》り返《かえ》った。一瞬みんなの顔から不安が消え、メリマンでさえ、最初こそ厳《きび》しい顔をしたが笑いだし、「その調子！」と言った。「それも剣と同じくらい必要なものだよ、バーニー」と。

突然《とつぜん》、一同は昼日中にとび出した。灰色の空と、ますます厚くなる雲の間から空《むな》しく照《て》ろうとしている水っぽい太陽の世界に。乗っている船が、船首が高く伸び上がった甲板《かんぱん》のない長い船で、腰《こし》かけが取り付けられているのが見えた。また、前後に同じ形の船が幾艘《いくそう》もあり、はっきりとは見えない人《ひと》影《かげ》でいっぱいなのがわかった。霧《きり》が再び周囲にまとわりつき、続いて、暑くもないのに陽炎《かげろう》のように空気が震《ふる》えた。ウィルは繊細《せんさい》でとらえ難い、かすかな聞きおぼえのある旋律《せんりつ》を耳にした。水の先を見やると、きらめくさざなみとぼやけた岸、その彼方《かなた》のみどりの野原と人馬の影が見えた。一瞬、霧が引《ひ》き裂《さ》かれたように晴れ、背後《はいご》にそびえる山々と焚火《たきび》の煙《けむり》、そして待機《たいき》している軍勢が見えた。幾列も幾列もの兵。多くは小型《こがた》で頑丈《がんじょう》な筋肉質《きんにくしつ》の馬に乗っていた。乗り手と同じくらい色が黒く強者めいて、しぶとい馬と見えた。光る剣を携《たずさ》え、緊張《きんちょう》して待機している騎馬軍団だった。だがすぐに霧が裂け目をふさぎ、灰白色の空間しか見えなくなった。

「あの連中、誰?」サイモンがしわがれた声で言った。

「見えたの?」ウィルは振り返った。三人兄妹がウィルのそばにいた。ブラァンとメリマンは切《き》り離《はな》されたように船首に立っており、ジョン・ローランズのうつむいた陰気《いんき》な姿《すがた》は、船尾《せんび》にあった。

「誰だったの?」ジェーンがたずねた。ドルー兄妹は三人とも、熱心に霧に眼を凝《こ》らしていた。バーニーの手が、何かしたいというように発作的に開いたり閉じたりしているのが見えた。

灰色の霧の中から、ふいに音が聞こえだした。かすかに、あらゆる方向から同時に聞こえる混乱《こんらん》した騒《さわ》ぎだった。武器のぶつかり合い、馬のいななき、戦う男たちのどなり声、悲鳴、勝どき。サイモンがじれて顔をひきつらせ、振り向いた。「どこにいるんだい? なんなんだい? ウィルってば!」

メリマンの深い声が船首から、同じすがるような響きを秘《ひ》めて言った。「心惹《ひ》かれるのも無理はないすがるような叫びだった。

い。鉄床《かなとこ》に何世紀《せいき》も乗せられたまま鍛《きた》えられてきたおまえの国の、最初の大試練の場なのだ。バードン山、バードンの戦いなのだよ。〈闇〉が攻め寄《せ》せ……。戦局はいかに?」声はさぐり求めるような叫びになった。見えない誰かに向かって、灰色の霧の中にあてもなく投げられた問いだった。

するとと霧の中から、答えるかのように、長い影が現われた。一同の乗っているのより長くて大きい船で、流れに乗ってウィルたちの船が近づくにつれ、岸よりに形を露《あら》わにし始めた。武器をつらね、武装《ぶそう》した兵が満載《まんさい》されている。みどりの無地の旗が船首と船尾になびき、王の船というより軍隊の総《そう》指揮官《しきかん》の船に見えた。だがへさきに立つ人物には、王の物腰が備わっていた。肩《かた》の角張った、陽灼《ひや》けした顔と澄《す》んだ青い眼の持ち主で、茶色い髪には白いものがまじり、短いあごひげはごましおだった。海の色の短い青みどりのマントをまとい、その下にローマ人めいたよろいを着けている。そして、首のまわりに、半ば隠《かく》されてはいるが、火のような光を放ってきらめいているのは、ウィルのしるしをつないだ輪だった。

男はメリマンを見ると勝《か》ち誇《ほこ》って片手を上げた。「上々じゃ、わが獅子《しし》よ。ついに追いつめた。きゃつらは自らの巣《す》に戻《もど》って身を落ち着け、われらに平和を与えてくれるであろう。しばしの平和ではあるが……」

男はためいきをついた。キラキラする眼がブラァンを見て和《なご》んだ。「剣を見せよ、わが子よ」

ブラァンは、船が最初に現われた時から男を見つめっぱなしだった。今や、熱のこもったまなざしをいささかもゆるがせぬまま、ピンと胸《むね》を張り、色のない顔と白い髪を持った蒼白《あおじろ》くほっそりした姿で、エイリアスの青く燃える刃をかかげ、正式にあいさつした。

「まだ〈闇〉に対して燃えておる。まだ警告《けいこく》は続くのか」男の言葉はそのまま二度目の嘆息《たんそく》だった。

ブラァンが猛然《もうぜん》と言った。「ですが、わが君、今回も必ず〈闇〉は追《お》い払《はら》います。やつらより先に木に行きつき、〈時〉の外へ追い落としてやります」

「むろんじゃ。余《よ》を援《たす》けるために届《とど》けられたものを返さねばならぬ。立派《りっぱ》につとめを果たしてくれた。今度はそのほうのために働くべきじゃ」とマントを後ろへ払い、つづり合わされたしるしを首からはずした。「取るがよい、〈しるしを捜《さが》す者〉よ。余の祝福《しゅくふく》とともに」

ウィルは船の端《はし》に近づき、力強い陽灼けした手から、きらめく鎖《くさり》を受け取った。自分の首に巻くと、重みが肩を引っ張るのを感じた。「ありがとうございます、わが君」

霧が、灰色の河の上の二艘の船の周囲に渦巻いた。一瞬晴れて前後にひしめく影の船隊を見せたと思うと、再び垂《た》れ込《こ》め、全てをぼやけさせ、あいまいにした。

「輪は完全になりました。ただひとりを除《のぞ》いて」メリマンが言った。「そして六人は固く団結しております」

「いかにも。よくやった」鋭《するど》い青い眼が、畏怖《いふ》の念《ねん》に打たれて黙っているジェーンとサイモンとバーニーをとらえ、アーサー王はうなずいてみせた。が、すぐに再び、引き寄せられるようにブラァンに頭を向けた。エイリアスの剣と、霧のためなでつけられた白髪と、まぶしさに細められた黄色い眼を持つ無防備な蒼白い少年に。

「して、全てが終わった暁《あかつき》には、わが子よ」と声を和《やわ》らげ、「全てが終わった暁には、余の船プリドウェンに乗って余とともに船出するか？　余とともに、星の下に平和があり、リンゴの木々が実を結ぶ、北風の後ろの銀に縁取《ふちど》られた城《しろ》に来るか？」

「はい」ブラァンは言った。「はい、行きます！」蒼白い顔は、歓《よろこ》びと一種の崇拝《すうはい》に輝いていた。これほど生き生きとしているのを見たのは初めてだ、とウィルは思った。

「この前の休息よりも安らかで、終わることのないものとなるはずじゃ。これとはそこが異《こと》なる」アーサーは霧の中に眼を向け、悲しげに自分のいる過去の時代を振り返った。「なぜなら、バードンにおけるわれらの大勝利は長くは続かぬゆえ。われらブリトン人はこの島国のうちのわれらの土地にて悩《なや》まされることなく、イングランド人は平和に自領《じりょう》に暮《く》らし、アーサーの平和《パクス・アルトゥルス》は二十年続く。だがその後は、再びサクソン人がやってくる。血なまぐさい海賊《かいぞく》めらは、初めは湧水《ゆうすい》のごとく、続いて洪水《こうずい》のごとく押し寄せ、ケントからオクスフォード、オクスフォードからセヴァーン川まで、西へ西へとわが国を破壊《はかい》しつつ進むであろう。そして古い世界の最後の名残《なごり》が滅《ほろ》ぼされるのじゃ。われらが街々《まちまち》、われらが橋、そしてわれらが言葉まで。全てが消える、全てが果てる」

今や声には懊悩《おうのう》がこもっていた。長い、胸の痛《いた》むような挽歌《ばんか》だった。「失われる、全て失われるのじゃ……。蛮族《ばんぞく》が〈闇〉をもたらし、〈闇〉の僕《しもべ》らは栄《さか》える。この国の工匠《たくみ》ら、棟梁《とうりょう》らはこの地を去るか死ぬかして、代わりに蛮族の王を飾《かざ》り立《た》てる者どもが現われる。そして、道には、いにしえの道には、草がみどりに生《お》い繁《しげ》るであろう」

「そして人々は西に逃《に》げます」メリマンが、こちらの船のへさきからやさしく言った。「この地のさいはての片隅《かたすみ》へ、古い言語がまだしばらくは用いられる地へ。侵略者《しんりゃくしゃ》の子孫《しそん》をおとなしく飼《か》い馴《な》らすのに、その先祖《せんぞ》が略奪《りゃくだつ》した土地を用いることができるよう、〈光〉が常に〈闇〉の勢力が衰《おとろ》えるのを待つところへ。そして、のがれた人々のひとりが聖杯《せいはい》と呼《よ》ばれる黄金の杯《さかずき》を運んでいきます。その側面に記された言葉によって、後世の民《たみ》には、〈闇〉の最後の、そして最大の攻撃に――流血によるものではなく、人間の心に潜《ひそ》む冷酷《れいこく》さによる攻撃に対して、よりよくもちこたえることが可能となるのです」

アーサーは、詫《わ》びるように頭を垂れた。霧がまわりに吹きつけ、王の姿は前より薄れ、海青のマントもくすんで見えた。「そちの申す通りじゃ。聖杯は見出されたのであったな。他《た》の力の品々も全てそちら六人の手で。こうして〈光〉が強められたからには、われら輪の者全員が最後の戦に駆《か》けつけられる。わかっておる、わが獅子よ。この過去において、わが国がなめた苦しみのために泣《な》きはらしても、未来が約束《やくそく》する希望を忘れたわけではないぞ」

河が二艘の船を引き離し始めた。戦のどよめきと勝どきが再び周囲の霧の中から上がった。アーサーの声が遠ざかり、最後にひと声高く呼びかけた。

「河を下れ。そのまま行け。ほどなく余も参る」

それきり、船は旗や武装した兵もろとも明るい霧の中に消え、代わりに、光る流れの両側に暗闇が渦巻きだした。海のごとく深く茫漠《ぼうばく》とし、ウィルたちの精神を殴打《おうだ》し、包み込む暗闇だった。

船尾に黙って座っていたジョン・ローランズが、ゆっくりと立ち上がった。ウィルにはぼんやりした形にしか見えず、それまでに起きたことのどれだけを見聞きしていたか、推《お》し測《はか》ることはできなかった。

ローランズは舷側《げんそく》に体を押しつけ、片腕《かたうで》を暗闇に差しのべ、恐《おそ》れと恋《こい》しさをこめて、何かウェールズ語で呼ばわった。そして名を呼んだ。「ブロドウェン！　ブロドウェン！」

その声の痛ましさにウィルは眼を閉じ、聞くまい、考えまいとした。だが、ローランズはよろめきながら、ブラァンの手にした剣の青く燃える刃を目印に近づいてきて、そばまで来ると手を出して、メリマンの肩をつかんだ。

月を運んで雲の中を航海《こうかい》しているかのように光が周囲に輝いていたが、光の源《みなもと》はといえば、冷たい松明《たいまつ》の如く燃える剣だけだった。ローランズは苦悩《くのう》にひきつった声でたずねた。「もとからそうだったのか？　もとから……あんたみたいにこの世の外の人間だったのか？」と命乞《いのちご》いをする者のように見つめ、哀願《あいがん》した。「現実だったことは一度もなかったのか？」

メリマンは辛《つら》そうだった。「現実?」ウィルが知り合って以来初めて、声から断固《だんこ》たる調子がなくなり、迷子《まいご》のように答えを求めていた。「現実かと? ジョン、君らの世界に、君らと同じようにして住む時には、〈光〉も〈闇〉も、君らと同じように見聞きする。針《はり》で刺《さ》せば血を流すし、くすぐれば笑う——だが毒を盛《も》っても死にはせぬ。それに、君らにはない感情や感覚を備えている。いよいよの時には、それらの感情や感覚が、ほかの全てを制《せい》するのだ。ブロドウェンと君との暮らしは現実のものだった。存在していた。君と同じようにブロドウェンにも感じられたはずだ。ただ……同時に、君が眼にしたことのない、はるかに強力な面がブロドウェンの中にはあったのだよ」

ローランズは片腕を突《つ》き出《だ》して激しく舷側を叩《たた》いたが、痛みを感じさえしなかったようだった。「嘘《うそ》っぱちだ!」とどなった。「ただのごまかしだったんだ、ふりをしてるに過ぎなかったんだ! 違《ちが》うと言えるか? わしは嘘っぱちの上に生きてたんだ!」

「もういい」メリマンの広い肩が一瞬うなだれ、それからゆっくりと起こされた。声は、ひどく疲《つか》れているようにウィルには聞こえた。「気の毒に思ってはいる、ジョン。〈光〉を責めるか? 〈闇〉を知らなければ、嘘でなかったことになるのか?」

「どちらも糞《くそ》くらえ」ローランズは苦々しく言い、冷たくメリマンとブラァンとウィルを見た。怒《いか》りと苦悩に声が上ずった。「みんな糞くらえ。これが持ち上がるまでは、わしらは幸せだったんだ。なぜほっといてくれなかった?」

その言葉がまだ空気中に響いている間に、船中の全員が、怒声《どせい》のこだまに乗ってきたかのように渦巻く暗い霧の中から、忽然《こつぜん》と現われた人影を見た。馬にまたがった黒い人影だった。マントに包まれ、傲慢《ごうまん》な頭からフードを脱《ぬ》いだ背《せ》の高いその人物を、それぞれが違った者として見た。

ブラァンは、自分とウィルを失《う》せし国《くに》でつけ狙《ねら》い、鄙《ひな》の中を追いかけ回し、城のそばで待《ま》ち伏《ぶ》せ、剣を手に入れたと知って怒りに吠《ほ》え狂《くる》った〈闇〉の君を見た。

ジェーンとサイモンとバーニーは、忘れたいと思っていた人物、〈光〉の聖杯を捜すのに夢中《むちゅう》になっていた頃に会った、黒髪に黒い眼のヘイスティングスという男を見た。強引で力強く、最後に見た時には復讐《ふくしゅう》に燃えていた人物だった。

ウィルは横眼で、〈闇〉の、渦巻く雲の塔《とう》の中で黒馬にまたがっている黒騎手を見た。きらめく栗《くり》色《いろ》の髪の下の青い眼がにらみつけ、騎手が鞍《くら》の上で向きを変え、衣《ころも》に包まれた片腕をさっと突き出してブラァンを指さすのを見た。大きな馬が蹄《ひづめ》を光らせ、白眼をむいて後脚《あとあし》立った。ウィルは、そばにいるジェーンが反射的に体をちぢめるのを見た。

「異議《いぎ》がある、マーリオン！」黒騎手は叫んだ。声は明瞭《めいりょう》ではあったが、周囲の暗闇に殺されたかのようにかすれていた。「ペンドラゴンには、その少年には、この戦と探索《たんさく》に関わり合う権利《けんり》はない。異議を申し立てる！　その子をはずせ！」

メリマンは、軽蔑《けいべつ》したように背をくるりと向けて無視《むし》した。だが黒騎手は動くどころか、そのままつきまとった。回転する暗い雲の塔は、船とともに霧深い河を下った――そして次第に速度を落とすのを見て、ウィルは自分たちの乗った船も速度を落としつつあるのに気づいた。まもなく、船は動きを止め、静かな水の上にやすらっていた。一瞬、前方の暗い霧に切れ目が生じた。水っぽい日光が射《さ》し込《こ》むのに成功《せいこう》したかのようだった。みどりの野原、せり上がるみどりの山肌《やまはだ》、木々の濃緑《のうりょく》がちらりと見えたが、まだ霧の断片《だんぺん》におおわれていて、まともに見えるものは何ひとつなかった。

その時、霧の中から二羽の白鳥が飛んできた。大きな白い翼《つばさ》が空を切るたびに、羽根の間で風が唄った。ゆっくりと頭上で羽ばたき、雲の晴れ間を縫《ぬ》って見えたかと思うと消え、再び鮮《あざ》やかな姿を現わすということを繰《く》り返《かえ》していたが、やがてそろって降下《こうか》し、ぎごちなく舞《ま》いおりると船の両側で着水し、体を落ち着かせた。首に優美《ゆうび》で安らかな曲線が戻った。そしてみごとな二羽の鳥から眼を上げるや、ウィルは、船首の上にたたずんでいるかのような老女の姿を眼にした。

今や若《わか》くも老《お》いてもいず、その美しさは年齢《ねんれい》知らずだった。まっすぐに立ったその体のまわりで、風が早朝の空のように青い衣の襞《ひだ》をはためかせた。ウィルは小躍《こおど》りして喜び、歓迎《かんげい》しようと手を差し出した。だが、老女の繊細な骨格《こっかく》の顔は引きしめられていて、まともに見えていないかのようにウィルを見、それからメリマンを、そしてブラァンを見た。ほかの者の上にも視線を走らせ、ジェーンの上でわずかにたゆたったと思うと、メリマンに戻した。

「異議を聞くのです」老女は言った。

ウィルは自分の耳が信じられなかった。音楽的な声にはなんの感情もこもっておらず、単《たん》なる宣言《せんげん》だった。淡々《たんたん》と、だが有無《うむ》を言わせぬ口調での。メリマンが思わず前にすばやく一歩踏《ふ》み出《だ》し、すぐに動かなくなった。ウィルにはとても顔が見られなかったが、節《ふし》くれだち骨張《ほねば》った片手の長い指がこぶしを固め、爪《つめ》がてのひらに食い込むのが見えた。

「異議を聞くのです」老女はかすかに声を震わせて繰り返した。「〈闇〉は上なる掟《おきて》に訴《うった》えて〈光〉を告発し、アーサーの子ブラァンは、この時代において正当な居場所《いばしょ》を持たぬゆえ、木への旅に加わることはならぬと申し立てました。彼《かれ》らには異議を申し立てる権利があります。黙殺《もくさつ》は許《ゆる》されませぬ。その言い分を聞くまでは、上なる魔法が事態の進行を許してくれませぬ」

美しい顔に深い憂《うれ》いをたたえ、老女は青い衣の流れる襞の間で、鳥の翼のように優美な片腕を上げ、五本の指先をブラァンに向けた。一瞬、そよ風が静かな河を吹《ふ》き渡《わた》り、繊細な音楽が空気中にかすかに聞かれた。と、エイリアスの剣から青い光が消え、剣は妙《みょう》にのろい動作で音もなく船上に落ちた。ブラァンは体を硬《こわ》ばらせ、そのまま動かなくなった。直立し、両腕を体の脇《わき》につけ、黒っぽい服にほっそりした体を包み、今や髪と同じくらい白く見える顔で、動く力ばかりか生命さえ失ったかのように立ちつくしていた。輝くもや《い》のようなものが現われてブラァンのまわりに光の檻《おり》のように漂《ただよ》い、一同とともにありながら隔《へだ》てられているようだった。

老女は雲のような闇の中にたゆたっている黒騎手を見すえた。

「異議のすじを聞かせなさい」と言った。

黒騎手《くろきしゅ》は言った。「われらはグイネズ王国のダサンニ谷のクルーイド農場のブラァン、育った世界での父親の名をとり、ブラァン・デイヴィーズと、出生した世界での父の名をとりペンドラゴンと呼《よ》ばれる少年に異議《いぎ》を唱《とな》える。この戦いにおけるその参加に異議を唱える。参加する権利《けんり》はない」

「権利は生まれながらにある」ウィルがキッとなって言った。

「それに異議を唱えているのだ、〈古老〉よ。聞けばわかる」黒騎手の姿《すがた》はもはや見えず、声が霧《きり》の後ろの暗い渦《うず》から虚《うつ》ろに聞こえた。その背後《はいご》の闇《やみ》の中に、見えないが膨大《ぼうだい》な軍勢が控《ひか》えているという感じに襲《おそ》われ、ウィルは急いで眼《め》をそむけた。

老女の澄《す》んだ声が頭上で聞こえた。「〈闇〉の君よ、異議の是非《ぜひ》は誰《だれ》に裁《さば》かせますか？　選ぶ権利はそちらに、その選択《せんたく》の諾否《だくひ》は〈光〉に任されています」

わざとのように間があった。だしぬけに騎手が姿を現わした。はっきりと浮《う》かび上《あ》がって。フードに包まれた頭がメリマンに向けられた。

「ジョン・ローランズという男を選ぶ」

メリマンはウィルをちらっと見おろした。声に出しても、〈古老〉独特《どくとく》の沈黙《ちんもく》の話術《わじゅつ》を用いても何ひとつ言わなかったが、判断《はんだん》を下しかねているのがウィルには感じられた。ウィル自身、同じあやふやな疑問《ぎもん》に満たされていた――何をたくらんでいるのだろう?――だが、ジョン・ローランズと、彼《かれ》の決断力《けつだんりょく》を信ずべきあまたの理由とを思い浮かべると、その疑問も岩にあたって砕《くだ》ける波のように遠のいた。

メリマンはうなずき、蓬髪《ほうはつ》の白い頭を上げた。「承諾《しょうだく》する」

ジョン・ローランズは、彼らにはなんら注意を払《はら》っていなかった。船の中央に立っており、そばの腰《こし》かけにジェーン、バーニー、それにサイモンの三人がかたまっていた。慰《なぐさ》めを得るために近づいたという格好《かっこう》だったが、誰《だれ》が誰を慰めていたのかはウィルにもわからなかった。ローランズは痩《や》せたしわだらけの茶色い顔を懸念《けねん》に硬《こわ》ばらせて、ブラァンを見ていた。焦茶《こげちゃ》の眼が、老女の輝《かがや》く静かな姿を一瞥《いちべつ》し、ブラァンを封《ふう》じ込《こ》んでいる光る霧に戻《もど》った。

「ブラァン坊《ぼう》」と悲しげに言った。「大丈夫《だいじょうぶ》かね?」

だが返事はなく、代わりに老女が重々しい表情をローランズに向けた。ローランズは、はたと動かなくなり、婦人を見上げた。黙《だま》りこくり、間が悪そうに見え、しなやかな体にまとった黒っぽいスーツが借り着のようにそぐわなかった。

「ジョン・ローランズよ」涼《すず》しい、音楽的な声が言った。「これより、〈闇〉と〈光〉の君がそれぞれにさまざまのことをあなたに申します。あなたはそのひとつひとつを傾聴《けいちょう》し、自分の頭の中で、それぞれの言い分をはかりにかけねばなりませぬ。そして、恐怖《きょうふ》や好みに左右されることなく、いずれの言い分が正しいか言わねばなりませぬ。この宇宙《うちゅう》のあらゆるところに存在《そんざい》するのと同じように、ここにも存在する上なる魔法《まほう》の力は、あなたの判定《はんてい》を承認《しょうにん》します」

ローランズは老女を見つめたまま立っていた。畏敬《いけい》の念《ねん》に打たれているようだったが、高い頬骨《ほおぼね》には血の色が射《さ》し、形のよい口は一文字に結ばれていた。やがて、極めて静かにたずねた。

「しなきゃならないって?」

ウィルはたじろぎ、老女から用心深く眼をそむけた。メリマンが、歯の間から息をスーッと吸《す》い込《こ》むのが聞こえた。

だが、老女の声は以前にもまして静かになり、やさしさを帯びた。

「いいえ、友よ。強制《きょうせい》はできませぬ。判断《はんだん》してくれと頼《たの》んでいるのです。この人間の世界では、危《き》機《き》に瀕《ひん》しているのは究極《きゅうきょくてき》的には人間の運命。判定権は人間にあってしかるべきで、あなた自身、ここで、またよそで、〈古老〉にそう言ったではありませぬか」

ローランズは振《ふ》り向《む》き、ウィルを無表情に見た。それからゆっくりと言った。「よかろう」

ふいにウィルは、〈古老〉たちがどっと集まってきたのを意識した。動かぬ霧深い河の上にいるウィルの周囲に、背後に、影《かげ》のような存在は大群衆《だいぐんしゅう》となっていた。ウィルたちが汽車の形をした乗り物で、ブリテン島の距離《きょり》と歳月《さいげつ》の中を旅したように、前に垣間《かいま》見えた透明《とうめい》な船に乗って待機《たいき》していた。以前に二度、〈古老〉の輪が集合した時に耳にしたように、大群衆のつぶやくざわめきが聞こえた。だが、声は発せられていないのがわかっていた。あるのは、河岸の木の間を吹《ふ》き抜《ぬ》ける風のささやきだけだった。群集の存在と、かたわらのメリマンの青衣に包まれた長身を頭から離《はな》さず、ウィルはそれまでまともには見ていなかった〈闇〉の回転する黒い霧をおおっぴらに凝視《ぎょうし》した。騎手の声が、力強く、自信たっぷりに霧の中から聞こえた。

「では判定せよ。少年ブラァンが遠い過去の時代に生まれ、未来へと運ばれて育ったことはきさまも知っておる。母親が運んできたのだ。かつて己《おの》れの時代において、主《あるじ》であり夫であるアーサーを手ひどく欺《あざむ》いたことがあったため、実の子を見せてもわが子とは信じてもらえぬことを恐《おそ》れたのだ」

ローランズは虚《うつ》ろに言った。「確《たし》かに、人はよく欺《だま》される」

「それでも人は許《ゆる》す」騎手はすばやく、如才《じょさい》なく言った。「少年の父も、機会さえ与《あた》えられたなら、グイネヴィアを許し、信じたことだろう。だが〈光〉の君のひとりが、グイネヴィアに頼まれて、〈時〉の中を旅させた。機会は与えられず、少年は連れ去られた」

メリマンが静かな深い声で言った。「グイネヴィアに頼まれて」

「だが」と、騎手は言った。「よく聞け、ジョン・ローランズ――時代は、グイネヴィアが選んだのではないのだ」

ウィルは、精神に冷たいものが忍《しの》び入《い》るのを感じた。海を閉め出している、大きく頑丈《がんじょう》な堤《つつみ》に走る、初めは小さいが次第に広がるひびのように、恐ろしく不吉な予感が生じたのだ。メリマンの衣《ころも》がかたわらでさらさらいった。

騎手の声は、静かで確信《かくしん》に満ちていた。「母親は子どもを抱《だ》いてグイネズの山中にやってきた。どの時代かなどということは考えもせずに。オーウェン・デイヴィーズなる二十世紀《せいき》の男が女を愛するようになり、わが家に受け入れ、母親が再び姿を消すと、その子をわが子として育てた。だが、その時代はグイネヴィア自身が選んだのではなかった。〈光〉の君に連れられるままに旅したのであって、女自身はどこでもかまわなんだ。だが、〈光〉のほうには、かまうだけの理由があったのだ」

急に声が高められ、きつく非難《ひなん》した。「〈光〉は、アーサーの子ブラァン、竜《りゅう》の子ブラァンが、確実に〈光〉の選んだ時代において育つようにしたかったのだ。〈光〉の探索《たんさく》に従事《じゅうじ》するのに適した場所に、適した時にいるように。従《したが》って、いにしえの予言が全て実現されたのは、〈光〉が〈時〉をいじくり回したからに過ぎぬ。これは上なる魔法に定められたところを歪曲《わいきょく》するものだ。それゆえ、われらは、〈光〉の小細工《こざいく》によってのみここにいる少年ブラァンが、属《ぞく》する時代に戻されることを要求する」

ローランズは、考え深げに言った。「千年以上もの昔に送り返すのかね？　その頃《ころ》、ここの人間は何語をしゃべってたんだね？」

「ラテン語だ」ウィルが言った。

「あの子の知ってるラテン語はわずかだ」ローランズは、河の向こうの暗い霧を見つめながら言った。

「くだらぬ」闇の中の声はそっけなく言った。「今と同じように、時間の外に送ることもできるのだ。この一件《けん》にかかわりあいさえせねばよい」

「くだらなくはないさ」ローランズは、ますます静かな声で言った。「わしはただ、そこで使われてる言葉もしゃべれない子を、その時代に属してるなんて言えるだろうか、と思っただけさね。判断するために考えてただけだよ、大将《たいしょう》」

メリマンが船尾《せんび》から動かずに言った。「属しているか否《いな》か。それがこの異議に対する答えだ。育った時代を選んだのが少年の母親であろうと〈光〉であろうと、あるいは、いきあたりばったりに選ばれたのであろうと、少年がその時代に属していることには変わりがない。そこで共に暮らした人々に、愛によって縛《しば》りつけられているのだ。ことに養父《ようふ》オーウェン・デイヴィーズと、デイヴィーズの友人——ジョン・ローランズに」

「そうとも」ローランズは前と同じように懸念の色をさっと浮かべて顔を上げ、異様《いよう》な光る霧の檻《おり》を見た。中でじっと動かないブラァンの姿がおぼろげに見えた。

「そういった愛の絆《きずな》は」メリマンは続けた。「上なる魔法の制御《せいぎょ》をも乗《の》り越《こ》える。この世で最も強いものなのだ」

その時、そばの闇から、静かな水の上から、どの方角ともつかぬところから、怯《おび》えた声が必死に叫《さけ》びたてた。「ジョン！　ジョン！」

ローランズの頭がパッと起こされた。用心しながらも恋《こい》しさのとりこになって。

「ローランズのおばさんだわ！」ジェーンがささやいた。

「どこだろ？」バーニーがぐるりと体をめぐらせた。声は空中から聞こえてきたようだった。

「あそこだ！」サイモンが指さした。そして、口ごもった。「あそこだ……」

船のそばの逆巻《さかま》く闇の中に、ぼうっと明るく、顔と差しのべられた手だけが見えた。哀願《あいがん》するようにローランズを見つめていた。初めて会った時と同じ、やさしく温《あたた》かい声には恐怖《きょうふ》がこもっていた。

「ジョン、助けてちょうだい、助けて——わたしは関係ないのよ。乗《の》り移《うつ》られたの。〈闇〉のひとりの精神が頭の中にはいってくると……自分が言ったりしたりしてることがわからなくなってしまうの……ジョン、愛の絆なら、わたしたちにもあるわ。いとしいジョン《ショーニ・バハ》、助けてちょうだい。あなたが手を貸《か》せば、わたしを自由にしてくれるって！」

「手を……貸す？」ローランズは、しゃべるのもやっとのようだった。声はさびつき、鈍《にぶ》く聞こえた。

「ことの釣《つ》り合《あ》いを正すのだ」黒騎手が冷たく言った。「正しい判断をくだせばよい。〈光〉には、少年ブラァンの助けを得る権利はないと。さすればきさまの妻《つま》ブロドウェンの精神を自由にし、返してやる」

「ああ、お願いよ、ジョン」ローランズ夫人は、腕《うで》を夫に差しのべた。そのすがるような声音の痛々《いたいた》しさに、聞いていたジェーンはじっとしていられないほどだった。ブロドウェン・ローランズについて知ったことは全て脳裏《のうり》から消え失せ、愛する者と引《ひ》き裂《さ》かれた人間の悲しみと恋情《れんじょう》だけが聞こえた。

「乗り移られたって？」ローランズの声にはまだ、無理に言葉を吐《は》き出《だ》しているような妙《みょう》な軋《きし》みが存在した。「昔の人間が信じてた、悪魔に乗り移られるってのと同じ意味かね？」

黒騎手が低くふっふっと笑った。冷たい音だった。

ブロドウェン・ローランズはとびつくように言った。「ええ、そうよ、同じよ。〈闇《カリーアド》〉が、わたしの頭を横取りして、べつの人間にしてしまうの。ああジョン、あなた、言う通りにしてやって。一緒《いっしょ》にうちに戻って今まで通り幸せに暮らせるように。これは悪夢《あくむ》だわ――うちに帰りたい」

音楽的な声が哀願するにつれ、ローランズの手が固く握《にぎ》りしめられた。妻の顔をよくよく長く見つめていたが、振り向くと、自信なげにメリマンとウィルを見、最後に、高い所に切り離されたように立っている老女を見上げたが、どの顔も無表情に、脅《おど》かしも頼みも助言もせず、見つめ返しただけだった。ローランズは再びブロドウェンを見た――ジェーンはみぞおちが虚ろになったようなショックを受けた。男の顔には今や、永久に失われたものへの悲しい別れの表情が浮かんでいたのだ。

声は低くやさしく、河岸を吹く風のひそやかな泣《な》き声越《ごえご》しに聞き取るのがやっとだった。

「ブロド――本当はなんという名か知らんが――男であれ女であれ、人の精神が乗っ取られるなんてことは、わしは信じん。わしはな、神様が与えてくだすった自由意志ってものを信じとるんだ。同じ人間同士がすること以外には、無理強《むりじ》いは存在しないと思う。わしらのすることはわしらが決めるんだ。従っておまえは、何にも乗り移られていない。〈闇〉の味方をしているのは、自分でそれを選んだからに違《ちが》いない――これだけ長く一緒だったおまえについて、そう思わなきゃならんのは辛《つら》いが。自分で選んだのでないとすれば、おまえは人間じゃない。完全に〈闇〉の仲間で、わしの本当には知らない生き物だということになる」

やさしい低い声は霧深い河にたゆたい、一瞬《いっしゅん》、どこでも物音ひとつ、動きひとつ起きなかった。〈光〉のおぼろげな船団と黒くひしめく虚ろな暗闇を除《のぞ》いては。ブロドウェン・ローランズの輝く顔と黒騎手の背《せ》の高い姿はまだそこにあった。

ローランズの深いささやき声は、ひとりごとのように続いた。「それから、ブラァンについちゃ、最初の選択こそ自分のものじゃなかったが、そのあとは自分の人生を生きてきた子だ。結局のところ、人間の大部分について同じことが言えるんじゃないかね？　父親との間には――養父と言いたきゃそれでもいいが――確かに愛情のこもった絆が存在する。わしとの間にも、クルーイド農場でこの子が育つのを見守ってきたほかの人たちとの間にも。家内もそうだと思ってたのは、わしの勘違《かんちが》いだったが」声がかすれて消え、ローランズは生つばを呑《の》み込《こ》んでしばし沈黙した。

　ジェーンはブロドウェンの顔を見つめていた。表情が次第にきつくなり、夫恋しさが仮面《かめん》のように落ちて、よそよそしさと冷たい怒《いか》りが残った。

「わしが判断せにゃならんのなら」ローランズは続けた。「わしは、ブラァン・デイヴィーズが、わしら両方が生きている時代に属しているものと判断する。そして、わしと違って〈光〉と運命を共にすることを選び、たくさんの危険《きけん》をそのために冒《おか》してきた以上——〈光〉を助けちゃいかんという法はない。ほかの……者……に〈闇〉を助けることが許されてるように」

　ローランズは老女を見上げ、「これがわしの判定だ」と言った。孤立《こりつ》したがっているような、わざとらしい、がさつで乱暴《らんぼう》な言い方だった。

　老女は、はっきりと言った。「上なる魔法はそれを承認し、あなたに礼を言います、ジョン・ローランズ。また〈光〉もそれを掟《おきて》として受け入れます」

　そう言うと河岸のほう、霧の後ろの逆巻く暗がりのほうを少し向いた。明るさがそのまわりで増《ま》したように思われ、声が高められた。「騎手よ、〈闇〉の答えは？」

　風が強まり、長く青い衣をあおった。どこか遠くでかすかに雷鳴《らいめい》が聞こえた。

　黒騎手は、静かに怒りに満ちた声で「掟だ」と言うと、暗い隠《かく》れ場所《ばしょ》から少し出てきてフードをずらした。傷痕《きずあと》の走る顔の中で、青い眼がぎらついた。「ジョン・ローランズ、愚《おろ》か者《もの》め！　大義名分のために己れの家庭を壊《こわ》すことを選ぶとは——」

「ひとりの子どもの人生のためだ」ローランズは言った。

「常にばか者だったよ、あいつは！」ブロドウェンの声が、闇の中から前よりも強く、かん高く聞こえた。再び白騎手の声に戻っていた。それを聞いたウィルは、いつもふたつが似《に》ていることを感じてはいたのに、結びつけては考えなかったのに気づいた。ジェーンの顔にも、同じ恐ろしい相似《そうじ》のことを考えている様子が浮かんでいた。

雷《かみなり》が近くで再び轟《とどろ》いた。

「腰抜けの大《アン・フウル・マウル》ばか者！」ブロドウェンは叫んだ。「羊《ひつじ》を飼《か》って琴《こと》を弾《ひ》くだけの大ばか者！大ばか者！」声は高まる風音に乗って、暗い空の上へと運び去られた。周囲の霧が暗さを増し、頭上の空は黒雲でびっしり埋《う》めつくされていた。

だが老女は腕を上げ、光る霧の檻に閉じこめられたまま動かないブラァンに五本の指を向けた。かすかな旋律《せんりつ》がウィルの耳もとで聞こえたが、ほかの者の耳に届《とど》いたかどうかはわからなかった。と、ブラァンが解放《かいほう》されてそこにいた。エイリアスの剣《けん》が手に握《にぎ》られていて、刃から冷たい青い光を燃えたたせていた。

ブラァンは、エイリアスを松明《たいまつ》のように宙にかかげた。ウィルは前後左右の〈光〉の船団がどっと動きだし、前進を再開するのを感じ、自分たちの船もまた再び動いているのを見てとった。船首をなめて過ぎる水は、強まる風に波立ってしぶきを上げていた。影の船団のほかの船も前進しているのがわかった。が、その間にも空は巨大《きょだい》な波打つ雲に満たされ、いやが上にも暗くなっていった。

風がふいに激《はげ》しくなった。老女の衣がほっそりした体のまわりであおられるのを見、メリマンのマントが船首で三角帆《さんかくほ》のように広がるのを見た。突然、いっさいの光が塗《ぬ》りつぶされた。〈闇〉の回転する竜巻《たつまき》が轟音《ごうおん》とともに空に舞い上がり、〈光〉の頭越しに追い抜いていったのだ。全ての力をかき集めに地平線を回るのが見えた。

ただ、一本の光のすじだけがまだ輝いていた。船首に立ったブラァンが水晶の剣で青い線を描《えが》いて空《くう》を切ると、暗い霧は裂け目から切れ端を漂わせつつ、すきまを開けた。みどりの野原がせり上がるのを見たと思うや、一同はなめらかなみどりの斜面《しゃめん》の草の上に立っていた。河は遠いざわめきに過ぎなかった。

「六人でかたまるんだ」と、メリマンが草深い斜面を先頭に立って歩きだした。しるしの鎖《くさり》がウィルの首の回りでチリンチリンと鳴った。輪の人々の千差万別の影が周囲をかため、前に押《お》しやるのを感じることができた。ジョン・ローランズは忘我《ぼうが》の状態《じょうたい》に陥《おちい》ったかのように、虚脱《きょだつ》した顔で老女の隣《となり》を歩んでいた。頭上で雷が唸《うな》った。

やがて霧の名残《なごり》も吹き払われ、前方の、暗雲たれこめる空の下の薄闇《うすやみ》の中に、一連の木々が見えた。丸い白亜《はくあ》の丘《おか》の頂《いただき》の橅《ぶな》の林だった――そして、林の前の斜面に、徐々《じょじょ》に、巨大な一本の木が見えだした。一同の眼の前で次第に形を取り始め、影のような輪郭《りんかく》を少しずつじわじわと実体化させていった。立ち上がり、ふくらみ、大きな葉をさやがせ、風に躍《おど》らせた。幹《みき》は男十人分ほども太く、枝は家並《いえな》みにゆったりと広げられていた。今まで眼にしたいかなる木よりも偉大《いだい》、かつ年経《としふ》りた、樫《かし》の大樹《たいじゅ》だった。

頭上で稲妻《いなずま》が雲のひとつを裂き、雷鳴が大きなこぶしのように殴《なぐ》りつけてきた。

バーニーがささやいた。「樹上の銀……?」

ブラァンは勝《か》ち誇《ほこ》った身振りでエイリアスを振り上げ、木の上のほうを指した。「ごらん、最初の枝が分かれる――あそこだ!」

ゆれる枝の間を通して、ヤドリギが、樫のみどりとは異《こと》なるみどりの侵略者《しんりゃくしゃ》が、かたまって生えているのが見えた。木に寄生しているからみあった茎《くき》と小さな葉は、独自の光を放ってかすかに輝いていた。ウィルはじっと見つめ、それがちらついて変化するのを見たように思った。そのひと株《かぶ》の中心にあるものを見きわめようと空しくまばたきした。

メリマンの濃青の衣が風に吹かれてウィルの回りにはためいた。「花は、一本の枝にしかつかぬ」と、深い声を緊張《きんちょう》のあまりとがらせて言った。「つぼみのひとつひとつが開くのを見、その枝の小さな花が全て咲《さ》くのを見届けて初めて切り取ることができるのだ。その瞬間、それより前でもあとでもなく、そのたったひとつの瞬間にのみ、この大いなる魔法は効力《こうりょく》を持つ。そしてその瞬間にこそ、ヤドリギを切り取る者は、それぞれしるしを手にした六人によって敵の攻撃《こうげき》から護《まも》られねばならぬのだ」

深い影の中の眼がウィルに向けられ、ウィルは金環《きんかん》でつながれたしるしの輪をはずそうと首に手をやった。

だが、鎖に手を触《ふ》れられる前に、頭上の黒雲の砦《とりで》のずっと近い部分から稲妻がほとばしった。メリマンの長身が木のほうを向いたまま硬《こわ》ばるのが見えた。振り向いてヤドリギを捜したウィルは、奇妙なみどりの株《かぶ》の中心に、火のようにまぶしい光が生じるのを見た。問題の瞬間が訪れつつあった。ヤドリギの枝の、最初のつぼみが花開いたのだ。

それと同時に、〈闇〉が攻《せ》め寄《よ》せた。

どんな魔法も、それがどんな形をとるかは教えてくれなかった。後にウィルは、人間の精神が一瞬のうちに完全《かんぜん》に発狂《はっきょう》することがあれば、ああなるのかもしれないと考えたものだ。この場合はそれよりひどく、発狂したのは世界だった。音のない爆発《ばくはつ》のように〈闇〉の力の膨大な威力《いりょく》は周囲のものを全てゆさぶり、ウィルの五感をゆさぶった。ウィルはよろめき、ありもしない支《ささ》えを求めて手を伸ばし、さぐり回った。物の外見がめちゃくちゃに変化した。黒は白に、みどりは赤に見え、太陽が地球を呑み込んだかのように全てがちらつき、脈打《みゃくう》っていた。鈍く白い空を背に緋色《ひいろ》の巨木がそびえ、眼の前に浮かんでは消える仲間五人の姿は、写真の陰画《いんが》のごとく、黒い歯と虚ろな白い眼を持ったぼやけた影に見えた。鳴りやまぬ雷の低い轟《とどろ》きが耳と頭を満たし、吐気《はきけ》をおぼえ、悪寒《おかん》がし、寒さと暑さを同時に味わった。眼がほとんど閉じてしまい、のどが硬直《こうちょく》し始めた。

四肢《しし》を動かすこともならぬまま、鉛《なまり》のように重いまぶたのすきまから、サイモンとジェーンとバーニーが地面に崩折《くずお》れているのを見た。錘《おもり》に押《お》さえつけられているかのようにすさまじい努力をして起き上がろうとしていたが、無駄《むだ》だった。暗闇がヌッと上にそびえていた。重い頭をのろのろと振り返らせたウィルは、ぞっとした。背後を占《し》める空の半分、世界の半分が、ウィルの感覚では理解できないほど大きい、雲と下界の間で回転する〈闇〉の黒い竜巻に占められていた。ブラァンがふらつきながら、支えとたのむかのように一条《いちじょう》の青い炎《ほのお》をかざしているのが見えた。鮮やかな青だ、とウィルは思った。あんなに鮮やかな青は、老女の眼にしか見たことがない。老女、老女はどこだ？　だが捜すために動くこともできず、地面に膝《ひざ》をついた。世界が、回る眼の前で左右にゆれた。弱り果てた手が偶然《ぐうぜん》に、首から垂《た》れ下《さ》がっているしるしの輪に触れた。

にわかにものがはっきり見えるようになり、見たものに驚異《きょうい》の念をおぼえた。荒《あ》れ狂《くる》う空を降下し、怪物《かいぶつ》のような黒雲を切り裂いてくるのは、馬に乗った六つの影だった。三人ずつ左右にわかれ、銀灰色にきらめきつつ、同じ不思議な中間色の馬にまたがってやってくる。マントをなびかせ、抜き身の剣を手にして疾駆《しっく》してくる。中のひとりは、光る輪を頭に戴《いただ》いていたが、顔はさだかに見えなかった。

「〈眠《ねむ》れる者〉たちだ！」ブラァンが叫んだ。体を大きくのけぞらせ、じっと見上げている姿が、白い髪と振りかざされた青く燃える剣とともに、みどりの草にくっきり浮かび上がって見えた。「七人の〈眠れる者〉が〈騎手〉になってきたぞ。言った通りだ！」

「ぼくの記憶《きおく》じゃ六人なのに」ウィルはブラァンに聞こえないよう小声でメリマンに言った。「ぼくたちが黄金の竪琴《たてごと》を使って湖のそばの長い眠りからさました最古の民《たみ》は六人だった」

メリマンは動きもしゃべりもせず、おぞましい空を見つめていた。旋回《せんかい》してくる〈光〉の騎手をウィルが見上げると同時に、東の空に長い光輝《こうき》が生じ始めた。そして、白熱した太陽の昇《のぼ》るがごとく、べつの姿が空を横切ってきた。地上に生を受けた何ものにも似つかぬ、どれとも異なる姿の騎手だった。

まばゆい白金の馬にまたがった背の高い男だったが、頭部には牡鹿《おじか》の頭のように角《つの》が生えていた。七つ叉《また》に分かれて湾曲《わんきょく》している輝く枝角だった。ウィルの見守る前で、男は大きな頭をもたげた。梟《ふくろう》のそれに似た丸く黄色い眼から黄色い光をひらめかせ、狩人《かりゅうど》が猟犬《りょうけん》を呼ぶのに角笛《つのぶえ》で吹き鳴らすのと同じ音を発した。すると、男に従って空の上を咆哮《ほうこう》し、おらび鳴く亡霊《ぼうれい》めいた大きな猟犬があとからあとから、群れをなして駆けてきた。白い体に赤い耳と赤い眼を持ち、いかなる生き物にも撒《ま》けぬ恐るべき追跡者《ついせきしゃ》となって容赦《ようしゃ》なく走り続けている犬が、空の上で狩人の馬の周囲をめぐると、狩人は獲物《えもの》を狩《か》る喜びに、凄《すご》いままでの笑い声をあげた。そして〈眠れる者〉たちの銀灰色の馬のまわりに群がり、狩りの開始を今や遅《おそ》しと待ちかまえていた。

ついに、狩人が荒々しい叫びを放って群れを解《と》き放《はな》ち、灰色の幻《まぼろし》の剣士ともども、七人目の騎手となって、雲の間を駆け抜けた。滅《ほろ》びの犬どもは赤い眼を燃やし、渡る雁《かり》のような声を千ものどから発して、洪水《こうずい》のごとくあとに続いた。〈闇〉に対する最後の追撃に、魔の狩人が乗り出したのだった。〈闇〉の巨大な円錐形《えんすいけい》の嵐《あらし》は、苦悶《くもん》しているかのごとくしない、たわみ、先端が裂けたように見えた。空が激しくゆれ動き、ついに天の雲の半分を下界にひきずりおろすかに思われた大けいれんの後、大竜巻に似た黒い柱はどっと上のほうへ去り、いずこかへかき消えた。〈眠れる者〉の狩りの群れが吠えたけりつつ容赦《ようしゃ》なく追っていった。

が、偉大な狩人ハーンは白金の牝馬の手綱《たづな》をしぼり、勢いあまって天高く跳躍《ちょうやく》させた後に振り返り、引き裂かれて流れ去る雲の間を、狂ったような黄色い眼で捜した。その捜すものを見てとったウィルは、新たな恐怖に襲われた。今や力の全てをこめて不滅《ふめつ》となった〈闇〉の黒騎手と白騎手の姿がすさまじい大きさとなって、空から草深いチルターン丘陵と魔法の木めがけ、斜《なな》めに急降下してきたのだ。

木のそばでサイモンが叫ぶのが聞こえた。一部始終を息を詰《つ》めて見守っていた六人の中からあがった最初の声だった。振り返ったウィルは、みどりのヤドリギの株のつぼみが、あとからあとから魔法の花を開かせ、木の上に小さなまぶしい光の点が、新たにいくつも輝いているのを見た。メリマンの無言の命令が脳裏に響《ひび》くと同時に、ウィルの手は首にいき、しるしの輪をむしりとった。空では、今や巨大化した騎手たちが地上にぐんぐん迫《せま》っていた。ウィルは、サイモンとバーニーとジェーンに叫んだ。「六のしるしを燃やすんだ！　ひとつずつ取って木を囲め！」

駆け寄った三人がてんでに手を出すと、金環は蠟《ろう》のように溶《と》けて消え、しるしは順に簡単《かんたん》に鎖からはずれた。サイモンはなめらかな黒い鉄のしるしを取り、木の下に急ぐと、節くれだった太い幹を背にして立ち、挑戦《ちょうせん》するようにかかげた。ジェーンがきらめく青銅のしるしを、バーニーがナナカマドの木から生まれた木のしるしを持って続いた。三人はそうして、自分たちを食いつくすべく高い雲の上から逆落《さかお》としに突っ込んでくる巨大な騎手を見つめておののきながらも、雄々《おお》しく踏みこたえていた。すぐに、メリマンが輝く黄金の火のしるしを、ブラァンが剣と、水晶でできた水のしるしを持って加わり、残されたウィルが最後に木に背中を押しつけ、挑《いど》むように、キラキラする黒い火打石でできた石のしるしをかかげた。ふたりの騎手が襲いかかった。雲ではなく、暗い空気の中から閃光《せんこう》が、低い雷鳴が走った。馬がかん高くいななきながら後脚《あとあし》立ち、恐るべき蹄《ひづめ》でめちゃくちゃに蹴《け》りつけた。ハーンの、角を生やした偉大な姿が、上から〈闇〉の君に突進し、眼に見えぬ〈古老〉の輪が老女を光り輝く焦点《しょうてん》として騎手たちを抑《おさ》え、阻《はば》み、ねじ伏《ふ》せようとしたが、それもやっとだった。その時、光がほとばしり、ヤドリギの最後の花がパッと開いた。

ブラァンは白髪を乱《みだ》して腕を伸ばし、頭上にエイリアスを振り回して枝を切ろうとした。が、左手に水のしるしを持っているため、長い水晶の刃を片手で操《あやつ》らねばならず、体の釣り合いが保てずに、絶望《ぜつぼう》の声をあげた。勝ち誇った黒騎手の眼がサファイアのように青く燃え、輪を突破《とっぱ》して自分の剣を輝く花に届かせようとした。が、やにわに蒼く沈《しず》んだ顔をしたジョン・ローランズがブラァンの脇《わき》に立ち、水のしるしをつかむと突っ込んでくる敵につきつけた。キラキラする華奢《きゃしゃ》な水晶の輪を大きな茶色の手に握って。

そして、両腕が使えるようになったブラァンは、エイリアスのぎらつく刃を樫の中のみどりのヤドリギに振りおろし、光る星の花を木から切り落とした。枝が幹を離れるや、メリマンが丈高《たけたか》く勝ち誇って振り向き、花を受け止めた。パッと半転し、青いマントをひるがえすと、息を呑むすばやさで空へ投げ上げた。その瞬間、ヤドリギの花は白い鳥に姿を変え、鳥は天に舞い上がり、遠くへ、今や青空を急ぎ流れる白いちぎれ雲の間を縫《ぬ》って、彼方の世界へと飛び去った。

六つの手に握られたしるしのひとつひとつが、いきなり、見ていられないほどまぶしい火に似た冷たい光を放った。ふたつの絶望と恐怖の叫びが混《ま》ざり合《あ》い、そびえ立っていた〈闇〉の黒騎手と白騎手の姿は後ろ向きに〈時〉の外へ消えていった。と、六つの手はどれも空《から》になった。しるしはみな、冷たい火に焼きつくされて消滅《しょうめつ》していた。

進むはひとり

一同は木の周囲に、口もきけずに立ちつくしていた。

嵐雲《らんうん》のボロボロになった名残《なごり》が、黒っぽく太陽を横切る空の上では、角《つの》を戴《いただ》いた狩人《かりゅうど》ハーンが猛々《たけだけ》しい頭をそらし、長い勝どきをあげた。獲物《えもの》が仕留《しと》められたあとに犬を呼《よ》び集《あつ》める、角笛《つのぶえ》の声だった。白馬は、丘《おか》を渡《わた》る風の唄《うた》のように高く澄《す》んだいななきを発して跳躍《ちょうやく》し、カーブして、吹き飛ばされてきた一連の雲が、天を流れる川のように横たわっているところにおりた。

狩人は、馬からとびおりた。天の川に没《ぼっ》するのが見えた瞬間《しゅんかん》、その同じ場所から大いなる船プリドウェンが出現した。船首が高く、優美《ゆうび》で、前後にアーサー王のみどりの旗印をたなびかせている。風に乗って近づいてくる船を待つ、樹下《じゅか》の六人のうちウィルは、ブラァンがゆっくりとエイリアスの剣《けん》を上げて、今や眼《め》に見えるようになった腰《こし》の鞘《さや》に納《おさ》めるのを見とめた。妙《みょう》に気が進まなげな、ウィルには理解できないしぐさだった。友人の蒼白《あおじろ》い顔と、白髪《はくはつ》の下の黄色い眼を見つめたが、空を下って近づく長い船を見守っているブラァンの顔には、なんの表情も見受けられなかった。ブラァンの金色の眼は、魔《ま》の狩人ハーンの眼に不思議と似《に》ている、とあらためて考えている自分に気づいた。そこへプリドウェンが到着《とうちゃく》し、ウィルは今度は、王にして指導者《しどうしゃ》たるアーサーの灰青色《かいせいしょく》の眼とごましおひげに縁《ふち》取《ど》られた顔を見つめていた。

アーサーはウィルを通《とお》り越《こ》して、誰《だれ》からも少し離《はな》れたところにたたずんでいる老女の、青衣をまとった、華奢《きゃしゃ》なかぼそい姿《すがた》を見ていた。船首から地面におりたつと、老女の前に片膝《かたひざ》をつき、頭を下げた。「奥方《おくがた》さま」と初めて聞いた時と同じ生きることの温《あたた》かみと喜びに溢《あふ》れた声で言った。「船頭がお迎《むか》えにあがりました」

ウィルは頭が混乱《こんらん》し、かたわらのドルー兄妹の当惑《とうわく》と畏敬《いけい》の念《ねん》を感じ取った。

老女は船に歩《あゆ》み寄《よ》り、同じ一家に属《ぞく》する者同士のような、さりげない親しみをこめてアーサーの腕《うで》に触《ふ》れ、招《まね》いた。「すみました」と言った音楽的な声に、ふいに深い疲労《ひろう》が露《あら》わになり、繊細《せんさい》な顔の年齢《ねんれい》知らずの美しさとは裏腹《うらはら》に、たいへんな高齢であることを物語った。「わたくしたちの役目は終わりました。これで、最後の、そして最も長く続く役目は、この世界を、そのあらゆる危険《きけん》な美しさもろとも受《う》け継《つ》ぐ者にゆだねることができます」

老女は一同を振《ふ》り返《かえ》り、別れを告げるようにバーニーに、サイモンに、そして誰よりも長く、ジェーンに笑顔を向けた。それから豊《ゆた》かな樫《かし》の木のそばに、虚《うつ》ろな眼をして棒立《ぼうだ》ちになっているジョン・ローランズを見ると、すばやくそばに寄り、その両手を取った。

老女を見たローランズの色の黒いウェールズ人らしい顔は、今までになく深く刻《きざ》まれたしわのため、鼻と口のあたりがすっかり老《ふ》け込《こ》んでいた。

「ジョンよ」老女はやさしく言った。「この大事において、あなたはわたくしたちの誰よりも、あなたの世界につくしました。最後の瞬間《しゅんかん》の勇気のことではありませぬ――何も知らない幸せな生活に戻《もど》れたのに、それをあきらめてくれたからです。あなたは善良《ぜんりょう》な、正直な人ですが、これからしばしは不幸せな人となるでしょう。ですが――しばしのことにすぎませぬ」老女は手を放したが、威厳《いげん》をもってローランズの眼を見つめ続けた。ローランズは畏《おそ》れもへりくだりもせずに見つめ返し、肩《かた》をすくめた。無言だった。

「あなたは辛《つら》い選択《せんたく》をし、それによってもとの生活を失いました。あなたのブロドウェンを、あの野心に負けた者を返してあげることはできませぬが、前のよりは親切な選択を与《あた》えることはできます。すぐにもあなたはもとの時代のもとの世界に帰りますが、そこでは……あなたの妻《つま》は、何か悲しい事《じ》故《こ》にあって亡《な》くなったことになっているのを知るでしょう。その時に、今までに起きたこと全てを記《き》憶《おく》している、していないは、あなた次第で決まります。望むならば、〈光〉と〈闇《やみ》〉に関する辛い真相、あなたの妻の真の姿を記憶しておくこともできますが」

ローランズは無表情に半ばひとりごちた。「妙なことに、あれが決して教えてくれないことがひとつだけあった。言わないのを冗談《じょうだん》の種にしてた――どこでいつ生まれたのか、それだけは決して教えてくれなかった」

老女は憐《あわれ》むように手を差しのべたが、すぐにおろした。そしてやさしく、「忘れることもできるのですよ。望むならば、〈光〉と〈闇〉の君に会ったことなど全て忘れられます。そうすれば、妻を失ったことへの悲しみこそ一段《いちだん》と深まりますが、あなたが知っていて愛した通りの人として悼《いた》み、思い出すことができます」

「そいつは嘘《うそ》を生きてるのと同じだ」ローランズは言った。

「いや、違《ちが》う」メリマンが背後《はいご》から、実に深く力強い声で言った。「それは違うぞ、ジョン。君が彼女《かのじょ》を愛していたのは事実だ。愛情とは大いなる価値《かち》を持つものだ。人を愛する者は全て、不完全なものを愛するのだ。地上には完璧《かんぺき》な存在《そんざい》などありはせぬ──それほど単純《たんじゅん》なものは存在しない」

「選ぶのはあなたです」老女は船のそばに戻《もど》って立ち止まり、振り返った。

ローランズは相変わらず感情を見せずに一同と向かい合っていた。やがて、老女に向けた眼に温かみが宿り、「今回はわしにゃ選べん」と皮肉《ひにく》っぽい笑《え》みを浮《う》かべた。「そんな選択は無理だ。よかったら奥さんが選んでくれんかね？」

「いいでしょう」老女は片腕を上げて指さした。「わたくしと逆方向《ぎゃくほうこう》に歩いていきなさい。後ろを向けば足もとに道が見つかりますから、たどっていけばよろしい。その木を通過した瞬間に、あなたはここを去り、代わりに、はるかによく知っているふるさとの谷間の道に立っているでしょう。その時に頭にあるのが、わたくしの選んであげたものです。それから――よかれと祈《いの》っていますよ」

ローランズはちょっと頭を下げると、幸せそうでこそなかったが、深い好意《こうい》のこもった眼でひとりひとりをながめた。最後にブラァンを見て、「ミ　ウェライ　ティーン　フイラハ、バハゲン」と言うと、くるりと背《せ》を向けて、ゆったりと枝を広げている樫の大樹に向かって、ほかの誰にも見えない道を歩きだした。木と並《なら》ぶと同時に、ローランズは姿を消した。

老女はためいきをついた。「忘れます。そのほうがよいのです」

アーサーが手を貸し、老女は船に乗《の》り込《こ》んだ。風が吹き起こり、空の川の上のプリドウェンをゆすった。いきなり、ウィルは再び、大群衆《だいぐんしゅう》の存在を感じ、輪の〈古老〉全員が老女と王とともに船出せんと乗り込んでいるのを知った。船の帆柱《ほばしら》に大きな帆が上げられた。波打つ四角い帆で、十字に仕切られた円、すなわち〈光〉のしるしが描《えが》かれていた。水夫らの声が聞こえた。木部が軋《きし》み、繋索《けいさく》が帆桁《ほげた》にあたって鳴った。

ウィルはかたわらのドルー兄妹を見、その顔に喪失《そうしつ》の悲しみと虚脱《きょだつ》を見た。が、大いなる船から一秒《びょう》以上眼を離しておくことはできなかった。眼を戻すと、甲板《かんぱん》の亡霊《ぼうれい》めいた群衆の中に、この旅やほかの旅、この時代やほかの時代において見知った顔が、次々にひらめいた。鍛冶屋《かじや》の前かけをつけたたくましい大男が、長い金槌《かなづち》を上げてあいさつした。みどりの上着を着たキラキラする眼の小男が手を振り、灰色《はいいろ》の髪《かみ》の尊大《そんだい》な老女が杖《つえ》にもたれたまま正式のおじぎをするのを見た。ごましお頭のてっぺんがはげている、がっちりした陽灼《ひや》け顔の男が笑いかけた。グリンドゥルを見、失《う》せし国《くに》の王のかぼそい体を見た、そして心をかきむしられる思いで、自分を見て例のまぶしい笑みを浮かべているグイオンを見た。風が雲の間から強く吹き出し、帆がじれったげに波打ちはためき、全ての顔はぼやけた群衆の中に溶《と》け込《こ》んだ。

アーサーは、ひげをたくわえた横顔を空に浮かび上がらせて船首に立ち、ブラァンに手を差し出した。温かい、勝《か》ち誇《ほこ》った、歓迎《かんげい》の声が鳴《な》り響《ひび》いた。「来い、わが子よ！」

ブラァンはすばやく進み出たが、ふと立ち止まった。メリマンのすぐそばにいたので、暗青色の衣《ころも》を背景に、白い髪と蒼白い顔とは、ぼうっと光っているように見えた。ウィルはこれが最後なのを知って悲しげに見つめ、ブラァンの顔に憧《あこが》れと決意と無念さを見た。

「来い、わが子よ」温かく深い声が繰《く》り返《かえ》した。「〈光〉の長い任務《にんむ》は終わり、世界は〈闇〉の支配の危険より解《と》き放《はな》たれた。あとは人間に任せればよい。六人は、その大いなる使命を果たし、余《よ》とそなたは生まれながらの役割をつとめ終えた。これからはリンゴの木の間の、北風の後ろの静かな銀の円《えん》城《じょう》で休めるのじゃ。残された者は夜を迎《むか》えるごとに、われらのことを偲《しの》んでくれるであろう。北風の冠《かんむり》であるコロナ・ボレアリス（星座の名。和名はかんむり座）が、星を戴《いただ》いた輪を地平線上に輝《かがや》かすのを眼にして」

そう言うと、再び腕を差しのべた。「来るのじゃ。船出の潮時《しおどき》が今や満ちた。余は引き潮には船は出さぬ」

ブラァンは恋《こい》しくてたまらぬというように王を見たが、きっぱりと言った。「ぼくは行けません、わが君」

沈黙《ちんもく》が訪れ、風のやさしい歌ばかりが聞こえた。アーサーはのろのろと腕《うで》をおろした。

ブラァンは口ごもりがちに言った。「グイオンが、失せし国が沈《しず》む時に逃《に》げる代わりに言ったんです。ここの者だって。父上がおっしゃるように、あとは人間に任されるなら、相当苦しいことになります。もしかしたら、ずっとあとで、何かで手を貸《か》してやれるかもしれません。それができなくても、やっぱり……ここの者なんです。愛情の絆《きずな》ってメリマンは言いました。ここにはそれがあるんです。それから、こうも言いました」――と、かたわらのメリマンを見上げた――「その種の絆は、上なる魔法《まほう》をも乗《の》り越《こ》える。この世で最も強いものだからって」

メリマンがピクリと動いた。ウィルは、畏敬の念めいたものをその精神に感じ取った。

「その通りだ。だがよく考えたまえ、ブラァン。上なる魔法における身分を、〈時〉の外において存在する本質を捨てれば、君は人間にすぎなくなるのだぞ。このジェーンやサイモンやバーニーのように。もはや二度とペンドラゴンにはなれぬ。起きたことの全てを忘れ、あらゆる人間同様に、生きて死ぬのだ。〈光〉の者とともに〈時〉の外に出る機会を全てあきらめることになるのだぞ――ほどなく私も、そしてずっと先のことではあるが、いつの日かウィルも外に出ていくというのに。それに……二度とお父上にお会いすることもできぬのだ」

ブラァンはハッと王を振り返り、見つめ合うふたりを見ているうちに、ウィルは再び狩人ハーンの黄色い眼をブラァンの顔に見出した。が、同時にアーサーの面影《おもかげ》もあり、三つは同じ顔のようでもあった。ウィルはまばたきし、訝《いぶか》しんだ。

ふいに、アーサーがにっこりした。誇らしげに、愛情をこめて。そして小声で「行くべきだと感じたところへ行くがよい、わが子、クルーイドのブラァン・デイヴィーズよ。余の祝福とともに」と言うと、もう一度船べりから草深い土手におり立ち、両腕を広げた。ブラァンが駆《か》け寄《よ》り、一瞬、ふたりはひしと抱《だ》き合《あ》った。

やがてアーサーが微笑《びしょう》しつつ身を引くと、ブラァンは眼を離さぬまま、白くきらめくエイリアスを腰の鞘から抜《ぬ》き、剣吊《けんつ》り帯《おび》を頭越しにはずして、剣と鞘の両方を父親に差し出した。ウィルは、メリマンが解放《かいほう》されたようにためいきをつくのを聞き、自分の手が知らないうちに固《かた》く握《にぎ》りしめられているのに気づいた。アーサーは片手でエイリアスを、片手で鞘を取り、剣を納めた。ブラァンを通り越して一瞬メリマンを見つめた眼は、口もとの重々しさにもかかわらず笑っていた。「ほどなく会おうぞ、わが獅子《しし》よ」と王が言うと、メリマンは会釈《えしゃく》をした。

そうして王はプリドウェンに乗り込み、広い帆が風をいっぱいにはらみ、〈光〉の全軍が別れや終わりを示す様子を何ひとつ見せぬまま振り返り続ける中で、船は空を渡《わた》っていった。日に照《て》らされた小さな雲が散らばっている青空は、小島の浮かぶ海さながらで、船が、消えたその時に海にいたのか空だったのか、言い切れる者はいなかった。

ブラァンは船が見えなくなるまで見送っていたが、残念そうな様子はなかった。

「ジョン・ローランズが言ったのはこのことだったんだ」とブラァンは静かに言った。

「ジョン・ローランズが?」ウィルが問うと、

「ウェールズ語でさ。帰る時に。ぼくに、またあとでな、坊や、って言ったんだ」

ジェーンがゆっくりと言った。「でも——あなたが戻るってこと、知ってたはずないのに」

「うん」

メリマンが言った。「だが、ブラァンの性格《せいかく》をよく知っているからな」

ブラァンはメリマンを見上げた。色の薄《うす》い瞳《ひとみ》がさらけ出され、エイリアスという驚《おどろ》くべき重荷を腰から取りのけられた今は、ふいにひどく幼《おさな》く、無防備に見えた。「ぼくのしたこと、正しかったんだろうか?」

メリマンは白髪におおわれたいかめしい頭を、小学生のように思わずのけぞらし、子どもたちが初めて聞く手放しの笑い声をあげた。「そうとも」と、唐突《とうとつ》にまじめになって言った。「そうとも、ブラァン。正しかったよ。君にとっても、世界にとっても」

草の斜面《しゃめん》の上で、長いこと兄、姉とともにたたずんで沈黙のうちに驚嘆《きょうたん》していたバーニーが、ようやくそこを離れて、心配そうにたずねた。「ガメリー? 本当に行っちゃうの? それともやっぱり残る?」

「ああ、バーナバス」メリマンは言った。その疲《つか》れきった声に、ジェーンは大叔父《おおおじ》のほうを向いた。とっさに母親のような感情をかきたてられたのだ。「バーナバス、バーナバスや、時は、君らにとってと同じように〈古老〉にとっても過ぎてゆく。たとえ年ごとに前の年と似たような季節が訪れるとしても、世界のありようは一年ごとに移り変わっているのだ。私の時は終わった。ここで。私の時も、〈光〉の時も。よそでせねばならぬことがあるのだよ」

口をつぐみ、子どもたちにほほえみかけると、メリマンの骨張《ほねば》ったいかつい顔、猛々《たけだけ》しい鷲鼻《わしばな》と影《かげ》にひそむ眼とを持った顔から、少し憂《う》さが薄れた。「ここに六人がそろっている」と言った。「さだめられた場所にこうして集《つど》うのは、これが最初で最後だ。バッキンガムシャーのチルターン郷《きょう》の白亜《はくあ》の丘《おか》に、何世紀《せいき》もの昔、〈闇〉から逃《に》げようとする者たちが宝物を隠《かく》そうと空《むな》しく働き、天に安全を祈った地に。この地を見なさい。よく見るのだよ。一部でよいから生かし続けておくことだ」

そこで、どういう意味かと訝しみながらも、子どもたちはじっと、長いこと、ところどころに橙色《だいだいいろ》のウンランが生《は》え、小さな青い蝶《ちょう》がひらひら飛ぶ、なめらかな緑草の丘辺をながめた。丘の頂《いただき》の橅《ぶな》木立《こだち》を、そのすぐ下に立っている神秘《しんぴ》の樫の大樹を、ふっくらした白い雲の散らばった澄んだ青空を見た。

突然《とつぜん》、メリマンが何かしたわけでもないのに、眼の前がぼやけ、五人とも眼をしばたたいた。耳鳴りとめまいに体の平衡《へいこう》を失ってよろめいた。周囲の全てが、陽炎《かげろう》の中にいるように妙に震《ふる》えて見えた。樫の巨木の輪郭《りんかく》がゆらめき、薄れて消えた。丘のみどりが濃《こ》くなり、斜面ももはやなめらかな弧《こ》を描いてはいなかった。陽こそまだ照っていたが、丘には、今や違う色の部分が生じていた。黄色の斑点《はんてん》がとんだみどりと茶色と紫《むらさき》、ハリエニシダとワラビとヒースの生えているところだった。彼方《かなた》にほかの物が実体化しだした。かすむ地平線上の霧に包まれた、青と灰色のはるかな山々だった。そして肩越しに振り返ると、眼下に広がるゆったりした金色の砂《すな》の谷間と、広大な青海へと向かう河すじの、うねる銀の糸が見えた。静けさの中に時折《ときおり》、低音《バッソ・プロフンド》で呼んでは高音《テノール》で答えるあてもない羊《ひつじ》の声が聞こえ、どこかずっと下の方で犬が吠《ほ》えた。そして頭上を、ウェールズの山腹から河と海に向かって一羽のカモメが舞《ま》いおり、ひとつおぼえの淋《さび》しげな鳴き声をかん高く繰り返した。

メリマンは長々と静かに息を吸い込み、また吐《は》き出《だ》した。そしてもう一度、小声で言った。

「よく見るのだ」

ジェーンが、海から身を守ろうと河が築《きず》いた金の砂堤《すなづつみ》をながめながら、ひどく小さい声でたずねた。「もう二度と会えないの?」

「うむ」メリマンは言った。「おまえたちの誰とも。見張りをつとめるわがウィルだけはべつだが。そうあってしかるべきなのだよ」

その声にあるきっぱりとした力強さにとらえられ、子どもたちはじっと動かぬまま、光る焦茶《こげちゃ》の眼といかつい顔のとりことなって見つめた。

「なぜなら、これからは全ておまえたちの世界だからだ。おぼえておくのだぞ。おまえたちと残りの人間のものだ。われらは悪から救いはした。だが、人の心にある悪は、今度こそ人の手で抑《おさ》えられねばならぬ。責任も希望も約束《やくそく》も、全ておまえたちの手にあるのだ――おまえたちと、この地球上のあらゆる子どもたちの手に。未来は現在に責任を負わせることはできない。現在が過去を責められぬのと同様に。希望は常にある。常に生きている。だがそれを燃えたたせ世界を暖める火とすることができるのは、おまえたちのたゆまぬ努力だけなのだ」

声は山の上に鳴り響いた。今まで誰の声にも聞いたことのない情熱がこもっていて、全員石と化したかのように立ちつくして耳を傾《かたむ》けた。

「子どもたちよ、ドレイク（英国の海賊）はもはやそのハンモックにおらず、アーサーもどこかで眠《ねむ》ってはくれはせぬ。誰かがよみがえってくるものと、のんびり寝《ね》て待つわけにはもはやいかぬのだ。世界はおまえたちのもの、おまえたちに任されたのだから。ことに、この世を破壊《はかい》する力を人間が得た今、世界を生かし続け、その美とすばらしい歓喜《かんき》の全てを保つことこそ人間のつとめなのだ」

声が和《なご》み、〈時〉をのぞき込んでいるような遠い焦茶の眼で子どもたちを見つめた。「それでも世界は完璧にはなるまい。人間そのものが不完全なのだから。善人は相変わらず悪人に殺されるだろう。ほかの善人に殺されるかもしれぬ。苦痛《くつう》も疫病《えきびょう》も飢饉《ききん》も、怒《いか》りも憎《にく》しみもまだまだある。だがおまえたちが、われらが努めてきたように働き、心にかけ、眼を開け続けているなら、究極的に悪が善に打ち勝つことは決して、決してない。そして何人かの人間につぎこまれたエイリアスの剣のごとく輝く才能が、雄々《おお》しい世界において、ほかの全ての人々の人生の暗い隅《すみ》を照《て》らしてくれるだろう」

沈黙があり、山のいつものざわめきが戻ってきた。かすかな羊の呼び声、遠い車の爆音《ばくおん》、そしてはるか上方での陽気なヒバリのさえずり。

「やってみる」サイモンが言った。「最善をつくすよ」

メリマンはニヤッと笑って驚かせた。「それ以上の約束はない」

子どもたちは別れの悲しさに打ちひしがれて、笑い返すことができずに淋しく見つめた。メリマンはためいきをつき、群青《ぐんじょう》の衣を体に巻きつけ、一方の肩の後ろに流した。

「これこれ」と、メリマンは言った。「昔の言い方が最もよくあてはまるな――心安かれ。私はひどく疲れたので友のもとへ行くのだ。おまえたちの誰ひとりとして、今私が言った以上のことを思い出すことはない。おまえたちは人間であり、現在に生きねばならぬ。この時代において、いにしえの考え方を踏襲《とうしゅう》することは不可能だ。それゆえ、最後の魔法はこうなる――この場所で私を最後に眼にした時、〈古老〉について知ることの全て、成しとげられた大事に関わる全てはおまえたちの精神の隠れた部分に退《しりぞ》き、夢《ゆめ》を除《のぞ》いては、名残すら二度と意識されぬようになる。ウィルだけは、わが同類であるがゆえに、おぼえ続けなければならぬが――ほかの者は、ウィルが〈古老〉であることすら忘れる。では、さらばだ、わが五人の仲間よ。自分に誇りを持て。私がおまえたちを誇りに思っているように」

メリマンは、ひとりずつ順にすばやく抱きしめて別れを告げた。みな沈んだ顔をして、眼を濡《ぬ》らしていた。それがすむと、メリマンは山を登っていった。弾力《だんりょく》のある草と突《つ》き出《だ》したスレート岩を踏《ふ》み越《こ》え、茶色く色づいたワラビと黄色い星を散らしたようなハリエニシダを通り抜け、頂にたどりつき、青空に輪郭が浮かび上がった時、初めて立ち止まった。見慣れた長身が胸《むね》を張るのが見え、鋭い鷲鼻を持つ横顔と、どこからともなく吹き起こった風に少しなびいている白い豊かな蓬髪《ほうはつ》が見えた。全てを忘れたあとも、その姿は一生、夢の中に絶《た》えず現われることになった。メリマンは片手を上げてあいさつしたが、応じる勇気は誰にもなかった。と、さりげない形でその腕が硬直《こうちょく》し、五本の指がパッと開かれて五人を指した——。

そして山上には風が渦巻《うずま》き、空に接する斜面は無人だった。五人の子どもたちは、ウェールズの屋根といわれる山の上に立ち、黄金の谷と青い海をながめていた。

「すごいながめね」ジェーンが言った。「苦労して登っただけのことはあるわ。でも風が眼にしみて涙《なみだ》が出てきちゃった」

「このくらい高いところになると、相当風が強いんだろうな」サイモンが言った。「あの木を見ろよ。

みんな内陸に向かってそり返ってる」

ブラァンは、てのひらに小さな青みどりの石をのせて見つめていた。「こんなのがポケットにはいってた」と、ジェーンに言った。「ほしいかい、ジェニー？」

バーニーが、山の上のほうを見上げて言った。「音楽が聞こえたよ！　ほら——あれ、消えちゃった。風が木の間を吹いてたんだね、きっと」

「そろそろ出発すべきだと思うな」ウィルが言った。「先は長いんだ」

〈闇〉の寄せ手の攻め来る時
六たりの者　これを押し返す
輪より三たり、道より三たり
木、青銅、鉄、水、火、石、
五たりは戻る　進むはひとり

生まれ日の鉄、運命の青銅、
燃えた後の木、歌に出ずる石、
蠟燭《ろうそく》の輪の火、雪どけの水、
六つのしるしが印すもの
輪と輪に先立つ杯と

山火の見出す金の琴、
そが音に眼醒《めざ》むる最古の民、
みどりの妖婆《ようば》の海底《うなそこ》の力、
全て揃いて樹上なる
銀の光を見るを得ん

＊「闇の戦い」シリーズは、第4巻『樹上の銀』で完結です。

解説

土地のもつ記憶

『闇《やみ》の戦い』シリーズが完結して、もう三十年ほどになる。トールキン以降《いこう》、今日のファンタジー・ジャンルの隆盛《りゅうせい》にいたるまでの歩みの記念碑《きねんひ》のひとつがここにある。

読み直してみてつくづくと、当時のファンタジーが異世界《いせかい》を招聘《しょうへい》するのにいかに苦労していたか、そしてそれをどのように扱《あつか》ってよいのか暗中模索《あんちゅうもさく》していたことを思う。アラン・ガーナーの四部作（『ブリジンガメンの魔法《まほう》の宝石』『ゴムラスの月』『エリダー　黄金の国』『ふくろう模様の皿』いずれも評論社刊）もそうだが、クーパーの本シリーズにおいても、異世界は、古い記憶《きおく》を秘《ひ》めた現実の場所からの、ゆらぎめいたタイムスリップ先としてあらわれてくる。異世界は過去の実在《じつざい》の世界であらねばならず、またタイムマシンなどのアイテムによらずして、土地の記憶を通じてそこにおもむくという、いわばぶあつい実感に根ざした手法がとられねばならなかった。さらにそれを（伝説など知らない現代読者の代表たる）子どもの身体を通じて、新鮮《しんせん》にみずみずしく書きあらわすことで、アーサー王やケルト伝説をふくめた過去の世界を、現代人の感性へと引き寄せる。実に手のこんだリアリティの構築《こうちく》のしかただったのだ。思えば、この時代の児童文学系ファンタジーのほとんどがいわばタイム・ファンタジーであったことに、いまにして気づく。

スーザン・クーパーは一九三五年イギリス生まれ、アーサー王伝説やケルトの伝承《でんしょう》の宝をめぐって、人間界の次元の上方で何世紀《なんせいき》も生き続ける〈古老〉とよばれる光の勢力が、現実の人間の姿《すがた》をとった闇の勢力と戦いをくりひろげるこのシリーズが代表作とされる。中心人物は魔法使いマーリンの化身メリマン・リオン、序巻《じょかん》『コーンウォールの聖杯《せいはい》』（学習研究社刊）では、ドルー家の三兄妹の大叔父的《おおおじてき》存在として登場し、聖杯の争奪戦《そうだつせん》で大きな役割を演じるが、その正体は明らかにされない。しかし、続くこの四部作では、メリマンは、主人公の少年ウィルの〈古老〉としての覚醒《かくせい》を導き、またすべての冒険において主導権をとる超越的《ちょうえつてき》存在となり、遠隔《えんかく》通話、時の中を自在に行き来する能力などを発揮《はっき》し、他の〈古老〉たちを指揮して闇の軍勢と戦う。このシリーズで感銘《かんめい》深いのは、舞台となるイギリスの寒村や山岳《さんがく》地帯が、古代の聖域《せいいき》と二重写しに描かれ、きわめて日常的な生活風景にだぶって、そこに住む人々の、〈古老〉であったり魔女娘であったりする別の顔が顕《た》ちあがることであり、重厚な風土性がそのまま悠久《ゆうきゅう》の時の次元をたたみこんでいる。この実感がなければ、時空間の中で永遠に生きる〈古老〉たちが、手を変え品を変えてあらわれつづける闇の軍勢と戦うという物語の骨子《こっし》は、端的《たんてき》には超能力テーマの世界観ＳＦであり、（現代はともかく）当時は荒唐無稽《こうとうむけい》と片づけられたであろう。何百年も変わらぬ自然や習俗《しゅうぞく》や遺跡《いせき》のたたずまいの中に、時が透《す》けてゆく感覚、日常のなにげないディテールから厖大《ぼうだい》な時空間が積分されてくる感覚こそが、ファンタジーの精髄《エッセンス》であり、基本的立ち位置でもあるのだと、クーパーは改めて教えてくれる。

シリーズ中、白子の少年ブラァンの造型《ぞうけい》が魅力的《みりょくてき》な『灰色《はいいろ》の王』はニューベリー賞を受賞、以降の作品には『古城《こじょう》の幽霊《ゆうれい》ボガート』『影《かげ》の王』などがあり、いずれも過去と現代の架橋《かきょう》、そこから醸《かも》されてくる感慨《かんがい》と希望がテーマであり続けている。

井辻朱美《いつじあけみ》（作家。白百合女子大学教授）

著者：スーザン・クーパー　Susan Cooper
1935年イギリス生まれ。ファンタジー作家。オックスフォード大学を卒業後、『ロンドン・サンデー・タイムズ』のジャーナリストとして活躍した。1963年にアメリカに移住。「闇の戦い」シリーズは彼女の代表作で、シリーズ中の『灰色の王』でニューベリー賞を、『光の六つのしるし』でボストングローブ・ホーンブック賞を受賞している。ほかの作品に、『影の王』（偕成社）、『古城の幽霊ボガート』（岩波書店）、「闇の戦い」シリーズの序章ともいうべき『コーンウォールの聖杯』（学習研究社）などがある。

訳者：浅羽莢子（あさば　さやこ）
翻訳家。東京大学文学部卒業。ジョナサン・キャロル『死者の書』『月の骨』『空に浮かぶ子供』、ダイアナ・ウィン・ジョーンズ『九年目の魔法』『わたしが幽霊だった時』、ドロシー・L・セイヤーズ『学寮祭の夜』『ナイン・テイラーズ』、ジル・チャーチル『ゴミと罰』『毛糸よさらば』（以上東京創元社）、エイダン・チェンバーズ『おれの墓で踊れ』（徳間書店）など、多数の訳書がある。

闇の戦い4　樹上の銀

2007年3月20日　初版発行

- 著　者　スーザン・クーパー
- 訳　者　浅羽莢子
- 装　幀　緒方修一
- 装　画　古屋亜見子
- 発行者　竹下晴信
- 発行所　株式会社評論社
　〒162-0815　東京都新宿区筑土八幡町2-21
　電話　営業03(3260)9409　編集03(3260)9403
- 印刷所　凸版印刷株式会社
- 製本所　凸版印刷株式会社

ISBN978-4-566-01505-0　NDC933　188mm×123mm
http://www.hyoronsha.co.jp

＊本書は、一九八二年に評論社より刊行された『闇の戦い4　樹上の銀』の改訳新版です。4巻については、翻訳者の浅羽莢子氏が改訳中に他界されたため、浅羽氏の遺志に沿って編集部にて作業を進めました。

なお、本文中の差別的な言葉に関しては、登場人物の発言に限り言い換えはいたしませんでした。